ハヤカワ・ミステリ

MO HAYDER

人《ひと》　形《がた》

POPPET

モー・ヘイダー
北野寿美枝訳

TOKYO
HAYAKAWA
BOOKS

A HAYAKAWA
POCKET MYSTERY BOOK

装幀／水戸部 功

人《ひと》形《がた》

登場人物

ジャック・キャフェリー………重大犯罪捜査隊の警部

フリー・マーリー…………………潜水捜索隊隊長の巡査部長

ウェラード…………………………同副隊長

ハリー・ピルスン…………………元巡査部長

A・J・ルグランデ……………ビーチウェイ重警備精神科医療施設の上級コーディネーター

メラニー・アロー…………………同院長

ビッグ・ラーチ……………………同警備員

ジョナサン・キー…………………同・元作業療法士

モンスター・マザー（ガブリエラ）
ゼルダ・ローントン
モーゼス・ジャクスン
アイザック・ハンデル
ポーリーン・スコット
……同患者

ペイシェンス・ベル・ルグランデ……………A・Jのおば

ペニー・ピルスン…………………村の住人

ミスティ……………………………行方不明のモデル

ジャッキー・キットスン………ミスティの母親

透明人間

モンスター・マザーがベッドのなかで身を起こすと、ドアの下で三角形の光が揺らめいた。踊るように小さく左右に振れたあと、光は静止した。

その様子を見つめるモンスター・マザーの鼓動が速まった。ドアの向こうでなにかが息を潜めている。モンスター・マザーは物音をたてないようにしてどうにかベッドを出て、忍び足で部屋のいちばん奥へ移動した――できるかぎりドアから遠い位置へと。身震いしながら壁ぎわの隅に入り込むと、恐怖のあまり涙で目がうるむ。背後の窓から差し込む保安灯の光が木々の影を床に描いている。その影たちが揺れ動き、たわむ。何本もの指のようにうごめいて部屋を横切り、ドアの下の影を探し出して触れようとしている。モンスター・マザーは室内を見まわした――四方の壁、ベッド、洋服だんす。あらゆる隅と、しっくいの壁の亀裂のひとつひとつに目を凝らす。〝ザ・モード〟が忍び込んできそうなすべての箇所を。〝ザ・モード〟のことなら、モンスター・マザーはほかのだれよりもくわしい。でも、知っていることを口外するつもりはない。怖くて、とても口にできない。

なにかはまだドアの向こうにいる。動きはほとんどない――ドアの下の光を揺らめかす程度に動くだけだ。いまは息づかいまで聞こえる。大声をあげたいけれど、それはだめ。モンスター・マザーは震える手をそっと静かに赤いネグリジェの下へ運び、胸の谷間に指を這わせた――目当てのものを探る。それを見つけて、ぐいと引っぱった。これまで経験したことがないほどの痛みを覚える。左腕を切り落としたとき以上——あるいは、出産（何度か経験している）のとき以上の痛みを。それでも引っぱりつづける。ファスナーを引き下ろすように、胸骨から恥骨まで。湿った音がして、皮膚の下から腹筋が飛び出した。

　モンスター・マザーは開口部の端をつかみ、涙を流し身もだえしながら裏返す。肋骨や乳房から皮膚を剥ぎ、肩の上方までめくり上げる。体が涙を流すように血を流しているが、そのまま剝ぎつづけるうち、皮膚はしたたる蠟のように腰からぶら下がっていた。モンスター・マザーは何度か深呼吸をしたあと、ズボンでも脱ぐように両脚の皮膚も剝いでいった。

　全身の皮膚が足もとに溜まっている。まるでしぼんだゴム製品だ。

　モンスター・マザーは気持ちを奮い立たせた。背筋を伸ばすと——意志と勇気を奮い起こした——むき出しになった筋肉が保安灯の光を受けて輝いた。誇らしく昂然とドアに向き直る。

　これでもう〝ザ・モード〟の目に彼女の姿は見えない。

ブリストル市　ブラウンズ・ブラスリー
〈ザ・トライアングル〉

　このレストランはかつては大学のカフェテリアだった——その名残で、いまも店内は混み合っていて騒々しい。高い天井は音響効果も高い。だが、いまでは学生たちは席について食事をするのではなく、黒いエプロンをしている——テーブルをうまくかわして滑るような動きで皿を運んだり、料理の注文とテーブル番号を小声で唱えたりしている。学資ローンを返済するために働いているのだ。研磨加工の施されたコンクリート製のバーカウンターの上方で〝低カロリーカクテル〟のネオン文字が明滅し、高い天井の桁に取りつけられたスピーカーからはゴティエの歌が流れている。客の大半はこの店を選んで訪れている——ふらりと入るにしては値段が高すぎる。人目を意識しているのは、ひとりで食事をしている客たちだけだ——キンドルを操りながらボルシチを食べている者もいれば、デート相手か友人を待っているのか、ワインを飲みながらさりげなく腕時計に目をやる者もいる。英国人らしい礼儀正しさが発揮されて、だれもそういう客たちをじろじろと見たりしない。いや、目にも留めていない。

　だが、どうやらひとりだけ、周囲にある種の反応を引き起こしている男がいるようだ。近くの席の客たちは彼の存在に気づき、その結果として椅子の向きを変えていた——その男が脅威か面倒をもたらすというように。その四十代前半の黒髪の男は、この手の店に無数に存在する暗黙のルールを破っていた。服装——ビジネススーツの上に着ている黒い防水コート、はずしたネクタイ、わずかに開いたシャツの襟もと——にとどまらず、ふるまいにおいても。

　その食べっぷりは、たんに腹が空いたというだけの理由で——この店で姿を見られたいからではなく——食事をしたがっている人間らしいものだった。空気を察することも店内を見まわすこともなく、虚空を見つめて一心に食べている。こういう店においてはあるまじき無作法だ。したがって、男が厄災に見舞われたとき、ほかの客たちはいくぶん溜飲が下がったのだった。心中ひそかに、こんな男ならこんな目に遭って当然だと思っていた。

午後八時半に二十人の団体客が入ってきた。あらかじめ予約がなされていたので、ほかの客に迷惑がかからないよう、奥に席が用意されていた。婚約披露パーティだろうか——カクテルドレス姿の女が何人かおり、男もひとりふたりはスーツを着ている。しんがりの女——仕上げ縫いをされたジーンズにホリスターのパーカといういでたちの日焼けした五十代後半のブロンド——も、最初はその団体の一員だと思われた。全員が席についても女が立ったままでいるので、ようやく、女はその団体にくっついて入ってきただけの無関係な人間だとわかった。

足もとがあやしい。パーカの下で、襟ぐりの深いTシャツに包まれた胸が目立っている。店内を横切る際に給仕係のひとりにぶつかると、足を止めて、呂律《ろれつ》のまわらない舌で「ごめんなさい」と詫びた——給仕係の胸もとに両手を置き、自信に満ちた笑みを浮かべて。対応に困った給仕係はすがるような目をバーテンダーに向けた。だが、給仕係が苦情を言う前に、女はその場を離れ、ピンボールさながら次々とテーブルにぶつかりながら進んでいった——標的《ターゲット》に目を据えて。ノース・フェイス社製の防水コートの男に。

男は食べかけのハンバーガーから目を上げた。女が何者なのかわかったらしい。面倒《トラブル》は避けられないと覚悟したようにナイフとフォークを置いた。周囲の席の会話が静まった。男はナプキンを手に取り、口もとをぬぐった。

「こんばんは、ジャッキー」男はナプキンを軽くたたんで置いた。「お会いできてうれしいですよ」

「くそったれ」女は両手をテーブルにつき、横目で男をにらんだ。「くたばりやがれ、この阿呆」

現に阿呆だと認めるかのように、男はうなずいた。だが、言い返さないことが女の怒りに油を注いだ。ふたたびテーブルに両手をたたきつけたので、テーブルの上のものがすべて飛び跳ねた。フォークとナプキンが床に落ちた。

「いいご身分ね——こんな店で食事なんかしてさ。ひとりで楽しくお食事ってわけ。手がかりひとつつかんでないくせに」

「失礼ですが」給仕係が女の腕に手をかけた。「お客さま？　もう少し静かにお話しいただけますか？　できましたら——」

「うるさい」女は給仕係の手を振り払った。「あっちへ行って。よけいなお世話よ」女はよろめく足で横へ移動し、最初に目に入ったグラスをつかもうとした。隣のテーブルに置かれ、赤ワインがなみなみと入っているグラスを。グラスの主が手を伸ばしたものの、女はすばやく横取りして防水コートの男に中身をひっかけた。ワインはまるで生き物のようだった——自分の意志で自由に動くことができるようだった。男の顔、男のシャツ、男の料理の皿、そしてテーブルに着地した。ほかの客たちは驚いてさっと立ち上がったが、当の男は座ったままだった。落ち着き払っている。

「娘はいったいどこ？」女はわめいた。「どこにいるの？　さあ、どうするつもりか言いなさいよ。さもないと殺すわ——あんたを殺して——」

警備員がふたり現われた。緑色のTシャツを着てヘッドセットをつけた巨漢の黒人が責任者らしい。女の腕に手をかけた。「お客さま、ここではみなさんのご迷惑です。さあ、場所を変えて事情を聞かせてください」

「あんたなんかに話すと思う?」女は彼の腕を払いのけた。「いいわ、話してやる。あんたが眠るまで話しつづけてやる。あんたが食べたものを吐くまで、ずっと話しつづけてやるわ」

巨漢の警備責任者が目につかないほどかすかにうなずくと、彼の部下は、女があがくのをものともせずに両腕をつかんで脇に下ろさせた。女はレストランのドア口へと連れて行かれるあいだ、声をかぎりにわめきつづけた――「あいつは娘がどこにいるか知ってるのよ」同情してくれるはずだといわんばかりに、警備責任者に怒りを訴えた。「あいつは気にもしてない。どうでもいいのよ。それがむかつくの。あいつは屁《へ》とも――」

警備員たちは女をドアから外へ押し出した。ドアを施錠すると、腕組みをして外を向いて立った。女は歩道で身もだえしている。防水コートの男は席を立つこともドア口へ目を向けることもしなかった。どうしてそんなに落ち着き払っていられるのかとたずねる者がいれば、男は肩をすくめるだろう。生まれつきの気質なのかもしれないし、日ごろの鍛練の成果なのかもしれない。とにかく、警察官であることが役に立っている。彼はブリストルの重大犯罪捜査隊に所属する私服組のひとりなのだ。ジャック・キャフェリー警部、四十二歳。もっとひどい状況を目にしたり体験したりしている。はるかにひどい状況を。

彼は無言でナプキンを振って広げ、顔と首筋の赤ワインをぬぐいだした。

ブリストル市
ビーチウェイ重警備精神科医療施設内にある
コーディネーターのオフィス

午後十一時ごろ、ビーチウェイ精神科医療施設の看護上級コーディネーターであるA・J・ルグランデは悪夢からはっと目が覚めた。心臓がばくばくしており、しばらくしてようやく、自分がどこにいるかを思い出した。服を着たままオフィスの椅子に腰かけて両足をデスクに載せていた。読みかけの報告書が床に散らばっている。

A・Jはおぼつかない手で胸をさすった。目をしばばたたき、上体を起こす。ドアの下方から差し込むわずかな光があるだけで、室内は暗い。自分にのしかかっていた小さな人影のおぼろげな姿がまぶたに残っている。その何者かは、彼の胸にまたがり、のっぺりした顔をぐいと近づけてきた。短い腕を彼の鎖骨に軽く載せていた。A・Jは唇を舐めながらオフィス内を見まわした。閉じたままのドアから何者かが脱出する光景を思い浮かべた。ドアの下方のすきまからするりと廊下へ出て、あとは病棟へとひたすら走って逃げる。

喉が詰まる。A・Jは襟のある服を着慣れていない——コーディネーターになってわずか一カ月で、いまだスーツに慣れていない。だいいち、身の安全のためにクリップ式のものを使うことになっているネクタイはどうだ？　どうも、まともにつけられないようなのだ。絶対にまっすぐにならないし、しっくりしたためしもない。足を床に下ろし、ネクタイをはずした。肺の息苦しさがわずかにゆるんだ。立ち上がってドア口へ行く。把手に手をかけて躊躇した。このドアを開ければ、スリッパの足音を響かせて人気《ひとけ》のない廊下を逃げていくナイトガウン姿の小柄な人影を目にすることになる。

深呼吸を三度。ドアを開けた。廊下の一方を見やり、反対側にも目を転じた。不審なものはなにも見えない。長年のあいだに見慣れたものだけだ——緑色のタイルを敷いた床、この病棟の見取り図が張られた緊急時集合地点、パッドつきの手すり。ぼんやり見える何者かのナイトガウンの裾が廊下の角を曲がって消えるなどということはなかった。

しばしドアの支柱に寄りかかり、頭をはっきりさせようとした。胸に馬乗りになる小びとたち？　ナイトガウンを着た小柄な連中？　小さな足音？　考えたくない言葉——〝ザ・モード〟。

くそ。拳で頭を打つ。二シフト連続勤務をして、きつすぎるネクタイをつけたまま居眠りした結果がこれだ。まさに異常事態。主任のはずなのに、どうして二日続けて看護スタッフと夜勤を代わってやるはめになるんだ？　本当に異常だ。以前はみんなが夜勤に入りたがった——たっぷりテレビを観たり寝だめしたりできるから。だが、先週のタンポポ病棟での一件で状況が一変した——突然、夜勤当番が沈みかけている船から逃げ出すネズミと化し、ありとあらゆる口実をもうけて欠勤の連絡を入れはじめた。だれもこの病棟で夜を過ごしたがらない——まるで、この世のものではないなにかがこの病棟に入り込んだかのようだ。

いまではＡ・Ｊもそんな気がしはじめている——現にこうして幻覚に見舞われている。オフィスへ戻ってふたたび悪夢に悩まされるのだけはごめんだ。そこでドアを閉め、気密式出入口を通って病棟へ向かった。コーヒーを飲みながら何人かの看護スタッフとおしゃべりをして、少しは正常に戻るとしよう。〝茎〟と呼ばれる廊下に設けられた大きな窓の外では風がうなっている——近年、秋は異常気象を呈している。初秋のころは気温が高すぎるのに、十月半ばになると強風が吹き荒れる。中庭の木々が大きく揺れてたわむ——木の葉や小枝が宙を舞っているのに、不思議と空は晴れ渡り、大きな月には雲ひとつかかっていない。

　この先の管理区域は闇に包まれ、ここから見えるふたつの病棟には最小限の明かり——ナースステーションと、廊下の常夜灯——しか灯されていない。ビーチウェイ重警備精神科医療施設はもともとビクトリア時代に建てられた救貧院だ。それが時代とともに変遷した——地区病院となり、やがて児童養護施設だった時代を経て、精神科病院になった。その後、一九八〇年代の〝地域ケア〟への変革が終わると、〝重警備精神科病院〟に指定され、自傷他害の危険性のきわめて高い患者を収容することになった。殺人者やレイプ犯、自殺願望の強い患者——そういう連中がここにいる。A・Jはこの仕事に就いて長い——だが、少しも楽にならないし、片時も気をゆるめることはない。とくに、入院患者が亡くなると。突然の早すぎる死。たとえば先週亡くなったゼルダ・ローントンだ。

　廊下の角を曲がるたびに、よろめく足で暗がりへと消える小柄な人影が前方に見えるのではないかと思う。だが、だれの姿も見えない。照明の落とされたタンポポ病棟は静まり返っていた。看護師用の給湯室でコーヒーを淹れ、それを持ってナースステーションに入ると、ひとりふたりが眠そうな様子でテレビの前に座っていた。「あら、A・J」看護師たちが気だるげに言って手を上げる。「どうしたの？　大丈夫？」

　A・Jは会話を始めようかと——たとえば、こうやって座ってテレビで映画を観ていればいいだけなのに、どうしてきみたちの同僚は電話で欠勤の連絡ばかりしてくるんだとたずねるとか——考えたが、彼女たちがテレビに釘づけなので、やめておいた。後方に立ってコーヒーを飲んでいると、テレビで黒ずくめの男たち《メン・イン・ブラック》がエイリアンを撃った。ウィル・スミスは超かっこいいし、トミー・リー・ジョーンズは超無愛想だ。悪党は片腕を失い、残ったほうの手に棲みついたカニともサソリともつかない生き物が姿を現わした。最高だ。

いまのこの病院にふさわしい場面だ。

コーヒーが効いた。目が覚めた。オフィスへ戻って、この世でもっとも退屈な報告書を最後まで読み通せるかどうか試したほうがいい。だが、あの悪夢がまだ頭を去らないので、気分転換が必要だった。

「深夜巡回は引き受けるよ」看護師たちに言った。

「気にせず、美容のためにたっぷり寝てくれ」

上の空の生返事があった。A・Jは給湯室でカップをゆすぎ、鍵の束を取り出すと、無言で廊下へ出て、夜の病棟へと歩を進めた。静寂のなかへと。

コーディネーターに昇格したことにより、いまの彼には、経営会議に出席して意見を述べたりスタッフの育成に取り組んだりすることが求められている。午後はずっと、地域の首長たちや警察関係者をまじえた刑事司法公開討論会《フォーラム》に参加していた――それも運命だと、観念しはじめていた。会議や書類仕事。毎日堅苦しいスーツを着ること。看護業務を懐かしむことになるなど夢にも思っていなかったが、ないともの足りないのがこの業務――夜の巡回だ。全員が眠っていることを確認する作業は、一種の満足感を伴う。一日が終わったという充足感。それは、大量の報告書からは決して得ることができない。

この階は静まり返り、いくつかの部屋からくぐもったいびきの音が聞こえるだけだ。ひとつふたつの部屋でのぞき窓から室内をうかがってみたが、動くものといえば、薄手のカーテンに映った木々の影がたわんだり襲いかかるように揺れるたびに眠っている患者の体の上でうごめく月の光だけだった。上の階は様子がちがう。階段をのぼりきった瞬間にそう感じた。不安を感じている患者がいる。第六感のようなもの――長年の経験で身についた感覚だ。患者の精神的な電波を察知する能力とでも言おうか。

先週ゼルダが亡くなったのがこの階だ。右手の最初の部屋、彼女が使っていた部屋は、ドアを開け放して、保守点検中の標識を置いている。寝具類を剝がれたベッド、開いているカーテン。差し込む月の光は青く明るい。トレイに載せて壁に立てかけた塗装用ローラー。朝と晩、娯楽室への行き来のためにこの部屋の前を通る際、つきそいのスタッフは、患者たちが室内をのぞき込まないように——泣いたり震えたりしないように——追い立てなければならない。さすがにA・Jも今月この部屋で起きたことについて考える気にならなかった。

　ことの発端は三週間ほど前だった。午後十時、A・Jは一部のスタッフの退出記録を確認するために残業していた。オフィスにいると、停電が起きて照明が消えた。当直の保守係員とともに懐中電灯を探したあと、すぐに問題の発生源をつきとめた——洗濯室の乾燥機がショートしたのだ。患者の大半はなにも知らない。多くは眠っていたし、まだ起きていた連中もろくに気づいていなかった。四十分足らずで電気は復旧した——すべてが正常に戻った。ゼルダをのぞいて。タンポポ病棟内の上階にある自室にいたゼルダは、明かりがついた瞬間に悲鳴をあげた。あまりに甲高い声だったので、A・Jは最初、通電により作動した警報装置の音だと思っていた。

　ゼルダが大声をあげたり文句を言い立てたりすることに慣れきっていた夜勤スタッフは、すぐに駆けつけたりしなかった。すっかり吐き出す時間を与えてやれば扱いやすくなることは、これまでの経験でわかっていた。だが、その判断が裏目に出た。A・Jと看護スタッフのひとりがようやく様子を見にいくと先客がいた。ドアが開け放たれ、院長のメラニー・アローがベッドの端に腰かけて、ゼルダの手を壊れやすい卵のように両手で包んでやっていた。ゼルダはナイトドレスを着て肩にタオルをかけていた。両腕が血まみれで、涙を流していた。身震いしていた。

　A・Jは気持ちが沈んだ。こんな事態だとわかっていれば、もっと早く駆けつけたのに。とくに、院長が施設内にいることがわかっていれば。院長の顔を見れば、この状況に満足していないことは明々白々だ。これっぽっちも満足していない。

「どこにいたの?」抑えた口調だった。「なぜ、この病棟にだれもいなかったの? 規則で定められているんじゃないの? 各病棟にかならずだれかいるように、と」

待機中《オンコール》の若手医師が呼び出され、ゼルダは検査のためにA・Jのオフィスの隣にある診察室へ運ばれた。あんなに黙りこくったゼルダを見たのは初めてだった。すっかり動揺していた。両腕の内側から出血していた。よく見ると、ローラーボールペンでえぐられた傷であることがわかった。腕の内側の全面に文字が書き込まれていた。メラニー・アローと医師がまばゆい蛍光灯の下で身を寄せ合うようにしてしゃがみ、A・Jは立ったまま腕組みをして壁に寄りかかり、しきりに足を踏み換えていた。寝ついた二十分後に起こされた医師はあくびを繰り返していた。持ってくる眼鏡をまちがえたため、やむなく目から三十センチも離して眼鏡を構え、ゼルダの腕を調べた。

「ねえ、ゼルダ?」メラニーがたずねた。「これは自分でやったの?」

「ちがう。自分でやったんじゃない」

「だれかにやられたということ?」メラニーはそう言って返事を待った。「どうなの、ゼルダ?」

ゼルダは不安げに身じろぎし、苦しいといわんばかりに胸をさすった。「だれかにやられた。ううん、なにかに」

「えっ? 〝なにか〟に?」

ゼルダは唇を舐め、のぞき込んでいる心配そうな面々を見まわした。血色はいい――頬の毛細血管が目立っている――ものの、持ち前の闘志は影を潜めていた。すっかり消え失せていた。頭が混乱している様子だ。

「アキュフェーズを百グラム」医師がぼそりと告げた。

「あとは朝までレベル1の経過観察――ふたりで当たってください。朝にはレベル2に下げることになるんじゃないかな」

A・Jはいま、ゼルダの使っていた部屋に首だけ突っ込んで室内を見まわし、ここで実際になにが起きたのだろうと考えていた。あの夜、ゼルダは本当はなにを見たのだろう？　胸の上に座り込んでいるなにかだろうか？　決意を秘めた小柄ななにか――ドアの下のすきまから逃げ出すことのできるなにかだろうか？

物音が聞こえた。A・Jは顎を上げた。右手のいちばん奥の部屋――モンスター・マザーの部屋だ。その部屋の前へ行き、ドアを軽くノックして耳をすました。

モンスター・マザー――本名ガブリエラ・ジャクスン――はA・Jのお気に入りの患者のひとりだ。ほとんどの時間、穏やかな状態を保っている患者。だが、穏やかな状態でなくなったとき、彼女が八つ当たりの矛先《ほこさき》を向けるのはたいてい自分の体だ。彼女の足首や太ももには決して消えることのない切り傷がいくつもあるし、左腕は肘から先がない。ある夜、電動肉切り器を使って自分で切り落としたのだ――住んでいた豪邸のキッチンに立って、平然とした様子で、切り落とした前腕をまな板に置こうとしていた。二度と浮気をしないでほしいと心の底から本気で願っていることを、飲み込みの悪い亭主に理解させるために。

この片腕の喪失こそ、彼女がビーチウェイに入院している主な理由だ。それと、現実に対するいくつかの〝突拍子もない〟認識が。たとえば、彼女はほかの患者はみんな自分が生んだと思い込んでいる――全員が極悪非道な悪党《モンスター》で、悪行を働いたのは彼女の毒された子宮から生まれたせいだ、と。モンスター・マザーというのは彼女が自分でつけた名前だ。彼女と長くおしゃべりすれば、この病棟にいるひとりひとりの出産の詳細を聞かせてもらえる——長時間に及んだ難産で、ひと目見た瞬間、生まれた子が悪党だとわかったという話を。

もうひとつの突拍子もない認識は、自分の皮膚は取りはずし可能だという思い込みだ。皮膚を剝がせば透明人間になると思い込んでいるのだ。

A・Jはもう一度ノックした。「ガブリエラ？」

患者自身が空想のなかでどんな人間になろうとも、かならず本名で呼ぶのがこの病院の規則だ。

「ガブリエラ？」

返事はない。

A・Jはそっとドアを開けて室内を見まわした。彼女はベッドに横たわって顎までシーツを引き上げ、皿のように大きく丸い目でA・Jを凝視している。つまり、彼女は〝隠れて〟いるつもりなのだ。〝皮膚〟を室内のどこか別のところに置き、そっちへ注意を引きつけようとしているということだ。A・Jはそんな妄想につきあったりはしない——だが、やんわりと疑念を口にする分にはかまわないが、正面切って否定してはいけない（これも規則で定められている）。

彼女と目を合わせないようにしてなかへ入り、腰を下ろして待つ。彼女は押し黙っている。小声も漏らさない。だが、モンスター・マザーのことは承知している。いつまでも黙っていられるはずがない。

案の定、そのうち彼女は身を起こして小さな声で告げた。「A・J。わたしはここよ」

彼はゆっくりとうなずく。それでも、彼女に目を向けることはしない。「大丈夫ですか？」

「いいえ、大丈夫じゃないわ。ねえ、ドアを閉めてくれる？」

患者の部屋に入ったとき、たいていはドアを閉めたりしないのだが、モンスター・マザーとは何年来のつきあいだし、いまの彼はコーディネーターという責任ある立場だ。そこで、立ち上がってドアを閉めた。彼女はベッドのなかで背筋を伸ばした。五十七歳だが、顔にはしわもなく、卵の殻のように青白い。真っ赤な髪。変わった目――瞳は明るいブルーなのに、まつげは何時間もかけてマスカラを塗りつけたかのように黒くて濃い。入院給付金はすべて着るものに費やしているのだが、どの服も、妖精たちのパーティに招かれた六歳児にこそ似合いそうだ。何色も取りそろえたふんわりしたチュール、バレリーナの衣裳のような丈の短いスカート、バラの髪飾り。

彼女が選ぶ色はその日の気分を映している。明るい気分のときは柔らかい色――ピンクやベビーブルー、淡い黄色、藤色を選ぶ。暗い気分のときは強く暗い色――あかね色やダークブルー、黒を選ぶ。今日はベッドの足もとから赤いレースのネグリジェが垂れているので、A・Jは彼女の気分を察した。赤は危険を示す色だ。皮膚もベッドの足もとにかけてあるのだろう。ネグリジェと彼女の顔の中間あたりに視線を向ける。ベッドの上方の壁の一点に。さしさわりのない場所に。

「どうしたんです、ガブリエラ？　なにか心配ごとでも？」

「脱ぐ必要があったの。ここは安全じゃないから」

A・Jはあきれて目を剝きたい気持ちを抑えた。モンスター・マザーはやさしく穏やかな女だ。たしかに頭が壊れてはいるが、その壊れかたは攻撃的ではなく、たいていは愉快なたぐいのものだ。A・Jは答える前に間を取った――今回も、彼女の妄想を否定も肯定もしない。「ガブリエラ――今夜は睡眠剤を服《の》みましたか？　服んだんですね？　わかっているでしょうが、あなたが服むのを見たかどうか、薬局に問い合わせます。薬局が見てないとしても……この部屋を探す必要はない。そうでしょう？」

「服んだわ、A・J。本当よ。だって、眠れないんだもの」

「次の補給はいつですか？　まだ確認してませんが、

ずいぶん先のはずです」

「十日後よ。わたしはおかしくなんてないわ、ミスタ・A・J。本当よ」

「もちろんです」

「でも、あいつが戻ってきてるの、A・J――廊下にいるわ。夜になってからずっと走りまわってる」

A・Jは目を閉じてゆっくりと呼吸をした。なにを期待してここまで上がってきたんだ？ ここへ来ればあの悪夢を頭から払いのけることができると、本気で考えていたのか？ 笑い声や陽気なおしゃべり、冗談を言って気をまぎらわせてくれる連中がいると期待していたのか？

「いいですか、ガブリエラ。その話は前にもしたでしょう。急性期病棟で話し合ったのを覚えてますか？」

「覚えてる。医者に言われたとおり、あのとき話したことを頭のなかの箱に入れて鍵をかけたもの」

「あの件は二度と口にしないと約束したでしょう？ 覚えてますか？」

「でも、A・J、あいつがいるの。戻ってきたのよ。あいつがゼルダを殺したの」

「高度ケア病棟で自分が言ったことを忘れたんですか？ あなたはたしか〝あいつは存在しない。ただの空想の産物――映画みたいなものよ〟と言った。覚えてますか？」

彼女はうなずいたが、目に宿った恐怖の色は消えていない。

「それはよかった、ガブリエラ。みんなにこの話はしてないでしょうね？」

「してない」

「よかった――たいへん結構。その判断は正しかった。その件は口外無用です――黙っていられますね。あなたが秘密を守ることができるのはわかっています。明日の朝、あなたの看護ケア計画の打ち合わせがある――

――この件は医師に話します――医師はなんと言うかな。

あなたをレベル4の経過観察下に置く——今晩だけ——それでいいですね？　私が観察に当たります。しかし、ガブリエラ……？」

「なあに？」

「とにかく……あいつを頭から追い出さないといけませんよ。本当に」

安全

　モンスター・マザーにしてみれば、A・Jに状況が見えないことが不思議でならない。彼は〝ザ・モード〟という言葉を口にすることすらできない。A・Jは思いやりがあるし頭もいいけど、第三の目を持っていない——彼にはこの病棟で起きている現実が見えないのよ。彼はわたしの言ったことを信じていない——〝ザ・モード〟がいるということを。あいつが新しく餌食にする相手を探しているということを。

　安全を確保するためならわたしがどんなこともいとわないということが、A・Jには理解できない。ま、それが理解できるぐらいなら、事態が深刻だということが理解できるはずよね。とにかく、彼には、皮膚を剥いだわたしの筋肉と腱が見えない。真っ白い頭蓋骨も、まぶたのないふたつのきらめく眼球も。なにが起きているのか、彼にはさっぱり見えていない。「では、おやすみなさい」と彼は言う。「あとで様子を見に来ますよ――約束します」

彼女はまたシーツを引き上げた。シーツの生地がむき出しの神経や皮膚のない筋肉にすれる。彼女は頭蓋骨を枕に載せて笑みを浮かべようとした――頬の筋肉だけを動かして。「A・J?」

「なんですか?」

「用心してね」

「そうします」

考えをめぐらせるようにしばし待ったあと、A・Jは廊下へ出てドアを閉めた。病院じゅうが静まり返っている。彼女は目を閉じることができない。まぶたがないのだから。でも、少なくとも〝ザ・モード〟に襲われる心配はない。仮にあいつがこの部屋へ入ってきても、ベッドの支柱にかけた皮膚のところへまっすぐ向かうはずだ。

今夜はなにもモンスター・マザーの胸に馬乗りになったりしない。

ブラウンズ・ブラスリー
〈ザ・トライアングル〉

キャフェリー警部は、ワインをひっかけた女に対して自分がどのような反応を示すかにレストランじゅうの客が注目しているのを感じていた。彼がやすやすと挑発に乗らないので全員が落胆したのがわかる。

キャフェリーは時間をかけてハンバーガーを食べた——彼らの目を意識しているとか急いでいるというようには見られたくなかったのだ。ときおり、ハンバーガーを噛みながらさりげなくドア口に——警備員ふたりの背中に——目を向ける。ふたりとも、脚を開き、腕組みをして、ガラスドアを向いて立っている。ドアの外では、例の女が——いまは立ち上がっている——おぼつかない足どりで歩道を歩きまわりながらドアマンに悪態をついている。

キャフェリーは、昼から刑事司法フォーラムに出席し、これ以上ない退屈な午後を過ごしたあとだった。拘置施設と精神科施設の入院病棟との連携業務に関する討論会だった——関心のない議題について意見を述べることにも、興味を持てない相手と長々とおしゃべりをして愛想よくふるまうことにも、うんざりしきっていた。だが、あの女が——名前はジャッキー・キットスンだ——今日ももう終わろうかといういまになって、ありふれた一日を特別な日へと変えてくれた。

特別な日だ。愉快な日ではない。前々からどこかで予想していた事態だ。

女はドアマンに八つ当たりするのをやめて排水溝に座り込み、両手で頭を抱えて泣いていた。キャフェリーが勘定を支払うあいだにドアマンがドアを開けた——やむなく外で待っていた客たちを店内へ入れた。新来の客たちは警戒するような目を女に向けながら、いらだたしげに入ってきた――足を止めたのは、外へ出ようとするキャフェリーを通すために脇へ寄ったときだけだ。

　キャフェリーは札入れを内ポケットにしまった。会計は四十ポンド。ひとり分の食事代にしては法外だ――だが、最近は金を使うこともめったにない。仕事のことを忘れるためになにか趣味を持とうと心がけてはいるのだが、それはたやすいことではないし、ひとりで食事をすることは趣味にはあたらない。いっしょに食事をする相手がいればどうだろう？　ぜひそうしたい女がひとりいるが、彼女とのあいだに存在する障害は山よりも高い。本人は知る由もないが、ジャッキー・キットスンがその障害に深く関与している。

「ジャッキー」キャフェリーはそばへ行って彼女を見下ろした。「私と話したいんでしょう」

　彼女は首をめぐらせてキャフェリーの靴をまじまじと見た。そのうちに顔を上げた――酔っぱらっている。泣きはらした目、頬にはマスカラの長い筋。首の上で揺れている頭。彼女は排水溝に嘔吐していた。ハンドバッグは車道の中ほど、黄色の二重線にまたがるように転がっている。なんともひどいありさまだ。

　彼はジャッキーの横に腰を下ろした。「さあ、ここにいます。私にどなりつければいい」

「どなりたいんじゃない」彼女はぼそりと言った。

「娘を返してほしいだけ」

「わかっています――みんな、そうです――われわれ全員、彼女を取り戻したいと思っているんです」キャフェリーはポケットを軽く叩いて、ここ数カ月持ち歩いている銀色と黒の二色使いのチューブを――Vシグだ――探した。行政と友人たちの長年の強い勧めを受け入れて、悪しき慣習を断ち切るべくようやく使いはじめたもの――スティール製の電子煙草《Vシグ》を。アトマイザーを充電器に差し込む。この仕掛けには、いまだに少しばかりとまどってしまう。幽体離脱でもして、こんなものをくわえている自分の姿を見れば、痛烈な言葉を投げつけたくなるにちがいない。通りがかりの車の連中や歩行者が、歩道に座り込んでいる男女に一瞥をくれていく。ハマーのピンクのストレッチ・リムジンが徐行しながら遮光フィルムの張られた窓を開けた。ピンクのカウボーイハットをかぶって初心者マークをつけたゲイが窓から身をのりだしてキャフェリーに手を振った。

「愛してるわ」通りざまに叫んだ。「本当よ！」

キャフェリーはニコチンの蒸気を吸い込んだ。しばらく口に含んだあと細い煙を吐き出す。「ジャッキー、ここは自宅からずいぶん遠いでしょう。どうやってここまで来たんです――ひとりで？」

「わたしはいつだってひとりよ。そうでしょう？　いっつもひとり」

「では、どうやって家まで送りましょう？　ここへは車で？」

「そう」

「エセックス州からはるばる？」

「ばか言わないで。泊まってるの――あるホテルに。車は……」片手で丘の下を漠然と指し示した。「どこかわからない」

「そんな状態で運転してないでしょうね？」

彼女はぼんやりした目を電子煙草に注いだ。「一本もらえる？」

「本物の煙草じゃありませんよ」

「じゃあ、取ってよ。わたしの――」彼女は目を細めてハンドバッグを探した。両手を投げ出すように下ろした――うろたえて両手であたりを探った。

「これでしょう」キャフェリーは車道のハンドバッグを取って渡してやった。彼女は手を止め、非難の目でにらみつけたあと、ハンドバッグをつかんだ――まるでキャフェリーが盗もうとしていたかのように。中身を探りだしたが、うつむくたびにアルコールのせいで平衡感覚を失うので、顔を上げて深呼吸をする必要があった。

「もう。なにもかもがぐるぐるまわってる。酔っぱらってるのよね？」

「バッグを閉じなさい、ジャッキー。それでは中身をすっかり失くしてしまいます。さあ、立って」キャフェリーは立ち上がった。彼女に手を差し出した。「ホテルまで送ります」

かつての救貧院

ビーチウェイの中心部にはかつての救貧院の名残が現存している——いかにも精神科病院だというイメージを払拭するために大々的な改築が行なわれた。古びた給水塔は——入院患者によって建物に放火された場合の対策として精神科病院によく設置されている——改修され、塔の存在を正当化するかのように巨大な時計が取りつけられた。意図したものか否かは不明ながら、各病棟はもともと、上空から見れば十字の形に見えるように配されていた。それが宗教的な意味合いを持つと危惧されたが、信託組織のある頭のいい人物が十字を四つ葉のクローバーに変えようという名案を思いついた。〝そのほうがはるかに有機的だ〟。

十字の四つの腕は本当にクローバーの葉の形状になるように広げられ、今日のビーチウェイができあがった。四つの〝葉〟それぞれが二階建ての病棟として病室をそなえ、一方にガラス張りの共同部屋が、反対側にマネジャー室と治療室が並んでいる。窓ガラスは凹凸がなくて大きく、壁はどこも丸みを帯びている。

〝茎〟もある——四つの病棟へ通じるガラス張りの廊下になっており、その先の中庭と呼ばれる中央庭園を突き抜ければ、管理部門のオフィスが弧状に長く延びている区域だ。すべての場所——各病棟、廊下、部屋、浴場——に花の名前がつけられている。

たしかに有機的だ。

A・Jは、モンスター・マザーの部屋を出ると、ゆっくりと〝葉〟のひとつひとつをめぐった。別の三つの病棟——キンポウゲ、ギンバイカ、イトシャジン——と廊下を巡回して、ほかにも動揺している患者がいないか確認した。大半が熟睡しているか眠りかけていた——睡眠剤の効果だ。まだ起きている何人かの病室に立ち寄り、低い声で言葉を交わした。モンスター・マザーと彼女の皮膚のことには触れなかった。

テレビ室でまだ『メン・イン・ブラック』を観て笑っている看護師たちのうしろを素通りし、〝茎〟を通って管理区域へ入り、自分のオフィスへ向かった。ドアを開けようとしたところで、廊下の二十メートルほど先に警備員のひとりの姿を認めた。みんなが大カラマツ《ビッグ・ラーチ》と呼んでいる巨体のジャマイカ人だ。ポケットに両手を突っ込み、壁に掛けられた額入りの絵に見入っている。その表情のなにかにA・Jは歩調を乱され、足を止めた。ビッグ・ラーチが横目で見て彼に気づき、にこやかな笑みを浮かべた。「こんばんは、A・J」

「こんばんは」

「フラグルたちは眠ってるんだろう？」

ビッグ・ラーチが言っているのは患者たちのことだ。役員たちの前ではだれも決して口にしないが、スタッフは人形劇の『フラグルロック』にちなんで患者たちをフラグルと呼んでいる。「ああ、みんな眠っている。〝探しつづけてさえいれば、魔法はいつだってすぐそこにある〟」A・Jは彼に歩み寄った。「どうかしたのか？」

「いや、べつに」ビッグ・ラーチはいささかばつが悪そうに、身ぶりで絵を指し示した。「ちょっと見てただけだ。いままでちゃんと見たことない気がしてな」

A・Jは額入りの絵をちらりと見た。十九世紀中ごろに建設されてまもないこの救貧院を描いた水彩画だ。こうした額は至るところに飾られている。時代ごとに変遷したビーチウェイ重警備精神科医療施設を描いたものばかり――救貧院を描いた腐食銅版、一九五〇年代に新院長の着任を報じた新聞の額装記事。改築工事が完了し、湾曲した窓ガラスが並んだ現在の施設の印象画。水彩画を見つめるうち、建物の見覚えのある箇所に目が行った――どれも、百五十年以上も前から存在した箇所だ。中央庭園、給水塔、いまは四つの棟の中心部となっている十字の中心軸。

「嵐は嫌いだ」ビッグ・ラーチがいきなり言いだした。「いやでも弱点のことを思い出すからな」

「弱点？」

ビッグ・ラーチはうなずいた。「一九八〇年代の建築家どもがろくに検討しなかった箇所だよ」

A・Jはビッグ・ラーチをちらりと横目で見た。不安の表情。ここ数日、施設内でよく目にする怯えた表情だ。そんなばかな。とにかく、信じられない。A・Jはかねてよりスタッフと親密になりすぎないようにしているが、ビッグ・ラーチだけは例外だった。この男には好意を持っている。酒を酌み交わしたことがあるし――彼の妻と幼いふたりの娘に紹介された――長いつきあいのなかで、この男が周囲に影響されやすいなどと思ったことは一度もない。

「勘弁してくれ。患者たちの問題だけでも手いっぱいなのに、警備スタッフまで気弱なことを言いだすなんて」

　ビッグ・ラーチはかすかな笑みを浮かべた。ばつの悪さを隠すように指を額に運んだ。気のきいた言葉を返そうとした瞬間、照明が点滅した。ふたりは頭をそらして天井を見上げた。照明がまた点滅した。すぐに安定して灯り、いつもどおり廊下を照らした。A・Jは目を細めた——ビッグ・ラーチを見つめる。一週間前に停電が起きたばかりだ——またしても停電するなどという事態はごめんだ。そんなことになれば患者たちが動揺する。

　A・Jは『トワイライト・ゾーン』のテーマ曲を口ずさみながら、幽霊を示す恰好で両手をビッグ・ラーチの目の前に突き出した。「ほら、スクービー、ソファの下に隠れるぞ」

　警備員は浮かない笑みを浮かべてA・Jの手をはたいた。「これだから男に打ち明け話なんてできないんだ。あんたみたいなくそったれがいるからさ」

　A・Jはため息をついた。とても笑い飛ばせる状況ではない。ビッグ・ラーチは断じて冗談を言っているのではない。

「気づいてないのか、A・J？　みんなが欠勤の連絡をしてくることに？」

「ああ。気づいてるさ。代わりに二シフト連続勤務をすれば、いやでも記憶に刻まれるからね」

「そうだな。なんて言ってるか知ってるか？　スタッフがさ」

「なにもいまその話をしなくても」

　ビッグ・ラーチは落ち着かなげに身じろぎした。襟もとに指を這わせた。「あるスタッフが夜中に目を覚ました。タンポポ病棟で勤務してて、目が覚めたとき、部屋になにかいるのが見えたと言ってる」

　A・Jは声をあげて笑った。大きすぎる笑い声は廊下に反響した。「ああ、それなら狭心症の発作だったんだ。医者に連れて行ったら、狭心症の発作だと言われたそうだ」首を振る。「これは――今回の……事態は……たんなる――」

「なあ、A・J、言いたいことはわかるだろう。警備スタッフを夜勤につかせるのに苦労してるんだ。夜勤当番にしたら、体調が悪いとか、車が故障したとかなんとかで欠勤の連絡が入る」

A・Jは両手をポケットに突っ込んで足もとを見つめた。話の行きつく先はわかる。集団ヒステリーだ。幽霊や心霊現象といった話題に関して、何年もの沈黙を経たあと突如として噂話やまことしやかな話がふたたび語られはじめた。スタッフたちは欠勤の連絡をしてくるし、モンスター・マザーは動揺しているし、ビッグ・ラーチは不安に苛まれている。自分まで集団ヒステリーに感染している。あんなとんでもない夢を見たのだから。

廊下の左右を見やった。人影もなく静まり返っている。膝の高さに設置された保安灯の明かりが差しているだけ、窓ガラスに当たる小枝や木の葉の音がするだけだ。もう潮時だ。正式な手続きを取ろう――朝いちばんに院長に相談するとしよう。この施設全体を崩壊させないためにも、つぼみのうちに危険の芽を摘み取らなければならない。

ブリストル市
ホテル・ドゥビン〈ザ・シュガー・ハウス〉

　車を走らせるうち、ジャッキー・キットスンが一日じゅうキャフェリーをつけまわしていたことがわかった。彼女は酔いにまかせていちゃついたり、暴言を吐いたり、涙を流して怒りをぶつけたりした。

「あんた、むかつくほど魅力的よね」彼女が腹立たしげに煙草を吸いながら言った。「こんなに憎んでなければ一発やらせてあげるのにね。このろくでなし」

　断片的な情報をつなぎ合わせたところ、彼女はセント・フィリップスにあるキャフェリーの勤務先の近くに車を停め、そこから歩いて彼を尾行していたらしい。明日、ある全国紙のインタビューを受けるという。新聞社が宿泊代を持つと言うし、ついでにキャフェリーに近づいて話ができるというので取材を受けることにしたのだろう。酒は昼食時に飲みだしたようだ。

　ジャッキー・キットスンが宿泊先に選んでいたのは、いかにも彼女らしく〈ホテル・ドゥビン〉だった――小さなホテルならではの魅力があり、セレブたちがたびたび宿泊しているのだ。泥酔状態で嘔吐物のにおいをまとった彼女が帰着し、警備員のような物腰の――ただし、シャツと襟に赤いしみがついている――男につきそわれてフロントでキーを受け取ると、従業員たちは苦い笑みを浮かべた。

　彼女の部屋は最上階のスイートだった――ブロンズ色と黒の反復模様が特徴的な壁紙、座り心地のよさそうな革張りの低い椅子。そこかしこにある塗装の施された鋳鉄製の支柱は砂糖倉庫だった時代の名残だ。この部屋から街の中心部を見渡すことができる――目の高さに見えているのは、夜間のライトアップを受け、空に向かってそびえ立つ洗礼者聖ヨハネ教会だ。

ジャッキーはすぐさまミニバーのウォッカとオレンジジュースを取り出してカクテルを作った。彼女がバスルームへ行ったすきに、キャフェリーはカクテルを窓の外に流し捨て、オレンジジュースだけをグラスに注ぎ直した。それをナイトテーブルに置き、開け放した窓のそばに立った。夜気は凍えるように寒い――通りに並んだバーを出入りする酔っぱらいたちの笑い声が聞こえてきた。

この地へ移って三年。生まれ育ったサウスロンドンの地理にくわしいように、ここブリストルの地理にも徐々に明るくなってきた。バーや、通りで起きた犯罪はすべて頭に入っている――酒のうえの喧嘩や殺人事件を思い出すことができる。ここから数百メートルのところにある店のバーテンダーが八年前、ほかの客がすべて帰ってふたりきりになるのを待っていた客に刺し殺された。その数メートル先の店では、喧嘩の果てに十八歳の若者が顔を切りつけられた。その隣の持ち帰り料理店は、ケバブだけではなくクラック・コカインとケタミンまで提供していた容疑で十九カ月前に家宅捜索を受けた。

隠された秘密を明るみに出すことがキャフェリーの職務だ。所属している部署――重大犯罪捜査隊（MCIT）――は、すべての殺人事件と困難な事件を扱っている。世間の注目度の高い事件を。たとえば、ジャッキーをあれほど怒らせている一件だ。

トイレの水を流す音がして、ジャッキーが出てきた。グラスの飲み物には目もくれず、ベッドに身を投げ出してうつぶせに寝ころんだ。

「大丈夫ですか？」

彼女は枕に向かってうなずいた。「睡眠剤を服んだ」

「それはまずいのでは？」

「服みたかったのよ」

キャフェリーは腕時計で時刻を確かめた。これでは待つほかない――彼女が嘔吐したもので喉を詰まらせて死なないように。あるいは昏睡状態に陥らないように。室内を見まわした。金色のクッションが点々と置かれたフラシ張りの茶色いソファで寝ればいい。ジャッキーに布団をかけてやってからバスルームに入った。洗面ボウルに栓をして水道をひねる。水が溜まるのを待つあいだに、ジャッキーがまき散らしたさまざまな錠剤の箱を調べた。どれも処方薬ではなく市販薬だ――制酸剤、鎮痛剤、何種類かの痩身剤。睡眠導入剤の箱もあったので、開けてみた。ブリスターパックから一錠が取り出されている。ごみ箱を確認したが、空《から》のパックは入っていない。ジャッキーは過量服用はしていない。

ブランドもののバスルームの備品から、用をなしそうなものを探した――ボディソープを見つけ、シンクに絞り出して泡立てた。そのあとシャツを脱いでシンクに放り込む。泡をすり込むようにして、襟についたワインのしみを洗い落とした。そのあとシャツをすすぎ、大きなレインフォール・シャワーヘッドにかけた。

タオルで手を拭きながらベッドルームに戻った。ジャッキーはさっきのままの姿勢だ。うつぶせに寝ころんで両腕を大きく開き、顔を一方に向けている。そばへ行って彼女のほうへ首を傾け、しばし耳をすました。彼女は目を閉じており、早くもかすかないびきの音が聞こえた。

革張りの低い椅子に腰を下ろして室内を見まわした。テレビがあるが、つければ彼女を起こしてしまう。雑誌が二冊。ページを繰ってみる――読みたいような記事はたいしてない。ブリストル郊外のあるデザイナーホテルの記事にふと目を留めた。今日の午後に訪れていたホテルだ――死ぬほど退屈だった刑事司法フォーラムに出席した際に。男性用トイレの天井に埋め込まれたダウンライトが照らしている打ち出し銅のシンクと、打ち放しコンクリートのフロントカウンターに見覚えがある。フロントでしばらく美人の専門家と——ブリストル市のある医療信託組織の上層部のブロンドだ——職業上の情報交換をしながら、脳の原始的な部分ではこの女をベッドに連れ込むことができるか否かを漠然と論理的に考えていた。あのイベントで彼が唯一興味を引かれたのがあの女だった。それ以外のことはまったく記憶に残っていない。

もう少し記事を読もうとしたが、集中できなかった。雑誌を置き、ふたたび室内を見まわした。酒類を並べたテーブルに置かれたアイスバケットに、リボンを結んだ豪華な花束が放り込んである。キャフェリーは立ち上がって花束に近づき、添えてあるカードを読んだ。ジャッキーが取材を受けることになっている新聞社の名前が記してあった。一年半前、ジャッキーの娘で、モデルをしていた二十五歳のミスティが、ウィルトシャーとの州境近くにある更生施設から歩いて出ていった。薬物依存症で、サッカー選手である恋人との関係がぎくしゃくしてはいたが、どちらの問題も、ミスティがそれ以後まったく姿を目撃されていないことの説明にはならない。近辺のあらゆる通りが何度も捜索された——手がかりはまったく得られなかった。昨日まで存在した彼女が、ある日、忽然と消えてしまった。毎年数万もの人が失踪していることもあり、失踪人が責任能力のある成人の場合、警察が捜索に費やす時間はあきれるほど少ない。だが、ミスティは二流の有名人だった——若い美人だ。警察が通常なら捜索を打ち切るころになっても、マスコミの関心は薄れなかった。ジャッキー・キットスンはタブロイド紙の常連となった——ミスティが最後に目撃された場所に立つジャッキーの写真が何度も紙面に載った。更生施設のきれいに掃かれた白い階段に立って、娘が最後の数日を過ごした建物を沈痛な面持ちで見つめる姿。娘の写真を持ち、ハンカチを顔に押し当てたポーズ。彼女は思いつくかぎりの言葉で警察の無能ぶりを非難している。

そのひと言ひと言がキャフェリーの腹を突き刺すナイフのようだった。ミスティを探し出すべく設置された特別チームの捜査責任者である彼は、あの失踪事件にずっと苦しんでいる——検証班から重大犯罪捜査隊へ何度も差し戻されるうち、ミスティの名前は彼の頭に焼き印のように刻まれた。だが、事実は小説よりも奇なり。世のなかは決して見た目どおりではない——一年以上もキャフェリーはあの事案に踏み込まないようにしながら番犬のように守っていた。熱心に捜索に取り組んでいると見せかけると同時に、ミスティ失踪の真相について自分の知っている事実から捜査チームの目をそらしつづけた——警察官として逸脱した行為、いや、あるまじき行為だ。彼はとんでもない秘密をずっと隠しつづけている。いまさら明かすことのできない秘密を。

　派手な花のあいだにカードを戻した。明かすことができないのか？　それとも、明かす気がないのか？　あるいは、たんにその心の準備ができていないだけだろうか？　あの秘密を明かすためには渡らなければならない橋がもうひとつあり、それを彼はもう何カ月も避けつづけてきた。

「知ってるわ」ジャッキーが不意にベッドで声を発した。「わかってるのよ」

　キャフェリーは彼女が眠っているものと思っていた。ゆっくりと近づいた。彼女は目を開けないが、キャフェリーの姿が見えているかのようにうなずいた。身じろぎもせず、目は閉ざしたままで、声はくぐもっている。

「わかってるの」

「なにがですか、ジャッキー？　なにがわかっているんです？」

「娘が死んでるってことはわかってる」

　捜索に加わった捜査員のだれひとり、ミスティがまだ生きている可能性などちらりとも考えなかった——

もうずいぶん前から。ジャッキーが同じ結論に達するのにこれほどの時間と労力を費やしたことに、キャフェリーはかすかに身震いした。

「でも、大丈夫」彼女は続けた。目を閉じたまま口だけを動かしている。「娘が死んでいてもかまわない。わたしの望みはひとつだけよ」

「なんですか？」

「なんとしても遺体を取り戻すこと。あなたにはわからないのよ、弔ってやる遺体がないのがどんな気持ちか。望みはそれだけよ」

〝ザ・モード〟

言い伝えによれば、〝ザ・モード〟はビーチウェイ重警備精神科医療施設が救貧院だった一八六〇年代に寮母を務めていた女の亡霊だという。小びとに生まれついた彼女は純然たる決意とひたむきさにより、救貧院内で権力を持つ地位にのぼりつめた。彼女は職権を濫用した。素行の悪い子どもはシスター・モードに罰を受けたと言われる。たとえば、馬乗りになって、むせるまでスプーンで〝薬〟を口に入れられたり、聖書の文言を――指から血が出るまで何行も――書き写させられたりしたらしい。シスター・モードがドレッシングガウンのなかに秘密を隠していたという言い伝えもある――彼女は本当は〝シスター〟ではなく、女装した男の小びとだったというのだ。

四年半前、A・Jがこの精神科医療施設で働きはじめる直前のことだが、夜になると自分の病室にだれかが入ってくると思い込んだポーリーン・スコットという拒食症患者がいた。侵入者は彼女の胸に馬乗りになって窒息死させようとする、と。彼女は切りつけられた脚を医師に見せた。太ももに〝悪事を働くなかれ〟という言葉が彫り込まれていた。彼女の部屋のごみ箱から、伸ばして血まみれになったクリップが何本か見つかった――本人はそんなものはまったく知らないと言い張った。みんなはポーリーンをあまり好いていなかったので、脚にそんな文字を刻まれていい気味だと思った。彼女は急性期病棟へ戻され、三週間の経過観察を受けた。

その一件からまもなくA・Jがこの施設の仕事に就いたとき、スタッフが教えてくれたのはそれだけだった。夜間のナースステーションでは、ひそひそ話や冗談が交わされ、だれかが暗がりに隠れて別のだれかを怖がらせようとしていた。その一件を深刻に受け取っている者もいた――深夜勤務をしていたある派遣看護師が、窓ガラスを引っかく音をたしかに聞いたと言い張り、二度とこの精神科医療施設に足を踏み入れようとしなかった。過敏な質《たち》のソーシャルワーカーは、窓の外を見たときに、ビクトリア朝風の白いドレスを着て芝生に座っている小びとを見たと言った。小びとはなにもしていなかった、たんにこの施設を見ていた、のっぺりした顔が月明かりを受けて光っていた、と。

A・Jはそれを娯楽程度に――ちょっとした気晴らしだと――考えていたひとりだ。ところが、〝ザ・モード〟がふたたび現われた。さすがに、だれの顔からも笑みが消えた。

モーゼス・ジャクスンは長期入院患者だった――がりがりの手脚に白髪の男で、扱いにくい患者だった。正真正銘、どこまでもいけ好かない野郎だった。意地

が悪く、嘘つきで、下品。決まって女性スタッフを
〝割れ目ちゃん〟と呼び、よくパンツを引き下ろして自分の一物を見せていた。女性スタッフを彼とふたりきりにさせられないため、彼の世話に人手と、さらには時間まで取られるようになった。それを指摘しようものなら、モーゼスが人種差別だと騒ぎ立て、それについてどう対処するかを信託組織の上層部に説明に来させろと要求するであろうことは目に見えていた。

当時、A・Jはまだ平《ひら》の看護師だった。あの朝、早番勤務のために出勤すると、病院は大混乱状態だった――看護師たちはメモや電話を手に病棟から病棟へと駆けまわり、役所の連中が工具セットを手に出入りし、キンポウゲ病棟からこの世のものとは思えない悲鳴が聞こえていた。〝抑制・拘束〟の当番だった看護師たちは別の病棟へ行っていた――A・Jはそのうちに悲鳴に耐えきれなくなり、自分が行って対処することにした。モーゼスは自室の中央に立っていた。下半身がむき出しで、一物を握りしめて泣きわめいていた――壁を見つめて。壁じゅうを埋めつくすように赤いフェルトペンで落書きがされていた。何百もの語が――壁や幅木から天井にまで。

最悪の事態や奇妙な状況なら、A・Jはビーチウェイに来る前にもさまざまな施設で目にしていたが、あのときの異様さは桁ちがいだった。しばし言葉も出ないまま、純然たる破壊行為を呆然と見つめていた。

「モーゼス」A・Jは笑いたいような泣きたいような気持ちで首を振った。「ねえ、モーゼス、なんのためにこんなことを？」

「わしがやったんじゃない」

「医師が出す薬を変えたんですか？」A・Jはモーゼスをしげしげと観察した。看護ファイルでメモを見た覚えがない――変更があれば看護スタッフに明確な指示が出される決まりだ。とくに薬が変更される場合は。

「昨夜、いつもとちがうものを口にしましたか？　昨

日一日のあいだには？」

「わしがやったんじゃない！」

「わかりました」A・Jは辛抱強く応じた。室内は不快なにおいがした。魚の焦げたようなにおいがかすかにしたので、換気窓のひとつを開けた。むだ毛の白い骨張った両脚の前にぶら下がっている老人の性器をちらりと見た。「パンツをはきましょうか？　医師の診断を受ける必要があります——むき出しの男の徴《しるし》を見られたくないでしょう」

「わしが脱いだんじゃない」

「とにかく、はいてはどうですか？」A・Jはパジャマのズボンを差し出した。「はい、どうぞ」

　モーゼスがそれをはいているあいだに、A・Jは室内を歩きまわり、首を傾けて落書きを読んだ。

〝女にみだらな目を向ける男は頭のなかで姦淫を犯している〟。

　別の箇所には〝右目が罪を犯させるなら、その目をえぐり出して捨てよ〟とある。

　同じ文言が何十も繰り返し書かれていた。落書きをすべてこすり落とすか、上からペンキを塗るほかない。

「モーゼス」A・Jは落書きに注意を引かないように冷静な口調で言った。「朝食に行きましょうか？」精神科の看護師としての長年の経験から、話題を変えたり患者の注意をそらしたりするのにもっとも効果的な方法は食べ物の話をすることだと、A・Jは知っていた。「デザートはシロップをかけたワッフルだそうですよ」

　モーゼスはいそいそと食堂へついてきたが、現実からますます遠ざかりつつある顔になった。若干の副作用を伴う薬が効きはじめたらしい。ズボンに失禁の跡、口から真珠のネックレスのように垂れたよだれ。ほかの患者たちはモーゼスに近づかなかった。自分の世界に引きこもっておとなしく列に並んでいたモーゼスは、右目に拳を押し当てて猛烈な勢いでこすりつづけていた。

　事態が深刻になったことに最初に気づいたのは、発育が止まったように小柄な体格で髪をマッシュルームカットにした長期入院中のアイザック・ハンデルだった。

「おい」彼が看護師のひとりに言った。「あれを見ろ」

　看護師たちが目を向けた。モーゼスは列から離れ、食堂に背を向けていた。わずかに腰を折り、頭を下げて、顔をいじっているようだった。Ａ・Ｊの反応は遅かった。すぐさま駆けつけるのではなく、淡い笑みを浮かべてのんびりと食堂を横切った――モーゼスのやっていることに対して、不安よりも興味を覚えていた。

「モーゼス？　大丈夫ですか？」

「スプーン」ハンデルが言った。「やつはスプーンを持ってるぞ」

　退院間近の患者を収容している病棟ではスプーンの使用が認められている。それまで、スプーンが危険物あるいは脅威だと見なされたことはなかった。Ａ・Ｊはモーゼスに背後から近づいた。落ち着かせるために背中に手をかけようとした瞬間、モーゼスの顎から何かがぶら下がっていることに気づいた。いや、ぶら下がっているのではなく、したたっている。血だ。絶え間なくしたたり落ちているから、紐でもぶら下がっているように見えたのだ。

「抑制・拘束！」Ａ・Ｊは反射的に、携帯している警報器のリングを引き抜いていた。「抑制・拘束、食堂だ。それと、救急隊を呼んでくれ」看護師が三人駆けつけて、モーゼスの体をつかんで床に仰臥位に組み伏せるのに手を貸そうとした。だが、モーゼスは十人力だった。Ａ・Ｊの手を振りほどき、自分の顔に行なっていることをやりつづけた。

「頭はわたしが」看護師のひとりが大声で言った。

「左腕と左脚を」別のひとりが言った。「全員をここから出せ」Ａ・Ｊはどなった。

ほかのスタッフたちも駆けつけ、警報器の音が建物じゅうに鳴り響いた。モーゼスの顔から、なにかの栓が抜けるような乾いた奇妙な音がした——周囲が騒然としているのに、はっきりと明瞭に聞こえた。Ａ・Ｊはのちに報告書を書く際、どんな音だったかを説明するのにもっとも適した表現を考えるうち、焼いた鶏もも肉を骨から引きはがすときに油のまわった白い関節がずれて腱が切れる音に似ていると思った（あの日以来、Ａ・Ｊは決して鶏肉を食べようとしない）。もちろん、あの音の源は鶏の関節ではない。白身に血の混じった卵を思わせるねばついた球体がモーゼスの頬に転がり落ちた。スプーンが床に落ちて音をたて、モーゼスが膝から崩れ落ちたあと、意識を失いかけて左手をついた。

「救急隊」Ａ・Ｊは声を張りあげた。「救急隊を呼べ。救急隊だ、救急隊……」

凡人ジョー

夜勤は永遠に終わらない気がした。Ａ・Ｊは努めてふだんどおりに仕事を続けた。報告書を書き上げ、何度かの巡回をこなし、モンスター・マザーの様子を三度も確かめたが、そのどれもが少しも楽しくなかった。とくにコーディネーターのオフィスにひとりでいることが。室内は暑すぎるし、温度変化によって窓ガラスが膨張したり収縮したりして音をたてた。仮眠をとろうとするたびに、頭のなかでさまざまな言葉が水中音波探知機《ソナー》の反響音のように鳴り響いた。〝救急隊だ。とにかく救急隊を呼べ〟……ピーン、ピーン、ピーン。〝右目が罪を犯させるなら、その目をえぐり出して捨てよ〟……さまざまな光景が四方の壁で渦を巻く。食堂の食物保温器に載せられた軟骨と血。うまそうな音をたてて焼け、ワッフルに混ざる。

救急隊はすぐさま駆けつけたが、モーゼスの目を救うことはできなかった。義眼を入れてもらって二週間後にここへ戻ったモーゼスは、人が変わったようにしおらしくしていた。みんなが彼を避け、腫れ物にさわるように接していた。あの朝モーゼスが自分の目をスプーンでえぐり出すに至るようななにを見たのかという憶測が、患者たちのあいだで取り沙汰された。それに、あの壁の落書きは？ そうした憶測もたんなる噂話にとどまっていたのだが、ある日、リハビリサイクルへの復帰を認められて、退院間近の病棟へ戻る努力をしていたポーリーンが〝非監視での敷地内自由行動〟中に姿を消した。警察への通報、捜索チームの出入り、事情聴取の開始。数カ月後に、敷地内でももっとも遠い一角、捜索チームが設定した捜索範囲のすぐ外の落ち葉の山のなかから腐乱死体が発見されたのは、病院を運営する信託組織にとって痛恨のきわみだった。腐乱が進んでいたため検死解剖で死の原因を特定できず、信託組織も警察も解剖を担当した病理医も検死法廷も、〝死因不明〟という判断を下した。

その一件のせいで噂話は急速に広まった。ヒステリー状態が野火のように広がり、だれも彼もが〝ザ・モード〟や心霊現象について口にしていた。それまでは状態の安定していた患者たちが精神崩壊の危機に陥り、どの病棟でも悲鳴が響き渡り、〝抑制・拘束〟チームが廊下を駆けまわっているありさまだ。退院間近の病棟にいた患者の半数が急性期病棟へ戻され、その他の患者たちも談話時間や一時退院、特権の行使が認められなかった。スタッフ不足になり、部署の垣根を越えて長時間に及ぶ会議が何度も開かれ、新たな指示があれこれと出されはしたが、おおむね大混乱状態だった。

医療チームがのりだした。事態の収拾に苦労したものの、患者ひとりひとりに個別セラピーを行なって

〝ザ・モード〟はたんなる妄想で噂話にすぎないと穏やかに諭すことにより、徐々に院内の平静を取り戻したのだった。施設運営がふたたび円滑に進められるようになった。不満のひとつもあがることなく四年が過ぎた。心霊現象に言及する者はひとりもなく、〝ザ・モード〟に関する言い伝えもあとかたなく消えるものと思われた。ところが三週間前、起床したゼルダ・ローントンが両腕が落書きに覆われているのを見つけて悲鳴をあげた。それで、バン――病院はふたたびヒステリー状態に陥った。

　やかんの湯が沸いた。A・Jはインスタントコーヒーをスプーンに山盛りで二杯すくってカップに入れ、湯とミルクと砂糖を加えた。それを持って窓ぎわへ行き、考えにふけりながらコーヒーを飲み、中庭に朝の気配が忍び込むのを眺めた。嵐は去ったが、中庭は水びたしだ。何年も前にソーシャルワーカーが小びとを見たと言った場所が、いまは折れた枝や落ち葉で覆われている。木立に隠れてほとんど見えない一隅に墓石がある――ビクトリア時代にこの施設で亡くなった子どもたちが眠っている場所だ。ビクトリア王朝末期にある慈善家が金を出し、〝名もなき神の子〟のための墓所を作ったのだ。現存する墓石はひとつだけ――ほかはすべて、一九八〇年代の改修工事の際に掘り返して移転された。その改葬の際に――病院史によれば――〝ザ・モード〟の墓も移転されたらしい。眠りを妨げられた〝ザ・モード〟は亡霊となり、何年も経てようやくこの病院に戻ってきたのだという。

　それならば、そろそろ〝ザ・モード〟を墓へ戻すための手続きに取りかかろう、とA・Jは考えた。

　昨夜はずしたクリップ式ネクタイを手に取り、コンピュータの画面を鏡代わりにして襟もとに留める。大きく息を吸い、両手で安物のスーツの襟をなで、画面に映る姿を眺めた。出生証明書に記された名前は〝A・J〟などではない――〝A・J〟というのは、ある患者に出す薬の組み合わせを変えたくなるとナースステーションに入ってきて、指を鳴らして担当看護師を呼びつけていたある横柄な医師が数年前に彼につけた呼び名だ——返事をしないと、その医師は病棟じゅうに聞こえるほどの大声で「おい、きみ——そう、きみだ——凡人——A・J——きみに言ってるんだ」とよくわめいたのだ。

凡人《アベレージ・ジョー》。A・J。その呼び名が定着した。彼はたしかに平凡な人間だ。平均的な身長、平均的な年齢（四十三歳）、平均的な給与。A・J・ルグランデ。まるでどこかの黒人ラッパーのような名前だ。実際、彼にはわずかながら黒人の血が流れている——祖母が黒人だった——が、見た目ではそれとわからない。髪は癖毛ではないし、皮膚の色はコーヒー色というよりも地中海人種のような褐色だし、鼻筋の通った鼻はいかにもヨーロッパ人らしい。唯一A・Jが欲しいと思うのは、黒人のような脚——サッカー選手のように長く強靱な脚、ビッグ・ラーチのような脚だ。あんな脚なら、見せびらかすことのできる夏が来るのが待ち遠しくなるだろう。だが、A・Jの脚はちがう——毛深くて白人らしい、ごく普通の脚だ。格好いいところがなにも遺伝してないのに、黒人の祖先を持つことになんの意味があるだろう？　ときどき、しいて言えばエルビス・プレスリーに似ている、と言ってくれる人がいる——特定の光のなかで、ある角度から見れば。それが本当ならうれしいとA・Jは思う——たとえ十分の一でもプレスリーのような容貌かカリスマ性に恵まれていれば、こんな場所で働いてやしない。まして、冷静かつ論理的に院長に説明しなければならない状況に不安をつのらせてやしないことは確かだ。この施設に亡霊がいることを。そして、看護上級コーディネーターである自分がこの異常な事態の収拾に失敗したことを。

疲労と気の重さを覚えつつ、A・Jは廊下を進み、気密式出入口をいくつか通った。院長のメラニー・アローは、院長室を管理ブロックから臨床区域へ移動すると言い張ってみんなを怒らせた。彼女は病棟間に延びる中央廊下を臨む中二階の一室を奪い取っていた。その部屋は改築され、壁が取り払われてバスルームとキッチンが設けられた。簡易ベッドも備えつけられ、彼女はよくそこで夜を過ごしている。それは暗黙のルールをいちじるしく損ねる行為だ。なにしろ、看護スタッフのなかに上層部のスパイが入り込むことになるのだから。そして、スパイは往々にして、こっちが居眠りをしたりポルノ映画を観たりしているもっとも間の悪いタイミングに姿を現わすものだ。

　階段の前でA・Jは躊躇した。院長室のドアの下から光が漏れている。それが、ゆうべ彼女が簡易ベッドで眠ったことを意味するのか、あるいはこんな早朝に彼女が出勤してきたことを意味するのか、A・Jには判断がつかなかった。自分が無能だと否応なく思い知らされる相手は、ほかならぬメラニー・アローだ。ここビーチウェイのスタッフのなかで唯一A・Jよりも古株の彼女は、手ごわくプロ意識が高いという評判で、煙たがられている。かげでは〝氷の女王〟と呼ばれている。不思議なことに、平の看護師だったころはメラニーとの関係に問題はなにもなかった。職場で彼女とじかに接する必要はなく、顔を合わせる機会といえばオフィスのパーティだけだったし、そういう席ではだれもが気をゆるめている——泥酔して、彼女が自分を誘惑しようとしていると思い込んでしまった夜のことは、忘れたほうがいいぐらいだ。だが、コーディネーターとなったいま、A・Jは以前よりもひんぱんに彼女と連絡を取り合う必要があった。彼女が〝氷の女王〟と呼ばれる所以をはっきりと実感しはじめていた。

　ゆっくりと階段を上がり、こうして緊張していることにわずかないらだちを覚えながらドアをノックした。しばらく間があったのち、「はい？」と返事があった。

「A・Jです」

「どうぞ入って、A・J」

A・Jはドアを開けてなかに入り、自信たっぷりにほほ笑みながら、目を合わせなくてすむように彼女の顔の三十センチほど手前を見つめた。彼女はデスクについている。顔にコンピュータの画面の明かりを受け、鼻先に金属縁の小ぶりの眼鏡が載っている。彼女が昨日は十二時間も働いていたことは知っている——彼とともに刑事司法フォーラムに出席したあと、その足で信託組織との会議に向かった——が、疲れた様子はまったく見えない。いまいましいほど落ち着き払ったブロンド——規律と抑制を保っている。A・Jの体には黒人の血が流れているかもしれないが、メラニーの体に触れればきっとフィヨルドを感じるにちがいない——水分を含んだ絹のような髪、この世のものとは思えないほど青白い皮膚、フェイスペイントで書いたみたいに鼻の上にくっきりと浮かんだそばかす。例によってシンプルなデザインの白いブラウスと良識ある女性校長のようなスカートという、医療施設で権限を持つ人物らしいいでたちだ。そんな衣服に包まれた体はスタイル抜群だ——A・Jは、そしておそらく男性スタッフの大半は、ほぼそう確信している——が、だれもそれを口に出そうとはしない。たとえ気をゆるめた席でも。そんなことをすれば雷に打たれるという罰を受けるにちがいない——聖母マリアの容姿を云々するに等しい不謹慎な行為だからだ。

「どうしたの、A・J?」彼が黙っているので——例によって口がきけなくなっていた——メラニーは眼鏡をさらに下ろして縁越しに彼をまじまじと見つめた。「なにか用だった?」

彼女は気が強いわけでも、高慢なわけでも、性急なわけでもない——精神科病院によくいる一部の院長のように声を荒らげたりどなって指図をしたりしない——むしろ、声は低く、口調は控えめだ。簡潔で明瞭な話しかたのおかげで、きびきびしたプロらしい口調に聞こえる。必要最低限の言葉で情報を伝えると話はおしまい。A・Jのように規律と抑制を欠いた人間にとってはとてつもない脅威だ。

「問題があるんです」A・Jは切りだした。「ゼルダ・ローントンの一件絡みで」

メラニーはうなずいたものの、それ以外の反応は示さない。

どう説明したものかわからず、A・Jは首を振った。「心臓発作のことです。噂では……」ばつが悪くなり、首をさすった。「みんなが妙だと言っています――自然死のはずがない、あんなに若いのにああもあっさり死ぬなんて、と」

依然、メラニーは反応を示さない。いつものことだ――口を開く前にあらゆることを慎重に検討し、相手をどんなに待たせようと意に介さない。

そのうちに彼女が言った。「検死解剖の結果はまだ出ていないわ。いまのところ、心臓発作だと言ったのは駆けつけた救急隊だけよ。いずれ検証が進めば、不審死なのか自然死なのかがはっきりするでしょう」

「しかし、みんながどう思っているかはご存知でしょう。例の噂がまた取り沙汰されていることは？」

「例の噂？」

「そうです。あの件……つまり、患者たちがときおり受け入れている超自然現象のことですよ」

この言葉を聞いて、表情こそみじんも揺るがなかったものの、メラニーの頬にかすかに朱が差した。以前〝ザ・モード〟の噂が病院内を駆けめぐったときは、正常な状態に戻すまでに、長きにわたって緊張を伴う複雑な作業が必要だった。メラニーが陣頭指揮を執ったのだ。「例の妄想のことね」

「そうです。あれが戻ってきて、その影響が広がっています――スタッフのあいだに。この一週間の夜勤当番の欠勤率は四十パーセントです。ポーリーン・スコットとモーゼスに起きたことがそのまま繰り返されているんですよ」

「それで、A・J、あなたの提案する対処法は？」

「私の提案ですか？」彼はなすすべがないというように両手を広げた。「いえ、わかりません。対策マニュアルを調べたほうがいいのかもしれません――〝亡霊が廊下をうろついている〟場合の対策マニュアルを。冒頭に〝役員会の週次報告書に含めること〟なんて書いてあるかもしれませんよ。そのあと〝とくに第十七項に関しては、信託組織関連の倫理委員会に提出するべく三枚綴りの用紙に記入せよ〟と続くんでしょうね。さらに――」

「皮肉なんて求めていない」メラニーの目は大空のように青く澄んでいた。「妄想が広まっていることに対する対処案をたずねたのよ」

　A・Jはしばし黙り込んだ。メラニーはあまりにそっけない。プロ意識に徹した顔は怖いほど無表情だし、理由はさっぱりわからないが〝妄想〟という語の言いかたにいらだちが表われている。そんな風に感じるのは、モンスター・マザーの不安をこんなに軽くあしらうのは気の毒だと思うからかもしれない。あるいは、まだ生々しく感じられるあの夢のせいだろうか。あの小さな手、小さな顔。目をそらして、窓を、霜の降りた地面に突き立つ古い裸の木々を見やった。さらには窓ぎわの棚のすきまに押し込むように設置されたメラニーの簡易ベッドを。ここに泊まる夜、彼女は熟睡できるのだろうか。夢を見るのだろうか。

「それを院長が教えてくれるのではないかと思いました」ようやく言った。「そう願っていたんです」

　彼女は思案げに指先でデスクを打ちながらA・Jの顔を見つめた。女性校長に観察されている気分になる。

「いいわ、わかった」彼女は眼鏡を押し上げて、デスクの大きな用紙になにごとか書きつけた。「院内の手まわしはわたしにまかせて――医師たちにはわたしが対処する。前回と同様の手を打ちましょう——患者ひとりひとりに個別セラピーを行なうの——グループミーティングではなく。当面、看護スタッフへの対処はあなたにまかせる。それでいい？」

「結構です」彼はぼそりと答えた。「ありがとうございます」

「どういたしまして」

院長室を出ようとドアに手をかけた瞬間、背後からメラニーの声が聞こえた気がした。彼は向き直った。

「はい？　なんと言いました？」

メラニーが彼の顔をしげしげと見ている。これまで見たことのない表情を浮かべている——彼には読み取ることのできない表情を。まるで、彼と話をしたいのに会話をどう切りだしたものかわからないというようだ。

「はい？」A・Jは繰り返した。

「この施設に亡霊が出ると、あなたは思っているの？」彼女の目が一瞬だけ揺らいだ。ドアの底部に向いた。すぐに、そこから目を転じるとほぼ同時に咳払いをした。「つまり、今後も病欠の連絡を入れたい気持ちになんてならない？」

「もちろんです」A・Jはそんな質問を退けるように小さく肩をすくめた。「だって、なにを怖がることがあるんです？」

「そうよね。怖がるものなんてなにもないわ」彼女はコンピュータに向き直って何語か打ち込んだ。「とにかく、院内のできごとは逐一報告してちょうだい」

橋

五時間ほど眠ったキャフェリーが目を覚ましたとき、ジャッキー・キットスンはまだベッドでいびきをかいていた。寝返りをうって横を向き、彼女を見つめた。彼女の娘の失踪についていつまでも嘘を言いつづけるわけにいかない。これ以上は。

「ねえ」ソファから小さな声で言ってみた。「あなたの言ったとおりです。私は阿呆だ」

ジャッキーはまったく反応せず、いびきをかきつづけるだけだった。キャフェリーは窮屈なソファで眠ったせいで痛む体を起こし、着て寝たホテルのローブの紐を結んだ。裸で起きだしたりしたら、新聞にどんな見出しを掲げられるか想像がつく。〝ミスティ失踪事件――捜査責任者がホテルで母親といかがわしい密会〟。

部屋を横切ってベッドの脇へ行き、ジャッキーの様子をうかがった――呼吸を確認する。死ぬことはない。音をたてないようにしてバスルームに入った。シャワーを浴び、コーヒーを淹れ、ホテルの備品のカミソリでひげを剃ろうとして切り傷を作り、傷口をふさぐためにやむなくジャッキーの香水を使った。シャツは、襟が少しばかりしわになって湿っているものの、ほぼ着られる状態だ。鏡で自分の姿を確認する。率直に言って、ひと晩ソファで眠った男に見える。においもひどい。ジャッキーが寝過ごしてはいけないので、部屋を出る前に目覚まし時計を九時にセットした。そのあと、そっと部屋を出た――音をたてないようにドアを閉めた。ホテルの外に出ると、どの通りも静かだった。バスが一台現われた――まるで空席のまま移動する軽い立方体だ。後部に座っている中年女ふたりは、どちらも眠りこけており、車体の動きに合わせて頭がかすかに揺れている。バスが通り過ぎるのを待って道路を渡り、ドア口にビールの木箱を積み上げてある〝ホワイト・ライオン〟へ向かった。アルコールと蜂蜜と麻薬の強く甘いにおいを嗅いで、昨夜は酒を一滴も飲まなかったと気づいた。数カ月ぶりだ。聖人ぶった考えを抱いたからにちがいない。泥酔状態のジャッキーに会ったせいだ。微発泡天然水のバドワを飲むのが正しいという気がしたのだ。

　歩道に格子状のふたがはめ込まれている。大半の人間は知らないことだが、そこから、通りの下方を絶え間なく流れる地下河川につながっている。キャフェリーは地下を延々と流れる水に思いを馳せた――その流れに運ばれるものたちのことに。この目で見たことがあるので知っている。プラスティック製の壊れた椅子、ネコの死骸、ポテトチップスの空き袋、水に浮いている空き缶。それらすべてが、ここから数百メートル先、港への注ぎ口に取りつけられた格子の歯に引っかかっている。まるで餌を食い溜めした巨大なヒゲクジラの腹だ――ごみを溜め込んでいる。隠されたものたち。そうした秘密の上方を私たち人間が歩いている。地中。過去。毎日その上を歩いているのに、決して気づかない。死体を永遠に隠すことのできる場所が何十とあることに。

　キャフェリーは、ミスティの眠っている場所をジャッキー・キットスンに正確に教えることができる。教えることはできるが、まだ教えていない。ある人物を守るためだ。ほんの少し大目に見てやる必要のある人物を。ほんの少し大目に見てるだけだ、とみずからに言いわけをする。一生涯分も大目に見ているくせに。そんなことを考えるのは、行動を起こす潮時だからだろうか？　いいかげん、避けつづけてきた橋を渡る時機なのか？

　電子煙草を取り出してカートリッジをはめ、人工の煙を吸い込んだ。電子煙草を口から出して、つくづくと眺める。くそ。本当にくそだ。こんなものでも、人体に害を及ぼす煙を吸い込んでいる気にさせられる。カートリッジをはずし、格子状のふたのすきまに放った。クジラにくれてやる。

車を駆って家へ帰る意味はない——職場へ直行しよう。車を停めた場所へと向き直った。連なる屋根の上方が朝の日差しに染まりはじめている——濃い乳白色に。新たな一日が始まる。ライトアップされた洗礼者聖ヨハネ教会の尖塔の近くで、枯れ葉が一、二枚、螺旋を描いて舞っている。キャフェリーは足を止めた。ゆっくりと首をめぐらせて、教会墓地の門の奥をのぞき込む。ごみ容器、犬の排泄物用ごみ容器、小径にこびりついたチューインガム。墓石に供えられた造花はどれも、この街の発するさまざまな煙霧のせいで黒ずんでいる。側面が大理石になっている二基の墓石には、みんなが用いているらしい緑色のガラス玉のような石が置かれていた。その奥に見えるビクトリア時代の墓石は——祈りを捧げる天使像が載っている——苔むして、いまにも倒壊しそうだ。

弔ってやる遺体がないのがどんな気持ちなのかがあなたにはわからない、とジャッキーは言った。その点では彼女はまちがっている。キャフェリーにはその気持ちが痛いほどわかっている。長年その思いを味わっているのだから。ムーアズ殺人事件の犠牲者の母親ウィニー・ジョンスンが息子の埋められた場所を知らないまま亡くなったときなど、一日休みを取り、自宅のキッチンに腰を下ろして窓から外を眺めつづけたぐらいだ。キャフェリーは長年、ウィニー・ジョンスンやジャッキーと同じ思いを抱えて生きてきた。これからも、その思いとともに生きていく。

ただ、キャフェリーの場合、行方がわからないのは息子でも娘でもない——兄だ。だからこそ、自分の胸に秘めているのかもしれない。世間の連中は、わが子を失った悲しみは永遠に乗り越えられないということは理解しているが、兄を失った悲しみについてはどうだろう？　三十五年も引きずっていることについては？　とうに乗り越えていてしかるべきだ。手がかりは山のようにあり、追える線も山のようにあったが、そのどれも、彼を具体的な証拠——遺体——へと導いてはくれなかった。弔う遺体があれば、胸のしこりを取り払うことができるのかもしれない。耳について離れない声を。そう、ジャッキーが考えている以上に、彼はジャッキーの気持ちをよく理解している。

　天使像を見つめた。なぜか、あれは子どもの墓だとわかる。門を開けようとして上げかけた手を止めた。その場に立ちつくすキャフェリーの胸で、心臓が激しく打っている。

　橋を渡れ、ジャック。とにかく行動を起こせ。

ペイシェンスとスチュワート

　いつもなら、一歩外へ出れば職場でのできごとを忘れることができる。今日はそれができなかった。小雨と朝のラッシュアワーのなかを車で家へ帰るあいだ、A・Jの思いはビーチウェイへと戻っていた。夢のなかで見たのっぺりした顔と、胸の圧迫感ばかりが思い出された。その後メラニーと交わした会話を頭のなかで再現していた。

　またしても、ゼルダ・ローントンの検死解剖報告書に死因はなんと記されるんだろうかと考えた。精神科施設内での死はすべて警察と外部の検証チームによる調査を行なうと、法律により定められている。検証チームの責任者の話では、だれに解剖をまかせるかに関して検死局内でちょっとした議論になっているらしい。ゼルダの死は、内務省の検死官による金のかかる本格的な解剖を要請するほど不審だとは思えないものの、一般病院に所属する病理医は精神科施設で不慮の死をとげた患者を解剖する責任を負いたがらない。この難問はピンポン球のようにフラックス・バートン検死局内を跳ねまわっていたが、ようやくだれかが腹をくくり、検死官に代わって〝特別な〟解剖を――どうやら通常の解剖と司法解剖の中間を指すらしい――行なうことを一般の病理医に要請したという。それが三日前。したがって、まだ検死解剖の結果を待っているという状況なのだ。

　案外、救急隊の見立てどおりだったのかもしれない。ゼルダは若かったが、重度の肥満――百二十キロを超える体重――で、ろくに運動をしていなかった。そういった点を考えれば、心臓発作で死亡しても不思議ではない。ひじょうにものぐさで、自力歩行ができるくせに、どこへ行くにも車椅子を押してもらっていた。着ている服は縫い目がはち切れそうだし、すれてただれないように両脚のひだにスタッフがワセリンを塗ってやる必要があった。彼女の持っている衣類は赤いTシャツ七枚にグレイのジョギングパンツ七枚、赤いソックスが七組。それ以外のものは着ようとしなかった。体が大きくなりすぎ、繕ってばかりいるせいで、どれも布というよりもかがり糸のかたまりのようになってしまったあとでも。食べることとテレビを観ること以外のすべてが、ゼルダの権利に対する侵害だった。なにかというと精神保健制度に不満を言い立てた――スタッフは何度、虐待やら猥褻行為やらレイプやらの罪を着せられたことか。言い返したいと思う人間は多かったが、だれも彼女に逆らわなかった。彼女の気分ひとつで病棟全体の雰囲気が左右される――みんなが彼女の気分に影響されるからだ。だれもが綱渡りのような毎日を送っていた。

A・Jはゼルダに好意を持っていたふりなどできないし、そうする気もない。だが、細い田舎道のはずれにある自宅に着くころには、両腕が血にまみれていたあの夜のゼルダの姿を頭から消し去ることができないことに気づいた。彼女がぶちまけた精神保健制度に対する不満の数々も。それに「だれかが……なにかが」という言葉も。

　ハンドブレーキを引き、エンジンを切った。車内に静寂が流れ込むにまかせた。このあたりには見るべきものなどない――セバーン川の広大な氾濫原とバークリー城があるだけだし、廃炉になった原子力発電所の壮大な眺めも、美しいのは日没ごろだ。近所に住人はなく、いるのは牛たちだけ。辺鄙な場所にぽつんと建つ〈エデン・ホール・コテージ〉――彼が生まれ育った家。そこで母親のドリー・ジェシー・ルグランデとおばのペイシェンス・ベル・ルグランデ――ジャマイカ人とのハーフでブリストル出身の威勢のいい姉妹――に育てられた。母親は三年前に他界したが、おばのペイシェンスはいまなお壮健だ。ますます元気になっていく。

「いったいどこにいたんだい？」家に入ったとたん、居間からペイシェンスがどなった。「『デイブレイク』は終わったよ――そろそろ、くそつまらない『キャッシュ・イン・ジ・アティック』が始まるところ」

　このおばに忍耐《ペイシェンス》という名前はふさわしくない。だれ彼なくどなりちらすし、電話中にかちんと来ただけで受話器を叩きつけるように置くし、順番待ちの列なんて無視するありさまだ。怒りっぽく短気で、不思議な力を持っている――惑星の重力の中心をなしているのか、あらゆるものがおばの軌道に引き寄せられるのだ。おばの機嫌が悪いと、棚からものが落ちるし、見知らぬ赤ん坊が泣きだす。おばの機嫌がいいと、まるで太陽が顔を出したようだ。だれもが笑顔になり、恋人たちはキスを交わし、言い争いが終わる。A・Jはペイシェンスを殺してやりたくなる日がある——顔に枕を押しつけて窒息死させる。おばが飲む紅茶に砒素を混入し、切符を売ってみんなに死の場面を見物させる。ただし、おばがいないと生活できないことはよくわかっている。それと、雑種犬のスチュワートが。ペイシェンスとスチュワートだけが彼に残された家族なのだ。

「残業だよ」と大声で答えた。先ほどキッチンから出てきたスチュワートが彼を見て興奮し、ぐるぐると円を描いている。A・Jは上着をフックに引っかけると、腰をかがめて耳のうしろをなでてやった。「仕事って言葉はわかる？ 職場でいろいろ大変なことが起きてるんだ」大変どころじゃない、異常事態だ、と思った。メラニー・アローの言った〝妄想〟という言葉が引っかかっていた。まるで彼がゆうべ見た夢を正確に知っているみたい——彼がほかのみんなと同じぐらいビーチウェイの不可解事件の影響を受けていることを見抜いているみたいだ。

「おいで」彼はスチュワートを伴って疲れた足どりで居間に入った。ペイシェンスは両足をソファに上げて座っていた。強情そうに腕組みをしているので、紅茶の入ったカップが肘先にある。暖炉の火は大きく暖かく、その横に彼が積み上げた薪の山があって、室内はとても居心地がいい。使い込まれて座り癖のついたソファや椅子、母さんが手作りした雑多な感じのパッチワークのクッション。ペイシェンスはくたびれ果ててソファに身を沈める彼を見つめていた。ペイシェンスは彼のことをよくわかっている。彼がそこに座るのは頭をリセットするためだ。

「朝食がオーブンに入ってるよ」と言った。この家の朝食は、年によって日付けの変動する移動祝日のようなものだ。どの勤務シフトであれ、彼が帰宅すれば——午後二時だろうと午前二時だろうと——〝朝食〟が用意されている。キッチンにはいつも、大の男を泣かせるようないいにおいが満ちている。「何度も温め直して、とうとう時間の無駄だって思い至ったよ」

「悪かった。電話すればよかったね」

「本当にガールフレンドができたんじゃないんだね、A・J？」このごろはおばのペイシェンスまでが彼を〝A・J〟と呼ぶ。「わたしとスチュワートは気にしないよ——ひと晩かふた晩、わたしたちだけで過ごすのは平気だからね」

「ガールフレンドなんていないよ」

「本当に？」

　ペイシェンスはいつも、ガールフレンドを見つけなさいとうるさく言う。あまりにしつこいので、実際にガールフレンドができたらどんな反応を示すだろうかと考えずにいられない。喜ぶよりもガールフレンドの存在に脅威を感じるんじゃないか、と。

「きっと結婚相談所で働いてるとでも思ってるんだね？　それか、下着専門写真家のためのロケ地探しをしてるかなんかだって」

「あんたがどこで働いてるかは知ってる」

「それならわかるだろう。女の園じゃないってことは」

　ペイシェンスは唇を引き結んだ。「外で木に愛をささやくほうがいいっていうんだね」

「いいかげんにしてくれ」彼は腕を組んで天井をにらんだ。「今日は、環境保護論者だ云々の説教は聞きたくない」

　この二年間、彼はリンゴ酒醸造サークルに所属している。できるだけ上質のリンゴ酒を作るため、各自が醸造して出来を競い合うというサークルだ。たまたま、リンゴ酒の醸造と関係の深い伝統的な行事のひとつがワセイリングだった。西部地方に古くから伝わるワセイリングは、果樹にその年の収穫を感謝し、来年も豊かな収穫をもたらしてくれることを祈る儀式だ。そのあと、果樹から厄を追い払うために大声をあげながらちょっとした踊りを行なう。それを醸造技術の腕比べまでのいい暇つぶしだとA・Jとサークル仲間たちが考えているものだから、ペイシェンスは、甥が反体制派でバイパス建設に反対する環境テロリストだ――クシイモリ一匹の命を守るためなら排水渠に立てこもることもいとわない覚悟だ――と決めつけた。勝手に思い込んだあげく、ずうずうしくもA・Jをなじる――人のことを言えた義理でもないくせに。賭け店へ行っていないとき、おばは、車庫でこっそり違法に酒を造るために原へ行ってスローベリーやダムソンプラムを摘んだり、せっせとジャムを作るための果実を探しまわっている。このコテージには土地が――そう、広大な土地が――あるのに、庭と呼べるものはない。コテージの外には、ビアトリクス・ポターの描いた『ピーターラビット』の水彩画のように、札を立てた畝《うね》が何列も並んでいる。ペイシェンスはシカが食べたものや、今年はウサギが菜園を狙うかどうかについてしょっちゅう騒ぎ立てる。そのときどきの旬の野菜を正確に知っている。いまだって、なにが旬なのかをたずねたら、すらすらと名前を挙げるにちがいない――カボチャ、アーティチョーク、セイヨウカリン、キャベツ。だからといって彼は、おばを環境保護論者だと呼びはしない。

彼は立ち上がってキッチンに入り、朝食を皿に盛った。おばが作ってくれた大量のフェンネル入りスクランブルエッグ。山盛りのマッシュルーム炒め。厚切りベーコン三枚。トマトケチャップと自家製パンの大きなひと切れを添えて席につき、食べだした。

ゼルダの遺体を見つけたのはA・Jだ。シフトについた直後だった。あおむけに横たわり、いびきでもかいているようにわずかに口が開いていた。十二日前の例の自傷騒ぎのあとなので腕にはまだ包帯が巻かれていた。おばには話していない――「遺体を見つけたんだ」と口に出して言いたくないからだ。そう言えば

「この三年間で二回目だね」と返ってくるのはわかりきっている。おばとは母さんの話をするし、そこらじゅうに写真も置いているが、母さんが死んだいきさつについてはふたりとも口にしない。

　窓の外、巨大な発電所の何本もの塔の向こうに、セバーン川をとらえた朝日が見える。ゆっくりと徐々に職場のことが脳裏を離れて、A・Jはひとりの男に戻っていった。どこにでもありそうなキッチンでどこにでもありそうなテーブルについて、どこにでもありそうな朝食を食べている、どこにでもいそうな男に。

東部から来た男

　ブリストルのいわゆる〝引き込み〟運河の周辺は、かつてこの街の石炭火力発電の中心地だった。発電事業で高濃度のシアン化合物が生成され、その広大な地域は長らく使用不能地とされた。一九八〇年代に大金を注ぎ込んで都市再生計画が進められたにもかかわらず、その地域には、戦争中に電撃攻撃を受けたまま放置された教会や、車のショールーム、産業施設が点在するだけだ。運河沿いに立ち並ぶかつての保税倉庫も大半は窓や出入口を煉瓦でふさがれてしまっている。そんなさびれた一角に、重大犯罪捜査隊は本部を移していた。一九七〇年代に建てられ、当時は電力会社のオフィスとして用いられていた打ち放しコンクリートのビルに。
隊長である警視は別として、キャフェリーは、だだ広いワンルーム形式のオフィスにどうにか個室を確保してもらえた数少ない人員のひとりだ。彼の部屋からはスパイン・ロードの高架と、バートン・ヒル地区のクリーム色とオレンジ色の二色使いの高層ビル群とが見える。室内にはデスクがひとつと椅子が数脚、イケアの赤い小型ソファがひとつ、コーヒーや紅茶を淹れるためのスペース、せいぜい六缶パックのビールと紙パック入りのミルクが一本入る程度の小型冷蔵庫がある。個人的な写真や証明書や新聞記事の切り抜きは一枚もなく、ミスティ・キットスンの大きな写真と彼女の失踪に関する書類を収めたキャビネットがひとつあるだけだ。刑事部屋には現在進行中の捜査に関する資料を置くスペースしかないため、ここへ運び込んだのだ。ミスティの写真の横には、陸地測量局発行の地図にラミネート加工を施したものが三枚貼ってあり、色の異なるピンを刺してある。ピンにはそれぞれ意味がある――いずれも、ミスティの失踪に関係のある場所だ。その他の場所については頭のなかに収めてある。そこにはまだ同僚たちの目を向けさせていない。

午後はずっと、ピンを刺した場所について考えをめぐらせ、検討を加えていた――どのように進めるかを決定する段階まで至ろうと努めた。この問題については、ある長期作戦を頭のなかで転がしながらもう何カ月も考えつづけている。解決策はある。だが、それを実行に移すためにはある人物の協力が必要だ。ある女――同僚でもある警察官の協力が。彼が守っている女。その女が唯一の障害なのだ。彼女にどう切りだすかをまだ決めていない。それにより事態が悪化しかねないからだ。

ミスティの写真から一歩下がり、なんらかの指針を与えてくれることを期待して彼女の顔に目を凝らす。その顔は実寸大よりも心持ち大きい――目がキャフェリーの目と同じ高さだ。ミスティは美人だった。口さがない連中がどう言おうと、その美しさを損ねることはできない。キャフェリーは彼女の目に焦点を合わせようとするが、距離が近すぎる。バランスが悪い。あきらめて顎を引いた。顔を近づけ、額を彼女の額に押し当てた。

ドアにノックの音がした。キャフェリーは写真から後退した。デスクへ行って席に着く。仕事に追われていたと見せかけるものを探し、マウスをクリックしてコンピュータをスリープ状態から解除すると、キーボードを手前に引き寄せた。

「はい？」

ドアが開いた。すきまから警視の顔がのぞいた。

「ちょっといいか？」

キャフェリーは腕時計で時刻を確かめた。「とっくにお帰りだと思っていました」

「それはきみの願望だろう。相談がある」

「相談？　悪い話ですか？」

「ちがう——ちょっとした確認だよ」警視は一冊のファイルを持ち上げて振ってみせた。「検証班の報告書だ」

キャフェリーは席を立って椅子を一脚、引き出した。警視が入ってきて、それに腰を下ろした。薄茶色の髪をした大柄な男——もとはテロ対策情報部隊（ＣＴＩＵ）のテロ対策チームの所属で、チームの武器類のひとつがなくなるという不祥事の責めを負ってここへ異動になったことは暗黙の事実だ。警視は単刀直入に本題に入った。

「さて——話というのはこうだ。われらが友人の捜索は」——顎先でミスティの写真を指す——「縮小することになる。大赤字だからな」

「どういう意味です？」

「解決のめどが立たない事件に、うちの数少ない警部のひとりを無駄に割り当てておくわけにいかないという意味だ。この件の責任者には部長刑事を充てる。もはや最重要事案ではないからな」

キャフェリーはペンを手に取り、それでゆっくりとデスクを打った。「申しわけありません」と言った。

「お断わりします」

「では、そう記録しておこう。そうすれば検証班も読むことになる——キャフェリー警部は申しわけないが断わると言った、と」

「本気で言ってるんです——担当をはずれるのは拒否します。着手した事案は最後まで担当するのが信条なもので」

「内務省が赤字削減を信条とするようなものだ。人事部は人員削減に着手している——現場は壊滅的に人手不足だ。人員が足りない。無駄を省き、捜査を打ち切ったり縮小したりしている。きみの希望など問題外だ——私の希望も問題外だ——そうしなければならんのだ。彼女が失踪した日以降、新たな情報はなにひとつないのだし、きみには別の事案を担当してもらいたい。明日の午前中にこの件を部長刑事に引き継いだら、最初にそのドアから入ってくる事案に着手しろ——世間の耳目を集める連続殺人鬼という最重要事案だろうが、家庭内暴力という重要度の低い事案だろうがかまわん。それがきみの担当だ」

「だめです。いま担当を交代するのは間が悪い。ジャッキー・キットスンがブリストルへ来ているんです」

警視は一瞬の間を置いて聞き返した。「なんと言った?」

「インタビューをいくつか受けるんだそうです。マスコミがわれわれに張りつくでしょう。いま、この事案の重要度を下げるのはまずい。なにか発表する必要があります。少なくとも、マスコミに餌を与えないと——関心の目を彼女からそらすようなものを」

警視はそれについてしばし考えをめぐらせながらキャフェリーの顔を食い入るように見つめ、彼が我意を通すために理屈を並べ立てているのかどうかを見きわめようとした。昇進してもおかしくないとだれもが認めているのに自分の意志で警部にとどまっているこの男には、いつも手こずらされている。ある日ふらりと東部からやって来たこの都会人は、ロンドンでのやりかたや考えかたが身についている。この重要犯罪捜査隊に所属しながら、心はどこかよそにある。チームプレーヤーではない――気むずかしい一匹狼だ。上司の命令に従わないくせに、かならずどうにかして事件を解決する。検挙率はこの隊でいちばん高いので、警視は怒りと誇りといまいましさと不安とを同時に覚えている。自分が上司だということをキャフェリーに明確に示す方法をずっと模索中だ。

「これは決定事項だ。きみは次の事案の捜査責任者になる。以上」

「では、かけ持ちします――次の事案を担当し、ミスティの件もひきつづき担当します」

「どんな事案であれ、捜査責任者たる警部には百パーセントの力を注いでもらいたい」

「まあ見ててください。次にそのドアから入ってくる事案を担当しますし、ミスティの件ではマスコミを振り払ってみせますから」

「マスコミの連中にどんな餌を与えるつもりだね？　また再現映像でも作るのか？　彼女が更生施設の階段を下りる映像を？　前回はまったく効果がなかっただろう。手がかりが無数に寄せられたか――全然だ」

　キャフェリーはペンでテーブルを打つ力を強めた。今日一日、そのことばかり考えていた――警視の言うとおり、再現映像では成果が得られなかった。マスコミを満足させると同時に、胸に秘めた長期作戦を実行に移すための最善の方法は、ミスティが消息を絶った地域の再捜索を行なうことだ。だが、ミスティ失踪事件が最重要事案から格下げされれば、これまで上限なく使えていた予算も失うことになる。

「あと三週間ください。結果を出してみせます」

警視はあきらめたようにため息を漏らした。「いいだろう――マスコミには欲しがっている餌を与えろ。だが、次にそのドアから入ってくる事案にも百パーセントの力を注ぐこと。わかったな？」

「よくわかりました」

「きみのそういうところが気に入っている、ジャック」警視は低い声で皮肉たっぷりに言った。「つねに波長が合う点がね」

警視が出ていく際、キャフェリーは席を立つこともドアを開けて押さえてやることもしなかった。座ったまま、ペンでデスクを打ちつづけていた。ミスティの視線を感じたが、あえて向き直りはしなかった。

「そんな目で見るな」そのうちにぼそりと言った。「準備はすっかりできている」

夢

昼ごろ、Ａ・Ｊの携帯電話に、またしても夜勤当番のスタッフふたりから欠勤の連絡が入ったという知らせがあった――交代要員がだれも見つからなければ、今夜もＡ・Ｊが穴埋めすることになる。予定をすべて変更しなければならない。体と心の休養に使えるのが二十時間ではなく、たったの六時間になる。Ａ・Ｊはアイマスクをつけてベッドに入った。ゼルダ・ロートンのことを考えるうち眠りに落ちていた。あの医療施設ではなく、これまで夢のなかで何度も訪れた場所の夢を見た。閉ざされた窮屈な部屋、あるいは、湾曲したきらめく壁に囲まれた洞窟だろうか。まわりじゅうのものの表面に埋もれたいくつもの小さな顔が思案げに彼を見つめている。だが、どの顔にも脅威は覚えない。むしろ、どの顔も安らかな表情を浮かべている。どういうわけか、ここは安全だと感じる――ここでは良いことしか起きない。体がどんどん透けていくので、いよいよ呼吸を完全に止めて、完全に透明になった体で針穴のように小さな穴を通り抜けようと考える。その穴の先は永遠に日の差す場所だ。そこでは、木々になった果実はどれも甘く熟し、小径は淡い金色で草は緑色だ。母さんもそこに、なだらかに起伏している丘陵のどこかにいるはずだ。

だが、いつも決まって、穴を通り抜けようとした瞬間に目が覚める。A・Jはベッドに横たわって荒い呼吸をしながら、美しいものをその手から奪い取られたような思いを味わっていた。

ここは家だ。薄いカーテンを通して淡い光が差している。寝返りをうち、寝ぼけ眼を置き時計に向けた。五時十五分。A・Jはやれやれといった顔で掛け布団をめくった。足を床に下ろす。七時には勤務についていなければならない。

シャワーを浴び、ひげを剃り、ペイシェンスの淹れてくれたコーヒーを大量に飲んだ。そのあと家を出て、ソーンベリーでスーパーマーケットに寄り、夜に食べるものを――ポテトチップスとかチョコレートとか子どもがおやつにするようなものを――買うことにした。スタッフはみんなそうしている――職場で過ごす夜の退屈をまぎらすためにスナック類を持ち込んでいる。店内の棚に〈フォリジャーズ・フェア〉のジャムがあった――地元産の商品で、市販されているジャムのなかで唯一、家に置くことをペイシェンスが認めているものだ。現に〈フォリジャーズ・フェア〉のジャムをけなしはせず、ヒントを得ている。明日の朝おばに渡そうと、買い物用のかごに何瓶か放り込んだ。

ふだんと変わらぬ田舎町の晩秋の夕方――二店のスーパーマーケットと薬局とギフトショップはまだ開い

ている。酒店、インド料理店、中華料理店も。だが、買い物袋をいくつも提げてスーパーマーケットを出るときに、ふだんとは異なる光景に目を留めた。道路向かいで、歩道に膝をついている人を二、三人が取り囲んでいた。

　A・Jの内なる善きサマリア人《びと》はとうの昔に死んだ——職場で面倒を抱え込んでばかりいるので、本能的に背を向けて立ち去ろうとした——が、簡単な救急処置方法を知っているため、見て見ぬふりはできなかった。彼は道路を渡った。近づくうちに、歩道にしゃがみ込んでいるのが女だとわかった。どうやら片手を負傷しているだけのようだ——女がその手に白いハンカチを押し当てている。白いレースのブラウス、藤色の革のストラップパンプスから続く優美な足首と力強いふくらはぎ。そのふくらはぎの主がだれかはすぐにわかった——なにしろ、たびたび見つめているふくらはぎだ。メラニー・アロー。〝氷の女王〟だ。

「本当に」彼女がやじ馬連中に言っていた。「大丈夫です」脇に落ちた買い物袋の周囲に透明な液体が広がっている——そのなかにガラスの破片がいくつか落ちていた。

「本当です——大丈夫ですから」

「大丈夫そうに見えないぞ」だれかが言った。「血が出てるじゃないか」

　たしかに血が出ている——ハンカチはすでに血に染まっている。ひとりの女がハンドバッグのなかからつかんで取り出したティッシュペーパーが花びらのように歩道に舞い落ちた。A・Jは買い物袋を歩道に置いて、通り向かいの薬局へ急いだ。店内は空いており、店員が見つけられるかぎりの包帯を急いで出してくれた。彼は代金を支払い、走って外へ出た。

　やじ馬連中はまだいたし、彼の買い物袋もあった。だが、メラニー・アローは立ち去ったあとだった。

「どうしたんです？」大声でやじ馬連中にたずねた。

「あの女性はどこへ行きました？」

ハンドバッグの女が駐車場の方向を顎で指した。

「大丈夫だって言ってたわ」

A・Jは向き直り、また道路を渡った。駐車場が狭い――こんな時間なので空いている――おかげで、見慣れた黒いフォルクスワーゲン・ビートルをすぐに見つけた。文句のつけようがない美しさだ――夕日が反射して車体がきらめいている。数年前の型だが、生産ラインから出る際に仕上げとしてホルダーに挿された明るい色の造花はまだぴんとしている。運転席にメラニー・アローがいた。わずかにうなだれているせいで、髪が顔にかかっている。手からとめどなく血が出ている。手首を伝う血はティッシュペーパーでは抑えきれないようだ。

「こんばんは」A・Jは窓ガラスを軽く叩いた。顔を上げたメラニーは彼を見てぎくりとした。彼は手をまわして、窓を開けろという動作を示した。彼女は首を振った。

「気にしないで」と口が動いた。「大丈夫よ」

「大丈夫じゃありません」彼はドアハンドルを試した――ロックされている。また窓ガラスをノックした。

「血が出ているでしょう」

「大丈夫よ」彼女がどなった。「本当に。血も止まりかけてるし」

「ばかばかしい。さあ、ドアを開けてください」

「大丈夫だって」

どういう気持ちが働いたのかは自分でもわからない――彼女が今朝、院長室で見せた表情を思い出したせいかもしれない――が、A・Jはその場を立ち去るのではなく、携帯電話を取り出して緊急番号を打ち込んだ。通話ボタンは押さずに電話機を窓ガラス越しに示した。メラニーがそれを見ると、A・Jは問いかけるように眉を吊り上げた。

「わかりましたか？　さあ、ドアを開けてくれますね？」

彼女はあきらめたようにうなずいた。セントラルロッキング・システムが解除されると、Ａ・Ｊは助手席側へまわって乗り込んだ。車内はアルコールのにおいがした。先ほど歩道にあった買い物袋が後部座席に置かれている——少し血がついていた。ウォッカの瓶が一本と、割れたもう一本の残骸とが入っていた。

「ねえ、Ａ・Ｊ、わたしは本当に大丈夫。店を出るときにつまずいただけよ」

彼は箱から包帯を引っぱり出し、メラニーの手を取ろうとした。彼の手が触れると、メラニーはびくりと震えた。身構えるような表情を浮かべて彼の手を振り払った。

「いいかげんにしてください」彼は首を振った。「いい大人なんだから。そうでしょう？」

彼女は言い返そうとして息を吸い込んだ。だが、言葉を発する代わりに息を止めた。どうするか決めかねているように、しばらくそのまま息を止めていた。そのうち一気に息を吐き出すと、あきらめたように手を出した。血まみれのティッシュペーパーが膝に落ちた。

「しかたないわね」窓の外を見つめながらぼそりと言った。「さっさとやって」

訓練のたまものかもしれないし、とうに忘れた情熱にふたたび火がついたのかもしれない。けがの具合を確認して包帯を巻くあいだ、気がつくとＡ・Ｊは、超几帳面で超てきぱきしている院長ではなくただの患者に対するように、自信に満ちた口調で彼女に話しかけていた——「ねえ、メラニー、第三者の私から見ても、たいへんな役まわりですよね。さぞ骨が折れるでしょう。正直に言わせてもらえば、このところ、とんでもない重荷を背負わされているようだし」

この言葉に彼女は身を震わせた。顔をそむけ、無傷なほうの手を口にきつく押し当てた。Ａ・Ｊはけがをしたほうの手をつかんだまま彼女の後頭部に目を注いだ。とても信じられない——彼女が平手打ちをくらわせなかったことも、自分が強引に車に乗り込んだことも、大胆にもまだ言葉を継ごうとしていることも。

「そう」彼は続けた。「容易じゃないことはわかります――少しも容易じゃない」

彼女は今度は頭を垂れた。まるで微弱な電流が全身をめぐっているようだ――ごくわずかに身を震わせたが、実際に涙を流しているのかどうか、A・Jにはわからなかった。ふと数年前の泥酔した夜の記憶がよみがえり、またしても、なぜあのとき彼女の誘いに応じなかったのだろうかと考えた。当時はガールフレンドがいたが、彼を押しとどめた理由はそれだけではなかった。どういうわけかメラニーが別世界の女のように思えたからだ――まるで、彼には参加資格のない成人向けの恋人紹介グループに所属する女のように。彼女はあまりにも……分別がありすぎる。きまじめなのだ。あの数週間後、ガールフレンドと別れたA・Jがためらいがちに誘ったとき、メラニーはすげなく断わった。信託組織がどうとか言い、スタッフ同士が恋愛関係になることを信託組織は快く思わないと、にべもなかった。あれ以来、ふたりは仕事上必要な会話を淡々と交わすだけになった。今朝もそうだった。だが、とにかくいまは彼女の手に包帯を巻くことに集中した。包帯をきちんと巻けば出血は止まるはずだ。緊急番号に電話をかけなくてよかった。病院へ行くほどのけがではなかった。

「ねえ、聞いて」メラニーが低い声で言った。「今日は検証チームと五時間も話し合ったの。五時間もよ」

その口調に驚いてA・Jは目を上げた。彼女は顔をそむけたままなので、ブロンドの髪に隠れて表情は見えない。「ゼルダの件ですか？」

「わたしたちが彼女になにかしたとでも考えているみたい。やっと検死解剖がすんだのよ。知ってた？」

「なにかわかったのですか？」

「なにも」彼女は肩をすくめた。「少なくとも、確かなことはなにもわからない。報告書には心不全により死亡と記されているけど、体重過多が一因と考えられるという以外、原因は特定できなかったみたい。それで検証チームは、これで手を引いたものか、さらに口出ししたものか、決めかねているの。彼らはすべてを何度も見直したわ――スタッフのつけていた記録やゼルダの介護プランを。医療記録に綴りのまちがいを見つけるたびに、まるでわたしに角でも生えてるみたいな目で見るんだから」

メラニーがこの医療施設にそれほど強い愛着を抱いていることをA・Jは初めて知った。院長としての評価がかかっているのは確かだが、彼女は本当に気にかけているように見える。本当に案じている。これまでの経験からいって、ビーチウェイでは、もらっている給与以上の責任を誠実に果たす院長はまずいなかった。

A・Jは咳払いをした。「あなたは私たちみんなの尻ぬぐいをさせられてるんですよ。私たちはそこかしこで超過勤務や夜勤手当のことで愚痴を言ってるけど、少なくとも、勤務を終えれば職場を離れることができる」包帯を巻き終えたので、彼女の手をそっと押し戻した。「はい。もう大丈夫ですよ」

メラニーは膝に落ちていた血まみれのティッシュペーパーの一枚をぎこちない手つきで取り、音をたてて洟《はな》をかんだ。手を膝に載せて、ぼんやりと見つめた。泣いていたのだ。頬にマスカラの筋がついている。

「みんな、わたしが自殺を図ったって言うわ。手首を切ったって。ほら、なんて言ったかしら？　精神保健制度はいずれ自壊する、だった？」

「さあ、わかりません」

メラニーはまた洟をすすって彼を見た。「ねえ、A・J？」

「はい？」

「今朝は上司ぶったいけ好かない態度をとったりしてごめんなさい」

「気にしないでください。あなたには院長としての仕事があるんですから」

彼女は涙まじりの短い笑いを漏らした。「ときどき、院長らしくふるまうことしかできなくなるの」

「いま言ったとおり、気にしないでください。こっちは気にしてませんから」

短い間があいた。Ａ・Ｊは、彼女はなにを言いたいんだろうかと考えた。と、彼女が言った。「長いつきあいよね。正直に言って。みんなが抱いている〝妄想〟のことよ――なんのことかはわかるわね」

「ザ・モ――――」

「その名前は口にしないで」彼女は涙ぐんだ顔に笑みを浮かべてＡ・Ｊを見た。「ごめんなさい――ただ……ねえ、Ａ・Ｊ――あなたはなにも見てないわよね？　説明のつかないようなものはなにも」

彼は自嘲気味に笑った。「しょっちゅう見てますよ。壁を突き抜ける人間とか」

「まじめに訊いてるのよ。例の〝妄想〟についてはどうなの？」

「それは、私たちが『Ｘファイル』の主人公かどうかによりますよ」

「わたしは超常現象に懐疑的なスカリー特別捜査官のほうね」

「ちがう――そんなはずはありません。超常現象を疑っているのは私ですから」

「それなら、皮肉屋がふたりってことになるわ。ビートルに乗ってるふたりの皮肉屋。映画にするべきね」

ふたりはそろって気のない笑い声をあげた。Ａ・Ｊはシートにもたれかかってフロントガラスの前方に目を凝らした。酔っぱらった女が、同じぐらい酔っぱらった迷彩柄のズボンの男に絡んでいる。長い沈黙ののち、Ａ・Ｊは言った。「彼女が手に負えない厄介者だったことは否めませんよ」

「だれが？」

「ゼルダです」

「だめよ――A・J、そんなことを言ってはだめ。施設の患者は全員、わたしたちの世話を受ける権利がある。わたしたちはだれも見捨ててはならない」

「しかし、彼女は厄介者でした。死者に鞭打つまねはどうかとは思いますが、だれがあんな目に遭ってもおかしくない状況で、犠牲になったのがゼルダでよかったと思いませんか？　私はよかったと思っています」

しばし間があった。メラニーはふたりの酔っぱらいに目を向けたままだ。わずかに口が動いた――まるで、淡い笑みを抑えるかのように。「ここでの会話はなかったことにしてね」彼と目を合わさずに言った。「わたしはいまのあなたの言葉は聞かなかったし、あなたはわたしがうなずいたのを見ていない。わかった？」

「会話ってなんのことですか？」

「最後に念を押すけど、見なかったことにしてね……」

「なにをですか？」

　彼女は肩越しに顎先で後部座席の買い物袋に入っているウォッカを指し示した。「あの袋に入ってるものも、あなたは見なかった」

最期

　スーキーの呼吸が遅くなっている。速かった呼吸が――この数時間は懸命にあえぐような息づかいだった――ゆっくりと慎重なものに変わった。冷静な降伏。ペニーにとっては、本当にスーキーの最期が訪れようとしていることを示す最初の徴だった。もうすぐだ。

　腕時計で時刻を確かめる。五時。午後五時だ。スーキーは今夜じゅうに息を引き取るだろう。もうまもなくのはずだ。ペニーは自分とスーキーを覆っている掛け布団を引っぱり上げた――この部屋の床の上で、スーキーは仔犬のころから十五年も使っている古いくたびれたベッドに体を丸めて横たわっている。ペニーは昨日の夜と今日一日ずっとつきそっていた。疲労も眠気も感じない。これっぽっちも。

「怖がることはないのよ、スーキー」ペニーはスーキーの顔をなでてやった。「怖くないわ。本当になにも怖がることないからね」

　スーキーがまた息を吸い込んだ。呼吸をするのさえつらいというように。息を吐き出した。ペニーはスーキーの胸に手を当てた――骨格がとても小さく頼りないので、ごく軽く。この胸がもう一度吸気で膨らむことを期待するのは愚かしい気がする。この年老いた小さな犬――もともと小さいのに、クルミぐらいの大きさに縮んでしまった。仔犬のときからスーキーは体が小さかった。血統書つきの犬ではない――毛むくじゃらで愛らしい顔をした雑種の捨て犬だった。スーキーの生涯を通して、その存在に気づく人も目を向ける人もいなかった――華やかなアイリッシュセッターやワイマラナーなら呼びかけたり感心したりするくせに。もちろん、当のスーキーはそれを気にしたことはない。

ペニーの横をちょこちょこ走ることに満足し、この世界と自分の置かれた状況に幸せを感じているようだった。そのスーキーが死んでも、だれも気づかないだろう。ペニーをのぞいて。

スーキーがまた息を吐いた。ゆっくりと。ペニーはスーキーの胸を見つめた――また吸気で膨らむことを期待して。

ただ待った。

「スーキー？」

反応はない。

「スーキー？ 死んじゃったの？」

スーキーの胸は動かない。ペニーは両手を押し当てて、鼓動をとらえようと指先で肋骨のあいだをそっと探った。鼓動は見つからなかった。小さな犬の顎が落ち、口のまわりの茶色いひげが前脚に触れて丸まった。

「スーキー？」

ペニーはまた腕時計に目をやった。五分待った。さらに五分。頭のなかで秒数をかぞえた。百八十まで。さらにまた三分。どんな動物も人間も、生きていればこんなに長く息をしないはずがない。本当に死んだのだ。

「わかったわ」ペニーはショックで茫然としていた。「わかった」

涙が出た。ほんの少しなので、袖口でぬぐった。もっと出そうなものだが、臨終が近いと獣医に告げられた昨日の朝に大泣きしていた。

「さあ、抱っこするわよ」しばらくしてペニーは腰を折り、スーキーを膝に載せた。犬は身じろぎも抵抗もしなかった。脚が床に落ちた。軽い――小ぶりの籐かご一個分ぐらいの重さしかない。ペニーは上体をかがめて、スーキーの鼻先に顔を押しつけた。スーキーの体を揺すった。「大丈夫よ。大丈夫。あんたはずっといい子だった。とてもいい子だった。ありがとう」と話しかけた。「本当にありがとう。なにもかも」

ノーベル平和賞

A・Jはまたあの場所にいた。磨き上げたクルミ材のようにつるつるでぴかぴかで温かみのある壁に囲まれた洞窟のなかに。やや右手に例の穴もある。一本の細いなんらかの糸が――クモの糸のように細い糸、あるいは実際にクモの糸なのかもしれない――道を示すかのように穴のなかへと延びている。その糸を引けば、地上のあらゆる奇跡が宇宙の真っ白な爆発のごとく一体となって目の前に現われるにちがいない、と思った。だが今回は、糸をつかみかけた瞬間、子どもの笑い声が聞こえた。A・Jははっとして向き直り、洞窟の入口を見やった。外になにかいる。聞き慣れた足音が聞こえる。地面に影が差す。

そこで大きくあえいで目が覚めた。息が荒く、心臓がばくばくし、両手がなにかをつかもうと宙を探っていた。

「くそ、くそ、くそっ」

「A・J?　おい、大丈夫か?」

彼は目をしばたたいた。ビッグ・ラーチと男性看護師のひとりが、もうひとつのソファから彼を見つめていた。A・Jは口を開け、なんとか肘をついて身を起こし、ぼんやりとふたりを見返した。看護師用のテレビ室にいた。壁のデジタル時計が九時四十五分を示している。テレビがついている。太ももまで届く長いブーツをはいているだけの裸の女が骨盤を回転させ、鞭でも使うようにブロンドの長い髪を振りまわしている。

A・Jはうめき声を漏らし、テレビに背を向けて湿ったにおいのするソファを向き、両手に顔をうずめた。首を振った。もはや笑いごとではすまないほど疲弊している。眠りたいのに眠れない。ゆっくりと徐々に頭がおかしくなっているのだろう。精神科病院に入る精神障害者たちの数が増え、精神保健制度はそこで働く若手を餌食にしている。いっそ〝頭がおかしくなくてもここの仕事はできるが、頭がおかしいほうが楽だ〟と書かれたTシャツを着ることができれば気が楽なのだが。なぜ、くだらない出世街道にしがみつく？　かつて、患者の世話をすることによって自分がこの世を変えるんだという幻想を抱いていた時期もあった。母さんに誇りに思ってもらえるように――息子がやさしく思いやりのある人間だと思ってもらえるように――この仕事に就いたんだとすら考えていた。いま思えば、そんなバラ色の夢を見ていたころの自分はなにも見えていなかった。眼鏡チェーン店のCMにあるとおり〝スペックセイバーズへ行って眼鏡を作っておくべきだった〟と大まじめに振り返った。

　この仕事を通して、人間の最悪の面を目の当たりにしてきた。街の目抜き通りで幼い子どもを無差別に刺し殺した男どもに会ったことがあるし、障害者である夫を車椅子に座らせたまま頭から煮えたぎったやかんの湯をかけて三日も放置して火傷と感染症により死に至らしめた女（すでに故人）の世話をしたこともある。その女が熱いコーヒーの入ったカップを持っているのを――女がそれを許可されたのはこの施設に入ってから十年も経ってからだというのに――目にするたびに、鼓動が速まったものだ。さらには、自分を〝妙な目で見た〟という理由で隣家のポニーを切り刻んで調理して食べたという男もいた。地元の児童公園の砂場に使用済みの注射針を上向きに立てたエイズ感染者の男もいた。例を挙げればきりがない。

　あるときから、患者の収監理由を知りたくないと考えるようになった。彼らのやった犯罪を知らないほうが、いい看護ができると思ったのだ。規則上は事情をすべて知っていることになっている――スタッフは患者の犯歴を知っておく必要がある――が、A・Jは必要最低限のことだけを知るすべを見出していた。彼にはそのほうがよかった――患者は彼にとってパブや列車内で出会った他人と同じだ――幻想も先入観も持たないほうがいい。率直に言って好きな患者と嫌いな患者はいるが、平等に世話をすることをつねに心がけている。

「ノーベル平和賞にノミネートされてもいいのにね」とペイシェンスは言っている。「看護の仕事と、木に対する功労とでさ」と。

　自分がノーベル賞に値するとは思わない。とんでもない。

「よし」寝返りをうってソファから足を下ろした。上体を前に傾けてしばらく座ったまま顔をこすった。魚のような妙なにおいがする――ふたりが食べているもののにおいかもしれない。「よし」Ａ・Ｊは繰り返した。「巡回に行ってくる」

　返事はなかった。テレビの女は長いオーガズムのさなからしい。甲高い悦びの声をあげて、精いっぱい演じている。乳房を揉みしだいている。ビッグ・ラーチと看護師の目は釘づけだ。Ａ・Ｊはこれまで一度も女のオーガズムの演技にだまされていなければいいと思った。だが、だまされたことがあるのはまずまちがいない。

「巡回に行くと言ったんだ」

　ふたりの男はテレビの画面から目を離さない。「おい！」Ａ・Ｊは急にいらだちを覚えた。「おい。私を見ろ」

　ふたりは驚いて向き直った。ビッグ・ラーチはぎこちない手でリモコンをつかんでテレビを消した。両手を上げた。「悪かったよ、Ａ・Ｊ。申しわけない」

「もういい――さて、せっかくこっちを見てもらったことだし、いったいなんのにおいなのか訊いてもいいか？　ごみ容器は空《から》になってるのか？　皿洗いはすんでるか？　ひと晩じゅうここに座ってテレビを観るために給料をもらってるわけじゃないんだぞ」

「やかんだよ――溶けたんだ」

「やかんが溶けた？　じゃあ、どうするんだ？　a・無視してポルノを見つづける。b・無視して、溶けたやかんが消え失せることを願ってポルノを見つづける。あるいは、c・補修しようとする。さあ、どれだ？」

　ビッグ・ラーチが長いため息を漏らして立ち上がった。「心配するな――あとはまかせてくれ。補修できなきゃ経理に言って発注してもらう。提出する書類もわかってる」

「結構――そういうことだ。正解だよ」A・Jはあきらめたように首を振った。両手を膝に当て、体を押し上げるようにして、つらそうに立ち上がった。「では、病棟の巡回に行ってくる――まさしく食っていくための仕事だ」

「まったく」A・Jが通り過ぎざま、ビッグ・ラーチがぼやいた。「なにを八つ当たりしてるんだ？」

　A・Jはその言葉を無視し、テレビ室を出て階段へ向かった。機嫌は悪くなる一方だった。ここにいたくないと思った。いらいらぴりぴりすると同時に疲労を覚え、なにもかもにうんざりしていた。ゼルダの部屋の前を通った――室内に一瞥をくれた。昨夜となにも変わっておらず、塗装用ローラーはまだ壁に立てかけたままだ。〝本質は変わらない〟。ここでの変化なんてこんなもの――カタツムリの歩みのように遅々としている。

　まずモンスター・マザーの部屋へ行き、監視窓を開けた――なかをのぞき見る。室内は静かで、モンスター・マザーはベッドで眠っていた。カーテンは閉じられ、椅子の背に着物タイプの暗色のドレッシングガウンがかけられ、厚く折り重なった生地に明かりが反射している。モンスター・マザーが今夜も皮膚を取りはずしているのかどうかは知りようがないが、少なくとも眠ってはいる。A・Jは監視窓を閉じ、足音をたてないように巡回を続けた。

キンポウゲ棟で違和感を覚えた。かすかな物音がする。ベッドのきしみ、不規則な呼吸の音。Ａ・Ｊは廊下を横切って十七号室——モーゼス・ジャクスンの部屋——へ行き、監視窓の小さなふたを開けた。すぐに、物音の出所はここだとわかった。

モーゼスは簡易ベッドに腰かけ、頭を抱えて体を前後に揺すっていた。〝ザ・モード〟が襲った横柄な男とはまったく別人のようだ。例の〝眼球の自己摘出〟以来、彼はびくびくした控えめな人間になっていた。すっかり人が変わってしまっていた。今夜はいつものベストを着て下着のパンツをはき、心中の戦いに気を取られてＡ・Ｊに気づいていない。自分の顔を叩き、声なき悲鳴をあげている。体を揺らしつづけている。

Ａ・Ｊはドアを開けた。「モーゼス。モーゼス、私です」

モーゼスはすぐさま体を揺するのをやめた。動きを止めて腕を下ろした。

「モーゼス？　Ａ・Ｊです。ねえ、大丈夫ですか？」

彼は残っているほうの目をしばたたいた。「Ａ・Ｊ？」

「入りますよ」

「いいとも」彼はくぐもった声で言った。「Ａ・Ｊ、助けてくれ」

Ａ・Ｊはドアを閉め、部屋の奥に進んだ。キンポウゲ棟のテーマカラーは、当然ながら黄色だ。ほのかな明かりのなかでも黄色から逃れることはできない——カーテンはグレーのダイヤ柄の入った黄色、床は黒いしみが点々とついた淡い黄色のリノリウム張りだ。キンポウゲ棟は危険度が減少したと見られる患者用のリハビリ棟で、病室には可動式の家具がいくつか置かれている。Ａ・Ｊはベッドに近づき、端に腰を下ろした。患者のベッドに腰かけることは禁止されている——虐待を訴えるためのありとあらゆる理由を与えることになるからだ。だがモーゼスは木の葉のように震えている。

「モーゼス？　ねえ、しっかりしてください、どうしたんです？」

「Ａ・Ｊ、Ａ・Ｊ」彼は自分の巻き毛をわしづかみにした。「Ａ・Ｊ、わしを助けてくれ」

「そのためにここにいるんですよ。さあ、深呼吸をしましょう。薬は服みましたね？」

「服んだよ」

「いつもの時間に？」

「ああ、そう、そうだ」

「それはよかった。では、どうしたんですか？」

モーゼスは首を振った。うめき声をあげ、頭を抱えている両手に力を込めた。話を切りだした彼の声は、ほとんど聞こえないほど小さかった。「怖いんだ、ミスタ・Ａ・Ｊ。このモーゼスが怯えてるんだよ」

「さあさあ」Ａ・Ｊは、髪をつかんでいるモーゼスの指をそっとほどき、その手を握ってやった。「モーゼス」声の調子を保ったまま言った。「さあ、落ち着いて。何度か深呼吸をしましょうか。それで気も落ち着くし……」

モーゼスがうなずいた。身を震わせながら深く息を吸い込み、それを残らず吐き出した。

「なにに怯えてるかは言わせないでくれ、ミスタ・Ａ・Ｊ。そいつの名前もだ。たとえ小さな声でも名前を口にするなと言われてるから、勘弁してくれ。あんたは尊敬できる心の友だが、いまのところはこの口を閉じておくことにするよ」

彼は自分の言葉にうなずいた。まるで、あらかじめ用意しておいた言葉を正確に口にしたと得心したかのようだった。そのあとは黙り込んだ。医師たちが長時間かけて義眼を埋め込み、整復手術を行なったが、見る箇所さえ心得ていれば、いまだに彼の顔がいびつであることがわかる。あの夜、本当はモーゼスになにが起きたのだろう、とA・Jは考えた。〝ザ・モード〟を幻覚や空想のせいにすることはできるが、あの夜〝なにか〟が起きた。それがなんであれ、モーゼスに自分の眼球をえぐり出させるだけの力があったということだ。

リンゴの木

スーキーが死んでから長い時間が経ち、死骸がすっかり冷たくなると、ようやくペニーは行動を起こした。外の準備は整っている――四十二年もひとり暮らしをしていると自分のことが充分にわかっているので、これから行なうことの準備はすでにすませてあった。今朝、外へ出て穴を掘っておいたのだ。スーキーが生後間もない仔犬のころに――体はモルモットぐらいの大きさしかなかった――よくかじりついていたリンゴの木の下に。うなり声をあげながら飛びかかっていた。あのリンゴの木を相手にモンスターゲームをしているようなものだった。

二日近く着たきりのセーターとスカートとソックス

で、ペニーはスーキーを抱えて水車小屋の――この十六年間のペニーの住まいだ――主要部分へ出ていった。明かりはどれも暗くしてあるので、床の中央に置いた大きな薪ストーブのかすかな火明かりがあるだけだ。スーキーがよく家じゅうを引っぱりまわしていた嚙みつぶされた古いブランケットにくるんでやっても、スーキーの重みは感じない――羽根一枚ほどの軽さだ。

　裏口まで来て、長靴をはかなければならないことに気づいた。スーキーをマットの上に置かずに――そんなことをするのは耐えられないと思った――ドア枠に肩を当てて寄りかかり、長靴に足を突っ込んで、つま先をくねらせるようにしてはいた。まるで漫画のひとコマだ。マフラーを巻き、じゃらじゃらいうほどブレスレットをつけて、髪を染めた中年女がペットの死骸を抱えて、酔っぱらいのようにドア口に立っているなんて。つい笑みが漏れた。スーキーも笑っているにちがいない。いまどこにいるとしても。だれかのかげに隠れるようにして。

　外は真っ暗だった。それに、とても寒い。吐く息が白くなる。冬が近づいている。いや、もう冬だ。段状になっていて足のすべりやすい庭を、いちばん低いところまで下りた。酒かマリファナか麻薬で気分を高揚させるほうがいいだろうけれど、そんなものをやっている暇はなかった。体を洗って着替えたほうがいい――こんな重要なことを行なうのにもっと清潔で美しいと感じたいけれど、もう若くないし、だれも見やしない。

　しゃがんで、スーキーを穴のなかへ下ろした。その穴には、あらかじめブランケットを敷いてドライフラワーや果物、スーキーのお気に入りだったテニスボール――スーキーの唾液と毛にまみれている――を並べてあった。死骸を収めると、スーキーが安心したようにため息を漏らした気がした。ペニーはくるんだブランケットごとスーキーを抱えていた手を引き抜いた―

―一歩後退して目を閉じ、腰のあたりで両手を軽く握った。うつむいて黙禱を捧げようとした。スーキーの幸運を願おう、スーキーは天国へ行くんだと考えようとしたが、できなかった。結局、シャベルを手に取って、凍てついた土を穴に放り込んだ。気が変わらないうちに速やかに。

停電

なにかが引っかかっているのだが、それがなにか、A・Jにははっきりとわからなかった。各病棟の巡回を終えずにビッグ・ラーチを探しに行った。ナースステーションをのぞき、管理区域まで行き、トイレと給湯室をすべて確認したあと、受付区域にある警備管理ブースで――ガラス容器を大きくしたような未来的な部屋だ――ようやく見つけた。マルチ監視モニターの前で回転椅子に座っていた。デスクに足を上げて腕を組み、うつむいている。眠っているのか、眠りかけているのだろう。

「驚いたな」A・Jはドア口に立って腕組みをした。

「持ち場にいるとはね。いちばん探しに来ない場所だ」

　ビッグ・ラーチはわずかに頭を上げた。怪訝そうな顔をしている。

「Ａ・Ｊ？　すっかりおかしくなったみたいだぞ――精神科病院に放り込まれる連中みたいだ。医者に診てもらえ――具合が悪そうだ」

　Ａ・Ｊは目をこすった。室内に入り、椅子のひとつに腰を下ろして、肘かけの柔らかいスエードをなでた。この部屋は前から気に入っている――居心地がよく、狭苦しくもない。暖かいし、外の世界に面している――月や太陽、街並み、木立、車、雲。船橋《ブリッジ》にいるような感じ。『スタートレック』に出てくる宇宙船エンタープライズ号の操縦室にいるような感じかもしれない。ここと外の世界とのあいだにある遮蔽ドアは防弾ガラスだ。この警備管理ブースには多額の資金が注ぎ込まれた。莫大な金と力と富が。信託組織はこの手のものに費やす資金を工面することはできるが、モーゼスのような人間が朝食の列に並んで目をえぐり出すのを止めることはできない。

「どう思う？」Ａ・Ｊはたずねた。「私たちが不満を抱いてることを院長は知ってると思うか？　どうだ？　私たちが満足してると考えてるんだろうか、それとも不満に思ってることを知ってるんだろうか？　どう思う？」

　ビッグ・ラーチは顎を引いて横柄にＡ・Ｊを観察した。

「正直に答えようか？」

「正直に答えてくれ」

「彼女自身が不幸だから、スタッフになにが起きてるかなんて気にしてないだろう。他人の苦しみが見えるのは、自分が苦しみを抱えてない人間だけだ。思いやり？　正直言って、そんなものは贅沢だ」

　Ａ・Ｊは感心したようにゆっくりとうなずいた。ビッグ・ラーチは口数が少ない――だからこそ彼の発する言葉は値打ちが高いのだ。

「で？　彼女の不幸の原因は？」

「知らないのか？」

「知ってて当然なのか？」

ビッグ・ラーチが首をめぐらせてA・Jを真正面から見つめた。驚いた顔だ。「本当に知らないのか？」

A・Jはきょとんとして彼を見つめた。「なにを？私がなにを知ってるはずなんだ？」

「ジョナサンのことは？」

「ジョナサン？　姓は？」彼は記憶を繰って、ジョナサンという名前で思い出せる顔を探した。患者か？ちがう――この施設にジョナサンという名前の患者はひとりもいない。唯一、思い当たるのはジョナサン・キー――先月ここを辞めた作業療法士だ。「ジョナサン・キーか？」

「ジョナサン・キーに決まってるだろう」

「退職した作業療法士だろう？　彼がどうした？」

ビッグ・ラーチはおもしろがっているような笑みを浮かべた。わざとらしい笑い声を響かせた。「まったく、あんたって人は！　つねに電源が入ってる状態のくせに、洞察力を欠くことがあるんだから」

「じゃあ、頼むから教えてくれ」

「メラニーとジョナサンだよ。気づいてなかったのか？」

「まじめな話か？」

「これだからな。勘弁してくれ」

A・Jは目を伏せて椅子の肘かけをなでた――手を前後に何度も動かす。メラニーとジョナサン・キーが？　真剣なつきあいを？　いまのいままで、さまざまな秘密を知っているのは自分だけだと思い込んでいた。世界の情報を肩に負って歩きまわっている気でいた。だが、どうやらそうではなかったようだ。どうやら、知らないのは自分だけだったらしい。一介の作業療法士が経営部門のトップと恋仲に？　それが本当なら、けしからぬ話だ――近親相姦もしくはスタッフが患者と寝るのにも等しい最大のタブーだ。仇敵同士の家に生まれたロミオとジュリエットが恋に落ちたようなものだ。当のメラニーが言ったのだ――スタッフ同士が恋愛関係になることを信託組織は快く思わない、と。

それなのに、あのジョナサン・キーと？　これまで、ジョナサンのことはあまり考えたことがなかった。きわめて平凡な男――三十代後半で、作業療法士としての経験は充分だった。A・Jの記憶が正確なら、ジョナサンとメラニーはここへ来る前にもイングランド北部の別の精神科医療施設でいっしょに働いていた。ふたりとも組織の最下層から出発して、ともに実力で出世の階段をのぼってきた。先月ジョナサンがビーチウェイを辞めた理由はだれもくわしく知らない。医療業界から身を退いたという噂だった。急な退職だったので、別れの挨拶も交わさなかった――昨日までそこにいたのに、ある日突然いなくなっていた。ジョナサンの母親からカードが――手書きの改まったカードが――職場に届いたことを漠然と覚えている。〝息子の寛大なる同僚でいてくださり、ありがとうございました――息子もみなさんのことを懐かしく思うことでしょう〟。まるで葬儀後の挨拶文のようだった。

とくに注目していたわけではないが、もともとA・Jは、ジョナサン・キーにはだれにも話したくない秘密の私生活みたいなものがあるのだろうと思っていた。当時はたいして気にしていなかったが、いま、あの男の語った言葉のひとつひとつを検討していた――ジョナサンの秘密がメラニーとの交際に関係があったのかもしれないという線で。ウォッカを飲んでのあのちょっとした醜態は、ジョナサンと関係があったのかもしれない。メラニーについて知っていると思い込んでいたことのすべてが彼の心を切りつけ、増幅し、何度も宙返りをしたあげく、ジョナサン・キーに対する評価――それに嫉妬心――が飛躍的に跳ね上がった。

監視モニターのひとつの映像により、そうした思索から注意がそれた。この部屋へ来た理由はなんだっただろうかと考えた――スタッフの恋愛事情について考えるためではなかったことは確かだ。この施設内のカメラ監視システムに関して引っかかることがあったからだ。だが、それはなんだ？

モニターにはなにも映っていない。どの廊下にも人《ひと》気《け》も動きもない。人工芝が敷かれた屋外トレーニング場。〝茎〟の警備ゲート。裏手と上方からとらえたこの警備管理ブースの映像まである――彼とビッグ・ラーチが座っている。ふたりの後頭部が画面の下端にかろうじて映っている。

それを見た瞬間、ぴんと来た。わずかに身をのりだして映像に目を凝らす。違和感の正体がわかった。ずっと引っかかっていたこと、ずっと〝妄想〟という言葉がそぐわない気がしていた理由が。そこに座って画面を見つめるうちに、思考がゆっくりと側転しはじめた。さっきのナースステーションの異臭――溶けたやかんが発していた魚の焦げたようなにおい。あの朝、モーゼスの部屋でもあのにおいを嗅いだ。あの日もこの建物のどこかでなにかが溶けたのだ。

「なあ」言葉を選びながら切りだした。「この監視カメラだが――映像は保管してるんだろう？」

ビッグ・ラーチは皮肉なまなざしを投げつけた。

「いや――監視カメラはダミーでね。おれが暗く長い夜にポルノを観るのに使ってるんだ。冗談だよ。映像は保管してるに決まってるだろう。一週間か二週間だけだが、保管してる」

「ゼルダが自傷した夜――自分の腕を傷つけた夜――停電のせいで映像は消えてしまっただろう」

「ああ、たしかに」ビッグ・ラーチはうなずいた。

「言っただろう、ここで不可思議なことが起きてるって――しょっちゅう停電が起きるし、そのたびに原因がちがうんだ」

「ゼルダが死んだ夜は？」

「そう――あの夜も同じさ。それに〝ザ・――〟」彼はそこでやめた。大きな音をたててデスクに載せていた足を床に下ろした。椅子を回転させてA・Jに向き直った。「なあ――あんたの考えてるとおりだ。なにか起きたときはかならず停電も起きてる」

空を飛ぶ秘訣

〝ファルトレク〟とは〝スピードプレー〟というトレーニング方法を表わすスウェーデン語だ。心拍数を安定させるのではなく上下させることによって有酸素系と無酸素系のそれぞれに負荷をかけることを意図している。個人に合わせて調節できるので、長らく体を動かすことができなかったあとで運動力を取り戻したい人間にとっては理想的なトレーニング方法だ。

エイボン・アンド・サマセット警察の北部指令センターの裏手にあるサッカー場には、ちょっとした〝ファルトレク用の丘〟がある。ピッチの一方の端に人工の丘が作られ、そこを合成樹脂で舗装したタータン走路がうねうねと走っている。午前七時、街に日が昇るころ、三十歳のフリー・マーリー巡査部長がその丘を駆け上がっていた。丘のてっぺんに立つ三基の風力タービンの下を過ぎ、丘の反対側へ駆け下りる。速いペースを保ったまま丘のふもとで折り返し、ふたたび駆け上がる。速乾性のあるウィッキング素材の黒いTシャツ――左右の三角筋のあたりに〝POLICE〟と刺繍が入っている――が汗でびしょ濡れだ。その汗が湯気になって立ちのぼる。ファルトレクでは乳酸――長い筋肉の疲労物質――を蓄積させる必要がある。吐き気を乗り越えなければならない。強い意志が必要だ。

　フリーにはそれがある。なんとしても運動力を取り戻したいという強い意志が。なにしろ、エイボン・アンド・サマセット警察の潜水捜索隊の隊長だ。男社会に身を置く女には体力の維持がなにより重要なのだ。フリーは十カ月あまり前、ある洞窟で爆発を起こした一件で大腿筋の損傷と鼓膜破裂を負った。以前の体力を取り戻すまでには長い時間がかかった。だが、ほぼ復調した――そのための努力を重ねた。ひと言で言うと、いまの彼女は去年とはまったくの別人だ。自制ができる――頭のなかもきちんと整理された状態だ。要は、すべてを頭のなかの箱に放り込んだだけ。そして、ふたをしただけだ。それが空を飛ぶ秘訣――絶対に下もうしろも見てはならない。

　フリーは丘を離れてサッカー場のピッチ内に入り、ゆっくりしたペースのランニングに切り替えた。そのまま、どんどん走りつづける――地面は乾いていて冷たく感じられた。ピッチには明かりがついていない――人工芝の上方に取りつけられた投光器が照らしているのは、ユースチームが朝の練習をしている一角だけだ。何カ月もつけていた圧縮帯をはずしたいま、太ももに感じる空気が心地よかった。鼓膜破裂で感染症を患い、治癒するまでに予想以上に時間がかかった――出勤はしているものの、もう八カ月も職務を制限されている。おそらく、プリマスの気圧外傷の専門医から職場復帰の正式な許可が出るまで、あと三週間は潜水をさせてもらえないだろう。だが、体の準備はできているし、ここ何年かで初めて、見た目も健全な気がしていた。体重が増え、血色もよくなった。

最後の一分を速いペースに切り替えるとき、だれかの視線を感じた。駐車場へと続く木立に置かれたベンチに、男がひとり座っている――紅葉した枝の屋根の下に。

五百メートルを一周しながら、何度か視線を走らせて男を観察した。足もとは落ち葉の絨毯に囲まれ、ダークブルーのギャバジン・ジャケットの襟を立て、両肘を膝についている。厳しく引き締まった顔――太い首、はっとするほど青い目、短く刈った褐色の豊かな髪。立ち上がるときの動作も悠然としているはずだ――人目を、とくに女の目を引く動作のはずだ。フリーはそうと知っている。あの男を知っているからだ。ジャック・キャフェリー警部。

もう一年近く、彼とは会ってもいないし、口をきいてもいない――いまだって会いたくはない。そこでピッチの東端の六十メートルをダッシュで走り、コーナーで速度を落とした。キャフェリーのいる場所からまともに姿を見られるが、べつにかまわない。数年ぶりに自分の体を気に入っている――人に見られてもかまわない。とても誇りに思っている。

ピッチの北端をまわるとき、二頭筋のあたりに留めた黒いホルスターのなかで無線機が聞き慣れた音をたてた。二点間通信の独特の音だ――だれかが彼女とじかに話したがっている。速度を落としてゆっくりと走りながらホルスターから無線機を引っぱり出した。これが彼の接触方法なのだろうか。だが、携帯無線機に表示された発信者名はジャック・キャフェリーではなく、副隊長のウェラードだった。

フリーは腰を折り、片手を太ももに当ててあえいだ。すぐに呼吸がほぼ正常に戻ると、腰を伸ばして無線機を口もとへ運んだ。

「ハイ、ウェラード――どうかした？」

「携帯電話にかけたんですよ。圏外だとかで」

「そう――サッカークラブのトラックにいるの。風力タービンのせいだと思うわ」

「では、戻ってもらえますか？　仕事です」

「仕事？」フリーは痛む腹の筋肉を指先で押した。「潜水の仕事？」

「ちがいます――捜索です。ＭＣＩＴの仕事ですよ」

重大犯罪捜査隊（ＭＣＩＴ）――ジャック・キャフェリーの所属する部署だ。フリーは彼の座っている場所を振り向きたい気持ちを抑えた。「で、どんな仕事？」

ウェラードがため息を漏らした。「捜索です。失踪人。検証班から差し戻されたんだと思いますよ。前にもやってる事案ですから――ミスティ・キットスンです」

「ミスティ・キットスン」

「そう言ってるじゃないですか」

フリーはへそから指を放した。息を吸って吐く――肺の奥底まで空気を取り入れる。その名前を聞いた瞬間、収まっているはずの鼓動が速まっていた。ミスティ・キットスン。

「隊長？　聞いてますか？」

フリーは咳払いをした。へそを押す。「ああ、うん――聞いてる」

「いま言ったのは――ミスティ・キットスンの件で――また、あの更生施設周辺の捜索をしてほしいそうです。捜索範囲を広げるとかで」

「ええ、聞こえた」

「戻ってもらえますか？　人員の割り振りを考えないと」

「すぐに戻る」

無線機をホルスターに差し入れ、しばらく立ちつくして鼓動の音を聞いていた。ミスティ・キットスン。ミスティ・キットスンの捜索。重大犯罪捜査隊でこんな要請を出すのはあの事案の捜査責任者だけだ。ジャック・キャフェリー警部。

フリーは彼の座っている木かげの小径のほうへゆっくりと向き直った。

だが、外灯が照らす場所にはだれもいなかった。キャフェリーは――あの男がキャフェリー警部だったとすれば――すでに立ち去っていた。

モルダーとスカリー

自分でも驚いたことに、A・Jはまたしても二時間の睡眠でなんとか起き出した。夜勤スタッフは家路につく時間だが、彼はオフィスに残り、目を覚ますべく濃いコーヒーを飲んでいた。メラニーが出勤してきた午前七時には、元気と気力を回復していた。窓辺に立って、駐車場を横切る彼女を眺めた。保安灯がとらえた銀色の銃弾のような雨粒が彼女に打ちつけている。ベージュ色のレインコートを着て赤い長靴をはいた彼女は、新聞紙を頭上にかざして首をすぼめ、足早に受付区域へ向かった。彼女が建物内に入るや、A・Jは窓から離れた。眠気を防ごうと、動きまわってコーヒーを飲んだり書類仕事をしたり――彼女にじっくり考える時間を二十分ばかり与えるためだ。

　七時二十分、勇気を奮い起こした。クリップ式のネクタイをまっすぐに直し、決然と廊下を歩いていった。彼女の部屋のドアをノックした。

「はい？」

「Ａ・Ｊです」

　短い間があった。なにかを動かすようなかすかな音。ややあって「どうぞ」と声がした。

　彼はドアを開けた。メラニーは眼鏡をかけて、デスクの書類の山の向こうに座っていた。すでに長靴と雨粒のついたレインコートを脱ぎ、いまは縁にレース飾りのついたドレープ袖のブラウス姿なので、ルイ十四世の宮廷から抜け出てきたように見える。その袖口はもちろん包帯を巻いた手を隠すためだ。噂話のネタにふたをするために。

「Ａ・Ｊ？」彼女は柔和ながら遠慮がちな笑みを浮かべた。「昨日はありがとう。みごとな応急手当に感心したわ。徹夜だったの？」

「入ってもいいですか？」

「もちろん」デスクの前の椅子を顎で指し示した。

「どうぞ座って」

　彼はなかに入って座った――またしても校長室にいる生徒のような気分になる。〝いいか、彼女は作業療法士のひとりと寝ていた。それを忘れるな。下々の男といかがわしいことをしていたんだ。見た目どおりのプロじゃない……〟。

「先週の精神医療審査の結果が内務省から返ってきたの」彼女が明るい声で言った。「朗報よ――明日、退院前病棟のベッドがひとつ空くわ」

「そうなんですか？」

「アイザック・ハンデル。予想どおり、出ていくことになる――内務省が彼の退院を認めたの。だから、急性期病棟からだれを移すか、次の患者をどこから紹介してもらうかを考えることになるので……」彼女はそこで話をやめた。頭を一方へかしげた。「A・J？その話をしに来たの？」

「いえ」彼はどぎまぎして咳払いをひとつした。「ちがいます――じつは、えー、相談があって――ほら――昨日話した件について。妄想のことです――患者たちの。〝M〟で始まるやつの件です」

彼女は長いため息をついた。「いいわ、聞かせて」

「私たちは――つまり、当施設は――これまでずっと中立的な立場を取ってきました。結論を下し、それに固執してきたんです。こういう集団を相手にしていれば容易に導き出される結論――集団幻覚とか集団ヒステリーとかいったものだ、と」

「それ以外の結論があるとでも？」

「はい。あります」

メラニーは手にしていた書類を下ろし、彼をまじまじと見つめた。たちまち頬に朱が差した。レンズの奥の目が大きく見える。「ねえ、A・J」淡々と言った。「それとも、モルダー特別捜査官と呼んだほうがいいかしら？　暗黒面《ダークサイド》に堕ちて超常現象を信じようとしているの？　持ち前の懐疑的な資質を放棄するの？　いまは〝ザ・モード〟の存在を信じるというわけ？」

「ちがいます。それどころか、超常現象に対する懐疑的な資質は、レッドブルを一ケース分も飲み、フェラーリを乗っ取って高速走行しはじめました。私は根っからのスカリーですよ。『Xファイル』のスカリー特別捜査官以上に、超常現象に対して懐疑的です。あのスカリーのモデルは私かもしれません」

メラニーは眼鏡をはずし、そっとかたわらに置いた。手を組んで身をのりだし、被告の供述に判断を下そうとする判事のような目で彼を見つめた。眉を吊り上げて説明を待っている。

「停電です」A・Jは言った。「〝ザ・モード〟が現われるたびに停電が起きているんです。ゼルダが自傷したときも死んだときも、停電が発生している」

「知ってるわ。ときどき『アッシズ・トゥ・アッシズ』を観て、わたしにもあんな能力があればいいのにって思うもの――ここが建設中だった一九八〇年代にタイムスリップできればいいのにって。そうしたら、何人かに直談判してやるの。まずは電気技師よ」

「それに、モーゼスが自室の壁にあんな落書きをしたときにも停電が起きていた可能性があります。魚の焦げたにおいがすると言ってましたから」

「厨房から？　そんな報告を受けた覚えはないわ」

「いえ、厨房からだと考えていたのですが――ヒューズが飛んだときのにおいを嗅いだことはありますか？」

「ええ、まるで……」彼女は眉根を寄せた。「魚の焦げたようなにおいよね」

「警備スタッフのなかにも、モーゼスが例の騒ぎを起こしたときも停電が起きていたと考えている者がいます。停電があったという記憶はありますか？」

「あればいいんだけど。最近は自分の名前すら思い出せないぐらいよ――そんな前のことなんて、とても覚えてないわ」

「その手の記録はだれが保管しているのですか？」

「たぶん保守係じゃないかしら――ただ、記録は毎年消去しているから」彼女は肩をすくめた。「残っているかどうか。モーゼスに訊いてみたの？」

「あの日のできごとについてモーゼスから話を聞こうとしたことがありますか？　グアンタナモ収容所でもあるまいに、水責めにでもしないかぎり口を開きませんよ」彼女はまた肩をすくめ、眼鏡に手を伸ばした。興味を失いかけているようだ。A・Jは身をのりだして説明を続けた。「停電が起きたということは、監視カメラの映像も残っていないということです――非常用発電機は監視カメラには電力を提供しないんですよ――警備管理ブースへ行って確認しました。妄想、幻覚、空想。〝ザ・モード〟。どれも『Xファイル』に出てきそうなエピソードです――現実世界とは無関係。しかし、残虐行為と停電はどうか？　超常現象とは無関係な現実のできごとです。私の領域のできごとです」

　ふたたび眼鏡を置いて身をのりだしたメラニーのとんでもなく青い目がA・Jの目をひたと見つめている。「A・J」淡々とした口調だった。「なにを言っているのか、さっぱりわからないわ」

「監視カメラ映像がない――つまり、証拠がなにひとつないんです」

「まだわからないんだけど」

「なに言ってるんです。失礼ですが、ちょっと考えればわかることです。モーゼスは厄介者だった――ゼルダも、ポーリーンも。彼らはみんなをうんざりさせていた。私が言いたいのは――もしかすると妄想は妄想じゃないのではないか、ということです。彼らの言ったとおりのことが起きたんじゃないでしょうか？　ここのだれかが――本物の生きている人間が――やったんじゃないでしょうか？　患者のだれか、あるいはスタッフのだれかが、彼らをおとなしくさせようとしたのでは？」彼は少し間を置いて、メラニーがこの仮説を理解するのを待った。「だって、相手はモーゼスですよ？　ゼルダですよ？　ポーリーンですよ？　だれだって黙らせたくなりませんか？」

「やめなさい、A・J――こう言ってはなんだけど、ばかばかしい。もしそうだったなら、彼らがそう言ったはずよ」

「室内は暗かった――部屋に入ってきた人間が彼らに見えたはずがない。それに、何者かが薬に細工をしていたとしたら？　もともと薬漬けのような状態です――その彼らにふだん以上に鎮静剤を与えていたとしたら？　ゼルダの原因不明の心臓発作について考えたことはありませんか？　肥満による心臓発作――そんな説明で納得したのですか？　きっと病理医は心挫傷の痕跡など探さなかったのでしょう。だれもその可能性に言及しなかったでしょうからね」

「心挫傷？」

「そうです——たとえば、だれかが彼女の胸に馬乗りになった。亡霊が、という意味ではなく、人間がという意味です。生身の人間ですよ」

「病理医は調べたはずだわ。そうでしょう？　最初に探すはずよ——拘束による損傷の痕跡を」

「そうかもしれません。しかし、ストレスによる心臓発作だった可能性もあるんですよ。だれかに痛めつけられたことによるストレスです。ゼルダの腕に刻まれた文字がほんとうに彼女の字かどうか、だれか確認したのですか？　モーゼスの部屋の壁の文字、ポーリーンの脚の文字は？　私たちみんな、彼らが自分たちで書いたものと思い込んだけど、だれが確認したんですか？　私はしてません。〝悪事を働くなかれ〟、〝女にみだらな目を向ける男は頭のなかで姦淫を犯している〟、〝怠惰と放縦を回避せよ〟？　頭のなかで何十回となく姦淫を犯していたにせよ、モーゼスが〝姦淫〟という言葉を知っているでしょうか？　それに、ゼルダは〝放縦〟という言葉をどこで覚えたんでしょう？　私にはその言葉の意味もろくにわかりません」

「欲よ。強欲という意味なの」

　A・Jは片眉を上げた。「博識ですね」

「調べたのよ。書いてあるのを見たから……どこかで。写真だったかしら……」彼女は記憶を探るかのように、救貧院が描かれた銅版画を見上げた。首を振った。「とにかく——なんでもいいけど——その言葉は調べたの。強欲という意味よ」

「では、ぴったりという感じですね、ゼルダに」

　メラニーは眼鏡をかけ、縁の上方でわずかに眉根を寄せた。「ねえ、A・J、教えて——ゼルダのDSM分類はなんだった？　思い出せなくて」

「彼女は……たしか、統合失調症の二軸だったのでは？ 境界性パーソナリティ障害（BPD）だったかと――」

「要するに、暗示にかかりやすいわけね。幻聴や幻覚は？」

「先入観は禁物ですよ」

「先入観なんて持ってないわ。むしろ、初めてこの仕事に就く人たちなみに真っ白な状態よ。それに、これだけは言っておくけど、そんな事件は起きなかった。ありえないもの。あなたが推測しているようなことが起きたと信じるぐらいなら、おそろしい小びとの亡霊が胸に馬乗りになったと考えるほうがましよ」

「調べるべきだと思います。なんなら警察にも相談したほうが」

「警察はまる一週間もここへ出入りしてたでしょう。わたしたちと同じぐらいうんざりしてたから、蒸し返されたくないはずよ」

「警察の別の部署という意味で言ったんです。専門家チームですよ。先日、刑事司法フォーラムで会った刑事たちを覚えてますか？ 重大犯罪捜査隊でしたっけ？ あなたは刑事のひとりと話していたでしょう――電話をかけて内々で相談してみてもいいのでは？」

「A・J、心配する気持ちはわかるけど、また警察を引っぱり込むのはどうかしら。まして、なにが起きたのかわからないのよ。この分だとこのまま忘れ去られそうだし、ぜひそうなってほしいわ。ここをゆっくりと正常に戻すためにも。悪いわね――また警察に来てもらっても対応できないと思う。ただでさえ手いっぱいなんだもの」

　A・Jはため息をついた。椅子の背にもたれかかり、こめかみを揉む。彼女の言うとおりかもしれない――疲労困憊して想像力がたくましくなっているだけなのかもしれない。この七日間、長すぎる時間をここで過ごしている――来月まで交代勤務が続く。来月には代休を取ろう。

「申しわけありません」と言った。「すみません、おっしゃるとおりです」間を置いて彼女の手を見た。「どうですか？　手の具合は？」

彼女は自分の手を見下ろした。「大丈夫よ。だけど、わたしをアルコール依存症だと思ってるんでしょうね」

「いいえ。とんでもない――あのときも言いましたが、あなたが仕事を抱えすぎていると思っています。それに、ジョナサンと別れたとか？　きっと、それがこたえているんでしょう」

口にしてから、自分の言ったことに気づいた。だが、もはや手遅れだ。彼女の顎がぐっと上がり、昨日の夕方に車のなかで見たのと同じ感情の気配が顔に表われた。湖に赤い色素を垂らしたようなものだ。「はあ？　なんて言った？」

「えー――私は――なにも。なんでもありません」彼は立ち上がりかけた。「ではこれで――いま言ったことは忘れてください」

「いいえ。待って。わたしの聞きまちがいだ、と？」

今度は自分の顔が赤らむのがわかった。身の置き場がないので、腰を浮かせたままじっとしていた。「いいえ――ただ、あなたが大丈夫だと確かめたかったんです。それだけです」

「みんな知ってるの？」

「みんなではありません」

「まいったわ」メラニーはけがをしたほうの手をデスクに投げ出すようにして首を振った。「ああ、もう。いやね。最悪だわ」

偉大なる存在

ペニーは長年のあいだで初めて、夜明けとともに起き出して仕事に取りかかることをしなかった。水車小屋の最上階にあるベッドルームでひとり、遅くまで寝ていた。目が覚めたとき、外は明るくなっていた――灰色の氷晶雲がもの憂げに上空を流れていく。スーキーはベッドに上がることを許されていた――ペニーは夜ふけによく手を伸ばしてスーキーの心地よいぬくもりを感じていた。お返しにスーキーが手を舐めてくれていた。今日は、なにもない空間に置かれた枕が冷たかった。

寝ころんだまま、主のいない枕を見つめた。スーキーは死んだ。偉大なる存在と一体になった。これからは、成長するすべてのものに餌と栄養を与えてくれるだろう。スーキーの魂は宙に浮かび、煙のように漂っている――木や草、鳥、きのこのひとつひとつに入っていく。ペニーは自然に感謝した。人類が、愚かな人間が破壊しようとしても、みずから循環と再生を行なう寛容で中立的な自然のありかたに。ペニーは、果実を借りたあとは木々に歌いかける。真冬には、自分の作ったものを――ジャムであれ、リキュールであれ、砂糖煮《プリザーブ》であれ、スロージンであれ――少しだけ持って植物にお礼を言いにいく。このあたりでは、かつてはみんながリンゴの木にお礼を言っていた――一月にリンゴの木を訪れ、昨年の収穫で作った若いリンゴ酒で清めていた。ペニーは参加したことはないが、いまもいくつかのグループがそれを行なっている。その木の果実で木を祝福する行事をワセイリングと呼んでいる――ペニーはたんに昔ながらの〝お礼詣で〟という言いかたをしている。

〝木々にお礼詣で〟をする？　果実を〝借りる〟？　木々に歌いかける？　恋人ができないのも当然だ、と思う。まるで気むずかしいヒッピーだ。庭に風鈴、窓辺に水晶。〝水晶〟？　そのうち体を洗うのをやめて、ふさふさした立派なひげをたくわえれば、そこに小さな生き物たちが巣を作るにちがいない。

　ナイトテーブルの電話機を見つめ、スーキーの死について話を聞いてくれる相手がだれかいるだろうかと考えた。隣村に兄が住んでいるが、もう何年も会っていないし、どのみち悲しんではくれないだろう。だれが気にかけてくれるだろうか？　角にある店の女性ならどうだろう？　隣近所の人たちは？　たぶん、悲しんではくれない。

　ベッドの足もとから手作りのキルトを引き上げて鼻先に押し当てた。まだかすかにスーキーのにおいがする。それを吸い込み、キルトを顔にすりつける。これは五年前に、おばあちゃんのように暖炉の火のそばに座って縫ったものだ。足もとにスーキーが寝そべっていた。着古した衣類や色あせたクッションの布地を取っておいて使った。どこかに布巾も混じっている。愛用したキルトはすり切れてぼろぼろになり――ほつれてきている。

「ああ、キルト」ペニーは悲しげな笑みを浮かべてつぶやいた。「やさしい愛情のこもった世話が必要ね。少しばかり繕わないと。ひと休みしなさい。わたしもそうするから」

ズボン下とブーツ

結局、ビッグ・ラーチの言っていたとおりだった――メラニー・アローとジョナサン・キーはつきあっていた。Ａ・Ｊはスタッフルームにたたずんで、掲示板にピンで留められ、さまざまなお知らせや絵葉書やチラシに埋もれたジョナサンの写真をしばし眺めていた。ほかの看護スタッフといっしょに映っている写真は、はるか昔、どこだかのパブで開かれたクリスマスパーティで撮られたものだ。ジョナサンは紙の帽子をかぶり、格子縞のシャツの袖をまくり上げている。Ａ・Ｊは彼の目を見つめ、メラニーと交際していた証拠を見出そうとした。見つけられなかった。

いまとなっては、なぜ彼女のオフィスを訪ねたのかが自分でもよくわからない。ポーリーンとモーゼスとゼルダの身に起きたことが自分にとって重要だからか？　この施設内で起きていることを気にかけていると、メラニーに示そうとしたのか？　誇り高く立て、小さき兵士よ。それとも、メラニーとジョナサン・キーについて事実を知りたかったからか？

職場を出るときも、まだ自問しながらメラニーのことを考えていた。想像をたくましくすればなまなましさが増すにちがいないが、この年にもなればそれを回避できる。そこで、同僚の精神状態を心配するのはプロとして当然だ、と自分に都合のいい弁解をしていた。

帰宅が遅くなったことについて、ペイシェンスは文句を言わなかった。上機嫌で、彼女の好きな〈フォリジャーズ・フェア〉のジャムを渡すとなおさら寛容になった。ふたを開けてにおいを嗅ぎ、満足げに舌を鳴らした。

「これよ、これこれ。どんな女が作ってるのか知らないけど、いい材料を使ってる。彼女には脱帽だね」

「どうして、このジャムを作ってるのが男ではなく女だってわかるんだい？」

「いやあね」ペイシェンスは鷹揚だった。「男女差別発言をさせないでおくれ」

朝食の準備ができていた。揚げたり茹でたり焼いたりする材料が庭で採れないとき、ペイシェンスはソーンベリーで買い物をして、親から教わったたぐいの料理を作る——カリブ料理のような、アメリカ深南部料理のようなものを。塩漬けの魚とフリッター、パンケーキを積み上げてメイプルシロップをかけ、バターミルクの小さなかたまりを四つ載せたものを出されることもある。今日はバナナ粥と、ソフトビスケットにソーセージグレービーをかけたものだった。それと、ペイシェンスの手作りのラベージ・ブランディもあった。陶器のフラスコに入れた少量のラベージ・ブランディと、アーガ・オーブンで温めたエスプレッソ・ポットから湯気の立っているコーヒーをマグカップに一杯。コーヒーは樽にいっぱいでも飲めそうだ——ベッドに入る前なのに。

A・Jはスチュワートを足もとに座らせて朝食をとり、ソフトビスケットでグレービーソースをぬぐい取った。ビスケット。ビスケットに関しては昔から少しばかり頭を悩ませている——クッキーなのか、それともこのソフトビスケットのように、香ばしいスコーンの一種なのか？　ペイシェンスにはたずねなかった。競馬新聞を見ながらチェルトナム・ショウケースでどの馬に賭けようかと思い悩んでいるからだ。おばと母さんは賭けごとをする習慣があった——祖母の遺伝子を受け継いだんだと、ふたりとも言っていた。A・Jが子どものころ、母さんとペイシェンスが財布と新聞を手に戦闘態勢でソーンベリーの賭け店に入っていき、午後の長い時間、店の前で待たされたことを覚えている。いっしょになかへ入るには幼すぎたので、姉妹が外へ出てきては新聞を見せて彼の意見をたずねたものだ。「あんたはわたしたちの幸運のマスコットだよ」と、ふたりはよく笑った。幸運ねえ。

「相続財産はあきらめるよ」A・Jは皿のソーセージグレービーをもてあそびながら言った。「ウィンカントン競馬場でルード・ボーイに全財産を賭けただろう」

ペイシェンスはフライパンを乱暴に置いた。A・Jはおばをからかって楽しんでいる。なにしろ、この話になるとおばは異常にぴりぴりするのだ。「ああ、そうだよ。で、あんたはなにを言いたいんだい？」

「さあ——単複同額購入《イーチウェイ》にしてもよかったんじゃないか？　少なくとも、負けた分を補塡できただろうに」

「この世には、負けを補塡できるほどの金なんてないんだよ」ペイシェンスが真顔で言った。

「わざと黒人ぶるのはやめろよ。おばさんはいつだって『風と共に去りぬ』に出てくる黒人みたいにふるまうんだから。話しかたもだよ。血の半分は白人だろう」

「だから？　どうしてやめなきゃならないのさ？　相手の望むものを与える。それで人生はうんと単純になるんだよ」

「それはそうだけど、おばさんは黒人の悪いイメージを保持しようとしているだけだ」

「黒人の血も半分だけどね。それに、それは——あんたがいま言ったのは——心理学用語を使った屁理屈だ。職場で覚えたんだね」

「心理学用語じゃない。心理学というよりも社会学的科学に根ざした言葉だよ」彼は高慢な口調で応じた。「それに、職場で覚えたのでもない。あんなコメントはどこの街角でも耳にできる」

彼がこんな話しかたをしだすと、ペイシェンスおばは言い返すことができない。そこで、わざとらしいあくびを漏らし、彼に背を向けて携帯電話のメールチェックをした。最近は競馬情報をメールで得ているのだ。彼の子どものころの記憶にあるような、新聞の裏ページにボールペンで書いた丸印ではなく、おばの電話番号を顧客リストに載せているブックメーカーが送りつけてくるメールで。

　おばの愛情と世話を受けるには代価が必要だ。おばも母さんに劣らぬ浪費家だ。自分がそばにいて目を光らせていなければ、この家も家財道具も、とうに賭けごとで失っていたにちがいない、とA・Jは確信している。たいした家ではない。三つの小さなコテージをつないだ奇妙な古い家だ。階段が三つある――それが彼と母さんとペイシェンスには好都合だった。一階は共用スペースだが、二階に各自のベッドルームとバスルームがある。真ん中が母さんのベッドルームだった。母さんが亡くなったので、彼とペイシェンスはそこを物置かなにかにしてもいいのだが、どちらもそれを切りだしたくないため、部屋は空いたままになっている。頭上の穴。どちらもそのことに触れないのは、それを口にすれば母さんの死について話さざるをえなくなるからだ。

　A・Jはソーセージの残りをスチュワートにやりながら、母さんの死のことになると、この先も絶対に口にしないであろう言葉がある、と思った。

　明日は朝のシフトに入っているので睡眠パターンをまた調整しなければならない（これまでに数えきれないほどやってきたことだ）。ラベージ・ブランディが効いて午前四時まで眠れるかもしれないと期待して午後二時にベッドに入ったが、メラニーのことが頭から離れなかった。それでも二時十五分には眠りに落ち、めずらしく夢も見ずに熟睡できたものの、四時間後にはすっかり目が覚めていた。

　しばしベッドに横たわったまま窓から田舎の風景を眺めた。母さんが恋しい。すごく会いたい。だが、田舎の風景と、その真ん中にある住まいが特別な慰めを与えてくれた。彼の隣人はこの地の野生動物たちだ。ペイシェンスの育てているピンクのバラからシカを追い払うとき、体の模様や体高、傷痕などで個体の見分けがつく。A・Jはひとりでいるのが好きだ。自分の衣類からたき火のにおいがしても、だれも鼻にしわを寄せないのがいい。ここがあまりに辺鄙な場所なので、くたくたに疲れた日などはわざわざ服を着替えない――カウボーイ映画の登場人物のように、ズボン下とブーツという恰好で庭を歩きまわる。

孤独ではない。だが、それが――孤独ではないという単純な状態が――いいことなのかどうか、もはや確信がなかった。ひょっとすると、母さんの死を悼む気持ちが新たな段階に入ったということなのかもしれない――また他人とつきあいはじめる心の準備ができたのかもしれない。それはつまり、まっとうな大人になり、まっとうな大人の関係を築くための一歩を踏み出す準備ができたということだろうか？　四十三という若くはない年齢で？　とにかく、この一歩はとても大きい。軽々と踏み出すつもりはない。

腕時計にちらりと目をやった。六時二十分。あくびをして起き出し、バスルームに行ってシャワーを浴びた。ひげを剃りながら、薬棚の最上段で落ちようかどうしようか決めかねているかのようにひそかにバランスを保っている計量スプーンを目に留めた。カミソリを置いてスプーンに手を伸ばす。両端ともが計量スプーンになっているプラスティック製のそれは、はるか昔に咳止めシロップを拭き残してべたべたした箇所に載っかって立っているだけだった。コーディネーターとして各病棟の衛生状態に関する週間報告をまとめる責任を負っている身なのに。とんだお笑いだ。

ごみ袋を取り出して計量スプーンを放り込み、緑色の結晶と化した咳止めシロップの跡をぼろ布で拭き取った。二〇〇九年の日付けの入った鎮痛剤の空き箱、二十歳で初めて職に就いたときに買った綿棒の箱を捨てた。これではどんな女も我慢してくれないだろう、といらいらした。本当に。こんなごみ屋敷を受け入れてくれるのはどんな頭のおかしな女だろう？　成熟した分別ある女は絶対に受け入れてくれるはずがない。

　メラニー・アローは、よくある北欧風住宅に住んでいそうだ――真っ白な壁に、流木と麻布でこしらえた家具類。Ａ・Ｊは、特別仕立てのブラウスがドライクリーニング店の袋に入ったまま何列も吊されている光景を思い浮かべた。それに――正直に言うなら――シルクのパンティーも。

「おい」鏡に映る自分に向かって言った。「そこまでにしておけ。悪い考えだぞ。よこしまだ」

　鏡の彼はまばたきをして見返している。Ａ・Ｊは長らくその目を見つめていた。そのうちに手を上げて鏡に触れた。もううんざりだ。なんとかしなければ。

ミスティ・キットスンに関する真実

　ミスティ・キットスンの死体の捜索は八時間に及んだ。地上・水中を問わずいかなる捜索の応援にも駆り出されるフリー・マーリー率いる潜水捜索隊は、科学的に策定された手法を用いて懸命の作業を行なった。割り当てられたのは、ミスティの失踪を受けて一年前に捜索した地域の外縁から百メートルの範囲だ。今回は、更生施設――丘にそびえるように立つパッラーディオ様式の白い簡素な建物だ――から半径約三キロという当時の捜索範囲を広げて行なわれる。完了までに一週間を要するだろう。しかも、捜索要員の知るかぎりでは、新たな情報に基づくものではなく、重大犯罪捜査隊がまだなんらかの手を打っていることをマスコミに証明する必要に迫られての作業らしい。午後半ばになってもなにも見つからないまま、日が沈もうとしていた。隊員たちは意気阻喪した状態で、隊の公用車であるメルセデスの白いスプリンター・バンで本部へ戻った。そのままマイカーに飛び乗って家路についた者もいれば、しばらく残って体を温める者もいた。茶を淹れて飲んだりシャワーを浴びたり——骨までしみ込んだ寒さを、熱い湯で取りのぞこうというのだ。

　フリーは最後まで残っていた。シャワーの下に立って目を閉じ、うなじを湯に打たれながら今日一日を振り返った。捜索したすべての場所が、スピード感のあるコマ割りの映像となって次々と頭に浮かんだ。まずは更生施設の周辺の光景、すぐに場面は変電所へ、さらには二級道路へと切り替わる。黙って立ったまま、今朝、彼女が走っているのを見ていたのと同じまなざしで見つめるジャック・キャフェリー。言葉はかけてくれない。

　フリーは彼の視線を気にしないようにした——一生懸命なふりをして、割り当て区域を丹念に捜索した。時間の無駄だと承知のうえで。ミスティの遺骨は生け垣のなかになどない。野原にまかれてもないし、更生施設付近の雑木林に浅く掘られた穴に埋められてもない。更生施設から何キロも離れた場所にある——この州の、更生施設とは反対の端に。

　それをフリー・マーリーが知っているのは、そこに死体を隠した本人だからだ。一年半近く前に。それが、頭のなかの箱に収めて錠をかけておこうと努めている記憶のひとつだ。空を飛ぶ秘訣を失いたくないかぎり、目を向けたくない記憶。墜落して焼け死にたくないかぎり。

　シャワーを止め、外へ出てタオルで体を拭く。オフィスにはもうだれも残っていない——フリーのほかには、装備品室に何列にも吊され、幽霊のように見えるダイビングスーツがあるだけだ。ロッカールームのダイビングマスク。鑑識班が使っている部屋の死体収容袋。彼女を監視している者も、なにをしているのかと問いただす者もいない。湯気でくもった鏡をタオルで拭き、そこに映る自分の顔に目を凝らす。たしかに、以前より顔がふっくらした——皮膚も健康的な色になった——が、重大犯罪捜査隊がミスティ失踪事件を再捜査しはじめたいま、またしても不安による緊張がうっすらと目の周囲に現われている。

一日じゅう、身を切られるような思いをぼんやりと抱えていた——いまにも泣きそうだと思った。だれにも気づかれなかったのが不思議なぐらいだ。いまだって、赤ん坊のように泣きじゃくったりしないように、十まで数えて気持ちを落ち着かせる必要があった。しばらくすると、体に防臭スプレーをかけ、リュックサックからスポーツウェアを取り出してゆっくりと身につけた。何枚も重ね着する——外は寒い。レギンスの上から防水パンツをはき、モンテイン社製の大きな官給品のジャケットを着る。ニトリル手袋と防寒手袋をポケットに突っ込み、照明をすべて消し、コンピュータを残らず確認して電源を切り、うつむいて駐車場へ向かった。

帰宅ラッシュアワーは過ぎていたが、サマセット州北部をうねうねと横断するのに一時間以上かかった。自宅の近く、更生施設の近くを通る——どちらも、一年半も前にミスティ・キットスンの身に起きたことの真実を巨大な絵コンテに書き起こすとすれば鍵となる場所だ。フリーが車を停めたのは、更生施設から一・六キロほど南東を走る三級道路。ファーレイ・パーク・ホール周辺の森から下る広大なふたつの野原の底部だ。

昼間、チームの面々が捜索を行なっているあいだに、地図でこっそりとこの場所を確認して——ダッシュボードの上で、この場所が中心に来るようにこっそりと地図をずらして——計画的に行なわれる捜索がこの道路に到達するのは何日後かを計算した。去年はこの一帯の外側を捜索しただけだが、今回の新たな捜索範囲にはこの一帯も含まれる。おそらく、明後日の午後か、その次の日だ。

ドアを開け、タールマカダム舗装の路面に足を下ろす。辺鄙な田舎は静寂をたたえている。こんなところで生きているのは本物の生き物たちだけ——たとえば、シカ、アナグマ、ウサギだ。どこかでフクロウが啼いている——丘のてっぺんの木立のなかだろう。耳をすましても、エンジン音ひとつ聞こえない——車のものも、航空機のものも。静まり返っている。フリーはリュックサックを引っぱり出して肩にかけた。ドアを蹴って閉めた。

この狭い道路は車の通行がほとんどない——左手は数軒分の農地、右手は森だ。フリーはこの道路をよく知っている。歩を進めるうち、前方の木立のはるか先に、村落のぼんやりした明かりが見えてきた。少し前にあの村で殺人事件が起きた。このあたりの村を訪れ、美しいコテージやかやぶき屋根、共有草地の美しさに目を見張るアメリカ人や中国人や日本人の観光客……彼らは実状を知らない。この地のありのままの醜い姿を。殺人、レイプ、DV、嫉妬、轢き逃げ。

そう、轢き逃げ。だれも轢き逃げの線を考えない。

この道路は左に急カーブしたあと、八百メートルほど直線が続く——ぼんやり見える平らな道は百メートルほど前方で細くなって夜陰に溶け込んでいる。雲の上から満月の放つ光が拡散されて道路を示してくれる。フリーは歩数をかぞえ、頭のなかで距離を計算しながら歩いた。五十メートルほど進んで足を止め、野原に向き直り、鋭い記憶力を駆使して風景に目を凝らした。続いて村のほうへ向き直り、同様にした。見える景色の角度がわずかに記憶と異なるので、さらに数歩進んで同じ作業を繰り返した。今度はぴったり合っている。そう。ここが現場だ。

リュックサックを下ろし、ヘッドランプを頭につけた。路面を照らすように下を向けた。一帯を詳細に捜索する必要がある。捜索チームがここに達する前に、証拠品となりそうなものを持ち去らなければならない。ミスを犯せば泥沼にはまり込む。生け垣の半分をリュックサックに押し込む必要があるというなら、そうしてやる。この場所と、ミスティ・キットスンの身に起きた真実とを結びつけるものなど、なにも——なにひとつ——あるはずがない。

ニトリル手袋をはめて作業に取りかかった。ふだんやっている指先を使っての綿密な捜索となんらちがわない——道路をすみずみまで確実に調べるためのグリッド捜索だ。見つけたものをすべて——それがなんであれ——採取してリュックサックに放り込んだ。ポテトチップスの袋、ビール缶ふたつ、トイレットペーパー。五十年も前のものに見えるプルタブ、古いCD。どれも無関係かもしれないし、どれもが関係あるのかもしれない。

ここには枯れ葉と裸になったブラックベリーの茂み以外なにも残っていないと百パーセント確信すると、ヘッドランプをはずし、それで照らしながら道路を調べた——タールマカダム舗装の路面を。タイヤ痕は残っているものの、ずいぶんうっすらしている。尻をつけて座り込み、手で触れないことには、それがまだ残っていることが信じられないほどだ。一年半前には、路面にできた深い傷のようだった——だが、雨や日差し、季節の移り変わりなどを経て、一年半のあいだにゴムによる痕跡が徐々に落とされていったのだ。

遠くから車のエンジン音が聞こえた。数秒後にはヘッドライトが見えた——さっき車を停めたほうからだ。フリーは立ち上がり、ヘッドランプを消しながらすばやく道端へ下がった。車がカーブを曲がって姿を見せると、フリーは一本の木にぴたりと体を押しつけた。両手をポケットに突っ込んでうつむき、できるだけ反射面が小さくなるようにした。

車が通り過ぎた。すぐに速度を落とした。そして、ほんの五十メートル先で停まった。フリーの心は沈んだ。エンジンが切られ、突然の静寂のなかで、ドアを閉じる音がはっきりと聞こえた。続いて、足音。

砂利を踏む音。何者かの足音はすぐ近くから聞こえる。彼女は肩をこわばらせて、そっとゆっくり暗がりへと身を退いた。木に寄りかかったまま体を落として座り込み、上着のフードを顔が隠れるほど深くかぶった。まるでダチョウだ。危険が迫ると砂に頭を突っ込むというダチョウだ。フリーは身じろぎもせずに足音に耳を凝らした。耳もとに大きく響く鼓動、目の奥で明滅しているヘッドライトの緑がかった光を感じながら。何者かがこんな辺鄙な場所に車を停める理由などない。まったくどんな理由も。ここは人の住まない地だ。

足音が止まったので、思い切って横目でちらりと見てみた。すぐそこに——ほんの一メートルほどのところに、ウォーキングブーツに包まれたふたつの足が見える。爬虫類脳がウォーキングブーツを観察し、見覚えがあるとわかるものの、なぜ見覚えがあるのか、それがなにを意味するのかまでは思考が結びつかない。

目を上げた。ジャック・キャフェリー警部が立っている。黒い全天候型装備に身を包んでいる。両手をポケットに突っ込んで彼女を見下ろしていた。

目抜き通り

ストーカーになったような気分、あるいは女子校の校門の前でびくびくしているティーンのような気分で待つこと十分、メラニーが昨夜と同様、酒店に現われた。店の外をうろつきながら見ていると、彼女は店員に話しかけた。うなずいている。端末に暗証番号を打ち込むことに集中している。

しばらくすると店から出てきた。彼女が一歩踏み出すたびに、レインコートからのぞいているブラウスの袖が揺れた。あと二メートルほどの距離まで近づいてようやく彼女はA・Jを見た。

「あら、やだ」はっと我に返って不満の声をあげた。「また見つかったわね」

「そういうのじゃありません――あとを尾けてたわけじゃありません。いつもここで買い物をしているんですよ」

彼女は疲れた様子でほほ笑んだ。「こっちも、そういうのじゃないのよ」買い物袋を開けて、紙パック入りのオレンジジュース二本を見せた。「家でウォッカに混ぜて飲むの」

A・Jは暗さを増していく空を見上げたあと、自分の車を見やり、通りの左右を見まわした。プレスリーに似て見えるという角度を知りたかった。いまこの瞬間、プレスリーに似せて見せたいからだ。だが、それはあきらめて言った。

「私見ですが、ウォッカには限界がありますよ。リンゴ酒を飲み比べるというわくわく《ワイルド・アンド・ウーリー》する世界に足を踏み入れたことはありますか？」

「粗暴で荒くれている《ワイルド・アンド・ウーリー》？」

「そう――私たちは、えー、環境保護運動家です。大半がひげを生やしていて、フェアアイル柄のセーターを着ている――私だけは例外ですが」A・Jは顎先で通りの先を指し示した。地元のリンゴ酒通に愛されている古いパブを。「でも、危険を冒してみる気があるなら――あの店が出発点です」

　彼女は首をめぐらせて肩越しにパブを見やった。しばらく目を凝らしていた。A・Jの心は沈んだ――彼女はどう断わろうかと考えている。だが、こちらに向き直った彼女は笑みを浮かべていた。片手を目の上に当てて頭上の外灯の光をさえぎり、彼と目を合わせた。「どうかしら」と言った。「これじゃあ着飾りすぎてない？」

ダチョウ

「やあ」キャフェリーは、まるでフリーに用があってオフィスに入ってきたかのように声をかけた。「ちょっといいか？」

　これでは返事をするほかない。大きくぶざまな頭を砂に突っ込んで隠したダチョウも、その頭を上げて現実に目を向けざるをえない。

「はい」フリーは、凍えるほど寒い夜にこんな辺鄙な場所で木のかげに座り込むのがこの世でもっとも正常なことだといわんばかりに、無造作に立ち上がって上着を整え、両手の泥を払い落とした。ティーンのような硬い笑みを浮かべ、手を振った。「元気ですか？」

「ああ。きみは？」

「凍えそうです」木のかげから出て、彼の正面に立った。両腕で自分の体を抱きしめた——震えている。「部下のひとりが今日、このあたりにGPS装置を置き忘れたんです。不精なもので、取りに戻る気がない。結果、だれが貧乏くじを引くはめになったと思います？」両手で引用符を示すしぐさをして強調した。「〝巡査部長〟のわたしです——上司はそのためにいるんだ、と。毎月数百ポンドの役職手当は、あらゆる非難と責任を負う見返りですから。わたしだって戻りたいですよ」——ここで指を鳴らす——「一兵卒に」

　キャフェリーは黙ってうなずいた。色を深めた目は揺るぎもしない。ひと言たりとも信じていないのだ。

　フリーは、その話はどうでもいいというように両手を上げた。「いったいどうやってわたしの居場所がわかったんですか？」闇のなかへと延びる人気《ひとけ》のない道路を身ぶりで指し示した。「こんな辺鄙な——？」

「察しをつけた」

「〝察しをつけた〟？　わたしがここにいると〝察しをつけた〟と？　まじめな話ですか？」

「そうだ」

「説明してください」

　彼は皮肉っぽい笑い声をあげた——まるで〝説明すれば長くなる。脚色や粉飾が加わり、複雑だから、千年はかかる〟とでもいうように。すぐに真顔に戻った。

「私は再捜索の命令を出した。知ってるな？」

「はい」フリーは苦い笑みを浮かべた。両手をポケットに突っ込んだ。「あの、驚かずに聞いてほしいんですが、今回の再捜索をみんなが不満に思っています——どうして、そんな命令を？　わたしたちには、あなたがマスコミ受けを狙っているとしか考えられません」

　彼は肯定するように首を傾けた。「そのとおりかもしれない。新たな情報はなにもない——ミスティの母親がこの街に来ているというおいしいネタからマスコミの目をそらす狙いだ。再捜索など時間の浪費だ。ミスティの死体は見つからない。この場所からはな」

「そうなんですか？　なぜ断言できるんです？」

一瞬の間ののち、彼はフリーに目を向けた。首を振った。あまりに真剣な表情なので、フリーの自信は小さく縮んで消えた。

「なんですか？」おずおずとたずねた。「どうしてそんな目で見るんですか？」

彼はまた首を振った。悲しそうだ。とても。

「なんですか？」

彼は詫びるように肩をすくめたあとで言った。「私は真相を知っている」

リンゴ酒の飲み比べ

ビアガーデンの芝生には雨で濡れた箇所が点々と残っていたが、店主がメキシカンストーブに火を入れているので、戸外でも充分に暖かかった。ふたりは、ビアガーデンと通りとを隔てている生け垣の脇に置かれた節だらけの古いテーブルの席を選んだ。常緑の月桂樹の厚い生け垣だが、通りを行き交う人の姿は透けて見えた。

A・Jは、異なるリンゴ酒を入れた四つのグラスをテーブルの中央に並べた。うち三つはほぼ空《から》になっている――メラニーは残るひとつのグラスを思案顔で見つめていた。

「グラスの底が見えるでしょう？」

彼女がうなずいた。「泡もね」

「変な意味に取らないでほしいのですが、正直なところ、あなたにはほかの三つよりもこれがおいしく感じられると思います」

彼女が目を上げてA・Jを見た。「どうして――わたしが女だからという意味？」

「たしかに、これはどちらかというと女性向けのリンゴ酒です。発泡性が高いし。甘口だし――金色っぽく見えるでしょう？　見た目も美しい。タンニンが少なすぎて私の好みには合いませんが」

「それなら……」彼女はそのグラスを押しのけた。むっとしたように腕を組む。「それなら、わたしは興味ないわ。あなたが飲んで」

「それはだめです。できないんですよ。評判を守らなければならないので――だれが入ってきて、私がこれを飲んでいるのを見とがめるかわかりませんからね。そんなことになれば、信用をなくしてしまいます」

「女嫌いという評判ね」

「素朴な女が好きという評判です。あなたの車を――ビートルを――見たときに気づくべきでした。決定的証拠なのに」

「ぞーっ」彼女は鼻にしわを寄せて、テーブルの下から出てきたゴキブリでも見るようにA・Jを見た。

「ファシストね」

A・Jは楽しげにうなずいた。「それも最悪のファシストです。身ぐるみはがれたリベラル――もっとも扱いにくい保守主義者ですよ。ごく普通のリベラルに出くわすと、私たちは喫煙者に出くわした断煙者なみに凶悪になる――相手を殺したくなる。フン族の王は危険で無責任なリベラルだったんです」

メラニーは声をあげて笑った。甘美な笑い声だ。A・Jは自分の発言に驚き、いくぶん本気で言ったのだろうかと考えた。「本気で言ったんじゃありません。私はファシストなんかじゃありません」

「ファシストだとしてもかまわないわ。わたしたちの職場はきつい業界だもの。酷使されるのを見ているのはつらいわ」

「税金の無駄づかいですよね。しかも、たいがい国連の言いなりだ」

「わかってる。それに、わたしが女じゃなければここまで出世しなかったはずだってことも、わかってる。三人の男性と院長職を争ったの――わたしは、そのうちのふたりとは同じぐらい優秀だったにせよ、あとのひとりほど優秀ではなかった。だけど、男尊女卑だと見なされる危険を冒してまでその男性を推す運営委員はいないもの」

「ご謙遜を」

彼女は悲しそうな笑みを浮かべた。「そうかもしれない。わからないけど。とにかく、気にかけているのは本当よ。彼らのことを心配しているわ――彼ら全員のことを。ゼルダのことから、モーゼスのこと、アイザック・ハンデルのこと、モンスター・マザーのことまで。全員を大切に思っているの」

A・Jは唇を引き結んだ。返事をしないことにした。ゼルダのことを？ その件に関して嘘を言うつもりはない。

「さて」彼は話題を変えた。「あなたをリンゴ酒愛飲家にできたのかな？ リンゴ酒を気に入りましたか？」

彼女はにこやかな笑みを見せた。「大好きになったわ！」

「お代わりは？ 今度は男性向けのものを持ってきましょう」

彼女の輝くような笑みは変わらなかった。「いいえ、結構よ。ウォッカをいただくわ」

「リンゴ酒が嫌いなんですね？」

「そう。これ以上リンゴ酒を飲んだら吐いてしまう」

A・Jは首を振った。「冒険好きな人だ。新たな可能性を取り入れようとする——柔軟なんですね」

「わかってる。ウォッカはダブルでね」

A・Jは席を立って飲み物を買いに行った。酒をテーブルに置くと、もはや冗談を言う気分ではなくなっていた。

「どうしたの?」メラニーがたずねた。「なにかあった?」

「いえ」彼は言った。「べつに」

「ねえ、なに?」

「なんでもありません」

「なんでもなくないでしょう。嘘はやめて。上司命令よ、話しなさい」

そう言われては話さないわけにいかない。だが、実際に考えていることを——リンゴ酒ネタだ——話すわけにいかないので、最初に頭に浮かんだなんとなく笑えそうな話を披露した。「ほら、あれですよ。今日、初めて下の毛に白いのを一本見つけたんですよ。まだ四十三なのに」

メラニーは口を開きかけた——彼の言葉に返事をしかけた——が、すぐにその意味に気づいて、そのまま固まってしまった。まるで顎が途中で動きを停止してしまったようだ。目をわずかに丸くした。A・Jの心は沈んだ。笑える話だと思ったが、まちがいだった。人間心理の基本ルールその一——決して、最初から遠慮なく親しくつきあえるなどと決めつけないこと。弁解したいが、いまさら遅い。彼女と親密になるチャンスが少しでもあったにせよ、それが失われるおそれがあるうえ、性的嫌がらせ《セクシャルハラスメント》だととがめられるかもしれない——馘《くび》になるかもしれない——し、ブラックリストに載せられるかもしれない。

だが、メラニーはにっと笑った。

「なんです?」

「だって」彼女は言った。「こんなうまい返事は初めて聞いたから」

強い——強すぎる。彼は、昔気質の男がどぎまぎした際にやる行動を取った。いかにも喉が窮屈だというように、襟の内側に指を入れて左右に動かしたのだ。

「そんなことより」彼女が言った。「嘘を言ってるでしょう。顔を見ればわかるわ」

「ええ、まあ。本当のことではありません」

「やっぱりね」

「じつは、気づいたのは二週間前なんですよ」

彼女は首を振り、苦笑した。「あなたが心配してるのは陰毛のことじゃない、という意味で言ったの。なにか別のことでしょう」

Ａ・Ｊは敗北感を覚えた。それと疲労感とを。目をしばたたいた。「わかりました。本当のことを言います。あのときのことを考えていたんですよ——例のパーティでの勘ちがいのことを覚えていますか？」

「覚えてるわ。それに、あれは勘ちがいじゃなかったと思うけれど」

「そうですか？」

「そうよ。で、本当なの？　わたしは三十六歳のときに二本見つけたわ。シャワーを浴びるたびにバスルームの鏡にきらりと光るの。ときどき、からかわれているのかと思うわ」

ふだんなら、そこでなにか言葉を返すＡ・Ｊだが、いまはなにも思いつかなかった。四年間、メラニーを立ち入ることのできない聖域だと思っていた——まじめな堅物なのでＡ・Ｊに関心を持つことはない、と。だが、この二十四時間で、彼女が職場を一歩離れればまったくの別人になることがわかった——気取りのない楽しい人間で、この世のだれとも同じ問題を抱えている、ということが。仕事で苦闘し、酒が好きで、禁じられている相手と過去に性的関係を持ったことがあり、陰毛に白い毛が二本ある。その二本の白い毛は、彼女がシャワーを終えるときらりと光る。

陰毛とシャワーの話はしないでほしかった。刺激が彼は顎を引いた。「私の勘ちがいではなかった、と？」

「そうよ。あなたを誘惑したの。あのときはだれともつきあっていなかった——離婚したばかりでね。相手を探してたの」

「では」彼はその情報をつなぎ合わせながらおずおずと言った。「しばらくして交際を申し込んだときにはもう——？」

「ジョナサンとつきあっていた」

「ジョナサンとつきあっていた」A・Jはおうむ返しに言いながら、私はなんてばかだったんだ、とんでもない意気地なしだった、と悔やんだ。両手で頭を抱えてうめいた。「信じられない。つまり、いままで——いままでずっと、もしかしたらあなたと私は……？」

　彼女はA・Jの目を見つめて、いささかはにかんだ笑みを浮かべた。と、腰を浮かせて両手をテーブルにつき、身をのりだして彼の唇にキスをした。

轢き逃げ

　フリーの顔は血の気が引いて蒼白だった——まるで月の光が反射しているような蒼さだ。その目はキャフェリーの目を見つめている。

「なんですか？」おずおずとたずねた。「なんと言いました？　もう一度、言ってください」

　彼はうつろな夜の闇のなかに立ったまま説明を繰り返した——悪いことでもしたかのように。「私はミスティの身に起きたこととの真相を知っている。なにがあったのか、どこで起きたのかを。ここだ。この道路で起きた」

　フリーは信じられない思いで彼を見つめている。キャフェリーは彼女の目の奥でせわしく動きまわる小さな光が見える気がした——返す言葉を考えようとして脳が活動している証拠だ。だが、彼女はその問題を避けた——うつむき、肩をすくめ、そっけない口調で言った。「でも、話がまるで見えません。本当に——なんの話か、さっぱりわかりません。あなたは、わたしが思っていた以上に頭がどうかしています——それは大問題です」

彼女はリュックサックを手に取った。それを肩にかけると、キャフェリーに背を向け、自分の車のほうを向いた。

「正直言って、常軌を逸していく音が聞こえるので、これ以上ここには……ちょっと!」彼女は足を止めた。キャフェリーがリュックサックの垂れたほうの肩紐をつかんでいた。「放して!」彼女はキャフェリーと揉み合い、身をそらせてリュックサックを引っぱった。キャフェリーはしっかりとつかんでいる。「なんのつもりです——放してください」

キャフェリーは返事の代わりに引っぱった——両手で。フリーは力がある——驚くほど力が強い——ので、リュックサックを奪い返されないために全力を振りしぼった。「抵抗はやめろ」と告げた。「こんなまねはやめて座れ。すべてお見通しだ——とにかく、抵抗をやめて私の話を聞け。彼のやったことは知っている」

「だれがなにをやったと? いったい、だれが? いったい、なにを? だれがなにをやったんです? ねえ?」彼女はリュックサックをぐいと引っぱった。「答えられないじゃないですか。わたしの質問に答えることもできないくせに——」

「トムだ」キャフェリーはどなった。「きみのろくでなしの弟、トムだ」

驚きのあまり彼女の体から力が抜けた。わめくのをやめ、リュックサックを引っぱるのをやめて、その場に立ちつくしている——頭を突き出し、首に青筋を立てて彼をにらみつけている。

「私はなにが起きたのかを知っている。すべて。その事実に慣れろ」

　そのまましばらく過ぎた。上空で、肉眼では見えないジェット気流のどこかで、航空機が針路を変えた。その音は細く甲高く孤独だった。フリーの目が怒りに燃え上がった。次の瞬間、唾を吐きかけられるとキャフェリーが覚悟した瞬間、彼女はリュックサックを放して地面に座り込んだ。骨の芯まで疲れきっている──膝のあいだに頭を垂れ、うなじの上で手を組んだ。

　彼女は一歩離れた場所に立って、肩で息をしていた。三年あまり前にフリー・マーリーはダイビング中のおそろしい事故で両親を失った。以来、彼女の人生が悪化した──ひどく悪化して、気楽に過ごせる日々がなくなった。だからこそキャフェリーは、ミスティの失踪に関して彼女が果たした役割を秘密にしてきた。だが、もう充分に時間は経った。今度はフリーがその恩に報いるべく協力してくれる番だ。頭のどこかで、感謝のあまり彼女が涙を流して彼の首に抱きつくかなにかするものと想像していた。まさかこんな展開になるとは思ってもみなかった。とはいえ、相手はこれだけの秘密を長らく胸のうちに抱えていた人間だ。痛みをまったく伴わずにことが運ぶなどと期待するほうがどうかしている。

　キャフェリーは心を鎮め、額の髪をかき上げた。五歩進んで通りの真ん中で足を止め、くるりと向き直った。

「よし」と言った。「実演してみせよう。授業だ。轢き逃げについての」

　フリーがとまどった表情で顔を上げた。その目はぼんやりと彼に注がれている。

「一台の車がこっちの方向から走ってくる」彼は遠く東の方向を指さした。「シルバーのフォード・フォーカス。スピードを出している。猛スピードだ。ドライバーは──トムは──泥酔している。見通しのいい道路、直線道路だと思い込んでいる。同じころ、ひとりの女があっちの野原からやってくる。女も泥酔している――それに、更生施設にこっそり持ち込んだヘロインでハイになっている。方向感覚を失った状態だ。この道路に達すると、車道だとは気づかず、左右を確認せずに足を踏み出した。あるいは、車道だと知ったうえで、車を停めようとして意図的に飛び出した。どこかへ乗せて行ってもらいたかったのかもしれない。いずれにせよ、トムはこの地点に来るまで女に気づかなかった」

キャフェリーは指を下へ向けて、自分がいま立っている場所を指し示した。

「トムはブレーキを踏んだが、スピードを出しすぎていたので、車が停まったのは……」キャフェリーは十五歩進んで足を止め、両手を広げた。「……この位置だ。すでに手遅れ。ミスティの体はルーフにはね上げられたあと――きみがいま座っているあたりに落ちた」キャフェリーはそこで言葉を切った。長い沈黙が続き、村の上方のどこかで啼いているフクロウの声がときどき聞こえるだけだった。間が持てなくなり、キャフェリーが咳払いをした。「とにかく、トムは事故を通報しなかった。どういうわけか、死体をここから運び去った。そしてフリー、無限の英知に恵まれたきみともあろう人が、弟をかばった。弟のためにすべてを隠蔽したんだ」

キャフェリーはそこでやめた。彼女は立ち上がろうとしていた。足もとがいささかあやしく、まだ頭が混乱し、体が震えている。それでも、バランスを保っている。リュックサックを引っぱるようにして持ち上げ、肩にかけた。くるりと向きを変え、ぎこちない足どりで歩いていく。キャフェリーは数秒後に追いかけたが、遅きに失した。カーブを曲がるころには、彼女はすでに駆けだして車に達しようとしていた。キャフェリーが追いつく前に、彼女は車に飛び乗ってエンジンをかけ、タイヤをきしませて車道に飛び出した。

片手を出して停めようとしたが、彼女は小廻りのUターンをしてエンジンを吹かし、数秒後には走り去っていた。その場に残されたのは、キャフェリーと夜の闇——空中に押された手形のように漂っている排気ガスと焦げたゴムのにおいだけだった。

イチゴとマシュマロ

結局ふたりはタクシーで彼女の家へ行った。わかってみると、彼の家から決して遠く離れてはいない——だが、彼の家とはまったく趣がちがっていた。メラニーの住まいは、ストラウド郊外に建つ輝くばかりにきれいな新築で、ベッドルームが三つあるメゾネットアパートだった。草の生い茂った庭は——わざわざ庭へ出る時間がないと彼女はA・Jに説明した——一方に周辺の丘陵地域を、もう一方にストラウドの街の明かりを見渡せる。流木の家具などない——それどころか、彼女には確たるスタイルがない。清潔ですっきりしているが、想像していたほど完璧でもなければ成熟してもいない。

彼女はまたしても酒を――ウォッカのオレンジジュース割りだ――注いだが、手つかずでガラスのコーヒーテーブルに置いたまま、Ａ・Ｊとソファでさらに濃厚なキスを交わした。Ａ・Ｊは我を忘れ、頭がぐるぐるとまわりだした。メラニーは柔らかくなめらかですべすべしている。想像していたにおいがすべてする――イチゴとレモンとマシュマロのにおいだ。それに彼女は、失われた時間を埋めようと――Ａ・Ｊをむさぼろうと――ばかりに、Ａ・Ｊの両耳をつかんで唇を自分の唇に強く押しつけた。Ａ・Ｊは彼女の背骨に沿って指を這わせた――背骨とブラウスのあいだにブラジャーの柔らかな隆起を感じた。

「んー」彼女はまったく抵抗せずに低い声を漏らした。

「すてき……」

「メラニー……」Ａ・Ｊはやむなく彼女から身を離した。両足を床に下ろし、膝に肘をついてうなだれた。さまざまな考えが頭のなかを駆けめぐっている。

短い間のあと、メラニーが身を起こした。髪をかき上げた。「Ａ・Ｊ？　どうしたの？」

「ひさしぶりなんです。それだけです」

「でも……」彼女は不安げに小さな笑い声をあげた。

「大丈夫なんでしょう？」

「いえ、私は……」

「いやだ――」彼女は両手で口を押さえた。「あなた、ゲイなのね」

「ゲイではありません」

「じゃあ、性的不能なのね」

「ちがう！　ちがいます――そういうことではないんです。ただ……」彼は唾を飲み込んだ。この難問に立ち向かうべく少しなりとも酔いを覚まそうと、両手で顔を強くこすった。「私は……」向き直って彼女の顔を見た。化粧がすっかり崩れている。「だいたい、あなたがセクシーすぎるんだ」

「そう？」

「そうですとも」

「じゃあ……？」

彼はため息をついた。「これから話す事情を聞いても怖がらないでください——逃げる女性もいるんです」

「わかったわ」用心するような口調だった。「さあ、打ち明けて。ＨＩＶに感染しているの？　それとも性器ヘルペス？」

「ちがいます。もっと質が悪い。脛に傷持つ身なんです」

「脛に傷持つ身？　どういう点で？　倒錯趣味があるの？　それとも感じやすいの？」

「倒錯趣味はありません」

「じゃあ感じやすいのね？　だから女が逃げるの？」

「説明させてもらえますか？」

「ごめんなさい。もう途中で口をはさまないわ」

「じつは——三年前、私はある女といっしょにいて、その女が——」

「その女をいまでも愛している、と？」

「話をさせてくれますか？」

「ごめんなさい」

「いいえ——返事はノーです。断じてその女を愛していないし、当時も決して愛してなどいなかった。現に、女の名前を思い出すこともできない。でも、当時の私にはそれが普通のことでした」

「色好みだったのね」

「そう——好色でした。ただし、みじめで空っぽのたぐいのね。とにかく、やることをやったらタクシー代を渡して家へ帰し、その後は女からの電話を無視することになるとわかったうえで、名前も顔も思い出せない女をベッドに誘った。当時の私はそういう人間だった。ガールフレンドは取っかえ引っかえだった。昼間だったので——なにしろ、シフト勤務の身ではできるときにやるしかないので——母が庭に出ていた」

「お母さまと同居を？」

「そうです——いえ、ちがいます。同居と言うと少しちがう。同じ家に住むのが好都合だっただけです。とにかく、私は自室にいて、母は外に出ていて……」声がしだいに小さくなる。人に話すとき、この部分にさしかかると、いまだにうまく説明できない——思っているほどすらすらと言葉が出てきたためしがない。

「母は発作を起こした——ときどき起こしていたんです。病気の発作を。よくフレンチェイの神経科病院へ連れて行って投薬チェックをしてもらっていました——医師の話では、症状は抑えられているが薬は効いていない、とのことでしたが。とにかく、母は発作を起こし、倒れるときに庭の石にぶつけたんです」Ａ・Ｊは自分のこめかみを指で示した。「ここを」

「なんてこと」メラニーは息を吸い込んだ。「打ちどころが悪いわ」

「すぐに病院へ運んでいれば命は助かったでしょう。でも私は自分の一物のやっていることに夢中で、母のことなんて頭になかった。外で飼い犬が吠えているのが聞こえたのに無視した。家にはほかにだれもおらず、母はその場に倒れたままだった。脳出血を起こし、あっという間に……」

「なんてこと。痛ましい」

「そう……痛ましい」

　ふたりがそれについて考えるあいだ、長くどんよりした沈黙が続いた。メラニーはその状況をはっきりと思い描こうとしているのかもしれないが、Ａ・Ｊはかすみをかけようとしていた。やがて、永遠とも思える沈黙ののち、彼女がためらいがちに片手をＡ・Ｊの背中に置いた。「ねえ、少しは気休めになるかしら。わたしも父を亡くしてるの——脳腫瘍で。だから、脳のことなら少しはわかる。父が放射線治療を受ける日はよく病院へつきそったわ。ね？　あなたとわたし。共通点があるでしょう」

Ａ・Ｊは放射線科病棟を思い出した――母親とよく、その前を通った。放射線治療用のマスクを手に、頭部に放射線を浴びせられるのを待っている生きる屍ばかりだった。メラニーの父親もそういうひとりだったのか？　自分が愚かしく思えた。「申しわけありません。親を亡くしたのは私だけじゃない――身勝手でした」

「とんでもない！　身勝手なものですか。これっぽちも――気持ちはよくわかるの、本当に。それに、やましい気持ちもわかる。だけど、聞いて――こう考えるのよ。そのとき、あなたは仕事中だったって。それか、買い物中だった。あるいはパブにいた……」

「ええ、そんなことはわかっています――理屈はわかっているんです――でも、事実も承知している。生まれ変わって改心したとかなんとか言うつもりはないが、あのことが原因で私は以前よりも少しばかり……まじめになった。大人になったのかな？　ほら、過ぎたことにふたをして前へ進めっていうでしょう？　でも、私はその場で足踏みをしている。結局、それがなにより女たちを興ざめさせるんです。つまるところ、セックスのことになると女のほうが男よりも容赦ないんですよ」

「ふしだらなのよ」メラニーは目を伏せて言った。「女は不愉快なほど浅はかでふしだらなの」

Ａ・Ｊは悲しげな笑い声をあげた。「まあそうですね。どうしてこんな演説をぶってしまったのかな。とにかく、そういう意味で言ったんですよ、膣に傷持つ身だ、と」

「でも、ありがたいわ」彼女は立って、Ａ・Ｊをソファへ押し戻した。脚を開いてまたがった。「勃起できないって告白されるのかと思ってたから」

高架道路下

　止めることもままならず、人生はキャフェリーが望んでいなかった方向へゆっくりと進みだしていた。状況を読みまちがえた――ここまで読みちがえるとは感心する。キャフェリーは、フリーが実際に感謝の言葉を口にしたりヒーローと呼んだりはしないまでも、少なくとも、この秘密を守るために彼がどれほどの犠牲を払ったかは察してくれるものと思っていた。だが、人生は思惑どおりに運ばない。どのみち、キャフェリーは聖人やヒーローを演じる柄ではない。新たな目でこの状況を見直さざるをえない。

　最後まで残って飲んでいた酔っぱらいどもがぐずぐずと家路についているブリストル市内の通りを、ゆっくりと車を走らせて本部へ戻った。この街は奴隷貿易により築かれた――ひょろ長いだけだった家々はどれも、奴隷貿易で得た金によって成長し、臆面もなく着飾ったのだ。キャフェリーは疲れていた。空腹だし、一杯飲みたかった。自動ゲートで通行許可証をかざし、駐車場に入る。鑑識班のバンが一、二台と、民間人職員の車がまばらに停まっているだけで、駐車場はほぼ空っぽだった。高架道路下の駐車区画に車首から入れて停め、ハンドブレーキを引いた。車を降りようとした瞬間、この駐車場にいるのが自分ひとりではないと感じた。ほかにもだれかいる。

　フリーだった。駐車場の真ん中にある低木の藪に置かれた緑色の輸送用コンテナのかげに隠れるように、四つ向こうの駐車区画に停めたルノーの運転席に座っている。

　キャフェリーは車を降りて上着を着た。ドアを閉め、しばしその場に立っていた。彼女のシルエットは微動だにしない。ルノーに近づき、ドアを開けようとした——ロックはかかっていなかった。乗り込んでかまわないという意味だと思い、謝罪も弁解もせずにそうした。フリーはステアリングに肘をつき、両手に顔をうずめている。まだ防水装備のままだ。もつれた髪からのぞいている耳の曲線部が見える。

車内は、支援グループが装備品を持ち運ぶのに使っているポリウレタンの袋のにおいと、かすかな女のにおいがする。シャンプーかボディローションだろう。キャフェリーは黙って待った。

「わかった」そのうちに彼女が口を開いた。「わかりました」目も上げずに言った。「生まれてこのかた、こんなに自分を恥じたことはありません」

「きみは弟をかばっていた。なんらかの理由があって」

「そうです」彼女はしばらく黙り込んだ。指先で額を打った。「どうやってつきとめたのか、説明してもらえますか？」

「事故の目撃者がいた」

「目撃者……？　あなたですか？」

「ちがう」

「では、だれが？」

「私の友人だ」

一瞬の間があった。フリーがこっちを向くと思ったが、向かなかった。「友人？」

「そうだ」キャフェリーは〝友人〟という語について考えた。トムがミスティを轢くのを目撃したあのホームレスが？　厳密な意味で、あの男は友人だろうか？　そうだと断言できない。小さな咳をした。「そいつのことは心配無用だ。約束する」

「約束？　あなたは本当のことを話すんですか？　いつも？」

「いつもとはかぎらない。だが、この件については、本当のことを話している。信じてくれ」

「まあ、選択の余地はないと思うので」彼女は額を打つ力を強めた。「次の質問――いつから知っていたんですか？」

「一年半前からだ。おおよそだが」

「なぜ、いままで黙っていたんです？」

「まったく同じ質問を自分に投げかける日もある」

「それなのに、いまになって口にした」

「きみが立ち直るのを待っていたんだ――あの事故から。それに、突然、足もとに火がついたのでね」

「だれだって危険の火種を抱えてますよ」

「たしかに。ただ、私は自分の抱えている火種にうんざりしている。だから、それを振り払うためにきみに協力してもらいたい。いいか、私はトムがきみをどう言いくるめたのかは知らないが、きみが死体をどうしたのかは知っている」

　フリーは指先で額を打つのをやめた。顔を一方へ傾けたので、片目が見えた。にじんだマスカラがしみになっている。その目がまばたきをした。「もう一度言ってください」

「きみを見ていたんだ、フリー。きみの行動を見ていた。〝エルフの洞窟〟で。あの採石場で。きみが死体を水中に沈めるのを目撃した」

　彼女は顔を上げ、口をわずかに開いてキャフェリーをまじまじと見つめた。活動している彼女の脳の熱を感じ取れる気がした。すべての情報を正しい位置に収めるために脳がブドウ糖を消費している。彼の言葉を吸収しようとしている。

「本当のことだ。申しわけない」

　彼女の唇が動いたものの、声は出なかった。すぐにうなだれ、首を振った。「信じられない」と言った。「なにもかも知っている、ですって？　わたしのやったことも、トムのやったこともすべて、ずっと前から知っていた。それをあなたはずっと秘密にしていた。なぜですか？」

「さあな。きみがトムをかばったのと同じ理由かもしれない」

　彼女は反論しかけたが、思いとどまったらしい。その光景を消し去ろうというように、手のつけ根を目に押し当てた。率いている隊の男たちに比すれば、彼女は小柄で力も弱い――彼女が死体をあのように処分したとは想像しがたい。暗がりに隠れて自分の目で見たのでなければ、キャフェリーも彼女にあんなことができるとは信じなかっただろう。だが、現に起きたことだ。あの採石場の図面を見て、ミスティの死体が遺棄されたのは採石場の底、水中六十メートル近くだと算出した。その考えはキャフェリーの心胆を寒からしめた――あの採石場ほど不気味でおそろしい場所を、彼は知らない。辺鄙なところにある閉鎖された採石場は水中に没し、危険で超自然的な雰囲気をまとった。自殺の名所だ――あの場所で命を絶った人間を数え上げたらきりがない。回収できる死体もあれば、浮かんでこない死体もある。

「あそこの水を抜いてしまえば」彼は言った。「地獄に足を踏み入れることになるだろう」

「そうですね。でも、水を抜いても、ミスティの死体は見つかりっこありません」

「はあ？」

「あの採石場の底にはないので」

　キャフェリーは顎を引き、食い入るように彼女を見つめた。あのとき見た光景と矛盾する。完全に。「きみは彼女をあの採石場へ運んだ。私はこの目で見たんだ――きみは死体を処分した」

「そうです――処分しました。たしかに死体を遺棄しました」フリーは上着の前部をかき合わせて洟をすすった。「だれかに話すつもりですか？」

「いや」

「では、なぜ捜索を？　命じたのはあなたです――理由があるはずです」

「そのとおり。あるんだよ……すべてを解決する道が──この問題を解決する方法が。ありとあらゆる角度から検討した。状況は悪化しようがない」

「このまま放っておけば、なにも悪化しようがないでしょう。彼女の死体は絶対に発見されません。自分を恥じているにせよ、少なくとも夜は安心して眠ることができています」

キャフェリーは窓の外に目を凝らした。高架道路の支柱についた錆、上方の高速道路を走行する車のヘッドライト。水の重量を感じる──百万トンもの水の重さを。凍えそうに寒い黒い採石場、巨大な氷の心臓。夜は安心して眠ることができるなどというフリーの言葉を信じてはいない。

「なんとしても彼女の死体を取り戻したい」

はっと息を呑む音。彼女が首をめぐらせてキャフェリーを見つめた。「なんと言いました？　わたしの聞きまちがいじゃありませんよね？」

「その作戦を成功させるためには、たとえ一部であれ彼女の死体が必要だ。回収は私にはできない──きみにしかできない。それに……」彼の声は尻すぼみに消えた。フリーの目がショックに凍りついているのを見て、自分が言い過ぎたことに気づいた。このままでは逃げられる。ばつが悪そうに小さな咳をした。「よし、こうしよう──今日はここまでにする。ひと晩考えてくれ」

彼女は返事をしなかった。ただキャフェリーを見つめつづけている。

「大丈夫か？」

茫然自失の体でどうにかぎこちなくうなずいた。

「ああ。はい」

「コーヒーでも飲むか？　酒は？」

「いいえ、結構です。家へ帰ったほうがいいと思います」

「そうだな」彼は言った。「わかった」

ほかになにか言ったものかどうか考えながらしばし待ったが、フリーが発言も身じろぎもしないので、車を降りた。上着のジッパーを閉めた。見ていると、彼女はルノーのエンジンをかけ、弧を描いて駐車場を出ていった。支線道路に入ると、すぐに建物のかげに飲み込まれた。キャフェリーは五分近く待ったのち、彼女は引き返してこないと観念した。

上着の襟を立て、建物内へと足を向けた。

霜

A・Jはまたしても洞窟にいる夢を見ていた。今回は女の姿がある。洞窟の入口に立っているが、顔をそむけている。メラニーだと思った。A・Jが呼びかけても返事をしない。〝メラニー?〟。女は今度は身じろぎしたが、こっちを向きそうに見えた瞬間、夢が砕けて消えた。A・Jは目が覚めて、ひんやりとした虚空に手を伸ばした。

一、二秒ののち、ストラウドのメラニーのベッドルームにいることを思い出した。すぐに、彼女も目を覚ましていることに気づいた——隣で身を起こしている。カーテンが開いているので、窓から差し込む月の光が彼女を幻想的なまでに蒼く照らしている。

汗だくで、信じられないといった様子で窓を見つめている。

「メラニー?」彼は肘をついて身を起こした。「メラニー? どうした?」

彼女は茫然と窓の外を指さした。起きているのか寝ぼけているのか、よくわからない。「あの服は――」言いかけてやめた。首を振り、拳を額へ運んだ。「なんでもない。なにも見てない」

「メラニー?」A・Jは片手を彼女の背中に置き、心持ち身をのりだして窓の外を見た。月明かりのなかで、庭の先の木立がかすかに揺れているのがわかる。「なにを見たと思ったんだ?」

「なにも。わたし……わからない」彼女はしばし身震いしていた。「きっと夢を見てたんだわ」

「それはそうだけど、なにを見たと思うんだ?」

「なにも。なにも見てない――ただ――」

「ただ?」

彼女は足を床に下ろしてベッドから立ち上がると、枕をひとつ抱えて裸身を隠し、窓ぎわへ行った。A・Jもベッドを出て隣に立ち、彼女の肩越しに庭を見やった。地面に霜が降りている――くっきりした一本の黒い線が木立から庭のなかほどまで延びている。まさに、何者かが庭へ入ってきて足を止め、このベッドルームの窓を見上げたあと、くるりと向き直ってもと来たほうへ引き返したというように。

A・Jは自分のTシャツとジーンズをつかんで着はじめた。

「なにをしているの?」

「外にだれかいる」

「ちがう――だれもいないわ。わたしは夢を見たのよ」うろたえた口調だ。茫然として震えている。「A・J――外へ出ないで――お願い」

「懐中電灯はあるか?」

「お願い。怖いの」

「懐中電灯はあるのか？」

「ああ、もう」彼女はぎこちない動きでチェストへ行き、あわててあれこれ落としながら、ひきだしのなかを探した。懐中電灯を引っぱり出した。大きく、頼もしいほどどっしりしている。Ａ・Ｊは重さを確かめるように両手でしっかり持った。

「これで用をなすだろう」

彼は階段を下りた。メラニーが着物を引っかけ、小走りでついてくる。「だれもいない――いるはずない。お願いだから、わたしとここにいて」

裏口は閉まっているものの、Ａ・Ｊが試してみると錠はかかっていなかった。

「くそっ」彼女が悪態をつきながら着物の紐を締めた。「戸締まりなんて忘れちゃってる――一度も考えたことないもの。ここは治安のいい地域だから」Ａ・Ｊのうしろで首を伸ばして庭を見やった。「外へ出ないで――お願い。わたしをひとりにしないで」

「靴をはくんだ」

メラニーは素直に長靴に足を突っ込んだ。Ａ・Ｊも自分の靴をはき――ソックスはなしだ――ふたりで外へ出ると、音をたてないように裏口のドアを閉めた。

庭は静まり返っていた。背後の屋根の向こうから市内の遠い交通音が漂ってくるが、庭のほうからは、木々の枝を揺らす風の音がかすかに聞こえるだけだ。ふたりはドア口に立ったまま、息を詰めて夜の闇に耳をすました。先ほど頭上の保安灯がついたが、弱い光は庭の手前までしか届いていない。

Ａ・Ｊは懐中電灯のスイッチを入れた。強い光が庭の木々を照らした。

「柵はないの」メラニーが小声で告げた。「施工業者がこの現場を離れたのよ――庭を完成させずに」

木立で動くものはなかった――光る目も、不審なものも。Ａ・Ｊは懐中電灯の光を芝生へ移した。庭へ数歩踏み出した――足もとで霜柱の折れる音がする。森から延びる黒い線の終点で足を止め、足もとを照らした。なにもない。彼は追跡を生業とはしていない――ナバホ族の刑事でもなければ、ボーイスカウトの動きを追うインターネットサイトでもない――なにを探しているかわかっているふりをしているだけだ。夢で見た幽霊のようなぼんやりした人影――ナイトガウンと小さなスリッパの足音。いや、むしろ動物だろう。森からペイシェンスのレタス畑に入ってくるシカのことを思い出した。動物だと考えたほうがいい。

「そこにだれかいるのか？」木立の奥へ呼びかけた。「なにか用か？」

返事はない。

「入りましょう」メラニーが引きつった声で言った。震えている。「家へ入りたい」

A・Jはさらに何分かそこに立っていた――自分のシルエットをひとまわり大きく見せようとしながら。どうでもいいことだろうが、木立をうろついている人間がいるのであれば、この家に男がいることをわからせてやりたかった。だが、やはり物音は聞こえない。そのうち彼は懐中電灯のスイッチを切り、足音をしのばせて家へ入った。メラニーがドアの錠とかんぬきをかけた。ふたりはすべての窓の施錠を確認したあと、冷えきって震えながらベッドに戻った。

ひとつベッドに入って体を温めようとしたが、メラニーの様子が妙だった。彼に背を向けている。ひと言も発しないが、顔を見なくても、すっかり目が冴えて眠れそうにないのだとわかる。「なあ」彼は小声で言った。「なにを見た？　なんだと思ったんだ？」

彼女は首を振った。「なにも見てない。夢だったのよ」

「どんな夢？」

「もう思い出せない。なにか――ばかげた夢よ」

ふたりは黙り込んだ。かなり時間が経ち、A・Jがふたたび眠りに落ちかけたころ、メラニーが不意に呼びかけた。「A・J?」

「んー?」

「なにかを長く気にしていればそれを夢で見ることができるって信じる? それか、幻覚を見るって?」

「もちろん。その可能性は高いだろうね。夢で見るほど、なにを気にしていたんだい?」

彼女は肩をすくめた。「わからない――思い出せない」わざとらしい大あくびを漏らした。「もう寝ましょう、A・J。お休みなさい」

だれかがなにかを知っている

フリーは午前二時にベッドに入ったものの、四時まで眠れなかった。慰めにつけ放しておいたテレビが部屋の隅で無音で映像を流しつづけていた。熟睡できない――寝返りをうち、体の位置を変えても、寝心地がよくならない。ときどき、ぼんやりと目が覚めた――だれかが室内にいる気がした。そのだれかは、両親のこともあれば、ジャック・キャフェリーのこともあった。一度など、はっと身を起こしてテレビ画面に映っている頭蓋骨に目を凝らした――女のような馬のような頭蓋骨は、前歯が長く、歯茎を剝き出していた。髪はブロンド、眼窩は空洞だった。

〝ミスティ?〟と呼びかけた。

〝そうよ。こんばんは。なに？〟彼女が言った。〝布を二枚ほどくれる？　無理な注文かしら？　どうしてわたしをあんな場所に入れたの？　見つかっちゃうでしょう――あなたが協力しないと、彼がわたしを見つけるわ〟。

　片手を伸ばしたがミスティの顔は画面に溶けて消え、フリーはベッドに横たわったままで、心臓が激しく打っていた。無音で働きつづけているテレビに目を凝らした。にせの日焼けをしてハイヒールで気取って歩く怒れる女たち。女がひとり出てきて、ブルーのソファの端に真剣な面持ちで腰を下ろす。ミニスカートの下の日焼けした膝を合わせると、まじめそうな親身な表情を浮かべている司会者にすました顔を向けた。フリーはリモコンを探した。音量を上げた。

「……だれかがなにかを知っているはずです」ジャッキー・キットスンが言った。「娘の居場所を、だれかが知っているはずです」

　フリーは切ボタンを押した。テレビがかすかな音をたてて消えた。両膝に肘をつき、親指でこめかみを揉む。昨夜のできごとは現実だったのだろうか？　実際に本当のできごとだったのか？　採石場でフリーを見ていたとキャフェリーは言った。それは事実にちがいない。それ以外、彼には知りようがない。

　窓の外で、長い傷痕のような谷に朝日が昇りはじめている。バースの街の明かりがひとつひとつ消えていく。街自体が、淡色の靄のなかでゆっくりと起き上がっていくようだ。フリーはベッドからどうにか出て、きしむ廊下をそっと歩いてバスルームへ向かった。左側は、テープで留めた段ボール箱を保管している部屋だ。このだだ広い古い住宅が彼女の家――生まれ育った家だ。父も母もすでに亡くなった――数年前に、スキューバダイビング中の事故で。この家は、両親がいないと、がらんとしている。抜け殻だ。フリーは最近になってようやく両親の身のまわり品をかたづけはじめた。すべて、立ち直るためのプロセスの一部——精神的な〝ファルトレク〟のようなものだ。そうすることで飛びつづけることができる。

　歯を磨いて顔を洗い、そのままランニングの服装に身を包み、浴槽の縁に腰かけて靴紐を結んだ。キャフェリーの望みどおりにはできない——そんなことをすれば、あの部屋に整然と積み上げた箱のようにきちんとしまい込んだ考えのふたを開けることになるからだ。せっかく記憶の暗い片隅に押し込んであるのに。なんとしても気持ちをしっかりと保たなければ。あのことを考えだせば、あるいは認めれば、完全に打ちのめされてしまう。何者でもなくなってしまう。それでは、だれにとってもなんの利益にもならない。彼女にとっても、キャフェリーにとっても。ジャッキー・キットスンにとっても。

　フリーは飛び上がるように立ち、勢いよく階段を駆け下りた。

　すべて箱に戻せばいい。そうよ、ときどき箱から飛び出してうごめきだすかもしれないけど、がんばればまた箱に押し込めることができる。要は動きつづけること。下を向いてはだめ。フックからランニングジャケットとキーホルダーを取った。ドアを開けて、凍えるほど冷たい靄のなかへ飛び出した。

ブレスレット

一夜明け、メラニーとＡ・Ｊは、昨夜のできごとに触れないことを暗黙の了解とした。深刻に考えないために。メラニーは亡霊について下手な冗談を言った。Ａ・Ｊは小さな笑い声をあげて、冗談を返した——ストーカーについて。それと、彼女が患者になって、衣服に食べ物をつけて口からよだれを垂れ流して歩きまわることについて。彼女がＡ・Ｊをくすぐると、彼女の髪がＡ・Ｊの胸をなでる。Ａ・Ｊが乳房をつかむふりをすると、彼女は身を丸めて甲高い声で笑った。

　ふたりはカーテンを開け放したままセックスをした。庭の先の森では、葉を落とした木々の枝が霜を結び、みじんも揺るがなかった。ことを終えると、メラニーはうつぶせになって両腕に頭を載せ、身の上話をした。

　メラニーが感受性に富み、欠点もたくさんあることがわかった。彼女はたんに父親を亡くした娘というだけではなく、仕事に没頭するあまり恋人を失った女でもあった。サッチャー政権の副産物として、勤めていたグロスターの精神科医療施設が閉鎖され、メラニーは国内各地を転々とすることになった。やがてロザラムの病院に落ち着き、そこで病棟責任者へ、そして院長へと昇進した。いまから五年前に病院が閉鎖されると、ジョナサン・キーとともにビーチウェイへ異動となった。当時、ジョナサンとはたんなる友人同士だった——そもそも、当時は別の男と、オールダム出身の税金専門の弁護士と結婚していた。その結婚生活も、彼女がビーチウェイへ来た十カ月後に——ちょうどＡ・Ｊがビーチウェイに勤めはじめたころだ——終わった。メラニーが自分のために料理を作ることよりも仕事に打ち込んでいると考えた夫が離婚を申し立てたのだ。

「ということは、あのパーティで私を誘ったのはちょうどそのころだったのか？」

「うん、そう」彼女は曲げた腕の内側に向かって言った。「離婚は死ぬほどつらかった。あの夜初めて、どうにか立ち直ろうとしていたの」

「くそ。どうして打席に入らなかったんだろう？」

「さあ。どうして？」

彼は後悔の混じった笑いを漏らした。「理由はわかっているだろう。ゆうべ話したとおりだ。このA・Jに言わせれば、きみは男とつきあうことに興味がある女には見えなかった」

何年も気づかなかったとは受け入れがたいが、当時の自分はいまとは別人だったことも承知している。私はジョナサン・キーとはちがう——抜け目がなく、私の落としたバトンを拾い上げるほど自信満々のあの男とは。ジョナサンとメラニーは長年、自分たちの関係を職場のだれにも秘密にしていた。四年近く経って彼は別れを告げた。

「彼は、わたしが仕事を辞める気がない、患者の世話をするのを辞めて家で彼のためにケーキを焼いたりする気がない、と理解するのにそれだけの時間がかかったの。でもね」彼女は考えながら言った。「地獄を味わったかもしれないけれど、少なくとも、思い出せるかぎり初めて体重が減ったわ。だから、かならずしも悪いことばかりじゃないのかも——希望のきざしとかなんとか言うしね」

メラニーはどんどん人間味を帯びてきた——彼女がどういう人間かがA・Jにもしだいにわかってきた。彼女といっしょにいてこれほどくつろいだ気持ちでいることに驚いた。まるで、ずっとこうしていたみたいだ——たがいの過去を語り合っていたみたいだ。自分の欠点を打ち明け合っているみたいだ。

ふたりはコーヒーを飲み、彼女が焦がしたトーストを食べた。小型のシカが霜の降りた芝生の庭へ入ってきたので、A・Jは黙って見つめながら、昨夜の侵入者の正体はシカだったのかもしれないと考えた。その可能性はある。本当にそうだったとしたら、一種の祝福ではないだろうか？　つまり、彼の住む田舎の一部がはるばる街なかまで足を運んで〝それでいい。それでいいんだ〟と告げているのだ。この一週間ずっと感じていたわけのわからない疲労感はスコットランドの霧のごとく消え失せ、活力がみなぎっている――今日、この世に生まれたばかりのようだ。初めて浴びる太陽の光、初めて見る青空。初めてのベッド、枕、カーペット、窓。

元気いっぱいのA・Jは、メラニーが出勤の支度をしているあいだ、つい家のあちらこちらでちょっとした日曜大工のようなことをしていた。早くもこの家の主にでもなったみたいだ。キッチンのドアの壊れた把手を直し、いまは、浴槽のはずれかけている前面パネルを修理していた。地上最初の男になった気分――前から欲しかった黒人サッカー選手のような脚を手に入れたみたいに、筋骨たくましく、役に立つ男になった気分だった。ボクサーパンツとTシャツを身につけただけの恰好で床に寝ころんで、メラニーの女らしいピンクの柄の工具セットに、たんに見た目のかわいさを提供するだけではなく実際に役立つことをさせようとしていた。そのあいだ、メラニーはベッドルームで化粧をしていた――こちらもとても美しい。別の人間が着れば安っぽく見えそうな丈の短いピンクのサテン地の着物を着ている。彼女が着ていると息を呑むほど美しい。

「なに？」彼が見つめていることに気づいたメラニーがたずねた。腕を広げ、胸もとを見下ろして、着物からなにも見えていないことを確かめた。そこが女の妙なところだ――ありとあらゆる信じがたい行為を許すくせに、突然ふと、体を見られることを恥ずかしがるのだから。「太ってる？」

「巨大だ。よくも恥ずかしくないな」

「えっ？」彼女はうろたえた。実際は腹は小さく、薄くついている脂肪を信じられないほどセクシーだとA・Jは思っている。昨夜の大半、彼女はその脂肪のことを気に病み、両手で隠しながら「見ないで——お願いだから」と訴えていた。「本当に？　なにが見えてる？」

「メラニー——なんでもないよ。見ているだけだ。正直言うと、体の細さのことじゃなくて、またファックしたいと考えていた」

　それを聞いて彼女は気をゆるめた。笑いながら片手を振った。「ほんと、正直ね」

「本気で言ってるんだ」

　彼女は顔を赤らめてなにか言いかけた——その選択肢を本気で検討していた——が、仕事のことを思い出したらしい。腕時計で時刻を確かめた。「うーん、A・J……？」

「じゃあ、今夜は？　仕事のあと？」

「いいに決まってるでしょう」

「じゃあ、決まりだ」

　彼は浴槽の前面パネルとの格闘に戻った。簡単な作業ではなかった——ネジのひとつが無理やり引き抜かれたらしい。ファイバーグラスから引きはがされている。なぜこんなことに、と考えた。暴力のたぐいだろう。ジョナサン・キーの顔が頭に浮かんだ。ジョナサンがメラニーの家の修理をしていなかったのは意外だった。日曜大工が得意じゃないのかもしれない。

「変だわ」

　A・Jは修理の手を止め、ベッドルームのメラニーが見えるように顎を引いた。膝の上でハンドバッグを開いて眉をひそめている。とまどっている様子だ。

「なにが変なんだ？」

　彼女が目を上げてA・Jを見た。「わからない。ブレスレットが。ここに入れておいたんだけど。なくなっているの」

「ブレスレット？」

「そう。わたし……」ハンドバッグのなかをかきまわした。「昨日の朝、ここに入れたの――オフィスではずしたのよ――これに人の目を引きたくないから」険しい顔で包帯を巻いた手を上げた。「かえって視線を引くと思って」

「どんなブレスレット？」

「小さいの、とても。ジョナサンがくれたのよ」

Ａ・Ｊは浴槽の下から出て、彼女の顔がまともに見えるように肘をついて身を起こした。本当に不安そうで、あわててハンドバッグの中身を取り出している。

「どうしよう」と言った。「どうしよう」

　彼の視線に気づいて手を止めた。気を鎮めて淡い笑みを浮かべた。「まあ、いいわ」やれやれといった様子でうなじをなでた――こうなることを予想していたとでもいうように。「たいした価値のないものよ。どうでもいいわ」

　それは嘘だとＡ・Ｊは思った。そのブレスレットは彼女にとって〝どうでもいい〟ものではなかった。とても大事なものだったのだろう。思いがけず嫉妬に襲われた。なんとか飲み込んだ。また浴槽の下へ潜り込むようにして前面パネルの修理を続けた。

ゼルダのロッカー

　昨日、ビーチウェイの長期入院患者のひとりが退院した——ふだんなら、そうした人口動態の変化は残された患者たちを動揺させる。だが今日は、むしろ反対の現象が見られた。現にビーチウェイはここ数カ月でもっとも落ち着いた状態だった。警報が鳴ることも危機的状況も救急車を呼ぶ必要もなく、脅し文句や悲嘆の涙、失禁などといった事態も起きなかった。施設全体が夢も見ずにまどろんでいるような平穏に包まれていた。

　昼間の日差しのなかでは、A・Jのオフィスは様子がまるでちがって見える。一昨日の夜、なぜここにいたくないと感じたのかが自分でもわからない。なにを怖がることがあったのだろう？　闇は恐怖をもたらす——闇に対する恐怖は人間の持つもっとも根源的な本能だ。昨夜メラニーの庭で見た線状の痕跡は、それと同じ恐怖が見せた幻覚だろうか？　ちがう——あの線はたしかにあった。想像の産物ではない。ビーチウェイの空気——常軌を逸した考えや噂話——が、彼とメラニーの想像力に時間外勤務をさせただけだ。

　彼はモーゼスがスプーンで眼球をえぐり出した日の保守係の記録を探したが、メラニーの言ったとおりだった——すでに破棄されたか、お役所的システムの奥深くに埋もれてしまって二度と見つけることができないかのどちらかだった。ゼルダの死に伴う書類仕事がいくつかある——そこで、そっちに気持ちを向けることにした。書類に記入し、手紙を書き、彼女の私物を処理し、検死官から死体が返されたら当施設が葬儀の手配を手伝うふりをしなければならない。たぶんメラニーは遺族に敬意を表して出席するだろう。同行してもいいが、そんなのは偽善行為だ——ゼルダには我慢ならなかったのだから。葬儀に参列して遺族のために悲しむふりなどできない。

ゼルダのリハビリに関する書類をすべて収めたファイルがデスクに置かれていた。院内ソーシャルワーカーがメモをつけて置いていったようだ——〝セラピーセンターのゼルダのロッカーで見つけました。検証チームに引き渡す必要がありますか？　ご遺族には？　必要なければ破棄してください。こちらではもう必要ないので〟。彼は書類を繰ってみた。ある職業を想定して書いた架空の履歴書をはじめ、無数の課題が設定されている。ゼルダが世間に与えていると思い込んでいたイメージ（本人は〝魅力的〟、〝人の気持ちがわかる〟、〝いつでも他人の話に耳を傾けてあげる〟と書いている）を連ねたリスト。ウェブサイトで見つけた料理のレシピ、絵、毎晩うろうろと歩きまわる患者やスタッフや悪魔が自分をレイプすると苦情を申し立てる手紙の下書き。うち一通はアメリカ大統領バラク・オバマ宛てだ。A・Jは首を振った。ホワイトハウスにはこうした迷惑な手紙を処理する専門チームがいるのだろう——ドラマの『ザ・ホワイトハウス』に出てくるようなスーツを着た男たちと、ブルックス・カレッジ出身の女たちが。

書類をファイルごとごみ箱に放り込もうとした瞬間、ゼルダの描いた絵のなにかが引っかかって手を止めた。ファイルを膝に置いて椅子の背にもたれ、その大きな絵をデスクに広げた。経験から言って、精神障害を抱える人間の描く絵はきわめて緻密か——異常なほど緻密（香水の瓶の内側にロンドンのスカイラインを描くといったたぐいのことをする連中がそうだ）——あるいは、とんでもなく幼稚かのどちらかだ。

ゼルダの絵は後者に属していた。小学校四年生なら自慢しそうな絵だ。雑に描いた馬の背になにかが乗っている。おそらく『嵐が丘』のなかで蹄の音を響かせて原野を駆けるヒースクリフのつもりだろうが、吸血鬼ドラキュラだという可能性もある。A・Jの目を引いたのは上の隅に描かれたものだ。遠くの山からこの光景を見ている第二の人物らしい。姿形は人間のようだが、顔は不気味なほどのっぺりしていて目も鼻も口もない。白いドレスを着ている。もじゃもじゃの髪が体の横にはみ出し、両腕はオレンジ色と茶色の縞模様だ。両手に小さな人形らしきものが握られている。

　A・Jはあわてて絵を下ろした。そそくさと立ち上がってオフィス内を二、三歩行きつ戻りつし、両手の汗をぬぐい、不安な視線をちらちらと絵に向けた。そのうちデスクに戻って、電気スタンドを手前へ引き寄せ、絵を仔細に眺めた。ヒースクリフがドラキュラに見えるのは、口のなかに真っ赤な舌が太く描かれているせいだ。両腕から血が流れている。A・Jの目は、不吉な子鬼《ノーム》のような人物に引き戻された。しゃがんでいるのだろうか？　それともたんに小柄なだけだろうか？　小びとのように。かつて〝ザ・モード〟の特徴を説明した人が、なんの特徴もないのっぺりした顔だと言っていた。

　すべてに腹が立った。せっかく機嫌が上向きなのに、〝ザ・モード〟のことを思いわずらうのをやめようと思っていた矢先に、こんな事態に直面させられるとは。

ピーチストーン洞窟

空間は狭く、天井も低い。壁面はどれも磨き上げた桃の種《ピーチストーン》のようで、足に触れる床は柔らかい。松の木のにおいがして暗い——こんなに暗いのだから、不安を覚えて当然だ。だが、ペニーは不安など感じない。この闇が終わると確信していたし、この狭苦しい空間のどこかに出入口が、もっと広い空間へと通じる時空の穴《ワームホール》があると信じていた。自分が入ってきたと思うあたりを手探りした。夢のなかで、壁に埋め込まれたコルク栓を探して抜かなければならない、と考えていることとがある。無理やり体を押し込むことのできそうなひじょうに狭い通路へとつながる小さな出入口を探していることもある。また、鎖につながれた排水栓を探しているときもある。鎖を引っぱると穴が開く——それで星や太陽や太陽系全体に火がつく。

夢はいつも徐々に薄れ、もうすぐ出入口が見つかりそうだと思った瞬間に消える。目の前の光景が剝がれるように消え、風が吹き去ると、ペニーだけが残される——あおむけに横たわり、しょぼしょぼする目で〈オールド・ミル〉のベッドルームの天井を見上げている。鼓動が大きく響いている。

無意識に片手を出し、ベッドのスーキーの寝ている側へ伸ばした。その瞬間、思い出した。ああ、そうだ。スーキーのいる生活は終わったんだった。完全に。ペニーはその手でキルトをなで、かすかなぬくもりを確かめた——生きているものがそこにいたかのように。だが、それは、自分の願望が生み出す幻想にすぎない。幻の犬だ。

またしてもキルトがぼろぼろだと実感した。キルトの一片がなくなっている——昔よく着ていたドレスの一片だ。はっきりと覚えている——巻きつく葉と小花を散らしたデザインの紫色のドレス。ベルスリーブ、アシンメトリーな裾。キルトのその一片は縫い目がほどけたせいでなくなっている。それで、ある少年のことを思い出した——もう何年も前に知っていた少年を。その子はよく人の衣服の一部を盗み取っていた。ほんの小さな一部——ブラウスの切れ端、上着の糸などを。哀れな子。変わった趣味のある子。とても危険でとても不憫な子。ペニーはキルトを置いてベッドを出た。

鎧戸を開け、手早くシャワーを浴び、着替えて一階へ下りる。〈フォリジャーズ・フェア〉の仕事——離婚する前から、グレアムと不倫関係になる前からやっている仕事だ——は、この階で行なっている。奥には業務用の大きなレンジが二基あり、煉瓦の壁には棚をいくつも設けて商売道具を積んである。ジャム用の瓶、チャツネ用の瓶、ラベルの入った箱、顧客情報を収めたファイル。この水車小屋は、この地域が羊毛産業の利益で潤っていた十九世紀初頭に建てられた——増築された下の階はまだ近代化されていないままだ。流れの速い小川は、水車を稼働させて羊毛を洗うために利用されていた。仕事場を広げてもよかったのだが、〈フォリジャーズ・フェア〉はいまの規模でほどよく繁盛している。ペニーには事業を拡大する気力も熱意もない。

朝食は、ジャムの桶からすくい取った上澄みが冷えてゼリー状に固まったものに浸したパンだ。ジャムの上澄みなんて、たいていの人は捨ててしまう。だがペニーは小さな陶器のボウルに入れて冷蔵庫で保存している。この家にあるものはすべて再利用とリサイクルが行なわれている。

準備室に入った。三日前にセイヨウカリンを二十キロ配達してもらった。すでに熟成を経て発酵しかけているので、午前中に底から返して完全に発酵させてジャム作りの準備をしなければならない。それに、二十四枚の綿モスリンの濾過布の煮沸消毒、ラベルの印刷も。そんな気分じゃない――スーキーがそばにいないのだから。それでもペニーはエプロンをつけ、髪をまとめて帽子のなかに入れて、作業を始めた。

思い出を喚起したのは濾過布だった。煮沸消毒して乾燥室に吊していると、アプトン・ファームの記憶が急速によみがえり、へたり込みそうになった。セイヨウカリンのにおいと、独特なジンジャー・ワインのような濾過布の色のせいだ。十五年前のあの朝も同じ作業をしていた。今年はセイヨウカリンの収穫が早く、あの年もそうだった――十五年前のあの日も乾燥室でセイヨウカリンを発酵させていた。乾燥のために濾過布が吊されていたのも同じだ。こたえたのは、色のしみ込んだ綿モスリンと、かすかに漂う鉄のようなにおい。乾いた血のようなにおいだ。

やむなくキッチンへ戻った。なにもかもがあまりにそっくりなことを意識し、愕然と立ちつくした――積み上げられた瓶とふた、ジャムの表面に載せられるのを待っている円形のパラフィン紙の山。物置部屋では、実をすりつぶしたあと堆肥の山へ運ぶために捨てた種が湯気を立てている。空中には、あの日と同じく砂糖と煮立ったシロップのにおいが漂っている。

奥の棚、〝ペニーのクリスマス・チャツネ〟と〝四車線道路で忘れられし野生リンゴのゼリー〟の瓶をそれぞれ積み上げたすきまに、カレンダーがある。十二月のある寒い週末、注文もデート相手もほかにこれといってやることもなかったときに手作りしたものだ――上枠にその月の色を丁寧に塗り、古いカリグラフ用のペンで日にちを手書きした。目を細めてカレンダーを見た。十月のページ。野生リンゴやスローベリーを収穫する月、スローベリー・ジンの仕込みを始める月だ。そばまで行って一枚めくり、十一月のページを見た――ほんの何日か先だ。十一月二日は万霊節。その日、人間は肉体の無意味さを心から理解し、自分たちの存在がどこにあるかを――魂にあることを――意識する。死者のために古くからある神秘に満ちた日だ。
あれから十五年――アイザック・ハンデルが自分の両親を殺した日が近づいている。

アイザック・ハンデル

ゼルダの描いた絵を手にメラニーのオフィスへ向かって廊下を進みながら、A・Jはふと、自分を駆り立てているのはこの絵を見て覚える寒気だけではないのかもしれないと思った。彼女と話をするための口実が必要だからだ。彼女といっしょにいるための口実が。中二階へと階段を上がりながら、メラニーが昨夜ベッドのなかで背中を向けたことを思い出した――それを見て彼女を守ってやりたいと思ったことを。ジョナサン・キーと彼のたくましい腕を思い出し、あの男は彼女を守ってやったのだろうかと考えた。患者たちは彼の無愛想な態度から〝鍵《キー》を投げ捨てるキー〟と呼んでいた。幼少時からポロ競技に親しんでいた上流階級出身者のようなお高くとまったしゃべりかたをしていた。ジョナサンはメラニーに対しても無愛想だったのだろうか。そうだったとしたら、あんまりだ。

　A・Jが礼儀としてノックをすると、長い間があった。やがて、ひどく疲れたような声で「はい?」と返事があった。

「私です」

「A・J?」

「そう」

　また間があった。足音、鍵をまわす音。それで初めて、ドアが施錠されていたことに気づいた。ドアを開けたメラニーの顔を見た瞬間、その理由がわかった。顔に寝跡――乱れた髪。寝不足を取り戻していたのだ。たちまち彼女にキスしたくなった。

「いやだ」彼女は顔をこすった。「ごめんなさい。わたし……」

「わかってるよ」A・Jは室内に入ってドアを閉めた。「ほら」両腕を広げた。「おいで」

　メラニーは笑みを浮かべ、彼の胸に倒れ込んだ。A・Jは彼女を抱きしめて頭にキスをした。彼女はとても暖かく、とても柔らかい。プロポーズの言葉を知っていて自分に自信があれば、この場で彼女に結婚を申し込んだだろう。いっそ乱れ髪のにおいを永遠に嗅いでいてもいい。

「ゆうべは眠れなかったの」

「わかってる」A・Jは小声で言った。「私もだ。コーヒーでも淹れようか?」

「わあ、うれしい。お願い」

　メラニーのオフィスには付属部屋があり、バスルームとキッチンエリアが設けられている。そのキッチンエリアに、電子レンジと調理用レンジ、シンク、冷蔵庫、最先端のコーヒーメーカー、エナメル加工の施された鮮やかな色の指ぬきほどの大きさのカップがいくつも置かれている。彼女がバスルームに入って顔を洗っているあいだに、Ａ・Ｊはコーヒーを三杯淹れた——彼女に二杯、自分用に一杯だ。朝食をいっしょにとったので、彼女のコーヒーの好みは知っている。濃いめのコーヒー、ミルクなし、スプーン一杯の砂糖。甘味料とたっぷりのミルク——母さんとペイシェンスの飲みかただ——ではなく、砂糖を入れるのがいい。アメリカ風ではなくヨーロッパ風の飲みかただ。メラニーは職場ではお堅く厳しい態度を見せているにせよ、享楽と情熱に関しては抑制しない。

彼女がデスクに戻ると、Ａ・Ｊはコーヒーを運んだ。彼女はカップを手に取って口をつけ、問いかけるように眉を上げた。「それで？」

彼はゼルダの絵を広げて差し出した。メラニーはその絵をしばし見つめたあと、眼鏡をかけて仔細に眺めた。そのうちに首を振った。

「悪いけどわからないわ。わたし、ばかだから。これはなに？」

「ゼルダが描いた絵だ」

「だから？　これはドラキュラでしょう。それかコウモリね——はっきりしないけれど」

「逃げている彼女自身だと思う。それと、ここ。見えるか？」

丘の中腹の人物の顔を指さす。

「それがなにか？」

「例のあれだ。〝Ｍ〟で始まるやつ」

メラニーは絵に目を凝らした。しばらくすると顔をくもらせた。疲れた様子で目をこする。「ねえ、Ａ・Ｊ、お願いだから、その話はもうやめて。すっかりかたがついたし——」

「そうなのか？」

「ええ。今朝、検証チームから連絡があったの。彼らは公に意見を述べるわけにはいかないけれど、状況は落ち着きつつあるという見解に同意してくれたわ——これ以上の調査は行なわれない。ゼルダはしかるべき尊厳を払って埋葬されるから、すべてが正常に戻る。正常に」彼女はその語を強調した。「それなのに、こんな絵を見せるの？　まじめな話、〝大騒ぎ〟という言葉が頭に浮かぶわ。〝ハチの巣〟とか〝つつく《ポーク》〟って言葉も。セックスするという意味の〝ポーク〟じゃなくてね」

「話を最後まで聞いてくれ……」

彼女は長いうめきを漏らした。だが、席を立つことはなかった。両手で頬杖をつき、あきれたように目を剝いた。「どうぞ――話して。ちゃんと耳を貸すから。でも、目はどうかしら？　それはまた別問題――目はコントロールできないわ。よそを向いてるとあなたが思ったとしても――それは目の責任よ」

彼はメラニーの向かい側に腰を下ろした。

「これを見てくれ」彼は例の人物を指さした。「なにか思い出さないか？　だれかを？」

メラニーはしばし無言でその絵を見つめていた。彼の言葉を軽くあしらったりせずに――現に食い入るように見つめている――考えをめぐらせた。「そうね」と言い、眼鏡をはずした。「たしかに、ある人物を思い出すわ。アイザック・ハンデルのようね。そのセーター――彼のお気に入りのセーターよ。それに、その髪――もちろん、彼のおもちゃも」

「アイザック」A・Jは気を鎮めるために長々と深呼吸をした。「そのとおり。アイザックだ」

「もうここにいないわ。昨日、退院したから」

A・Jはうなずいた。昨夜の庭の件は口にしなかったが、考えていた。メラニーも同じだろうか。「メラニー――思い返してみて、彼がときどきゼルダと話をしていたという記憶はあるか？」

「そうだったかもしれない」

「だとしたら、なぜゼルダは彼をこのように描いたりするんだろう？」

「わからないわ、A・J。正直、わからない」

「アイザックはポーリーンが死んだときにはここの患者だった——ふたりがいっしょにいたかどうか、わかるか？」

「そういうことは思い出せない。もう何年も前のことだし。それに、わたしたちに与えられた権限をはるかに超えることになるんじゃない？　ゼルダが亡くなって——お役所仕事をしている連中の大騒ぎを招いて——それがようやく収まりつつある、かたがつきそうだ、と思っていたのに」

「考えてみてくれ——とても偶然だとは思えない——停電、落書き。それにアイザックは……」身ぶりで絵を指し示し、適切な言葉を探した。「こんな顔で描かれている。あのときの刑事を呼んではどうだろう——例のフォーラムで出会った刑事を？　こういった事案を扱っている部署だ。公式に捜査を依頼する必要はない。非公式に会ってくれるように頼んで——」

「A・J、やめて」メラニーが彼の手に自分の手を重ねた。「お願い。自分が完璧な人間じゃないことはわかっているけれど——この件については不精者でいさせてくれる？　ね、このままにさせてくれる？　ここをこのまま正しい方向へ進ませて。不祥事もなく、警察沙汰もなしで。信託組織はその手のことをひどく嫌うから」彼女は唇を噛み、首をかしげた。「お願いよ、A・J。わたしにとっては大事なことなの」

　彼は答えなかった。自分の手の上の彼女の指を見つめた。メラニーはこの施設を心から大切に思っている。彼女との関係を確実なものへと進展させたいなら、口をはさむべきではない問題もある。

「話を変えましょう」まだ頭のなかで葛藤している彼に、メラニーが言った。「ぶしつけだけど、今夜の予定を確かめようと思っていたの」

　A・Jは目を上げて彼女を見た。夏空のように澄んだブルーの目で彼にほほ笑みかけている。問いかけるように眉を上げた。「どう？」

まるで彼女がスイッチを入れたかのようにA・Jの体内で幸福ホルモンが放出され、全身に行き渡った。首を振り、ため息をつく。「ああ、もちろん——問題ないよ。でも、まずはスチュワートに会いたい。散歩させてやらないと——ペイシェンスにまかせきりだと太りそうだから」

「うちへ連れて来てもらえないのが残念だわ。賃貸契約で動物を部屋に入れることを固く禁じられていて」彼女は間を置いてから言い足した。「独断的《ドッグマティック》にね」

A・Jは声をあげて笑った。メラニーはすべてにおいて彼の思っていた人間とはちがう——愉快で思いやりがあって愚かで。すっかり心を奪われそうだ。この二十四時間足らずのあいだに、崖から飛び下りる気になっている。断じてそんなまねはするまいと思っていたのに。「スチュワートを散歩させたあとでどう？　八時にきみの家で？」

「まるでデートするみたいだわ」

彼は天にも昇る気持ちでメラニーのオフィスを出た。一階の廊下をたまたまビッグ・ラーチが通りかかった。A・Jは迷った——引き返してしばらく待ち、彼に姿を見られないようにしようかと考えたが、手遅れだった。ビッグ・ラーチが目を上げた——A・Jに気づいて顔を見た。表情が雄弁に語っているのかもしれない。院長室で仕事の話だけをしたのではないと大々的に宣伝しているのかもしれない。一瞬、おたがいにどう反応したものかわからないように思える間があったあと、ビッグ・ラーチの顔に事情を察したような意味ありげな笑みが浮かんだ。A・Jに向かって拳を上げ、手ぶりで言葉を伝えると、そのまま歩いていった。

ビッグ・ラーチは〝おめでとう〟と言ったのだ。〝感心した〟と。

計画

どんよりとした戸外で一日がゆっくりと過ぎていく。空は低く、雲に覆われている。サマセット州東部の森は、全天候用の黒い装備を身につけて苦心しながら慎重に動きまわっている男女の集団のほうへと枝を延ばし、湯気を立てている地表を捜索している彼らの上方から濡れた色鮮やかな葉を落としている。エイボン・アンド・サマセット警察の支援グループがミスティ・キットスンの遺体捜索に駆り出されて二日目だった。

　全チームが車を停めている集合場所で、ジャック・キャフェリーは自分の車の運転席に座り、ラジオをトーク番組かなにかに合わせ、身の引き締まるような空気のなかで窓を開けていた。上着の上からラブのフリースを着て、電子煙草を吹かしている。昨夜は眠っていない――スコッチのボトルを半分空けても、ハムスターのまわし車さながら回転しつづける頭はその動きを止めなかった。計画をどう進めるかを決めかねていた――自身の考えた不備だらけのシナリオのなかで自分がどういう立場に身を置くのかを。もう充分に待ったのだから、そろそろ彼女にこの状況を理解させても大丈夫だと思っていた。だが、そうではなかった。彼女はショックを受け、喧嘩腰になり、尻込みした――それにうまく対処できるかどうかはキャフェリーしだいだ。

　窓外のスカイラインに――乳白色の空を背景にした、葉をほとんど落とした細長い木々に――目を向けた。この長期作戦を実行に移すために残された日数は多くない。それなのに、さらに負担を加えるかのように、今朝いちばん、オフィスで待ちかまえていた警視が、きみはついていると言った――新しい事案は発生していない、と。仕事が入りしだい状況が変わると念押しされたのだ。

ラジオで話しているのがジャッキー・キットスンだと、キャフェリーはようやく気づいた。電子煙草のカートリッジをはずし、窓を閉め、ラジオの音量を上げた。

「警察はできるかぎりのことをしてくれています――だから、その、わたしが言いたいのは、そろそろ見つかると思うってことです」

ジャッキーが話しつづけるあいだ、キャフェリーはカートリッジでステアリングを軽く打っていた。

「もちろん、娘が生きて発見されることを祈っています。これだけ月日が経っても、希望を捨てるつもりはありません」

キャフェリーはラジオを消した。しばし運転席でうなだれていた。彼の母親はカトリック教徒だった――あの母なら、彼が根源的な罪を犯したと言うにちがいない。その罪の名前と、彼をその罪へと導いた原因とを探すことだろう――臆病あるいは色欲。強欲ではない。強欲の罪で彼を糾弾することだけは、あの母にもできないはずだ。

ノックが三度。彼ははっとして顔を上げた。目をしばたたいた。フリーが助手席側の窓からのぞき込んでいた。彼女の息でガラスがくもっている。防護服のまま、フードだけ下ろしている。彼は迷ったあと、助手席側へ身をのりだしてドアのロックを開けた。フリーはドアを開けて乗り込み、ドアを閉めた。

「それで」彼女が言った。「どうなっているんです?」

「というと?」

「この道路はすでに捜索済みなのに、捜索調整官（POLSA）が再捜索しろと言うんです。あなたの指示ですよね?」

「なにも見落としがないか確認する必要があるんだ」

「ごまかさないで。この場所だけを選んで再捜索させようだなんて。わたしにプレッシャーをかけるためでしょう」

　キャフェリーは目を閉じた。十まで数えた。「いいだろう」ステアリングに肘を載せ、彼女に向き直った。「私は長年きみを守ってきた――その見返りがこの無礼な態度か」

　彼女は気を鎮めるべく深く息を吸い込んだ。寒さで顔が赤らんでいる。髪がもつれている。「ごめんなさい。あなたが昨夜しようとしていた話を聞かせてください。賛成はしないかもしれないけれど、少なくとも、そっちの話はすむでしょう」

　キャフェリーは電子煙草のカートリッジをフリースのポケットにしまった。数秒かけて、いまの彼女の言葉を理解する。先日も同じ状況を経験したのであらかじめ練習しておいたのだが、これほどの敵意を向けられることは覚悟していなかった。

「想定されるシナリオを話す。想像してみてくれ。私たちは前回の捜索からはずした地域を捜索する。白骨死体を発見する――そうだな……どこか、ここ以外の場所で――」

「待って、ちょっと待って！　それはわたしが予想していた話とはちがう」

「考えてみろ――こういった状況への対応をした経験は何度ぐらいある？　だれかが失踪する――捜索はするものの、定めた捜索範囲がいささか狭すぎる……たいがい死体は腐敗が進み、身元を特定することも死因を解明することも不可能だ。では、ミスティの場合は？　薬物依存、抑鬱状態、結婚生活の破綻。ありとあらゆるまちがった理由でマスコミに取り沙汰されていた。彼女は自分を取り戻せる静かな場所を見つけ、迷子になり、眠ろうとして横になったまま目を覚まさなかったのかもしれない。五月とはいえ、あの夜は冷え込んだ――気温を調べたんだ。あの夜の平均気温は、五月にしては異常に低かった。彼女の状態では、たちまち低体温に陥って見当識障害を起こしたと考えられる。お決まりのコースと言っていいぐらいよくあることだ。私たちは、動物が散らかしたと見えるように骨をばらまく――病理学者がひどく嫌う状況だ。それに、忘れてはならない肝心なことがある。鑑識に指示を出す人間――SIOだ。本件のSIOは……」

　彼女は目をそらした。捜査責任者（SIO）として鑑識班を投入する場所を決める権限がキャフェリーにあることを、彼女は知っている。キャフェリーは自分の望む方向へ病理学者を誘導することができる。

「それに」彼は要点を念押しした。「きみが死体を発見するときに私がその場にいれば、見落としていたどんな物証も、汚染された証拠物件だとして除外することができる。どこからどう見ても、私たちは安全だ」

　彼女は窓の外を見つめていた。ホルスターのなかで無線機が低いノイズ音をたてた。外では全チームが行き来し、駐車場で立ち止まって言葉を交わしている。無駄骨を折っているとは知らずに、ひたむきな顔で任務に励んでいる捜索員たちだ。

　ようやく口を開いた彼女の声は小さく、落ち着いていた。「潜れないんです。耳をやられているので。それに、あなたがあの場所へ行くことは不可能です。たとえあの場所を正確に知っているとしても、優秀な潜水士でなければ行けませんよ。並はずれて優秀な潜水士でなければ」

「それは、この計画に乗るという意味か？」

「乗らないと言ったらどうします？」

「そこまではまだ考えていない」

　彼女はため息を漏らした。鼻をつまむ。「ごめんなさい。これまでしてくれたことには感謝するけれど、その計画には乗りません。何度もよく考えた――頭のなかで繰り返し検討したし、本当に最善の策だと思う。これ以上なく安全な計画だと思う。本当に、本当にごめんなさい」

スターバックス

アイザック・ハンデルは髪をマッシュルームカットにした男で、あの日の朝、食堂でモーゼスがスプーンを使ってなにかやっているとＡ・Ｊに教えてくれた患者だ。昨日の午前中に退院して社会復帰施設へ移るまで、成人期をここビーチウェイ重警備精神科医療施設で過ごしていた。Ａ・Ｊがここに勤めはじめる七年前に、ある少年拘置施設からの紹介でここの急性期病棟への転院を認められた。当時の話を総合すると、最初は扱いやすい患者ではなかったらしい。

当時、彼は十八歳。にきびだらけの脂ぎった顔をして、見当識障害が見られた。体は悪臭を放っていた——彼が行くところ、ひどいにおいがついてまわった。

それに、彼が〝ポペット〟と呼ぶ二体の人形らしき物体をそれぞれ脇に抱え、連れて行くと言って聞かなかった――本人と同じぐらい悪臭を放つ醜い物体を。彼はそれらを放そうとしなかった――かたときも。

においがひどくなる一方なので、スタッフはアイザックの体を洗うべく物理的手段に訴えた。職員三人がかりでシャワー室へ連れて行き、どうにか服を脱がせた。だが、その努力のかいなく、ポペットを取り上げようとすると大量に小便を浴びせかけられた。その一件以来、だれも彼から人形を引き離そうとはしなかった。

投薬治療とセラピーとが効きはじめると、アイザックの精神状態は徐々に落ち着いてきた。シャワーを浴びるようになり、だれもそばに座ろうとしないほどの悪臭も収まった。人形のコレクションは増えた――入院給付金で材料を買い、ジョナサン・キーが担当していた芸術療法のクラスでいつも縫いものをしたり色を塗りつけたりしていた。ジョナサンはずいぶんと手伝っていた。実際、彼がほかの患者よりもアイザックを好いているのだろうかと、A・Jはよく思ったものだ。

ポペットはどれも薄気味悪かった。毛糸で編んだ顔に小さな一本一本の歯と本物のような目がついていた。それか、粘土を型抜きしてセラピーセンターの窯で焼いた陶器の顔に、赤い線で目が描かれていた。それでも、アイザックはポペットを放そうとしなかった。持てるかぎりたくさん持ち歩き、残りは自室に置いてベッドに積み上げていた――ねじれたり、だらりとなっていたり、押しつぶされていたりして、ミニチュアの死体の山のようだった。

A・Jはじっとしていられなくなった。もう忘れるとメラニーに約束したにもかかわらず、アイザック・ハンデルのことが気になってしかたなかった。風変わりなハンデルのことが。事務員のひとりがトイレに立つのを待ち、そのうしろ姿に向かって「ちょっと席を借りていいか？――シフトを確認したいんだ」と声をかけた。勝手にどうぞというように手を振るので、すばやく彼女の席についた。

Ａ・Ｊはこれまで、そもそもアイザックがビーチウェイに収容されることになった理由を知らなかった――知りたいと思わなかった。Ａ・Ｊがここで働きはじめたときにはもう、アイザックは人が変わっていた――口数が少なく従順で素直な人間になっていた。文句を言わずに薬を服んでいた。それどころか、奇妙なことにＡ・Ｊはアイザックと馬が合った。唯一、容認できなかったのは、メラニーの姿を見るたびにアイザックが示すふるまいだった。廊下で出くわすと、彼は足を止め、売春婦を見る好色な犬のような目でメラニーを見つめた――まるで彼女がホルモンの痕跡を残しているみたいに。アイザックらしからぬ質問を受けたこともある――〝あの女はどこに住んでるんだ？〟、〝あの女の年は？〟、〝あの女は結婚してるのか？〟。男の患者がメラニーに対してその手の反応を示すことには慣れていた――彼女は、連中の薬漬けの脳みそには解明できない難問なのだ。大まかに言うと、メラニーに対するアイザックの詮索は、ほかの患者たちのものと大差なかった。Ａ・Ｊが彼を嫌うこれといった理由はなかった。

Ａ・Ｊが席を借りた事務員は精神保健法（ＭＨＡ）担当者で、当施設で精神医療審査会の運営管理をまかされている。審査会議の録音テープから議事録を起こすのが彼女の仕事だ。Ａ・Ｊは彼女のコンピュータでアイザック・ハンデルに関する資料をすぐに見つけると――彼女はじつにきちんとしていて几帳面だ――急いでメモリースティックにダウンロードした。上得意へのプレゼントとしてペイシェンスが賭け店でもらってきたおもちゃのようなそれは、馬の頭の形をしている。Ａ・Ｊの年齢だと、映画『ゴッドファーザー』に出てきた馬の頭を連想する――とにかく、そのメモリースティックが目的を果たしたので、A・Jはポケットにしまった。

この資料はここで読むわけにいかない――メラニーが入ってきて見とがめられるところを想像した。彼がこの件を放っておく気がないことを知れば、二度とストラウドの自宅へ入れてもらえないだろう。どうすればいいかはわかる。メラニーに〝早退しなければならなくなった。ペイシェンスが電話をかけてきてね――スチュワートが暴れているらしい。じゃあ、あとで。追伸　寝不足のきみはとてもきれいだ。きっといい遺伝子を持ってるんだね〟と、メールを送った。

彼は車で最寄りの〈スターバックス〉へ行き、メニューのいちばん上のものを注文して――まともなコーヒーではなく、コーヒーミルクシェイクを温めたような味の代物だと判明した――隅の席に座ってほかの客たちに背中を向け、自分のノートパソコンを開いた。審査会議事録を画面に呼び出した。

アイザック・ハンデルに関する精神医療審査会（MHRT）
十月十日　水曜日
ビーチウェイ精神科医療施設
議長：勅選弁護士ミスタ・ジェラード・アンスワース

A・Jはこの審査会に出席した。長年のあいだに審査会には数えきれないほど出席しているし、本件審理において記憶に残るようなめぼしいできごとはなにもなかった。補助職員が準備をして管理区域の会議室を掃除し、大量のサンドイッチと、紅茶やコーヒーを入れたポットを用意した。A・Jが出席したのは、証人として看護記録について陳述する短い時間だけだ。決まりきったくだらない手続き――薬剤に対するアイザックの反応、行動マーカーの記録、受けているセラピーのレベル、ほかの患者たちとの関係について話すのだ。

退院審査の多くは形式的な手続きにすぎない——通常は、六カ月前の定期審査会で退院が内定している。したがって、アイザックと彼の担当弁護士はすでに準備万端だった——事前の審問のあと、規則に従っているかぎり退院が認められる。複雑な手続きがいくつかと、踏まなければならない通常の手順があるものの、すべて形式的なものだ。

いまにして思えば、ミセス・ジェイン・ポッターだけが例外だった。

審査会には委員としてかならず一般人をひとり加えなければならない——責任感を持ちながらも客観的な判断ができる人間を。ジェイン・ポッターは審査要員のひとりで、Ａ・Ｊは前に別の審査会でも何度か見かけたことがあった——地元の婦人会の会長にして教育水準局（ＯＦＳＴＥＤ）の監査官。本件の審査会において、彼女の様子がいつもとちがうと、ふと感じたことをＡ・Ｊは思い出した。彼女は自席で体をこわばらせ、両手を握りしめていた。まるで憤りを覚えているかのように——あるいはショックを受けているかのように。

彼女はなぜあれほど張りつめていたのだろう。Ａ・Ｊはコーヒーの味のする泡をひと口飲み、自分があの会議室に入る前の議事録に目を通した。ジェイン・ポッターにあのような反応を起こさせるどんなことがあったのかを知りたかった。声は出さずに唇だけ動かし、早まわしでビデオを観るかのようにお定まりの議事を読み進めた。

……審査会はアイザック・ピーター・ハンデル（ＩＰＨ）の条件つき退院の請求について検討する……請求者本人、請求者の代理人弁護士ミズ・ルーシー・トリプル（ＬＴ）……審査会の委員は、議長に勅選弁護士のジェラード・アンスワース(GU)のほか、請求者の担当医でもある精神科医ドクタ・ブライアン・イェイツ(BY)、院長ミズ・メラニー・アロー(MA)、精神保健法担当者ミス・ブライオニー・マーシュ(BM)、ミセス・ジェイン・ポッター(JP)……

議事録には出席者はそれぞれイニシャルで表記されている——IPH、LT、GU、BY、MA、BM、JP。お決まりの委員の自己紹介。勅選弁護士が名乗る——笑止千万だ。全員がアンスワースを知っているのだから。幾多の審査会で議長を務めてきた彼だが、それ以前は、世間の注目を集める事例において、精神保健法により拘留されている患者の代理人として精神科病院を訴追する側に身を置いていた。したがって、アンスワースを議長に迎える際はビーチウェイの全職員が警戒する。なかでもメラニーはストレスを感じていたにちがいない。この審査会が開かれたのは、彼女がジョナサンと別れたあとだったのだろうか？　そうだとしたら、メラニーにとってはますます耐えがたかったはずだ。

アンスワースは前置きでいささか熱弁をふるい、ハンデルが精神科医療施設に十一年間も入っていたことを強調した。十四歳から十八歳までは児童少年法により別の拘置施設におり、その後、精神保健法第三十七条にもとづいてビーチウェイへ移されたことを。A・Jには初耳だった——アイザックが子どものころのことを話すのを一度も聞いたことがなかった。

勅選弁護士は時間をかけて基本原則のいくつかを概説した——法律になじみがないかもしれない一般人のためだ。

ミセス・ポッター、あなたが以前にも審査会の委員を務められたことがあるのは存じておりますが、念のために申し上げます。第三十七条は、裁判所が犯罪者を刑務所ではなく治療のために強制入院させるという決定を下すために用いられる条項です。ミスタ・ハンデルには、この第三十七条と第四十一条が適用されています。第四十一条は、市民を重大犯罪から守るために出される拘束命令です。出所あるいは退院のいかなる請求も、正式に承認を受ける必要があるのです。本日、われわれがミスタ・ハンデルの退院を推薦あるいは却下することは可能です――しかし、最終決定は内務省にゆだねることになります。さて、本件では報告書の一部について非開示請求がありました。ミスタ・ハンデルがそれを読むことになった場合、もしくは詳細を思い出すことになった場合、害を及ぼすおそれのある点がいくつか含まれているからです。

A・Jは怪訝な顔でコンピュータ画面を見つめた。やはり忘れていたことだが、証言のために入室した際、審査資料――精神保健法担当者がまとめた報告書と医療文書だ――の数ページに〝審査会の承認なく患者本人に開示することを禁ずる〟と記されたスタンプが押されているのを目に留めていた。

簡単に言うと、本人の安全のため、十五年前に精神科医療施設へ入所するに至った行為についてアイザックに思い出させてはならないということだ。A・Jがその文言を目にしたのはあれが初めてではない――あのときは、めずらしいことだとも注目に値することだとも思わなかったが、ジェイン・ポッターはハンデルの隔離収容について書かれた箇所を読んだのかもしれない。それでショックを受けていたのかもしれない。

A・Jはそのページを飛ばして、審査会が担当医の報告書について吟味する箇所を読んだ。

GU　ミスタ・イェイツ——請求者が投薬治療によりどのような状態にあるか、簡単に説明してください。

BY　わかりました。長期にわたる入院中、アイザックは薬剤に対する拒否反応から抗精神病薬剤療法まで体験しましたが、昨年より新しい薬剤を投与したところ、良好な経過を示しています。疾患による若干の認識機能障害が見られたのですが、当該薬剤を投与するようになってから行なった最新の知能検査の結果は、前回までの測定値を十ポイントも上回っています——当該薬剤は彼に、患者たちがよく〝頭の靄〟と表現する症状をまったくもたらさなかったのです。加えて、投与方法も蓄積注射《デポ》に変更しました——それが服薬遵守《コンプライアンス》を確実にしています。

GU　注射器を取りつけてしまえば、患者が薬剤を服み忘れたり投与を拒否したりできないからですか？

BY　そのとおりです。報告書の三十三ページに、彼の不安を軽減するために用いた精神安定剤と抗鬱剤に対する反応の概要をまとめています。さまざまな抗精神病薬剤に対する反応の履歴も——本当に、いくつもの抗精神病薬剤を試しました。ハロペリドール、ドロペリドール、ステラジン、フルペンチキソール。さらに、第一世代の抗精神病薬剤で定型抗精神病薬剤とも呼ばれるクロルプロマジン——

GU　抗精神病薬剤がどのようなものか、私は存じていますが、よければ列席のみなさんにもわかるように説明を……

BY　もちろんです。抗精神病薬剤は一般的に使用される薬剤で——その目的は……目的は……ミセス・ポッター？

GU　ミセス・ポッター、大丈夫ですか……？

ミセス・ポッターになにか飲み物を。だれか……水を……

JP　失礼しました――ごめんなさい――ただちょっと……

GU　どなたか、ミセス・ポッターに……

JP　大丈夫です。

MA　ブライオニー、窓を開けて。大丈夫ですか、ジェイン？　さあ――ひと口飲んで……

JP　どうもありがとう。

GU　審査会はしばらく休憩にしたほうが……

JP　とんでもない――続けてください。わたしなら大丈夫。どうか続けて。

GU　本当に大丈夫ですか？

JP　大丈夫です――ただちょっと――ミスタ・ハンデルの隔離収容の経緯を読んで――彼の犯した行為と――それに関する病理医の見解を……それでちょっと……まったく知らなかったものですから。読まなければよかったわ――関係のない情報ですもの。

GU　そうですね――担当医は特定の問題を患者に対して伏せています。審査会の委員に対しても同等の配慮をしてもらいたいものです。

LT　それが本当に必要ですか？　非開示条項には理由があり――

GU　これにて休憩にしようと思います……

JP　いえ、本当に。わたしなら大丈夫です。ただ、昔アプトン・ファームに住んでいたものですから……それに、新聞で読んだ記憶がなくて。詳細は報じられなかったので。

LT　依頼人は当時、未成年でした。審査会におけるあなたの立場に影響を及ぼしかねない個人的なつながりが、あなたと本件とのあいだにあることに気づかなかったのは残念です。

JP　個人的なつながりなんて、わたしにはありません。たまたま近くに住んでいた。それだけです。もう大丈夫です。どうぞ続けてください。

GU　ありがとうございます、ミセス・ポッター。

LT　では、議長のお許しをいただけるなら、依頼人の隔離収容の詳細は背景情報としてのみ提供されるものであることと、ミスタ・ハンデルの現在の精神状態のみを審議対象とすべきであることとを、出席者各位に念押しさせていただきたい。

GU　ええ、まったくそのとおりです。

MA　当然です。

LT　では、みなさん、了解していただけましたね――その点のみを審議対象にしていただけますね？

GU　もちろんです――さて、どこまで話しましたっけ？　ドクタ・イェイツ、たしか抗精神病薬剤について概説いただく途中でしたね……

　泡の入ったカップを前に〈スターバックス〉の店内に腰を下ろしたまま、A・Jはコンピュータ画面から目を離すことができなかった。ジェイン・ポッターと同じく、アプトン・ファームは知っている。〈エデン・ホール・コテージ〉からほんの六キロほどのところだ。あそこで大事件が起きたことは何年も前から知っているが、事件の中身についてくわしいことは知らない。だいいち、いまのいままで、あの事件とアイザックとを結びつけて考えたことは一度もなかった――アイザックが地元の人間だということすら知らなかった。

　A・Jはもう何年も、患者が精神科医療施設に入ることになった理由を知りたいと思わないようにしてきた。いまは、その決断がはたして賢明だったのかどうかわからなくなってきた。

エルフの洞窟

メンディップ・ヒルズはブリストルの南に位置する石灰岩の丘陵地帯で、東西に三十キロあまり延びている。この丘陵地帯では、十九世紀後半まで二千年にわたり、小規模ながら採石が行なわれてきた。往時の五分の一足らずの採石場ではいまも操業が続けられているものの、廃業された採石場の大半は水没し、水際から頂上まで高さ二十メートルも切り立つ棚状の崖は、緑がかった青い水面の下は深さが六十メートル近くもある。いくつかの採石場は地下水路でつながり、〝小《エ》妖精《ルフ》の洞窟〟と呼ばれる天然の洞窟網になっている。柱や湾曲部、ねじれた天井などがある――古代の大聖堂にある地下墓地のように――が、どれも人間の手によってではなく、洞窟全体を満たしている水によって形成されたものだ。

　第八番採石場は連なる採石場の端に位置する。森の奥深くにあるため、ほとんど忘れ去られ、訪れる人はまずいない。公道はここまで通じていない――わだちの跡と穴ぼこだらけの石灰岩の小径が一本あるだけだ。それも、めったに使われないため、野生動物たちがわがもの顔で歩きまわっている。だが今夜は、一台の車が現われ、上下に揺れるヘッドライトが枝の張り出した木々の下を照らし出したので、野生動物たちはあわてて暗がりへ逃げ込んだ。その小さな車――ルノー・クリオ――は、オフロード走行ではなく舗装道路や狭い駐車スペースに合うようにデザインされた都市型小型車だ。張り出した枝がルーフにすれて音をたてた。小型車は車体を揺らしながら狭い道路を離れ、採石場の周囲をめぐる小径に入った。切り出されて積み上げられた立方形の岩の山――長年ここに放置されているため、割れ目から木が生えてきている——のそばで、車は停まった。エンジンが切られる。ヘッドライトが徐々にしぼんで、水面に映るふたごのツチボタルのようになった。

フリー・マーリーは窓を開けて頭を突き出した——動くものの気配がないかと耳をすます。咳や、足を踏み換える音、人のいるまぎれもない証拠として小石が岩肌を転がり落ちる音などがしないかと。採石場は静寂に包まれている。ここはひどく寒い——凍えそうなほどだ。双眼鏡で、馬蹄形の野外劇場のような岩場を見まわした。粉々になった石灰岩の山がいくつもできている採石場の遠い端がかすかに明るく見える。揺るがない水面に星や雲が映っている。

水面から四十五メートル以上も下に——十二階建ての高層ビルにも匹敵する想像を絶する深さだ——光のない凍りつくほど冷たい水のなかに、人目につかず資料にも残されていない穴が岩の表面にひとつ開いている。その穴の位置は採石場のどの図面にも記されていない——記憶と説明できない本能によってのみ、見つけることができる。なかに入ると、管状の穴が一枚岩を貫くように三メートルほど延び、その先でV字型に上へと曲がっている——水で満たされた天然の縦穴だ。幅一メートルの縦穴は垂直に四十六メートル上昇する——それが、ほかの経路では近づくこともできない洞窟群への入口だ。自然にできたものと、古代ローマ人が採石作業のために掘ったものとがある洞窟群は、いつ崩れるかもしれない危険をはらみ、闇に閉ざされている——ただ、秘密の入口を持つこの洞窟だけはちがう。岩を穿《うが》った穴に入ったダイバーが進む方向はふたつだけ——上か下だけだ。気が変わって引き返そうとしても、狭すぎて方向転換できない——行くと決めたら行くしかないのだ。水圧が大きいため、よほど熟練した技能を持つダイバーでなければ無事に浮上することはできない。

キャフェリーは潜水できない。それにフリーの協力も得られていない。彼が知っているのは、ミスティの死体がこの水中のどこかにあるということだけだ。だが、これまで辛抱強く待ってくれたとはいえ、いざとなれば断じてあとに引かない男なので、常軌を逸した潜水作業に着手しかねない――自分で潜るかもしれないし、別の警察の潜水チームを駆り出すかもしれない。上級警察官のキャフェリーがその気になれば、充分に可能だ――ただし、やむなく用意する捜索名目は、根拠がこれ以上なく薄弱なものになるだろう。だが、フリーはその可能性に賭けるわけにはいかない。

フリーは上はどこにでもあるフリースを着ていた。下半身はドライスーツ――腰までめくり下ろしているのだ。車を降り、後部座席から小ぶりの旅行バッグを引っぱり下ろし、そっとドアを閉めた。たいがいの場所でほとんど聞こえないほど小さな音が、静かな水面に銃声のようにとどろいた気がした。バッグのジッパーを開け、着替えだす。大嫌いな部分だ。水中ではなんの問題もない――体が大きかろうが小さかろうが重要ではない――が、水から出れば立場は不利だ。どうにか装備類をすべて身につけた――酸素ボンベ、重量《ウェイト》ベルト。

採石場の端で足ひれをつけた。ここから、錆のついた梯子が水中へと延びている。鏡のような水面にさざ波や変化がないかと、改めて見渡した。あの場所のことを知っているのは、フリーをのぞけばこの世にただひとり――あの場所に入ることのできる潜水の腕を持つ唯一の人物。あの男はとうに姿を消し、その行く先をフリーはまったく知らない。あの男が秘密を漏らすはずがない――その点は確信できる。あの男は裏社会の人間のひとり――この国の暗黒世界の住人――なので、もうこの近辺にいないとしてもなんら驚きはしない。すでに死んでいるかもしれない。確認のためにフリーはこれまで何度かここへ来ている。もう何カ月も、ここにはだれも近づいていない。いまも自分ひとりきりだ。

最終確認をする。ウェイトベルト、リリース類、酸素ボンベ。レギュレーターのマウスピースをくわえ、顎が痛くなるほどゴムを噛みしめる――すぐに、『スター・ウォーズ』シリーズに出てくるダース・ベイダーのような呼吸音が響きだす。あの洞窟の入口は、英国ダイビング安全協会により安全だと認められた水深五十メートルをはるかに超える深さにある。酸素ボンベを背負って潜る深さではない――まして、気圧外傷の専門医からまだ完治のお墨付きを得ていないダイバーにとってはなおさらだ。不安要素は耳――左耳――だ。気をつけるべき徴候は、吐き気と、顔の左側に広がる痛み。めまいと意識障害が発現するころには、鼓膜が破裂するおそれがある。そんな事態はごめんだ。また鼓膜が破れるようなことになれば、これが最後のダイビングになる。絶対に。

潜降時にレギュレーターがずれないように片手で顔にしっかりと押さえつけ、もう片方の手で浮力ベストの空気注入管をつかんだ。次の瞬間には水に飛び込み、闇のなかへと降下していた。

　A・Jは考えごとをしながら重い足どりで車に戻った。家までの道中、頭を明晰に保ちたいのでラジオを消して走行した。あのフォーラムに出席していた刑事たちの名刺はメラニーのオフィスの大きなファイルのなかだ。だが、刑事たちの名前を知る必要はない。相談したければ、あの刑事たちの所属部署に連絡すればいい――たしか、重大犯罪捜査隊だと言っていた。すぐに見つかるはずだ。ハンデルを疑うのが理にかなっていると確信できれば、相談してみてもいい。そうしようと考えながら、〈エデン・ホール・コテージ〉へと続くわだちのある道へ曲がった。まだ相談しないのは、ひとえに百パーセントの確信がないからだといわんばかりに。警察に相談すればメラニーを動揺させることになるという事実とはまったく関係がないと自分をごまかして。この臆病者め。

　車を降り、寒いなか車に背を向けてしばらく立っていた。ここから隆起した地面が急崖のてっぺんに広がる高台へとつながるあたりが、コッツウォルズ丘陵の起点だ。風にさらされ荒涼とした断崖のてっぺんには、葉を落とした木々が点々と立っている。

　アプトン・ファームはあの断崖の向こう側、ここから六キロ足らずのところにある。これまで一度も行ったことはないが、地元の連中が声を潜めてその名前を口にするので、どこにあるかは知っていた。これまで、必要な情報だけを得るという得意の信条により、かの地で起きた事件について知りたいと思ったことはなかった。ジェイン・ポッターをあれほど怖がらせるようなどんなことをアイザックがやったのかを。

　コテージに入ると、暖炉に火が灯っているおかげで暖かく、キッチンからいいにおいがしていた。いまはジャム作りの季節だ。ということはつまり、キッチンは次から次へとジャムを煮た大釜であふれかえり、冷凍庫にはジャムを塗り広げた冷凍パットが何枚も放り込まれ、ジャムでべとべとになった温度計がそこらじゅうに置きっ放しにされている、ということだ。ペイシェンスは、ワセイリングのことで環境保護論者だなどと言ってからかうくせに、生け垣で摘んだブラックベリーや、森のはずれの見捨てられた果樹園に落ちていたキングストンブラックという品種のピンクの筋の入ったリンゴなどを持ってA・Jが散歩から戻ると、大喜びする。腕まくりをして瓶の消毒を始めるのだ。

今日はエプロンをつけて、ぶつくさ言いながら、キッチンじゅうに穴あき杓子と瓶口パッキンの山を築いている。朝食が用意されていた――バナナ・フリッターとトースト、コーヒー、彼が買ってきてやった〈フォリジャーズ・フェア〉のジャムのひとつ。A・Jは上着を脱いでスチュワートに声をかけたあと、席についてトーストにバターを塗り、その上にジャムを少し載せた。スチュワートはアーガ・オーブンの横の寝床からA・Jを見つめている。

「あんたの犬がさまよえる星の下に生まれたことがわかったよ」ペイシェンスがそっけなく言った。「飼《パ》い主《パ》に似たのかねえ――恋人ができたんだ」

「なぜ？　こいつはどこへ行ってたんだ？」

「知るもんか――野生の種でもまいてたんだろうよ」

「そいつは去勢済みだよ、おばさん」

「この犬に行方をくらますのをやめさせておくれ。あんたも去勢したほうがいいのかもしれないね」

わずかにとげを含んだ言いかたなので、A・Jは、昨夜はどこにいて今夜はどこへ行く予定なのかをペイシェンスに説明しようかと考えた。やめておくことにした。おばもいい大人なんだから、自分で気づかせればいい。もう一枚、トーストにバターを塗った。

「あそこの果樹園へ行ったことはある？」と切りだした。「前にキングストンブラックを拾ってきた果樹園。荒れ地《ザ・ワイルズ》にあるんだ。教会とレイモンド・エイジーの所有地とのあいだに」

「説明されなくても知ってるさ。だけど、あそこでわたしの姿を見ることはないよ。あの隣の土地は呪われてるからね」

「呪われてる？」

「あそこじゃ、いろんなことが起きるんだよ」

「アプトン・ファームのこと？」

ペイシェンスは答えなかった。いらだたしげに唇を引き結んで作業に精を出した。瓶同士がぶつかる音をたてながら、彼が朝食をとっているテーブルにジャム用の瓶を並べた。

だが、A・Jはそれで引き下がるつもりはなかった。

「私たちがこの家に住みはじめた十五年前のことだけどね。アプトン・ファームで事件が起きた。どんな事件だったか覚えてる？」

「たしか、少年が頭がおかしくなって――両親を殺したんだよ。それ以上のことは知らない」

「両親を殺した？」

「そう言っただろう」

精神科施設に勤めて長いA・Jは、もはやなにごとにもショックを受けたりしない――ふたり以上の人間を殺害した連続殺人者だって何人も見てきた。それでも、アイザック・ハンデルがそんな犯罪をやってのけたとはこれっぽっちも想像できない。しかも、こんなに近くで。

「なんだってそんな話を？」ペイシェンスがたずねた。「ねえ、スチュワート、あんたのパパは帰ってきたけど、あんたを散歩に連れて行く代わりに、ここに座って食事をしながら幽霊の話をしてるよ。あんた、どう思う？」

A・Jはあきらめ顔で首を振った。トーストを食べ終えると、カップと皿をシンクへ持って行って洗い、水切りラックに収めた。

想像してみる――髪をマッシュルームカットにした年若いハンデルがふたりの人間を殺害する場面を。そんな非道なことをやってのけながら、その表情に世間の目につくような痕跡がなにひとつ残らないなどということがあるだろうか？

A・Jは上着と犬のリードを手に取った。「行くぞ、スチュウィー。外の空気を吸いに行こうか、どうだ？」

外へ出るとすぐに、機嫌が悪かったにせよ、ペイシェンスの言葉は少なくともある一点で当たっていたことがわかった――スチュワートの様子がまちがいなくおかしい。A・Jが雨のなかでフードをかぶって立ち、棒を野原に放ってやっても、スチュワートは追いかけようとしない――突然、周囲を警戒しはじめたみたいだ。

「行けよ、ほら、行け」A・Jは促した。

スチュワートはそのうち野原に入っていったが、どこか妙だった。案の定、棒を探しには行かず、そこらを嗅ぎまわっている。しばらくすると、野原の端、小さな森へと通じる踏み越し段のところへ駆けていった。

「なにしてる？　おいで」

スチュワートは戻ってこようとしない。その場で小さく円を描いたあと、座り込んだ。A・Jがリードを持って近づくと、哀れっぽい声で鳴きだした。

「スチュワート、頭がおかしくなっちまったのか――どうした？」

スチュワートが足を止めた踏み越し段は、石の厚板の上方に横木を一本渡しただけのものだ。A・Jは横木の上から身をのりだして左右を見まわし、森の奥をうかがった。踏み越し段から延びる小径が曲がりくねって木立の奥へと消えている。あたりには薄い靄がかかっている。スチュワートを不安にさせるようなものはなにも見えない。あのコテージに住むようになって以来、A・Jは長年のあいだに付近の散策を重ねているが、あの小径を通ったことは数えるほどしかない――もっと歩きやすく気持ちのいい道がほかにいくつもあるのだ。あの小径の経路を正確に思い出すことはできないが、高台の端へ出るのは確かだ。そのまま進みつづければ、断崖の向こう側へと下る。ザ・ワイルズと呼ばれるあたりを下って道なりに行けば、やがてアプトン・ファームに達するのだろう。

アイザック、あんたはその農園で自分の母親と父親を殺したんだな。

A・Jはスチュワートを見下ろした。こいつならどんな能力でもありそうだ。スチュワートは人間が頭のなかで考えていることを察知する、と言われれば、あっさり信じることができる。だが、霊能者なみの能力があると言われるとどうだろう？

「おまえにそんな特別な能力があるものか、スチュー。悪いな――あそこにはなにもないよ。さあ、おいで――うちへ帰ろう。パパはデートの約束があるんだ」

資格を超えたダイビング

北極圏を上回る寒さだ。その寒さにより肺が圧迫されるので、肋骨を上下させることに意識を集中する必要があった。まるで石ころが落ちていくように、フリーは闇の奥へと潜降していた。四年近く前、こうやって父と母は死んだ。ただし、両親はおそらく頭を下にして落ちていっただろう。その際、ふたりがいつまで意識があったのかはだれにもわからない。

手首に目をやる。そこにつけているダイブコンピュータは、隠し持っている私物だ——使わないときは施錠して厳重に保管している。これがまずい人間の手に渡れば、そこに残された違法な潜水の記録が重大な問題を引き起こしかねない。

最初の目標地点に達した——水深五十メートル。潜降速度をゆるめるため、浮力ベストに少量の圧縮空気を送り込む。中性浮力と水平姿勢を取り戻す。耳の状態は良好だ。少なくともいまのところは。

水中懐中電灯でしばらく探し、ようやく入口を見つけた。〝水深五十メートルを超えています。資格と能力を超えての潜水は禁止されています〟という警告標示をつけた網だ。レジャーでダイビングをしている人たちに、未知の深さまで潜るのを思いとどまらせるために張られたものだ。それが敷居のようなもの。地獄の入口だ。そこを過ぎればなにが起きるか、予測は不可能であり、予断を持ってはならない。

寒さのせいで思考力が減退しているので、手順どおりに行動した。おぼつかない手で時間をかけて所定の手順を行ない——懐中電灯をつけて水深、空気残量、持続時間を確認した——当初の潜水計画と丹念に照らし合わせた。左耳にかすかな痛みがあり、それがこめかみから目のあたりまで広がっている。たんに、ひさしぶりにつけたダイビングマスクの締めつけのせいかもしれないが、痛みがこれ以上ひどくなるようなら、引き返さなければならない。いまのところ吐き気を感じないのはいい徴候にちがいない。

バルブを二度、一瞬だけ開放した。無意識の行動だ。そのあと体を前方へ傾けてうつぶせの姿勢をとり、片手で網につかまって水中で静止した。網を脇へ払い、両脚でさらに押しのけると、両手を脇につけて足から先にさらなる深みへと潜行した。

暗がりから不意に岩肌が現われた。岩の表面をつかんで体を九十度回転させて横向きになると、岩に張りつき、手袋をはめた手で苔や地衣類をなでるようにして岩壁を確かめながら、カニの横這いのような感じで採石場を下っていく。

下方で採石場はさらに落ち込んでいる。フリーが探しているものは、ここと採石場の底との中間あたりにある。一メートル潜降するごとに左耳の受ける圧力が高まる――大惨事に終わる危険が増す。

水深六十メートル地点で止まる。見えるのは闇だけ、聞こえるのは自分の息づかいの音だけだ。断じて頭上の水の量を考えてはならない――それを考えると正気を逸してしまう。入口はこのあたりだ。フリーは岩壁にしっかりとつかまり、呼吸を整えた。懐中電灯の光の当たる範囲に目を凝らし、岩肌に残された目立たない筋や目印代わりの特徴的な形状を思い出そうとした。鼓動が速いが、意識的にゆっくりと呼吸をした。この深さの水中で人の死を招く主な理由はパニックだ。肝心なのは、安定した呼吸を続けること。

懐中電灯よりも前に指先が見つけた――小さな割れ目、例の穴の上端だ。入口は、完全装備のダイバーふたりが優に通れるほど広い。

細くなるのはもっと奥だ。意識して探さなければ、だれもこの穴を見つけることはできない。どんなに熟練したダイバーであっても。

　耳の奥で〝ワーン、ワーン、ワーン〟という音がする。不具合が生じかけている最初の徴候なのかもしれない。だが、フリーは無視した。ここが今夜の潜水の最深地点――ここから先は浮上するのみ。まずありえないことだが、仮にだれかがこの入口をたまたま発見したとしても、これ以上先へ進む危険を冒そうとはしないはずだ。縦の割れ目のなかを浮上するのは危険を伴う無謀な行為だ――崩れ落ちた大きな石や、穴を落下してくる水中浮遊物や泥、張り出した木の根などが酸素ボンベを背中から引きはがすおそれがあるし、岩のかけらが浮力ベストに穴を開けるかもしれない。だが、少なくとも、ひたすら浮上するだけだ――それにより、極度の水圧を受けている状態から体を回復させてくれるだろう。

　身をさらに沈めるために息を軽く二、三回吐き出し、指を使って体を押し出すように洞窟内へと進めた。懐中電灯を上方に向けて床の傾斜に沿って進むうち、頭上の次の裂け目を懐中電灯の光がとらえた――狭い縦穴の入口だ。レギュレーターから漏れる気泡が銀色の煙霧のように立ちのぼっていく――上方のあちらこちらにある張り出し部分や岩棚の下に集まる。それがある程度の大きさになると、岩壁から離れて次々と縦穴を浮上していく。見えなくなる。最後は四十六メートル上方の水面を割るとわかっている。水面に達した気泡から、そこになにがあるかを伝えるメッセージを受け取ることができればいいのに。そこでなにが待ち受けているかを。

　手首につけたダイブコンピュータがいまの水深が六十三メートルだと表示している。ひじょうに危険な深さだ。体の向きを変えて縦穴の底に立つような姿勢をとり、片手を頭上に持ち上げ、ノズルを開けて浮力ベストに圧縮空気を送り込んだ。ゆっくりと、気泡のあとを追うように体が浮上しはじめる。体が軽くなったような不思議な感覚——まるで空へと昇っていくようだ。

水深四十五メートル。あらかじめ決めていた減圧終了の地点。両手を岩にかけて上昇を止める。耳の痛みはやわらいでいる。やった。ことなきを得た。成功だ。耳は無事に持ちこたえ、フリーは第一関門を突破した。

深入り

午前四時、メラニーのベッドルームの窓の外で保安灯がついた。

A・Jはすでに目を覚ましていた。また例の夢を——ウサギの巣穴のような穴をすべり落ちて天国へ行こうとする夢を——見たあと、目を開けてあお向けに寝ころんだままメラニーの穏やかな寝息を聞いていた。とりとめのない考えが頭のなかをめぐっている——いろんなことを考えていた。アイザックについて。彼がアプトン・ファームで行なったこと——両親を殺害したことについて。しかも、〈エデン・ホール・コテージ〉からほんの数キロあまりのところで。

人生はすばらしいが、ひじょうに不可思議でもある。

A・Jはぐっすり眠っているメラニーを見やった。いまだに信じられないが、答えはあまりに容易で考えるまでもなかった――単純に、おたがい相手に夢中だった。もうひとりではない。二度とひとりには戻らない。

保安灯がついたのはそのときだった。

最初、彼は身じろぎしなかった。保安灯の光のなかで円を描いて飛ぶ虫たちが見えた。いつのまにか雨がやんでいるので、元気いっぱいで飛びまわっている。そんな虫たちを見ていると、ふたたび夏が訪れたようだ。晩秋ではなく。

音をたてないように掛けふとんをはねのけ、素足でそっと部屋を横切った。窓辺に達するや保安灯が消えた。だが、その寸前に、ほんの一瞬だが、彼の目は庭にいる人影をちらりととらえていた。

瞬時のことだったので、まるで幻――網膜に映った幻のようだった。まばたきをして、不意に暗くなった庭に焦点を合わせようとした。自分の見たものに確信がなかった。想像の産物だろうか、それとも、あの人影はのっぺりした白い顔をしていただろうか？　顔の輪郭はわからなかった。それに、レース飾りのあるドレスらしきものを着ていた。

「A・J？」メラニーが眠そうな声で言った。「どうしたの？」

「なんでもない」彼は窓を開けて身をのりだした。庭ではいくつもの影がひとつに溶け合って、はっきりとした形を作りはじめていた。

「A・J？」

「しーっ」

彼は息を止めてさらに身をのりだし、庭の静寂に耳をすました。木立からかすかな物音が聞こえるが、特別な意味のある音ではない――葉ずれの音、小枝の折れる音だろう。あるいは、昨夜の雨がしずくとなって落ちる音かもしれない。昨日見つけた芝生上の黒い線はまだある――今夜新たにつけられたものかどうか、判断がつかない。

「なにを見たの？」メラニーが来て横に立った。不安にうるんだ目でじっと庭を見つめている。「なんだった？」

「わからない」

　メラニーが彼を見上げた。「わからない？」

「わからないんだ」

　A・Jはバスルームへ行って照明をつけた。蛇口の下に頭を突っ込んで水をかぶる。いまはメラニーに話したくない。一階のドアはすべて施錠してある。ベッドに入る前に確認した。窓にも忘れずに錠をかけた。懐中電灯は――いざとなれば振りまわして相手を殴りつけてやれる大きなやつだ――ベッドの脇に用意してある。

　パジャマの襟が濡れ、水が髪と首のうしろを伝う。アイザックがメラニーを見つめて〝あの女はどこに住んでるんだ？　家はどこだ？〟と口にしたのを思い出していた。

　蛇口を閉め、タオル掛けのタオルを取って顔をうずめた。タオルを下ろすと、ベッドに戻ったメラニーは腰をかけて、無言でドア口から彼を見つめていた。

「A・J？」彼女が問いかけた。もうはぐらかすことはできない。「話して」

「メル――アイザックがビーチウェイへ来ることになった理由について、どの程度知ってる？」

「すべて知ってる。院長なのよ――事情を知るのは仕事のうちだわ」

「怖くないか？」

　彼女は目をしばたたいた。「犯行時、彼は精神を病んでいた。わたしたちは彼の更生に成功した。怖がる理由なんてないでしょう」

「いま庭にいたのがアイザックかもしれないという考えは頭に浮かばなかったのか？　彼がきみの家を知っているかもしれない、という考えは？」

彼女は思わず息を呑んだ。「あなたが見たものを、わたしは見てないもの」

「それはそうだけど、昨日の夜なにか見ただろう」

「夢だったのよ」

「それはちがう。悪いけど――なんの話か、おたがいわかっているし、もはや気のせいですむ話じゃない。警察に相談したい」

「Ａ・Ｊ、やめて」メラニーが顔をしかめた。「それじゃあ、わたしが仕事を失うことになるわ。そんなまねを許すわけにいかない。悪いけど――戦って勝ち取った地位なの。そうしなければならなかった……」彼女はため息をついた。「本当に、戦わなければならなかった。それを失うわけにはいかない。わたしには仕事しかないんだもの」

Ａ・Ｊは返事をしなかった。タオルを放り捨てて一階に下りた。すべての錠を確認した。二階に戻ると、メラニーはベッドに入って彼女に背を向けていた。隣に寝そべり、彼女の呼吸音に耳をそばだてた。そのうち息づかいがゆっくりになった。寝入ったか、寝たふりをしているかだ。Ａ・Ｊはまんじりともせず、どんな些細な物音も、外の木々のきしみも、聞き逃すまいと耳を研ぎ澄ました。

安全停止を一度も無視するわけにいかなかった。規定の水深よりも深く、単独で潜っているのだから、なおさらだ。フリーは厳格に体調を見ながら縦穴を昇っていった。浮上距離が長いので、筋肉や関節に窒素が滲出している。この最後の減圧停止は水面下五メートル地点だが、これがもっとも重要だ。早く動きたくてじりじりしながら岩壁につかまって、時間が早く過ぎるようにと念じた。呼吸を百回した——禅の熟練者なみの集中力で回数をかぞえた——あと、目を開けて懐中電灯をつけた。

縦穴は上方で広くなっている。フリーが浮上しはじめると、浮力ベストの生地のすれるかすかな音が大きく聞こえた。浮上の際にいつもするように、目に見えない障害物から身を守るために片手を上げ、もう片方の手は、手首のダイブコンピュータに表示される残りの距離が減っていくのを確認できる角度でレギュレーターに当てている。酸素ボンベが一瞬、岩壁をこすった。残り二メートル。次の瞬間、縦穴が開けて、フリーはコルクのように水面に浮き上がった。

高さ十二メートルの巨大な洞窟——ローマ時代の鉛鉱跡の洞窟群の一部だ。

フリーは水中懐中電灯を持ち上げ、洞窟の床に置いた。前に検査を行なったので、ここの空気が安全だと知っている。そこでマスクその他をはずし、両腕を床の縁にかけて頭を両手に載せ、大きく息を吸い込んだ。やった。左耳は異常なし——指を突っ込んでまわしてみる。気圧外傷の先生、診てもらわなくても断言できる——わたしの耳は完璧よ。むしろ、最高の状態。六十五メートル近く潜水しても問題なし——ざまあみろ！

腕の力が回復すると、体を持ち上げるようにして穴から脱した。縦穴のなかで何分も体を支えていた胸部と両脚が悲鳴をあげている。手早くウェイトベルトと酸素ボンベをはずし、懐中電灯をつかんだ。浮上の際に電池を消耗したが、まだ使える。洞窟内を照らした。黒い壁が無煙炭のようにきらめいた――紀元一千年紀からここメンディップ・ヒルズで採掘されてきた鉛鉱と方鉛鉱だ。この洞窟のことを知っていたただひとりの人間はとうにこの地を去った――ここは前に来たときと同じく静かで、なにも変わっていない。

かがんで足ひれをはずした。

背後から甲高い鳴き声が聞こえた――懐中電灯をつかんでくるりと向き直り、弧を描くように洞窟の北壁を照らすと、ふたつの円いものに反射した。ネズミだ。座ってフリーを見つめていたが、そのうち背を向けて離れていった――闇のなかへ。答える鳴き声、動きまわる足音。洞窟という音が反響する空間で音の出所を言い当てるのは不可能だが、鳴き声の大きさや高さがちがうので、ネズミは洞窟内にたくさんいるのだろう。ネズミが出入りできる穴はいくつもある――フリーの記憶にあるかぎり、ネズミたちはずっと以前からここにいる。ネズミの存在はなにも意味しない。ここはなにも変わっていない。

懐中電灯を脇にはさんでもう片方の足ひれをはずすと、今度は懐中電灯を前に突き出して、薄手の潜水ブーツで洞窟の奥へ向かった。光を受けて鈍く光る黒っぽい石の表面に、ケロイド状瘢痕のような細長い隆起を見つけた。探すべきものを具体的に知らなければ、まず気づかないはずだ――洞窟内を徹底的に調査するのでもないかぎり。これといった目印もなく散らばった石の下に、ミスティの死体が眠っている。フリーはしゃがんで両手で地面を掘り、汚れたビニールシートの端を見つけた。遺棄したときのままだとわかり、ほっとして鼓動が高まった。

　ビニールシートは汚れている。フリーはそれをめくり、そのなかのものを懐中電灯の光で照らした。生前のミスティ・キットスンは肉づきがよく、きれいに日焼けした人目を引く若い女だった。美人と称した新聞もあった。男性誌《ナッツ》では〝今年のナイスバディ〟と称された。だが、歳月が彼女の体から水分を奪った。皮膚や目鼻、脂肪や筋肉を剝ぎ取った。金色だった髪は、ひびの入った黄ばんだ頭蓋骨に張りついている房がいくつか残っているだけだ。骨格が縮まっている。すねの骨が頭蓋骨の右に転がり、胸郭に足指骨が載っている。成人女性がこれほど目減りする――小さな箱に収まりそうだ――とは驚きだ。ひとりの人間が。

　フリーはビニールシートを調べた。かじって開けられた穴がいくつかあり、そこからネズミたちが入ったのだろう。キャフェリーはどうやらそこまで考えがまわらなかったようだ。ビニールシートにくるんでここに遺棄したことにより、ミスティの骨が示す法医学的署名は、森のなかで朽ちた死体のものとは完全に異なることになった。動物が人間の死体をかじって完全に判別不能な状態にしてしまうことはある――そうなるのに時間はかからない。

　フリーは懐中電灯の光を縦穴の方向へ向けた――そのあと光を死体に戻し、距離を測った。ミスティの骨を箱に詰めて防水処理をし、地上へ持ち帰ることはできる。開ける必要のない箱を開けることは。できるにはできるが、そうするつもりはない。大丈夫。だれもこんなところへ来やしない――だれにも見つかりっこない。だから、空を飛びつづけることができる。

　またビニールシートでくるみ、その上に石を載せはじめた。

　悪いわね、ミスティ。あなたにも、あなたのお母さんにも、申しわけないと思う。肉親を失っても墓に納める骨がないのがどういう気持ちか、よくわかっているけれど、いまはできない。いま墜落炎上するわけにいかない。

いまはまだ。ひょっとすると永遠に。

黄色

メラニーとA・Jは行き詰まっていた。男女の関係になったばかりだが、離婚経験者どうしのように、相手を信用せず、気を許しかねていた。朝食の席では硬い顔でろくに口もきかなかった。メラニーがあのように心のシャッターを閉ざしてしまったことにA・Jは驚き、愕然としたものの、きっと彼女はそのことで気まずく感じているのだろうと思った。出世の階段をのぼって権力を持つ立場になった女をA・Jはたくさん知っている。その大半は、その地位にとどまるのは信じがたいほどむずかしいことだと考える。どうやら、自分がそこまでのぼりつめたことに驚き、必要以上にその地位にしがみつこうとするらしい。

A・Jは朝食に使った食器類を食洗機に放り込むと、改めて庭へ出てみた――昼間の日差しの下で庭を見るために。なにを探しているのかが自分でもわからないので、重要なことをしていると見えるようにしばらくぶらぶら歩きまわったあと、なかへ戻った。メラニーの視線を何度も感じたので、彼女がほかのことに気を取られていると思ったときに、今度は彼がメラニーを見つめた。この関係を続けたくないと彼女が切りだそうとしている徴はないかと探した――冷却期間を置きましょう、と。実際にそう切りだされたとしても驚かなかっただろう。原因はうしろめたさ――最悪の理由だが、彼女にだってプライドはある。

　ビーチウェイへ向かうころには、A・Jは疲れきっていた。精も根も尽きているのに、明け方に庭に見えたものの記憶が頭から離れない。目を閉じると、あのときちらりと見えた姿が脳裏によみがえる。なにかに覆われた顔――おそらくストッキングの覆面だろう。微動だにせず、切迫感も欠いていたことが――身じろぎひとつしなかったので、あれが人間だったとはいまも思えない――最悪だ。どうしても頭を去らないから、彼はとうとう抵抗するのをあきらめた。素直に、あの人影が当初もくろんでいた場所へ導かれるにまかせた。当然、気がつくとモンスター・マザーの部屋のドアの前に立っていた。

　モンスター・マザーはいつもどおり窓辺に腰かけていた。義手を頭上高く持ち上げている。そうしているのにはこれといった理由はないようだ――義手にうんざりしているでもなく、部屋に入ってきたA・Jに説明するでもなく、愛想のいい笑みを浮かべ、腰を浮かせて軽くお辞儀をした。義手は高く持ち上げたまま、いいほうの手でふんわりした黄色いレースの縁に触れながら。

「ガブリエラ」

「こんにちは、A・J。今日の世界は超黄色よ」

「黄色というと……？」

「太陽の色」彼女は腰を下ろしてほほ笑んだ。腕を上げたままなので、赤褐色のふさふさしたわき毛がまる見えだ。「世界は幸福なの」

「幸福なのは……」

「あいつがいなくなったからよ。これでも〝ザ・モード〟はわたしたちに手出ししないわ。わたしたちは安全よ。ああ、A・J」彼女はきらきらした目をA・Jに向けた。その目で全世界を照らし出すことができそうだ。「なにもかも、あなたのおかげ。本当にいい子ね。わたしの生んだ子どもたちのなかでいちばんのお気に入り。いちばんまっすぐ育った子――子どもたちのなかでいちばんまっすぐに」

　A・Jは淡い笑みを浮かべた。アイザック・ハンデルがこの施設を去り、モンスター・マザーは幸福を感じている。このタイミングの一致はとても無視できない。「座ってもいいですか？」

「もちろんよ」モンスター・マザーはまだ義手を下ろさない。「さあさあ座って。紅茶でもどう？　ケーキは？　イチゴがおいしいわ」

　モンスター・マザーの部屋にはもともと紅茶を入れたりケーキを焼いたりできる設備はないのだが、A・Jは礼儀正しく断わった。「どうぞお気づかいなく、ガブリエラ。食事をすませたところなので」彼は腰を下ろした。深呼吸をひとつ。「ねえ、ガブリエラ？〝ザ・モード〟についてアイザックがなにか知っていると思いますか？」

　そうたずねた瞬間、モンスター・マザーの気分が一変した。顔に雲がかかり、義手を下ろした。

「ガブリエラ？」

　頭のなかで自問自答しているかのように、舌で口のなかをぐるりと舐めまわした。目が左右に泳いでいる。

「ガブリエラ、私がたずねたのは――」

「あの子を生んだのはわたしよ――忘れるはずがない

でしょう？　どの子のことも忘れない。アイザックのことを思うといまでも涙が出るわ」彼女はそこで言葉を切ると、目を伏せて床のある一点を見つめ、そこにいるなにかあるいはだれかに向かって話しかけるかのように、ひとり言を口にした。ややあって、はっと頭を上げてA・Jをひたと見すえた。「あの子はどこにいるの？」

「わかりません。ここを出ていったので」

「いまどこにいるの？　ここへ来る？」

「いいえ。彼はここへは戻りません。約束します」

「約束？」

「ええ、約束です」

　モンスター・マザーは顎を引いて眉根を寄せた。目が半開きだ。またしても、A・Jには聞き取ることのできない言葉をひとりごちた。

「ガブリエラ？　ひとつ教えてください。院長のミス・アロー――アイザックが彼女のことを話した記憶がありますか？」

　モンスター・マザーはA・Jをにらみつけた。にわかに呼吸が速くなっている。

「ガブリエラ？」

　彼女は返事の代わりにさっと席を立ち、A・Jに背を向けて窓を向いた。

　小声でぶつぶつ言いながら、不安を覚えたときにいつもするように義手をさすっている。

　A・Jは疲れた手で目をこすった。これ以上たずねても無駄だ。モンスター・マザーが返事をしないことが、彼の求めていた回答だ。

　それで充分だ。

勝利

キャフェリーはまたしてもあまりよく眠れず、体じゅうの節々が痛んで目が覚めた。コーヒーを飲み、鎮痛剤を服み、シャワーを浴びて着替え、ブリストル市内の渋滞のなか警察車輛のサイレンや車のクラクションの音を聞きながら車で出勤するあいだ、ラジオ番組に耳を傾けた。今朝はミスティ・キットスンについての言及はいっさいない。それでも、トップニュースやコマーシャル、音楽のかげに彼女はいる。ミスティはいつまでも人びとの意識のなかに存在することだろう。

死体はあの採石場の底にはない、とフリーは言った。事情はもっと複雑だ、と。あの言葉は本当だろうか？　まったく経験のない彼にとって、ダイビングは高度な技術を要するむずかしい世界だが、真実を彼に教えることのできる人間はほかにもいるはずだ。革張りのステアリングに爪を食い込ませながら、それについて考えた――真剣に検討した。よその警察にも潜水チームはある。民間の潜水士もいる。さて、どこから手をつける？　この皮肉もなんの効果もなかった――第三者を介入させる用意があるなら、この秘密をいままで隠しとおしたはずがない。

どっちに対する怒りが強いのだろう――フリーに対する憤りか？　それとも、彼女がいずれ気を変えるだろうなどという思い込みのかけらにまだしがみついている自分自身に対するいらだちだろうか。

職場に着くと、警視が受付で待ちかまえていた。あの得々たる顔を見れば、新たな事案が出現したのだとわかる。いまは亡き警察本部長の額装された写真の下で、片手をさりげなく冷水器に置いて、辛抱強そうな、それでいてどこか勝ち誇ったような笑みを浮かべて待っていた。警視の横には褐色の髪の男が立っている――四十代半ば、スーツ姿だが、そのせいで窮屈そうな様子だ。どこかで会った覚えがある。

「ジャック――紹介しよう、こちらはミスタ・ルグランデだ。きみに相談があるそうだ」

キャフェリーは片手を差し出した。「どうぞよろしく、ミスタ・ルグランデ」

「こちらこそ、ミスタ・キャフェリー」ふたりは握手を交わした。

ルグランデはすでに入署許可証をもらっていた。名探偵シャーロック・ホームズとビクトリア時代の技術者イザムバード・キングダム・ブルネルのシルエットをコミカルにあしらった重大犯罪捜査隊の真新しい首紐がついている。「A・Jと呼んでください。刑事司法フォーラムでお会いしましたね?」

「そうですね――覚えていますよ」

「ジャック!」警視は選挙活動中の候補者のような手慣れたそぶりでふたりの腕に手をかけて促した。「ミスタ・ルグランデを上へお連れしてはどうだね? あとで報告を」

ふたりはキャフェリーのオフィスへ向かった。廊下を進みながら、キャフェリーはA・Jの用件に関して考えられる線をあれこれと検討した。仕事本位の堅物ではありませんように――〝ミスタ・キャフェリー、会っていただき、感謝します。あのフォーラムでの討論の続きをやりたかったもので。よりスムーズな移送を行なうための提言をまとめてみました……云々……〟。

オフィスに入ると、ふたり分のコーヒーを淹れた――A・Jはキャフェリーと同じくらい、ひょっとするとキャフェリー以上にコーヒーを飲む必要がありそうに見えた。ふたりは腰を下ろした。A・Jはソファーに、キャフェリーはデスクの椅子に。

「さて、A・J、どういったご用件でしょう?」

Ａ・Ｊは片手を口もとへ運んで気まずそうな咳をひとつした。

「じつは、えー――本題に入る前に――これからする話は内密に願います」

キャフェリーは片眉を上げた。「建前上はそれでかまいません。しかし、話をうかがうまでは約束はできません」

「私がここへ来たことをだれにも知られないことがきわめて重要なんですよ」

「だれかがあなたを脅迫しているのですか？」

「いいえ、そうではありません――ただ……」彼は一瞬迷ったものの、急いで言い足した。「職場で妙なことが起きているんです。正確には、起きていました。ご記憶かもしれませんが、職場は重警備精神科医療施設で、どうもおかしなことが続いていて……心配なんです」

キャフェリーはいったん眼鏡をはずして大儀そうに目をこすった。「参考までにお教えしましょう、ミスタ・ルグランデ。警察は〝心配なんです〟というせりふを嫌うんですよ。不用意に口にして、歓迎されるなどと思わないことです。不歓迎のベルを鳴らすようなものですから。しかし、とりあえず話してみてください」

「わかりました。いささか頭がおかしい《ナット》ように聞こえると思いますが――ああ、精神病院《ナットハウス》に勤めているもので、そのような表現を」

「そのような表現は許されるのですか？」

「私は許されますが、あなたは許されません。あなたは外部の人間ですから。内部の人間には特権がいくつかあるんですよ。まあ、それも当然だと思います」彼は一瞬だけ笑みを浮かべた。「頭のおかしい人間の収容所です。そして、うちの精神科施設では、ずっと前から常軌を逸した作り話が広まっている。それは……」彼はいくぶんきまり悪そうにため息をついた。

「ときおり患者たちのあいだに広まるたぐいの幽霊話です。彼らは暗示にかかりやすいんです――想像がつくでしょうが。私たちは、できる範囲でその噂話にふたをしようとしています。しかし、何度か、私の知るかぎりでは三度、ふたを開けて飛び出し、結局はDSHが何件も起きるという異常な事態になってしまって」

「DSH?」

「ああ、失礼――故意に自分を傷つける行為のことです。自分の体を切りつける、そういったたぐいの行為です。数年前、それが高じて死に至った患者がいました――自殺だったのかもしれませんが、確かなことはわかりません。そして、一週間前にまた患者が亡くなった――医師たちによれば心臓発作だとか。しかし、どうも納得がいかなくて」

キャフェリーはA・Jの顔を見つめ、思案しながらデスクをペンで打っていた。気の毒な話だが、そんな事例はこれまでに何度も耳にしている。精神科病院での自殺は、決まって上級職員に納得いかない思いを――まったく納得できないという思いを――もたらすが、重大犯罪捜査隊が捜査する必要があると判明する例はめったにない。この事案もさっさと処理するにかぎる。

「ある男の患者が自分の眼球をえぐり出したんです」

「おそろしいことを」

「おそろしいことでも、頭のおかしい人間の収容所ではめずらしいできごとではありません。ただ、その男は何度も同じ幻覚を見ていた――先週亡くなった患者も。その患者は幻覚を見たあと心臓発作を起こした。それは、数年前に亡くなった患者のときと同じなんです。その患者は自分が本当に見たと思い込んでいました。ザ・モー――ああ、失礼、説明がまだでしたね。患者たちはその亡霊を〝ザ・モード〟と呼んでいるんです」

「〝ザ・モード〟というのは?」

A・Jは首を振った。「話せば長くなります。とにかく、その患者の頭のなかでなにが起きていたにせよ、あまりにおそろしいことだったため、ある日ふっと出ていき、それきりだれも彼女の姿を見ていません。結局、数ヵ月後に敷地内で死体で発見されました。検死解剖でも死因を特定できず――だれもが頭の片隅で自殺だと考えていたとは思いますが、そのことばかりにかかずらっているわけにはいかなくて」

「彼女の名前は？」

「ポーリーン・スコット」

うっすらと聞き覚えがある。

キャフェリーがこっちへ転任してくる前の事件だが、フリーが言っていた事案にまずまちがいない。関係者全員が肩身の狭い思いをしたことで注目を集めたという――ビーチウェイは精神状態の不安定な患者に出て行かれたことで、フリーの部隊に指示を下した捜索調整官（POLSA）は任に就きながら捜索範囲の設定を広げきれなかったことで。捜索範囲のほんの数メートル外側にいたというだけで、人ひとりをあっさりと見落としてしまうものだ。キャフェリーは目を動かさなかったが、意識は向かい側の壁に貼ってあるミスティの顔へ移っていた。あの件の捜索と同じように？　ほんの数メートル、いや、数センチメートルの誤差がものを言う。

「ただ」A・Jが続けた。「あれは『スクービー・ドゥー』の幽霊だったと私は思っています」

「なんの幽霊ですって？」

「『スクービー・ドゥー』ですよ。ほら――スクービーとシャギーと仲間たちはよく幽霊をつかまえて、その仮面を引きはがすと、結局は……よくわかりませんが、地元の不動産開発業者だったりなんかするでしょう？　地価を下落させる狙いで、その土地に幽霊が棲みついていると人びとに信じ込ませようとして。その手のことを私は〝スクービーの幽霊〟と呼んでいるんです――生身の人間なのに心霊現象に見せかけようとすることを。ビーチウェイの廊下に取りついている亡霊もそれでしょう」

「では、あなたの役まわりはシャギーだと――」

「いいえ、私はヴェルマです。頭脳派なので。ちなみに『Xファイル』のスカリー特別捜査官でもあります。その役を振られることもあるので」

「ヴェルマ。スカリー特別捜査官。となると、舞台はあなたのものです。推理を聞かせてください」

　A・Jはうなずいた。度の強い眼鏡をかけていれば、それを指で押し上げていることだろう。

「わかりました。確証は得られていませんが、ことが起きるたびに停電が発生しているのはまずまちがいありません」

「なるほど」

「停電になると監視カメラ・システムもダウンします」

「停電は何度も発生しているのですか？」

「いいえ。二度、ひょっとすると三度――私が勤務しはじめてからの四年間で、記憶にあるかぎりそれだけです」彼はリュックサックを床に置いてジッパーを開けた。「見ていただきたいものがあります。あなたにはなんの意味もないでしょうが、私には……」淡く苦い笑みを浮かべた。「言うなれば、気を失いそうなほどおそろしいものです」

悲嘆の計算機

フリーは天井の低い自宅のキッチンで朝食を作っていた。近すぎるほどレンジのそばに立ってようやく暖かさが骨にまで達しはじめていた。シャワーを浴び、体を強くこすったが、採石場の冷たさを振り払うには長い時間がかかった。

フライパンで焼けている卵とベーコンをぼんやりと見つめ、無意識のうちに裏返していた。地元の直売所で買ったグロスターシャー・オールドスポット豚のベーコンと、フリーは断わったものの、床下暖房の連結管を二時間かけて修理してあげたことに対するお礼だと言ってご近所の住人がくれた卵。職業柄、管の扱いには慣れているし、むずかしい作業でもなかったのに、いつも裏口に卵を置いていってくれる。おかげで、うんざりするほど卵だらけ。壁から飛び出てきそうだ。

ベーコン・エッグを皿に移し、無造作にテーブルに置いた。濃いコーヒーを入れた厚手のマグカップ、スプーンを差してあるシュガーポット。支援グループのれっきとした巡査部長――好みはこんがり焼けた簡素な朝食。ケチャップは絞り出し容器入り。この家には気取ったところなどひとつもない。上品ぶった気配をわずかにでも感じ取ろうものなら、父も母も気を失って倒れるにちがいない。

「だから」フリーはぼそりと言いながら椅子を引いて食べだした。「ここにいなくてよかったわ、そうでしょう?」

噛むことに集中した――テーブルに肘をついて。目を上にも左右にも向けない。自分のいる場所を思い出さないほうがいいときもある。とくに、そこが亡き両親の家である場合は。父なら、いまのフリーにかけるべき言葉を知っているだろう——娘の肩に手を置き、質問に答えてくれるだろう。フリーは〝ねえ、パパ、このままにしておいても大丈夫？　大丈夫だとしても、あの人にはなんて言うの——どう説明するの？　だって、これだけは確かよ——あの人はこのままにするつもりはないってことだけは〟。

　父は頭にキスをして、穏やかな声で諭してくれるだろう。父なら答えを知っているはずだ。それに、もしも答えがわからなければ、父は母に相談する。ふたりでこの家の端の部屋へ行き、ピアノの上方の照明をつけて、向き合うように置いてある肘掛け椅子に腰を下ろす。低い声で話し合う——娘の抱えている問題に対する解決策を見出すまで。両親が結束すれば、フリーはもう安全だ。

　噛むのをやめた。しばし間を置いたのち、やっとの思いでひと口分を飲み込んだ。マグカップを手に取り、コーヒーを何口か飲んで流し込む。そのあと、しばらく座ったまま、うつむいてベーコン・エッグを見つめた。

　悲しみの持続時間を導き出す方程式がどこかにあるはずだ。オンラインで通貨の換算をしてくれるのに似たような計算機が。年齢、性別、職業、人間関係などの項目に入力する。出てきた数値を故人との親密度で割る。弔う遺体がないという事実など、あれこれと項目を追加する必要がある。それで数値が——有限量が——出る。正確に五百七十三日後には胸の痛みが止まるという保証が得られる。だいたい、パキスタン・ルピーをポーランド・ズロチに換算できるのなら、ヒトゲノムを解読したり火星の土の成分を解析したりできるのなら、心の傷が癒えるまでに要する期間を算出できてもいいはずだ。

　フリーは立ち上がって、食事をごみ容器に放り込んだ。皿を洗った。長い一日が始まる。運がよければ、ジャック・キャフェリーが捜索現場に到着する前にうまい説明を考えだすことができるだろう。運が悪ければ、一年でもっとも寒い雨の一日となり、夜には泣きながらシャワーを浴びていることになるだろう。

駐車違反切符

A・Jはキャフェリーをよく覚えていた。キャフェリーが刑事司法フォーラムの会場となったホテルを出る際、出席していたふたりの女が彼の噂話を交わしているのが聞こえたのだ。頰を染めて小声で笑い合っているのを見て、あの警部は魅力的なのだと理解した。A・Jを見てそうする女がいないのは、おそらく逆の理由だろう。キャフェリーからはなにかがにじみ出ている。独特の自信と無防備さだろうか——よくはわからないが、その一部でも自分にそなわっていればいいのにとA・Jは思った。

　こうして当人のオフィスで腰を下ろすと、悔しいが警部はひじょうに端正な顔立ちをしているとわかる。

おそらく四十代前半。こめかみのあたりにわずかに白いものが混ざりはじめているのを、とても魅力的だと感じる女もいるだろう。目の動きが不自然で、いささか早すぎるが、それは不誠実だからではなく、知性と決断力を行使しているからだろう。このオフィスには警部の私生活をうかがわせるものはない。壁には額入りの写真も証明書のたぐいもない——色の異なるピンを刺した陸地測量局発行のエイボン・アンド・サマセット地区の地図が三枚と、女の大きな写真が一枚、貼ってあるだけだ。その女になんとなく見覚えがある。たしか、去年、失踪した有名人で、名前はキティなんとかだっただろうか？　詳細は思い出せなかった。

「ゼルダ・ローントン——先週、心臓発作で亡くなった患者が……」A・Jはリュックサックからゼルダの描いた絵を引っぱり出して、目の前のデスクに置いた。キャフェリーが身をのりだし、しげしげと見た。「三週間ほど前に自傷騒ぎを起こしています。本人は亡霊が——〝ザ・モード〟がやったと言いました。〝ザ・モード〟が彼女の両腕に書いたのだ、と——聖書に出てくるような言葉をたくさん。ゼルダが自分で思いついたとはとても考えられないたぐいの言葉ばかりでした。その一件から二週間後に亡くなった」A・Jは〝ザ・モード〟ののっぺりした顔をなでた。「この絵は、彼女が作業療法の一環で製作したもののなかにありました。ほら、ここに不気味な小さな姿が描かれているでしょう？　患者たちが〝ザ・モード〟を描写する姿そのままです。そしてこれが——セーターを着て、両手に人形を持っているでしょう？」

「ええ、それが？」

「うちの患者のひとりに当てはまるんですよ。ゼルダがこんな絵を描いたのは偶然のはずがない」

「患者のひとり？」キャフェリーが眼鏡の縁越しにA・Jを見た。警部があざけっているのか、真剣に受け止めているのか、A・Jは測りかねた。「あなたの病院の患者のひとりが〝スクービーの幽霊〟なんですか？」

「患者のひとりと言いましたが、正確には元患者のひとりです。二日前に退院しました。つまり」――A・Jは顎先で窓を指し示した――「社会に出たわけです。それがいいことなのかどうかわかりません」

キャフェリーがペンを手にしてメモを取りはじめた。今日の日付を書く。「その患者の名前は？」

「アイザック・ハンデルです」

「アイザック……」キャフェリーが書く手を止めた。目を上げてA・Jを見た。「アイザック・ハンデル？　アプトン・ファーム事件のアイザック・ハンデルですか？」

「彼をご存知なんですか？」

「名前だけは。私がこっちへ転任する前の事件だし、当時の捜査責任者はずいぶん前に退職しています。しかし、ハンデルの名前とアプトン・ファームで起きた事件ですよ？　こっちへ来てからあれこれと聞かされています」

「彼のやったことは記憶に残るからですか？」

「記憶に残る」キャフェリーはうなずいた。「まあ、そういう言いかたもできるでしょう。たしかに記憶に残る」

「事件のことはよく知らないんです。何年も彼の世話をしていましたが、私がつかんだのは、彼がアプトン・ファームと関係があるということだけです。アプトン・ファームからそう遠くない場所で育ったのに、彼が両親を殺害したことは知っているものの事件の詳細については……ほら、なにもかも噂の域を出ないし、みんなが声を潜めるでしょう？」一瞬、頼めばキャフェリーは事件の詳細を教えてくれるだろうか、と考えた。だが、知りたくないと思った。尋常ではない事件だ――とんでもなくおぞましいできごとなので、拡大写真で見るように微に入り細にわたって知るよりも、スケッチ画を見るように概略を知るにとどめたい。

「察するところ、ざっくり言うと、彼が収監されたのは駐車違反を切られたせいではありませんよね」

「ええ、そうではないと断言できます」

「当時、十四歳？　それにまちがいありませんか？」

「まちがいありません」

「彼は両親を殺害した。統合失調症患者のなかには、必要以上に……凶暴になる人がいます。状況が悪ければ」

　キャフェリーが同意を示すかのようにうなずいた。

「私もくわしい話は知りません――捜査資料に目を通さないことには。たしか、検死解剖に際してなにか問題があったはずです。病理医に引き渡されるまでに時間がかかったんですよ。遺体に不審な点があったとかで」不快だといわんばかりにデスクの上の書類を移動させた。そのあと咳払いをひとつし、ペンを手にしてふたたびメモを取りだした。「とにかく、あなたは彼をある死と、自殺と考えられる死と結びつけているのですね？　それに、ふたつの……いや、ちがう。自傷行為として処理された三つのできごとも？」

「そうです」A・Jは警部が書き留めるのを見ていた。「重ねてお願いしますが、この件は黙っていてもらえますか？」

「だれに黙っておくんです？」

「信託組織のだれにも」

　キャフェリーはちらりと目を上げた。「それでは私のできることに限界が生じます。くわしい調査をご希望なら、ビーチウェイを訪ねなければなりません」

「その必要がありますか？　たとえば、よくわかりませんが、アイザック・ハンデルを見つけてもらうだけではだめですか？　彼がいまなにをしているかを？　彼と話をしてください。とにかく、警察に相談することは禁じられているので。本当に――こんなことがばれたら、失うのは職だけではすみません。それに、あなたがビーチウェイに出向く必要があるというなら、私はなんとしても……」彼は片手を振ってドアの方向を漠然と指し示した。「ここへ来なかったことにします。あなたに相談しているのを見られるわけにいかないんだ」

キャフェリーは曖昧に小さく肩をすくめ、ペンを置いた。〝それならそれで結構。この件を追わなくても、こっちは痛くもかゆくもない〟といわんばかりに両手を広げた。

「いや――申しわけありません」A・Jは言った。

「ばれると具合が悪い、それだけです」

「とにかく、だれに黙っておくのか、具体的に教えてもらえますか？」

「信託組織の何人かに。彼らはふたをしてしまいたいんです――私がここへ来たことを知れば、いい顔をしないでしょう。とりわけ院長は。メラニー・アローです」

「たしか、お会いしていますね。例の会議で？　あのブロンド美人でしょう？」

キャフェリーの口から〝ブロンド美人〟という言葉を聞いて、A・Jは驚いた。ふたりが言葉を交わしていたのは知っているが、どれぐらいの時間だっただろう？　キャフェリーは彼女がブロンドだということを覚えている。ほかにはなにを覚えているだろう？　キャフェリーはメラニーを誘惑しようとしたのだろうか？　もっと悪いことに、メラニーも彼に色目を使ったのだろうか？

「ええ、そうです。ブロンド美人。私が厄介な問題を引き起こそうとしていると知れば快く思わないのは確かです。悪い人間だからではありません。あるいは、まちがった人間でもない。たんにいまの職を守りたいだけです」

「だれだって、職を守りたいですよ。理想の世界では」

「真剣に検討していただけますか？」Ａ・Ｊは頼んだ。

「ねえ、どうなんです？」

長い沈黙が続いた。そのうちにキャフェリーは椅子をうしろへ押しやった。「まかせてください、ミスタ・ルグランデ。なんとか取りはからいましょう」

エイボンミア・ホテル

警視の持ち込む新しい事案を心待ちにしていたわけではないが、いまはなんとも判断がつきかねる。ひょっとすると、利点がいくつかあるかしれない。俗に、待つ身は長いと言うではないか――ショックから覚める時間を与え、これからどうするかをフリーが決めるのを待つあいだ、忙しくしているのはいいことかもしれない。それに、彼女がノーと言った場合の第二案を思いつくかもしれない。

キャフェリーは警視に報告に行き、毎度お決まりの講釈を――ミスティ・キットスンの捜索にあとどのぐらいチームを駆り出すつもりだ？　それにかかる経費をどう正当化する？　きっとマスコミももう満足したのではないか？――おとなしく最後まで拝聴したあと、ビーチウェイの一件を調べるつもりだと高らかに告げた。少しばかり嗅ぎまわってみる、と。

　警視はあっさり了解することがない。「いいだろう」と言った。「だが、遅くとも明日には事件区分を知りたい。うちで担当する事案なら、きみに全力で取り組んでもらおう」

　キャフェリーはまず、法医解剖を行なうべく三千ポンドの出費に科学捜査調整官の了解を取りつけ、次に検死局に電話をかけて、ゼルダの死体を回収し、埋葬されるのを阻止するようにと依頼した。死体はまだフラックス・バートン検死局にあった。この地域の病院がどこも検死施設を閉鎖したため、いまでは検死解剖はすべてそこで行なっているのだ。電話を、古くからの友人でもある内務省の検死官ビアトリス・フォクストンにまわしてもらった。幸い、彼女は当初の検死解剖担当者ではなかった――もしもそうだったら、再解剖を依頼するのにキャフェリーも気が引けただろう。それでも、彼女は不安材料をあげた。その一、現時点での検死解剖結果――肥満による心臓発作――は、死亡証明書を発行するための新たな方策にすぎない。その二、死体はまだ見ていないが、通常の病理解剖で用いる切開方法が使われた可能性があり、その場合は彼女の調べたい頸部を損ねているおそれがある。それでも、できるかぎりのことをするし、最優先でゼルダの再解剖を行なう、と約束してくれた。

　次に、記録保管所からアイザック・ハンデル事件のハードコピーを取ってくるべく民間人の捜査員のひとりを車で使いに出した。彼が戻るのは夕方になりそうなので、それまで内務省重大犯罪捜査情報システム（ＨＯＬＭＥＳ）のデータベースで事件の概略を調べた。そのあと、この警察に長く在職し、アプトン・ファーム事件を覚えている古株のふたりに電話をかけた。そのふたりが、ＨＯＬＭＥＳでは見つからないであろう詳細を教えてくれた。気持ちのいい話ではなかった。

仕事をしているあいだ、ミスティの目に一挙一動を追われている気がした。デスクから顔を上げて目を向けるたび、〝わたしのことはどうするの？　わたしのことは忘れたの？〟ととがめられている気がした。片手を上げて、にらみつける彼女の視線をかわしそうになった。責め立てられている気持ちが強まるようなら、写真を裏返そう。

携帯電話のロック画面を見て、フリーにかけようかと考えた。メールの文章を打ち込みはじめたものの、思い直して携帯電話をポケットにしまうと、身の置き場に困ってしまい、座ったまま両手を脇に垂らしてぶらぶらさせていた。ミスティの事件が解決することがあるとすれば、フリーの出す条件で、フリーの心の準備ができたときだろう。

いらいらしてきたので、コートを着て、階段を下りて駐車場へ行き、車に乗り込んだ。動いていると気分がいい。別のことを考えると気分がいい。それがたとえアイザック・ハンデル――十代のときに両親を殺害し、その死体に口にするのもおぞましいまねをした精神異常者――のことであっても。

ブリストル西部の郊外地域を車で走り抜けながら、英国の精神保健制度および司法制度に対してどの程度の信頼を置いていいものかと考えた。もちろん百パーセントの信頼を置けるはずがない、というのが答えだ。患者が仲間の患者をひそかに拷問する頻度はどれぐらいだろう？　それがばれずにすむことは何回ぐらいあるのだろう？　確認も監視も受けずに退院までするのだろうか？

ふだんのキャフェリーなら、図々しく頼みごとをするような人間は無視したあと、あれこれと条件を投げつけてやるところだ。だが、なぜかA・Jには好意を覚えた。それに、あんな話を聞かされたのではビーチウェイへ行きたくないので、いきなりアイザック・ハンデルを訪ねることにした。せめて、ハンデルが退院条件を守っていることを確認したかった。彼の行動を管理している人間をつきとめたかった。

彼の援助つき自立生活の拠点は、泥質の土手が見える〈エイボンミア・ホテル〉だ。キャフェリーがその前に車を停めたのは正午を少し過ぎたころだった。外観はどこにでもありそうなB&Bだが、居間の窓にはつねに〝空き室なし〟の看板がかかっているのだろう。この手の場所は知っている。宿泊客はまずビジネスマンにも観光客にも見えない。はっきり言えば、宿泊客は全員、薬物依存者か、精神保健法第三十七条と第四十一条により精神科施設を退所した人間かのどちらかだ。

だれにも止められることなく、キャフェリーは建物内に入り、部屋を次々とのぞいた。一階の各部屋はグループ交流の場だ――居間、食堂、ゲーム・テレビ室。上階はおそらくワンルームに区切られた客室が並んでいるのだろう。廊下のつきあたりに〝事務室〟と記されたドアを見つけ、それを開けた。それでもまだ、だれも止める者はいなかった。支配人はひとりの宿泊客と話をしていたが、スーツにネクタイという服装のキャフェリーをひと目みるなり、宿泊客に身を寄せて小声で「話の続きはあとにしようか?」と言った。

宿泊客はキャフェリーのほうへくるりと向き直った。いささかぎこちない緩慢な動き。目はなにもとらえていないように見えるが、さっと立ち上がろうとして倒れかけた。

「あわてるんじゃない」支配人が言った。

男は三度うなずき、足もとに目をやった。片手を頭のてっぺんへ運び、手のひらで髪をたたくようにしてなでつけ、額にまっすぐに下ろした。キャフェリーは片端へ寄り、ドアを開けて押さえてやった。男は目を合わすことなく足音をたてて部屋を出ていった。男の姿が見えなくなるのを待って、キャフェリーは身分証を提示した。

「ジャック・キャフェリー警部です」

「はい」支配人が言った。「待ってました」三十代後半にちがいないが童顔で、皮肉にも頭が禿げているせいで顔の幼さが強調されている。残っているわずかな頭髪を剃って、年老いた智天使のような風貌にしている。右耳に黒いスタッドピアス、右手の中指にケルト模様のスティールの指輪。デスクの奥の壁には一九八四年のグラストンベリー・フェスティバル出演当時のザ・スミスのポスター。彼が片手を差し出した。

「ビル・ハーストです」

キャフェリーはその手を握った。握手を終えるなりハーストがその手をうなじへ運んだのに気づいた。

「アイザック・ハンデルと話をするために来ました」

「ああ――はい」ハーストはきまり悪そうに立ったまま――首を掻いている――キャフェリーと目が合うのを避けている。「そうでしたね」

「で？　彼とふたりきりで話ができる場所はありますか？」

「じつは……」彼がおずおずと切りだした。「アイザックですが……」

「はい？」

「えー、いささかまずいことになって」

「というと？」

「彼はいまここにいないというか」

「はあ？」

「ここにいないんです」

「それは聞こえました。それで、彼はいまどこに？」

「うーん……正直言って、百パーセントの確信はありません」

「電話をしたとき、彼と話ができると言ったでしょう」

「ええ――彼がそれまでには戻ってくると思ったので。ここが警備の厳重な大学の学生宿舎じゃないことは理解してもらわないと。客は夜にはここへ戻ることを義務づけられているが、退院承認書類に明記された条件を破らないかぎり、日中は好きな場所へ自由に行ってかまわないんだから」

キャフェリーはいらだちを抑える間を取った。頭のなかで十まで数えた。「わかりました。では、最初からやり直しましょう——最後に彼の姿を見たのはいつですか？」

ハーストがもじもじしだした。「うーん……」

「さあ、話してください——今朝ですか？」ハーストは返事をしない。首を掻く手の動きが激しくなった。

「まさか！」キャフェリーは息を吐き出した。「昨日ですか？」

「たぶん」

「たぶん？」

「完璧なシステムじゃないもので。スタッフ不足だし、病欠の電話を二本も受けたのでね。政府がわれわれの仕事になにを望んでいるのかは不透明だし」

「あきれたな。ひどいものだ」キャフェリーはうんざり顔で首を振った。見れば見るほど、なぜこんないいかげんな場所を拠点にすることを条件にハンデルの退院が認められたのかが不思議に思えた。「彼が昨夜はよそに泊まったということでしょう？」

ハーストは肩をすくめた。

「彼がいなくなったことを届け出ましたか？」

「今朝。あとのことは地域精神衛生チームが引き受けてくれます」

彼はまだキャフェリーと目を合わせることができないらしい。まったく、どうしようもないろくでなしだ。

「彼はここのだれかと話を？　だれか、私に正しい方向を示してくれそうな人間は？」

「いや、とくには——見たところ、ハンデルは孤立主義的というか。だれかと話してるのは見なかったな。ｉＰｏｄを聴いて自分の殻に閉じこもってました」

「彼は従順でしたか？」

「おおむねは。少しぴりぴりしてましたね。ｉＰｏｄでいつも『オール・ソウルズ・デー』を聴いてました。知ってますか？」彼はわずかに希望のこもった顔をキャフェリーに向けた。「アタリスを？　アメリカ出身のなかではここ数十年で最高のポップ・パンクバンドですけど？」

　キャフェリーはため息を漏らした。首を振った。

「たったの一日ですよ」ハーストは口を尖らせた。

「そんな長い時間じゃないでしょう」

「苦しい言いわけだということはわかるでしょう？　口ではそんなことを言いながらも、頭のどこかで苦しい言いわけだと考えているはずです」

　ハーストはうつむいた。「たしかに」

「次の注射の予定日はいつ？」

「あさってです」

　抗精神病薬剤の蓄積注射の日まであと二日。精神疾患に関するわずかな知識に照らせば、ハンデルがその注射の予定を反故《ほご》にした場合、精神の安定は急速に崩壊するはずだ。

「彼の部屋を見せてもらいます」

　ハーストがほんのわずかに目を見開いた。「あー、申しわけない――そういうわけにはいきません。ここではすべてが信頼に基づいて成り立っている――スタッフは客を信頼し、客はスタッフを信頼することで。れっきとした正当な理由もなく客の部屋にあなたを入れるわけにいかないんです」

「彼は第四十一条により条件つきで精神科施設を退所している――夜はかならず支援施設で過ごすのも条件のひとつです。彼がその条件を守っていないのは犯罪行為にあたる、などなど。長々と言って聞かせるのはやめます。あなたのほうがよくご存知のはずだ。部屋は上ですね？」キャフェリーはすでに席を立っていた。

「なんなら、彼の部屋を見つけるまで各部屋のドアをノックしてみよう」

　ハーストがデスクをまわってくる前に、キャフェリーは事務室を出ていた。支配人は廊下で追いついた。息を切らしている。

「わかりました」彼が荒い息混じりで言った。「案内します――でも、目立たないようにお願いできますか？」

「では、案内してください」キャフェリーは言った。

　ハーストは彼の脇をすり抜けて前へ出た。「目立たないように――いいですね？」と念を押した。

「もちろん」

　キャフェリーは彼について二階へ上がった。数秒のうちにドアがふたつ開いた。最初のドアから男が廊下へ出てきた――薬物に酔っている様子で、スウェットシャツの前部はしみだらけ、ズボンはずり下がっている。キャフェリーの姿を見るなりＵターンして部屋に入った。もうひとつのドアは、キャフェリーが部屋の主の姿を見る前に閉じられた。

　どの部屋もエール錠をそなえている。五号室の鍵を取り出す際、ハーストは不安そうに見えた。

　五号室に背を向けて両手を上げた。「どうなんでしょう。地域精神衛生チームの了解が得られるまで待つほうがいいかもしれません」

　法的にはキャフェリーが無断で入室することは許されないのだが、令状を取るには時間と無意味な書類仕事が必要だ。支配人を見すえた。「ハンデルがなにをして十五年も収監されたのか、興味はありませんか？」

「ありません――それに、知りたくもない」ハーストの耳が真っ赤になった。「患者の心の健康に関する詳細は聞かされません。精神が不安定になった場合に注意すべき点を助言されるだけで。ここは判断を下すためではなく社会復帰させるための施設なのでね」

　キャフェリーは手すりに背中をもたせかけた。ハーストの丸顔を、青白く光っている額からくぼみのある顎までを、まじまじと見た。「ここの〝客〟が司法制度の世話になるに至った根本的な理由をあなたが知らないのはいいことかもしれない。だが、あいにく、私は知っている。ハンデルについては、こう言いましょう――〝心の病〟というひと言でかたづけることはできない、と」

　ハーストは、ベルトに下げたキーリールに取りつけた何本もの鍵をいじってはいるものの、まだ心を決めかねているようだった。

「それに、犯行時、彼はまだ未成年だった」キャフェリーは続けた。「成人した彼にどのような犯行が可能か、だれにもわからないと思います。許可を得て退院した妄想型統合失調症の患者が二十四時間も行方がわからないんでしょう?」

　ハーストの目がドア番号に注がれ、ピンクの斑点が耳から額へと広がった。

「それなのに、あなたは彼がいなくなったと届け出ただけなんでしょう?」

「わかった、わかりました」彼はぼそりと言い、ベルトのキーリールを引っぱった。「講釈はもう結構です」

ポンポンソックス

信託組織は決して完璧ではないが、従業員割引で利用できるスポーツ施設がひじょうにすばらしいことはA・Jも認めざるをえない。ソーンベリー郊外にあるターリントン・マナーは、二十五メートルプールと、最新のフィットネス器具類――サスペンショントレーナー、コアテックス、パワープレート――をそなえたジムとが自慢だ。サウナと熱気浴室《ラコニウム》、二十面ものテニスコートのほか、暖炉つきの露天風呂があって、昼食どきには中年女が暖炉の前でシャンパンを飲んでいる。

メラニーは週に三日、仕事を早めに切りあげてこのスポーツ施設を訪れ、ひとりで一時間ほどスカッシュボールに鬱憤をぶつけている。A・Jは少なくとも六つの見学室をのぞいてようやくメラニーがプレーしているコートを見つけた。汗だくになりながらまだボールを打っていて、ポニーテールが激しく揺れていた。ピンクのTシャツの左胸に黒いプーマがついている。ライクラ地のトレーニングショーツ、まばゆい白のシューズ、A・Jがティーンのころにテニスのウィンブルドン大会に出ていた女性選手たちがはいていたようなポンポンのついた白いショートソックスという服装のメラニーはとてもセクシーだ。そういえば、十代のころはよく女子テニスの試合を観ていた――母さんとペイシェンスがとてもおもしろがり、さんざん冷やかされたものだ。

アイザック・ハンデルがメラニーの住まいをつきとめるのはそうむずかしいことではないだろう。昨晩、庭にいた人影が頭をよぎった。それに、キャフェリー警部と、警部がアプトン・ファームの殺人事件について話したくなさそうな様子だったことも。

A・Jは階下へ行き、コートに通じるドアを開けた。彼の姿を見てメラニーがプレーをやめた――驚いた声をあげ、手をひと振りした。「A・J！　出ていって。お願い、見ないで。恥ずかしいから」

「恥ずかしい？　ゆうべ、あんなことをさせてくれたのに？」

「もう、やめて」彼女は隅に置いたバッグのところへ行ってタオルを引っぱり出した。それを顔の前に持ち上げて胸もとに垂らし、A・Jの目から体の一部を隠した。メラニーはリストバンドもしていた――それもまた、A・Jを一九八〇年代へと引き戻す昔なつかしい小道具だ。「ね、向こうへ行って――出ていってくれないなら、もうやめるわ」

「話があるんだ」

「話？」彼女は顔からタオルを下ろした。汗でマスカラがにじんでいる。「あらあら。ただごとじゃなさそう」

「メル、ごまかすのはやめよう。あの朝、きみは庭にいるものを見た。そして昨日の夜、私もそれを見た」

「ちがう」彼女ははっきりと首を振った。「わたしたちはなにも見てない。錯覚だったのよ――ふたりとも寝ぼけてたんだわ。睡眠不足、セックスのしすぎ、飲みすぎで。現にまだお酒のにおいがするもの」片腕を上げ、疑わしそうに脇の下のにおいを嗅いだ。「わたしの体からみたい。ほんと――ひとりでプレーしててよかった」

「私はゆうべは酔っぱらっていない。ま、一昨日はふたりとも酔っぱらっていたけどね。それに、仮にふたりとも錯覚したのだとしても――同じ幻を見たのは、そのことで不安を抱えている証拠だ。そして、不安を抱えているのは、ゼルダとポーリーンとモーゼスがそれと同じものを見たのではないかと、頭のどこかで考えているからだ。それに私は、背後にいる人間の正体がわかったとほぼ確信している――彼らの〝幻覚〟だか〝妄想〟だかと呼ぶことになる現象のね」

メラニーの目がますます丸くなった。「またハンデルだなんて言いださないでしょうね――勘弁して。本当に――」

「ゼルダの絵だけじゃない。彼が両親に行なったことだけじゃない。問題は……いやな予感がすることだ。どうか信じてほしい」

「その話はすんでいるでしょう」彼女は片手を突き出してコートから出ろと示したが、A・Jは一歩も引かなかった。

「なあ、メラニー――精神医療審査会の議事録を読んだんだ」

それを聞いて彼女の顔色が変わった。冷却中の金属のように瞳孔がわずかに収縮して目が厳しさを帯び、背をそらした。「はあ？　議事録を読んだ――それはどういう意味？」

「ハンデルの退院審査会でのきみの陳述を読んだんだ。きみが彼にあそこまで深くかかわっていたとは知らなかった」

「かかわる？　いったいなんの話？」

「まるで彼と毎日いっしょに過ごしていたような口ぶりだった。たとえば、こんなことを言っている――〝彼はつねに協力的だった〟とか〝服薬遵守《コンプライアンス》にまったく問題はなかった〟、〝彼の症状の性質と、移送後の安定性を維持するべく支援チームと毎日連絡を取り合うことの重要性を理解している〟、〝自身の犯した罪の重大性を理解し、深く悔いているという印象を受けた〟……まだ続けようか？」

メラニーの顔が火のように赤い。わずかに広がった鼻孔からゆっくりと息を吸い込んで気を鎮めようとしていた。

「続けようか、メラニー？　議事録を最後まで読んだが、でたらめもいいところだ――きみは一度もアイザックといっしょに過ごしたことがない。きみが彼に話しかけるのを一度も見たことがない」

「なんの話かわからない」苦い口調だった。「なにを言いたいのか、さっぱりわからないわ」

メラニーは肘で彼を突いて横を通り抜け、ドアロへ行った。バッグを肩に引っかけて一直線に歩き去った。

「メラニー?」A・Jは遠ざかる彼女のうしろ姿に呼びかけた。「メラニー——悪かった——言い争いはしたくないんだ」

「嘘ばっかり」

「ちがう。本当に、あんな言いかたをするつもりは……」

A・Jの声がしだいに小さくなった。彼女は女性用更衣室に達していた。背後をちらりと見ることもなくなかへ入り、乱暴にドアを閉めた。

買い物袋

考えてみると、寝泊まりする場所もないアイザック・ハンデルが十月の寒い夜をどうやってしのいだのか、キャフェリーには想像もつかなかった。入院中の患者は給付金を受け取っており、A・Jの話ではアイザックは現金をそうとう貯め込んでいたらしい。それでも、ホテルに部屋を取ろうにも苦労するはずだ。不安そうな統合失調症患者は、現金をどれだけ持ってようと〝満室〟だと言って断わられるにちがいない。イメージが頭に浮かぶ——暖かいベッド、食事。だれかがハンデルに手を貸してやっているのだろうか? 事件が起きたときはかならず施設内で停電が発生していたとA・Jは言った。その手のことを患者が自分ひとりでやってのけられるとは信じがたい。

だれか別の人間が関与している。キャフェリーはその考えを頭の片隅に収めた。それについてはあとで考えよう。

〈エイボンミア・ホテル〉の一室に立って、室内の様子を頭に入れた。シングルベッド、ベッドサイドキャビネット、チェスト、たんすを各一台押し込める程度の広さ。薄手のカーテン。持ちのいいコードカーペットは少し前に掃除機をかけたばかりのようだ。すべてがきちんとかたづき、整然としている。ベッドは布団が整えられ、衣類は一着もなく、スリッパがひと組置かれているだけだ。チェストに雑誌類が積み上げてある。キャフェリーはそれを繰ってみた——《ワットハイファイ》誌、《コンピューティング》誌、《コンピューター・ウィークリー》誌、家電量販店〈マプリン〉のカタログ二冊、工具店〈スクリューフィックス〉のカタログ一冊。テレビはなく、ｉＰｏｄ用のドッキングステーションが一台置いてあるだけだ。

ベッドサイドキャビネットを開けて、茶色の薬瓶を取り出した。抗鬱剤セロザット——ハンデルの名前が記されている。ハーストに見せたあと、瓶を振って空《から》だと示した。

ハーストは両手を大きく広げた。「私を見られても——精神衛生チームに言ってくださいよ」

「なるほど。その手の部署なら警察にもある。ＳＥＰ隊というんです」

「はあ？」

「〝我関せず《サムワン・エルスズ・プロブレム》〟、略してＳＥＰ」

ハーストは目を細めた。そうとうふてくされている。「こちとら警察に給料なんてもらってないんだから」と言った。「早期退職手当も年金もだ——物価スライド制かどうかに関係なく」

キャフェリーは薬瓶をキャビネットに戻した。ベッドの下を確認し、ベッドの底板とマットレスのあいだに片手を差し込んで探った。カーテンレールの上面を指先でなぞったあと、たんすのなかのなにも吊されていないハンガーをなでて音をたてた。なにを探しているのか、自分でもまったくわからない——そもそも、ハーストに対する見せしめだという以外、なぜこんなまねをしているのかすらわからない。ハンデルのような人間の何人が監視の目をすり抜けるのだろう。このような場所では日常茶飯事なのではないか。

手を止めた。ハンデルのたんすの底に、たたんだ買い物袋が重ねて置いてあった。しゃがんで片手を押し当ててみた。すべてホームセンター〈ウィックス〉の袋だ。ハンデルのような人間がホームセンターで買い物をしたとなると、とても心穏やかではいられない——彼が実の親に行なったことを考えればなおのことだ。

キャフェリーは買い物袋を残らず引っぱり出し、わざわざ一枚ずつ振ってみた。いずれも空《から》だったが、五枚目の袋に、ｉＰｏｄ用ドッキングステーションの箱——いまは空だ——と、それを買ったときのレシートが入っていた。

「客の大半は入院給付金で甘いものやポテトチップスを買ってますよ」

「そうでしょうとも」キャフェリーはそっけなく切り捨てた。「これは預からせてもらいますよ」

「保証書代わりに必要なのじゃないかな」

キャフェリーはしばしば彼の顔をまじまじと見つめた。

ハーストはそのうちに肩をすくめた。「どうぞお持ちください」

フレッド・アステア

午後七時十五分。A・Jは、落ち込む一方の気持ちを抱えて女性用更衣室の前のベンチに座り込んでいた。すでに自動販売機のコーヒーを二杯飲み、マーズ・バーを一本食べたので、あとは掲示板の掲示物を見ることと、床にこびりついているチューインガムを靴の先でこすり取ることぐらいしかやることがない。あれから四十五分が過ぎていた。そのあいだに何人もの女が更衣室に出入りした——うさんくさそうな目を向けるので、A・Jはとびきりの変質者になった気がした——が、そのだれも、メラニーではなかった。メラニーは完全にふてくされているか、更衣室の窓から出ていったかのどちらかだ。

A・Jは、自分の口にした言葉を、あんな言いかたをしたことを悔やんだ。謝罪のメールを三本送ったが、電波状況がよくないため、メールが届いたのかどうか、あるいはメラニーが彼のメールを無視しているのかどうか、知りようがない。もう一度メールを送るために携帯電話を取り出そうとした瞬間、更衣室のドアが開いてメラニーが出てきた。

あっさりしたウールの白いドレスに着替え、ファーつきのスエードブーツをはいていた。シャワーを浴びたらしく、髪がまだ湿り気を帯びている。ノーメイクなのに、心臓が止まりそうなぐらい美しい。

「メラニー——」彼は言いながら立ち上がりかけた。

だが、彼女は自分の口に人差し指を当てて首を振った。バッグを下ろし、三十センチほどの間隔を開けてベンチに座って、彼の顔をまじまじと見た。

「A・J」

「メラニー、私が悪かった」

「あなたが謝ることないわ——謝らなければならないのはわたしよ。たしかに嘘の陳述をしたんだもの。ただ……患者を見ていればわかることがあるでしょう。たった一度のあやまちのせいで精神科医療施設に入れられ、こっちの定めたどんな指示にも従うことによって繰り返し償いをさせられている患者は、退院して普通の生活を送るチャンスを与えられるべきだって。それなのに、ジグソーパズルの重要な一片が欠けているせいで——チェックを入れるボールペンの色をまちがえたというような些細なミスで、お役所仕事の巨大なエンジンが退院申請書を吐き出して却下するのよ。患者にはなんの落ち度もないのに、ふりだしに戻って更生サイクルを初めからやり直すはめになる」

　A・Jは両手を膝に置き、リズムを刻むように指先を動かした。どんな患者もチャンスを与えられるべきだというメラニーの意見には反対だ。うちの施設の患者の大半は、他人の生存権を奪っている——別の施設でなら〝殺人者〟と呼ばれる連中だ。なかには、社会復帰などまず不可能な者もいる。とくに、アイザック・ハンデルのように忘れがたい罪を犯した者はそうだ。

「A・J？　わたし、なにかまちがったことを言った？」

「いや、そんなことはない。そう考えるのも無理はないと思う。実績に関して信託組織がきみに課しているプレッシャーを考えればなおさらね」

　いま言ったのは〝手に負えない〟患者、長期入院患者、病床占有患者のことだ。身内が引き取りたがらないせいで社会へ送り返すことのできない患者たち。あるいは、精神科医療施設を出て現実社会における責任と向き合おうという気持ちがまったくないため、自身の退院を妨害する連中だ。そういう患者たちが精神保健制度の目詰まりを起こす。それを取りのぞくべく、ビーチウェイのスタッフには上からの命令が降り注ぎ、平均在院期間（ALS）を短くする必要を迫られる。

とくにメラニーは、絶えずその矢面に立たされているにちがいない。

「いいかい、メラニー。そのプレッシャーは私たち全員が感じている。うちの看護師やセラピストのなかに、患者をさっさと送り出すことにつながるならば少しばかり規則に反した行為に加担しようかという誘惑に勝てる者などひとりもいないよ。きみは——そう、きみはその気持ちをだれよりも強く感じているにちがいないんだ」

短い沈黙——次の瞬間、メラニーがうなだれた。

「まいったわ」みじめったらしい口調だった。「正直言うと、アイザックを見て……」頭痛がするとでもいうように、髪のあいだに指を入れて頭皮を押さえた。「ああ、もう——いいわ、正直に話すことにする。アイザックはもう何年も問題患者ではない、完全に規則に従っている、と思ったの——退院候補者にふさわしいって。ああ、くそっ」ブーツのヒールがベンチの下の格子にはまった。「墓穴を掘るって言うでしょう。あなたの言ったとおりよ、A・J——うちの庭にいたのはアイザックだった。ふた晩続けてね。いままで認める気になれなかったの」彼女は長いため息を漏らした。「さあ——もう言っちゃった。これで、わたしたちのちょっとした情事も幕引きになるんでしょうね。わたしを嫌いになったにちがいないもの」

「嫌いになった？　とんでもない！」彼は皮肉めいた短い笑い声をあげた。「きみを嫌いに？　まったく、わかってないなあ……」

「わかってないって、なにが？」

「メラニー」彼は首を振りながら言った。「いいかい、美人さん——私は頭がどうにかなりそうなほどきみが好きだ。きみのことを想うだけで、いつでも藤色の日のモンスター・マザーのような気持ちになる。朝食にソーセージが出ると聞いたときのモーゼスのような気持ちに。踊っているときのフレッド・アステアのように――夢中なんだよ。きみに」

「本当に？」

「言っただろう――きみの前では、哀れな意気地なしだよ」

　彼女は希望を宿した淡い笑みを浮かべた。あわてて洟をすすった――涙をこらえるかのように。「ごめんなさい――頭がどうにかなりそうで」

「わかるよ」

「それに、怖い。庭にいたのがアイザックだったとしても――どうして？　彼はどうしたいの？」

　A・Jは返事をしなかった。ある記憶が巨大看板のように頭に大きく浮かんだ――廊下を歩いていくメラニーを見つめるアイザックの姿が。

「いつでも警察に相談できるよ」おずおずと切りだした。

「それはだめ」彼女はうんざりした口調だった。「ひょっとすると、アイザックはあのまま……ほら、天空に消えるかも。とにかく――警察に相談するわけにはいかない。わたしのような立場の人間が精神医療審査会で嘘の陳述をしたことがばれたらどうなるか、わかる？　嘘をついたのよ？」

　A・Jは〝嘘をついた〟という言葉に顔を赤らめた。彼が今日どこへ行っていたのかをメラニーが知る由もないのに、びくりとした。大きな咳払いをした。膝を打つ指に力がこもる。

「じゃあ、彼が天空に消えないと仮定しよう。警察に相談するわけにいかないとしても、彼が私たちをつけまわすのを手をこまねいて見ているつもりはない。きみの家の庭にいたのはアイザックだったと思う。たぶん彼が退院していちばんにやったのは、きみの家をつきとめることだったんだ――かならず成し遂げると決めていたんだろう。いまのところ、きみの家は危険だ。いささかさしでがましいことを言うようだが――それに、どうか誤解しないでほしいんだが……」

「だが、なに?」

A・Jは躊躇した。どう切りだしたものかわからない。それに、それが正しいことなのかどうかもわからない。わかっているのは、メラニーを自分の目の届くところに置いておきたいということだけだった。

「私の家は――えー、私の家はきみの家よりもアプトン・ファームに近いが、アイザックは私の住んでいる場所を知らない。そこで、考えていたんだけど……しばらく、うちに泊まらないか? 状況が落ち着くまで。すべてが決着を見るまで。いや――愚かな申し出だ。いま言ったことは忘れてくれ。ただのひとり言だ。せめてどこかのホテルにチェックインして――とにかく、あの家から離れて――」

「A・J!」

彼は口を閉じた。メラニーは満面に笑みを浮かべ、完璧な歯並びの小さな歯を見せていた。

「いいのよ、A・J。ちっとも愚かなんかじゃない。むしろ、名案よ。ずっとペイシェンスに会いたいと思っていたの」

ウィックス

秋も深まり、日が短くなっているので、キャフェリーがブリストルの北のはずれにある店に着いたときにはあたりはかなり暗くなっていた。防犯カメラは店舗の出入口とレジに向いており、ほかにも三、四台が通路上方に設置されていた。店内は、室内装飾品、配管設備、電気製品、工具類という部門ごとに売場が分かれていた。少なくともふたつの部門にキャフェリーは不安を覚えた。詳細な報告書を読まなくても、ハンデルが両親に対して行なった行為にこの手の店で購入した道具が使われたことは想像がつく。

「店長に用だ」警備員に身分証をちらりと示した。「案内してくれ」

書類を山積みにされた小さなオフィスへ通された。キーラン・ボルトはひげをきれいに剃った小柄な男で、疲労のせいで目が赤かった。帰宅準備をしているところだったので、キャフェリーを見ていやな顔をした。目を細めてしばしレシートを見つめていた。「現金払いだな。このレシートから購入者の氏名はわからないよ」

「氏名は必要ありません」キャフェリーは言った。「それはわかっているので。この男がこれ以外に購入したものを知りたいんです」

「なぜ、ほかにも購入したものがあると思うんだ？」

「この店の空《から》の買い物袋が七枚あったので」

ボルトは驚いた顔でキャフェリーを見たあと、ふたたびレシートに目を向けて、なにか見落としたにちがいないとでも思っているのか、しげしげと見つめた。

「所属部署はどこだと言った？」

「重大犯罪捜査隊です」キャフェリーは、ホームセンターでの買い物に関して警察官が聞き込みに来る理由について考えをめぐらせている店長を見つめた。ようやく顔を上げた店長の目の奥に浮かんだ警戒の色を見れば、国家安全保障とかテロの脅威といったことを考えているのだとわかる。

「うちの店はただ商品を売っているだけだ。それをどう使うかなんて客に訊かないよ」

「あなたをなんらかの罪に問うつもりはありません。質問をしている、それだけです」

店長の考えていることは容易に読み取ることができる――彼は不安で、できるかぎりの協力をするつもりだ。「なんならレジ記録を確認しよう――ほかの買い物にクレジットカードを使ったのなら、記録が残っているはずだ。だが、現金で支払っていたら……」

「気にしないでください。防犯カメラの映像で本人を見つけますから」

ボルトは片手を額に当てた。

「なにか問題が?」

「いや。べつに――まったく問題ない。ただ……」彼は腕時計で時刻を確かめた。「いや――電話を一本かけさせてもらえれば大丈夫だ。つきあうよ」

防犯カメラの映像を観て探し出すのはとんでもなく時間がかかると言いたいらしい。店内には八台のカメラが配されているので、ざっと見積もっても二十一日分の録画映像があるうえ、月曜日から土曜日までの午前七時から午後八時まで営業している――さらに、日曜日も六時間、店を開けている。

「大丈夫です」キャフェリーは言った。「今夜は帰宅できますよ。約束します」

エデン・ホール

　A・Jがメラニーを伴ってコテージに帰ったとき、スチュワートが激しく吠えていた。ドアを開けたA・Jにも気づかなかった様子で、廊下に座り込み、頭をのけぞらせてふたりに吠え立てた。

「おい！　スチュウィー？　どうした――私だよ」A・Jはスチュワートの脇にしゃがみ込んだ。「どうしたんだ、スチュウィー？」

　スチュワートは吠えるのをやめ、すねた様子でA・Jの手のにおいを嗅ぎ、疑わしげな目でメラニーを見上げた。メラニーは警戒するようにスチュワートを見つめ、犬の届かない高さにバッグ類を持ち上げた。

「この子……かわいい犬ね」ためらいがちに口にした。

「本当に、いつもはこんなに吠えたりしないんだ」A・Jは耳のうしろをなでてやった。息が荒く、胸郭の下で心臓が激しく打っている。「昨日から様子が変でね。まる一日いなくなったあと、頭がどうかしたようなふるまいをして――わけがわからない。なあ、どうしたんだ？」

　スチュワートは興奮した様子で、床の上でくるくると円を描いている。そのうち大儀そうに座り込んで舌を垂らした。A・Jにはわけがわからなかった。「あとで外へ連れて行くよ――くたくたになるまで走らせてやれば、神経も鎮まるだろう。さあ――ペイシェンスに紹介するよ」

　ふたりはメラニーの荷物を居間へ運んだ。A・Jはあらかじめ電話を入れて、メラニーを泊める旨をおばに伝えておいた。ペイシェンスの返事はこうだ――

〝その気の毒な女に、わたしの料理を気に入ってもらうしかないと伝えておくれ。この家にエリートの食べ物なんか持ち込んでほしくない。レタスと空気しか口にしたくないっていうんなら、ウサギ小屋にでも行きなって〟。

A・Jはペイシェンスが〝気の毒な女〟と言ったことに気づいていた。彼とつきあうほど頭のおかしい女は本当にみじめな人間なのにちがいないというように。あるいは、ふしだらで自分のことしか考えていない人間だというように。あっさりしたウールの白いドレスを着て、蜂蜜色の髪を垂らしたメラニーがドア口を入るなり、ペイシェンスは口をあんぐりさせた。予想とはまるでちがっていたらしい。A・Jはつい、にんまりしていた。

「おやまあ」おばが立ち上がった。「メラニー。会えてうれしいよ」

メラニーと握手しながら、視線はゆっくりと舐めるように足もとから顔へと上がったあと、ふたたび足もとへと下がった。と、メラニーの手を放して一歩下がり、腕組みをして品定めをしたあと、問いかけるように眉を吊り上げた。喉の奥のほうで舌打ちをすると、頭をそらし、堂々たる腰を揺らしてキッチンへ行った。

「まったく!」A・Jはきまり悪くて頭を掻いた。

「申しわけない。どうやらおばは、この私の連れてくるのがまさか……えー……きみのようなすてきな女性だとは思っていなかったようだ」

「ぜーんぜん大丈夫」メラニーは両手を下ろした。ペイシェンスが触れた手のひらをそっとスカートでぬぐった。「気にしないで――気持ちはわかるから」彼女はためらいがちな笑みを浮かべて室内を見まわした。散らかり放題だ――手作りジャムの瓶がそこらじゅうに置かれ、野花をまとめて挿して窓台に置かれた牛乳瓶の水は茶色くなっている。キッチンへちらりと向けられたメラニーの視線は、スチュワートがむっつりと座り込んでふたりを見つめている廊下へ戻った。

A・Jの心は沈んだ。どうもまずい――まったくかんばしくない。

「メラニー、いいかい——よく来てくれたね。私たちはあまり会話上手ではないんだ。ペイシェンスに慣れるまで時間がかかるだろうけど——」

「聞こえたよ」ペイシェンスがキッチンからわめいた。「わたしがその女に慣れる必要があるって言うべきだろう」

　A・Jは力ない笑みを浮かべて首を振った。

「いま言ったとおり、あのうるわしきおばに慣れてもらう必要はあるけど、どうかゆっくりしてくれ。プライベートな場所が——ひとりきりになれる場所が——必要なら、母の私室だった部屋を使ってくれればいい」人差し指で天井を指し示した。「この真上にベッドルームとバスルームがある——完全な個人スペースだ。それに清潔だ——本当に。ここは散らかって見えるだろうけど、上は掃除してある——私が自分で掃除したから」

「それも聞こえたよ。朝食はいるのかい、いらないのかい？」

「朝食？」メラニーが小声でたずねた。「この時間に〝朝食〟？」

「この家のしきたりでね——私が仕事から帰ったら〝朝食〟なんだよ。それと、混乱しないようにね」自分の私室へ上がる階段を指さした。「あの階段の上は私の個人スペースだ——左右対称になっているけどね。あいだに壁が一枚あるだけだ」

　メラニーは目を上げて天井を見た——オーク材の梁を。「ドアはあるの？」

「ないよ」

「じゃあ、わたしのスペースからあなたの部屋へ行くには……？　一度ここへ下りてから、あっちの階段を上がるの？」

「そういうこと。それか、いっそのこと最初から私の部屋で寝てもいい」

万人が避ける男

紅茶のティーバッグのような小袋で淹れられたコーヒーは、表面に粒が浮いていた。だが、色と味は、キャフェリーがこの時間に必要とする濃さだった。明るすぎる蛍光灯に照らされた〈ウィックス〉の従業員室で、キャフェリーは砂糖を加えたコーヒーとビスケット四枚とを口にした。最近は、ものを食べるということを思い出す必要がある。うっかり忘れると、窓ガラスに映った顔を見てもそれが自分の顔だとは気づかず、生まれ持った分類癖ですぐさま〝四十代、ストレスの多い職業、独身〟と類別しているからだ。

どうやら既婚者らしく、家に帰りたがっているボルトがレジ記録を調べてくれたが、ハンデルという名前でクレジットカードが使用された記録はなかった。そこで、彼はいま、パソコンを防犯カメラの外付けドライヴに接続してくれているのだ。キャフェリーは上着を椅子の背にかけ、コーヒーを置いて、携帯電話を取り出した。A・Jが先ほどメールで送ってくれたハンデルの写真を画面上で拡大し、携帯電話をモニタに立てかけた。

そのドライヴには千五百時間分の録画映像が保存されているが、時間帯は絞り込むことができる。ハンデルが精神科施設を退院したのはほんの五十四時間前。彼が買い物をしたのは、それ以後、あの宿泊施設で最後に姿を目撃された昨夜までのあいだだ。その情報だけでも、莫大なデータを除外できる。さらに、iPod用ドッキングステーションを購入した際のレシートに印字されている日時は火曜日の午後五時。一か八かとはいえ、ハンデルがあの宿泊施設からはるばるこの店まで二度も来ることはないというほうに賭けてもかまわない。ドッキングステーションを買ったあとでなにか思い出して店内に戻ったか、あるいはその逆かのどちらかだ。逆のほうがありうる。袋に七つ分もの買い物を〝忘れる〟ことはないだろうから。

　レジに向いている防犯カメラの録画を早送りでスキップして火曜日の夕方の映像を観ると、案の定、ハンデルが会計待ちの列に並んでいた。携帯電話の写真と見比べる。Ａ・Ｊから聞いたとおり、しみだらけのスウェットパンツに、オレンジと茶色の縞柄のセーターという服装だ。とんでもなくふぞろいな髪形――どこか修道士を思わせる。ほかの買い物客を食い入るように見つめて、周囲の人間を不安にさせている――列のすぐ前の女に近づきすぎだ。女は不快そうな目で何度も肩越しにこっそりと見ている。

　そう――これでは、どこかのホテルに入っていって部屋を取るなど不可能だ。

　ハンデルは買い物袋をいくつか提げていた。どの袋も膨らんでいる。現に、ドッキングステーションの代金を支払うときには買い物袋を床に置かなければならなかった。彼が支払いをするあいだ、店員は不安げに何度か彼の後方へ目を向けている。おそらく、なんらかの事態が起きた場合にそなえて、警備員に目配せをしようとしているのだろう。だが、ハンデルは買い物袋をすべて持ち、そのまま店を出ていった。会計待ちの客たちが安堵の視線を交わした。

　キャフェリーは録画を早戻しでさかのぼった――ぼやけた姿で大急ぎに動く客たち、画面から出たり入ったりする店員たち。ほんの一瞬だけ立ち止まってレジ係や買い物客に声をかけ、次の瞬間には画面から消える。と、ドッキングステーションを買った十分前、ハンデルが会計待ちのレジに現われた。買い物袋はひとつも提げておらず、商品を山積みしたショッピングカートを押している。

　キャフェリーは映像を停止した。カート内の箱、リール、缶などの正体は、録画映像でははっきりわからない。彼は一時停止を解除し、普通の速度で再生した。

先ほどの映像と同じく、ハンデルはこの映像でも周囲の人間を不安にさせている。体は小さいが、彼の浮かべている表情のなにかが、周囲の人を気味悪がらせるのだろう。ひとりかふたりがショッピングカートを押して列の最後尾に並ぶものの、数秒ばかりハンデルのうしろにいたあと考え直し、カートを押して別のレジカウンターへ移動する。ある女の客など、買った商品をコンベヤベルトに載せはじめたところで気を変えた。実際、買い物をショッピングカートに戻し、買い忘れに気づいたとでもいうようにさりげない風を装って立ち去った。

キャフェリーは、レジ係がバーコードリーダーを通す際に、ハンデルの買った品物をまじまじと見つめた。また映像を停止した。紙がないので、シャツの袖口をめくり、画面に表示されている時刻を自分の腕に書き留めた。立ち上がり、キーラン・ボルトのオフィスへ行ってドアをノックした。

天使

ものごとがあまりに美しいと、口で説明しようとして、あるいはそれをとらえようとして、苦境に陥りかねないことがある。母親の死とそれにまつわる記憶のせいかもしれないし、たんに大人になったからかもしれない――理由はどうあれ、A・Jは、目の前に美しいものが現われれば、それを受け入れ、それがふたたび現われると信じることを学んでいた。その考えかたが、宇宙の叡智に関係のある〝ニューエイジ〟と呼ばれる思想だとしてもかまわない。それが彼の身につけた世界観だ。

ただ、その考えかたにはひとつ問題があった。なぜなら――窓から広大な緑地や、無限に続くかすんだ地平線を見るのは容易だし、それらの存在と恒久性を受け入れて信じることは容易だが――メラニー・アローがこの家の古びたキッチンテーブルについて、ペイシェンスの用意した朝食を午後九時に食べている光景など、とても受け入れられないからだ。とにかく信じられないし、その光景をわがものとしてどこかに封じ込めてしまいたいと思わずにいられない。もっと早くそうしたかったと思う一方で、いままで待ってよかったとも思っていた。母さんがこの部屋の隅に座って満足げな顔でメラニーを見ているようだ――息子がようやく正しいことをしたと喜び、誇りに思っているようだ。天使がこのコテージに腰を下ろしたようなものだ。その天使が彼を変身させる――より善い人間にしてくれる。

「もっとどうだい?」ペイシェンスは片手を腰に当てて立っていた。フライパンを手に持って、たったいま山盛りのソーセージと卵、ココナッツ〝バミー〟ケーキ、揚げカボチャをぞんぶんに食べたばかりのメラニーを見下すように眺めている。どうやら畑のカボチャが豊作らしく、ペイシェンスは最後の一片までメラニーに食べさせるつもりのようだ。言うまでもなく、ラベージ・ブランディも。メラニーのグラスを絶えず満たしてやっている。「もっと食べたくないかい？」

A・Jは口出しも邪魔だてもするまいと、マグカップに噛みつくようにしてコーヒーを飲んだ。母さんが生きていれば、今夜のペイシェンスは本当に生意気だねと言ったことだろう。ペイシェンスにしてみれば、メラニーは何年ぶりかで出会った挑戦しがいのある課題だった。おそらくケンプトンパーク競馬場で五十一倍の馬券を買ったとき以来だろう。甥が何年ぶりかで家へ連れてきたガールフレンドを〝審議〟でもするようにあれこれと詮索している。メラニーがどんな料理も臆することなく口にするので、ペイシェンスの負けだ。おばは、A・Jには胸と尻が大きく子どもを何人も産めそうな大柄な女とつきあってほしいと望んでいる。メラニーがなんでも食べるものだから、意地悪な目をした性悪女になっている。

「ダンプリングは？　コダラは？　コダラのミルク煮があるよ──ダンプリングといっしょにボウルに入れてあげようか？　なんならトーストを添えてやるから、浸して食べるかい？　自家製のラベージ・ブランディをもう少しどうだい？」

ペイシェンスの用意した〝朝食〟は、思い出せるかぎりで最大の栄誉をこのテーブルに与えようとしていた。メラニーはおいしそうに食べているが、限界はあるはずだ。

「ダイエット中だったはずなのに」とペイシェンスに向かって言った。「でも、正直、あなたの顔には〝ダイエット反対〟って書いてあるみたい」

メラニーはペイシェンスの機嫌をとろうとして言ったのだが、笑みを引き出すのではなく、さらに料理を皿によそわれる結果となった。ペイシェンスはにこりともせずに背を向けた——まだ挑戦を続ける気だ。メラニーは彼女の背中を見すえて、せっせと食べた。ときおりけなげな目で見るので、A・Jは励ますようにうなずいた。もっとくわしく説明したかった——〝これは入会式のようなものだ、メラニー。よくがんばっているよ。いつもこうだというわけではない……〟と。だが、彼女はすでにその答えを導き出したのかもしれない。職場でしか目にしたことのない勇猛さで目の前の任務に取り組んでいる。

　メラニーは皿の料理を平らげた。口もとを軽くぬぐって空《から》の皿を差し出すと、ペイシェンスは黙ってそれを受け取った。それ以上は料理を勧めなかった。

　メラニーがテストに合格したということだ。

リスト

〈ウィックス〉での支払いは現金で行なわれ、購入品の記録が残っていた。キーラン・ボルトはわずか二分でその記録を見つけ出した。彼とキャフェリーは無言で立ったまま、ハンデルがドッキングステーションの代金を支払った十五分前に購入した商品の記録に目を通した。ほかの人間にとっては、このリストはこれといった意味がないように見えるかもしれない。だが、ハンデルの犯行について知っているキャフェリーの目には、危険信号の箇条書きに見えた。

銅針金
ワニ口クリップ（七色）

弓のこ刃
カッターナイフ
ペンチ

ありがたいことに、重大犯罪捜査隊本部へ戻ったとき、警視はすでに帰宅していた——おかげで大げさに自己弁護をせずにすんだ。本部には人影がほとんどなかった。キャフェリーはブラインドを閉じ、デスクの上をかたづけた。部屋の隅に緑色の箱型ケースが六つ置いてある——資料課から借り出したアイザック・ハンデルに関する捜査資料だ。ケースをひとつ、デスクに置いた。フォルダーを開いて読みだした。

ハンデルは生まれた日からアプトン・ファームで暮らしていた。引きこもり行動と突然の感情爆発の度合いが増し、十二歳のときには、早くも学校側から注意を要する児童だと見られていた。学習障害児童専門の学校へ転校している。アイザックが問題児であることは周知の事実だったが、どうやら教師も社会福祉関係者も両親も、彼の危険性を理解していなかったようだ。気づいたときには手遅れだった。

マウスパッドの横に〈ウィックス〉のレシートの控えが置いてある。共通点が一目瞭然で、かえって現実のこととは思えない。まるで冗談のようだ。ペンを手に取り、リストのいくつかに下線を引いた。まずは——

〝カッターナイフ〟。

十一月二日、十四歳のアイザックは自宅の主寝室で両親の喉をカッターナイフで切りつけた。父親は抵抗したが、初期の心臓疾患を抱えており、思春期の息子にたちうちできなかった。アイザックは父親の顎の下を掻き切って無力化した。気管が切断され、食道も損傷を負っていた。アイザックは母親に対しても同じ凶行に及んだ。被害者ふたりは、首に開いた穴からしばらく息をしていた。まもなく失血により死に至る。

〝ペンチ〟。

喉を掻き切ったあと、アイザックは両親にさまざまな狼藉を働いている。何時間も死体と過ごした。すでに死んでいるのに、顔を切り、耳を切り落とした。舌も切り取り、歯を何本か――病理学者の見立てによれば、プライヤーレンチを使って――抜いた。〈ウィックス〉のレシートに記載されているようなペンチだろうか。

　ハンデルが死体から取り去ったものは犯罪現場ではいっさい見つかっていない。今日に至るまで、死体の一部は発見されていない。捜査に当たった警察官のなかには、アイザックが窓から投げ捨て、野生動物がそれを食ったのだろうと見ている者もいた。アイザックが現場からなにかをまんまと持ち出すことができるとすれば、自分で食べたからにちがいない、と主張する捜査員もいた。だが、アイザックが医師の診察やレントゲン撮影を受けたという記録はない。胃のレントゲン写真を撮っていれば、少なくとも歯は映っただろうに、とキャフェリーは考えた。だが、英国じゅうのどこの警察も、犯罪現場を目にした鑑識官の見解を頼りに――しかも、心神喪失による無罪抗弁が行なわれる事案に対して――捜査を深く進めるために乏しい予算のなかから金を出すことなどしない。捜査に金が注ぎ込まれたのはミスティ・キットスンの失踪事件だけだ。

〝銅針金とワニロクリップ〟。

　発見時、グレアム・ハンデルと妻のルイーズはあおむけに倒れ、口を大きく開けた状態だった。息子がペンチで歯を抜いた際に筋肉が痙攣を起こした結果かもしれない。口腔は、写真で見ると黒く、血まみれだ。病理学者は報告書のなかで、犯罪現場の〝状況〟により作業に遅延が生じたため正確な検死は不可能だ、と繰り返し述べている。すぐに検案を行なえなかったので結論の多くは推測に基づくものだ、と。推測しうるかぎりでは、ミセス・ハンデルが息を引き取るまでの時間は三十分以上、ミスタ・ハンデルはもう少し短い――十八分から二十分だろうか。また、ふたりの口が開いていたのが死後硬直によるものかどうか——あるいはアイザックが死体の口を開けたのかどうか——については断定はできない。現場に駆けつけた者たちが死体に近づけなかった〝状況〟については、各部署の報告書に記されている——鑑識班、最初に到着した警官、捜査責任者（ＳＩＯ）。それらを読んでキャフェリーはますます落ち着かない気分になった。

ドアとふたつの死体とのちょうど中間の位置に、アイザックは長い銅針金を一本張っていた。最初に到着した警官がそれをめざとく見つけ、ただちに軍の爆弾処理班に通報した。彼らがソールズベリーから駆けつけて現場の安全を確保するのに九十分を要した。爆弾処理班の説明によれば、そうと知らずにだれかが現場に足を踏み入れれば、化学爆発が起きて主寝室じゅうから火が出ていたにちがいない、という。爆弾をしかけた犯罪現場。じつに頭がいい。

鑑識班の報告書を読み終えると、キャフェリーは最後のページを下にしてケースに戻し入れ、ふたをして、考えをめぐらせた。なにかがちがう——矛盾というか不調和というか、はっきりと指摘はできないが……親指でこめかみを押さえ、意識を集中しようとした。それでも、違和感の正体をつきとめることはできなかった。

アイザック・ハンデルの写真を手もとへ引き寄せた。目を見ればそいつが悪党だとわかると言う人は多いが、キャフェリーはときおり、自分には重要な能力が欠けているのではないかと思うことがある。警察官として長い年月のあいだに殺人犯やレイプ犯や児童殺人犯を何人も見てきたというのに、殺人者の目をのぞき込んで悪党だとわかったためしがないからだ。アイザック・ハンデルの目の奥にはなにも見えない。まったくなにも。まるで、虹彩の奥に、なにものをもってしても貫くことのできないバリアが張られてでもいるようだ。

またしても、あの報告書になにが欠けているのだろうかと考えた。答えが思い浮かばないので、椅子に背を預けて腹の上で手を組み、順を追って考えることにした。

考えろ。ハンデルが回復していない証拠も、彼が自分や他人を傷つけるおそれがあるという証拠も、すべてここにある。

仮に、ビーチウェイ重警備精神科医療施設で起きた事件はあまり重要ではないとする。

仮に、アイザック・ハンデルを見つけ出すことが最重要だとする。

仮に、ゼルダの再解剖が行なわれるまでは警視がこの事案に殺人事件捜査としての予算を計上したがらず、精神科施設の亡霊騒ぎに興味を示そうとしないとする。

以上すべて、地道に進めざるをえないことを意味する——自分ひとりでハンデルを見つけ出すしかない。

そして、人生における多くのことと同じく、一から見直すのが最善だ。

スチュワートとさまよえる星

メラニーはまだ満腹で体が重く、動作が緩慢だった。彼女とＡ・Ｊのこの夜のセックスは、いいところを見せようとするのではなく、無人島にでもいるみたいにのんびりとくつろいだものだった。長い時間に及んだ——言葉も交わさずに。ことを終えると、驚いたことにメラニーは彼の隣で身を丸め、救命ボートにしがみつくかのように彼にしっかりと抱きついた。Ａ・Ｊは彼女を見つめているうちに——彼女の顔を仔細に観察するうちに——眠りに落ちた。目が覚めたとき、あおむけで片腕を横に伸ばした姿勢のままだった。

メラニーは彼の腕枕で横になっているもののまだ起きていて、Ａ・Ｊをつついていた。

「A・J？　A・J？」

「うん？　なんだ？」彼は目をこすり、肘をついてわずかに身を起こし、朦朧とした意識のまま室内を見まわした。アイザック・ハンデルのことが真っ先に頭に浮かんだが、カーテンは閉まっている。「どうした？」

メラニーが耳にキスをした。彼女は温かいオレンジとシャンプーのにおいがする。「ねえ、誤解しないでね。意地悪だなんて思われたくないんだけど、スチュワートを階段に出してくれる？」

スチュワートはドアの脇という定位置で寝そべっている。やはり起きている――その目はA・Jとメラニーに注がれていた。「スチュワートを？　なぜ？　あいつがなにかしたのか？」

「なにもしてないわ」メラニーがかすかに身を震わせた。ティッシュで鼻先を押さえる。洟をすする。「あの子、草地に行っていたのかしら――わからないけど――アレルギーが出ちゃって」

いくら寝ぼけていても、アレルギーというのが嘘だということはA・Jにもわかった。完全に上体を起こして、真剣なまなざしで彼女を見た。「メラニー？　それは本当か？　いまは秋だよ」

「本当よ――悪いけど、スチュワートのせいだと思う……」

A・Jはスチュワートを見やり、その目をメラニーに転じたあと、わけがわからずに、またスチュワートを見た。だが、とにかくベッドを出てスチュワートを階段へ出し、ドアを閉めてからベッドに戻った。

「ありがとう」メラニーが身をすり寄せた。体が冷たく、鳥肌が立っている。呼吸の音を聞けば、鼻が詰まってなどいないとわかる。「ありがとう」

「本当はどうしたんだい？」とたずねてみた。「きみはアレルギーなんてないだろう」

彼女は身動きするのをやめ、罠にかかった動物のようにじっとした。彼女の胸郭がゆっくりと上下するのがわかる。

「メラニー？　どうした？　なにか見たのか？」

「ちがう――本当に。アレルギーよ」

「嘘はやめろ。こっちは正直に話してるのに」

長い沈黙が続いた。そのうち、彼女が首を振った。

「いやよ。頭がどうかしたって思われるもの」

「話してごらんよ」

「眠れなくて――」

「当然だ。それに、ゆうべはあんなに食べたしね」

「そうじゃなくて――いつ目を開けてもスチュワートが起きてて。あなたの言ったことが頭から離れなくて――ほら、スチュワートが……」彼女は唾を飲み込んだ。「いなくなったって話よ。ねえ、Ａ・Ｊ？　スチュワートはなにを見たんだと思う？」

　Ａ・Ｊは怪訝な顔でメラニーを見下ろした。彼女は本気でそんなことを考えているのだろうか？　冷徹で現実的で仕事の鬼のようなメラニー・アローが？　メラニーは本当にまいりかけている。

「いいかい」Ａ・Ｊは彼女の額にキスをした。「ここにいれば、きみは安全だ。それは約束する」

　彼女は弱々しい笑みを浮かべた。「約束。約束。指切りする？」

「指切りでも、胸に十字を切って神かけて誓うことでもする。とにかく、もう寝よう」

　そのうち彼女は本当に寝入った。Ａ・Ｊも。夢も見ない深い眠りだった――ふたりとも疲れきっていたので、目覚まし時計が鳴っているあいだも眠りつづけていた。スチュワートが哀れっぽい声で鳴きながらドアを引っかく音で、ふたりはようやく目を覚ました。飛び起きて、あわてて身支度した。ペイシェンスはまだ眠っていたが、夜中に起き出してコーヒーを淹れ、レンジに置いてくれていた。Ａ・Ｊがメラニーに注いでやり、自分もドア口に立ったままマグカップで飲みながら、野原へ用足しに行ったスチュワートを見ていた。

スチュワートはいったいどうしてしまったのだろう？　メルの言うとおり、本当になにかがおかしい。小便をすませたスチュワートは、餌を食べるためにコテージへ駆け戻ってくるでもなく、向き直って森の方向をうかがっている。

「だめだ」A・Jは首を振った。「二度とだめだ、スチュワート。ほら、戻ってこい。いますぐにだ」

スチュワートはその命令に従うかどうか決めかねているようだった。行きたそうな顔で森を見つめたあと、ちらりとA・Jを振り向いた。

「いますぐにと言ってるんだ、スチュワート」

ようやく食欲が勝利したらしく、スチュワートは命令に応えて駆け戻った。ゆうべベッドルームを追い出されたことを恨んでいるのだとしても、そんなそぶりも見せずに餌をがっついた。A・Jはしばらく思案顔でスチュワートを見つめていたが、やがてマグカップを洗い、二階へ向かった。

メラニーはすでにシャワーをすませて着替え、A・Jのベッドルームの窓ぎわの椅子に座ってハンドバッグの中身を調べていた。セーラー襟と小さな黒いリボンのついた白いブラウスを着て、顎のつけ根あたりまで垂れ下がった銀のイヤリングをつけている。彼が入っていくと、あわててハンドバッグから手を出した。だが、彼女がなにをしていたのかを目に留める間はあった。

A・Jはハンドバッグを見た。「ブレスレットはまだ見つからないのか？」

「ああ」彼女は肩をすくめた。「ちがうの――そうじゃなくて……気にしないで。この世の終わりってわけじゃないし」

「つらいだろう、それほど大切なものをなくすと」

メラニーは目をしばたたき、まだ彼に笑みを見せている。だが、無理をしているのがわかる。水面下に潜むものが顔を出さないように押さえつけているのだ。

「メラニー?」

「うん」彼女は明るい声で応じた。さっと立ち上がって彼に背を向け、中身をハンドバッグに戻し入れはじめた。「もう出ないと、A・J。出かけないと——世話をする患者がいて、切り盛りする病院があるのよ。さあ、行きましょう」彼女は依然A・Jには目を向けずに片手を上げて指を鳴らした。「さあ、行くわよ《バーモス》、ベイビー」

浴槽

A・Jの頭は悪さを働いていた——思考がA・Jの望まない場所へばかり飛んでいくのだ。メラニーはまだジョナサン・キーを想っているのだろうかと考えていないときは、なぜキャフェリー警部から連絡がないのだろうかと考えていた。電話をくれるとは思わないが、なんらかの形で連絡を取りたい。最新の情報を知りたい。警部と交わした会話が心にわだかまっていた——おまえはアプトン・ファームで起きたことを本当に知らないのか……。

出勤するなり、メラニーに断わりを言って、A・Jはまっすぐハンデルの部屋へ行った。この部屋にはまだ急性期病棟から新しい患者は移ってきていない。A

・Jはドアの錠を開けてなかへ入り、だれかに見とがめられないうちにドアを閉めて錠をかけた。退院前病棟の病室は、社会復帰あるいは中度警備施設への移送を控えた低リスク患者が使用する。患者は家具類を置き、ポスターを貼ることも許されている。リスク評価済みの患者のなかには、続き部屋に浴槽を置いている者もいる。ハンデルは許可を得て浴槽やハンガーを持ち込み、ベッドの上方に読書用のスポットライトまで取りつけていた。

　室内は次の患者を迎える準備が始められていた。運び込まれた清掃用具が隅に置いてある。窓の下には、ごみを詰めたごみ袋がふたつ。A・Jはしゃがんで中身を調べだした。不審なものはない――入っていたのは、菓子類の包み紙や、腐ってかびの生えたリンゴ、雑誌類、着古された下着類。

　患者たちはものを隠すことに長けている――だが、煙草や薬物といっただれもが予想するものを隠すことはめったにない。たいがいは食べ物だ。A・Jがこれまでに枕カバーの下やたんすの裏、果ては紐をきちんと結んだトレーニングシューズのなかから、かびの生えかけたケーキやピッツァといった〝埋蔵物〟を発見した数はかぞえきれない。患者が気まぐれに、汚れた衣類を宝物のようにしまい込むこともある。一度など、ねばつくものをみっしり詰め込んだ古めかしい陶器の指ぬきを見つけたことがある。ボールペンの先を刺して数秒ばかり掘ってみたところでようやく、患者が集めた耳垢を詰め込んでいたのだと気づいた。ビーチウェイで働いているからこそ、そんな目に遭う。

　ごみ袋の中身を調べてもこれといったものが見つからなかったので、マットレスの上に腰を下ろして室内を見まわした。壁は、アイザックの貼っていたポスターがはがされた箇所にわずかに粘着剤が残っている以外、なにもない。カーテンは一箇所が破れている――

覚えておいて、保守係に修理を頼まなければ。シャワールームのドアが開いており、A・Jの視線は一定のリズムで水滴を落としている洗面所の蛇口に向いた。バスルームは、破壊できないように、〝紐をかける場所〟がひとつもないように設計されている――言い換えれば、患者が首を吊る場所はどこにもないということだ。蛇口やドアの把手はすべて、床に向かって湾曲している。病室内のバスルームは看護スタッフにとって恐怖のブラックホールだ。入ってみると、たいがい便器の水を流していないままなのだ。人間機能の残骸が無神経に放置されているのは日常茶飯事。鼻くそで――男の患者の場合は別の分泌物で――くっついたティッシュ。陰毛、かさぶた、嘔吐物。これ以上なく潔癖な強迫性障害の患者でさえ、ことバスルームに関しては盲点があるらしい。

しばらくバスルームのなかをうかがううち、頭の歯車がゆっくりとまわりだした。立ち上がり、室内を横切ってバスルームのドア口へ行き、照明のスイッチを押した。

ありがたいことに、清掃係がすでに仕事を終えていた――漂白剤のにおいがするし、磨かれたばかりのシンクに照明が反射している。窓から管理区域が見渡せ、そこの部屋のひとつふたつに明かりがついているのがわかる。雲が低く立ち込めた空は、いまにも雨粒を落としだしそうだ。外は夕方かと思うぐらい暗い。A・Jはつま先を使って浴槽の前面パネルをすばやく押してみた。パネルはたわんだあと、音をたてて元に戻った。しゃがんで、プラスティックのパネルと浴槽との境目に手を這わせた。人差し指が破損箇所を見つけた――パネルの右上隅、蛇口のある側の取りつけ具がなくなっている。

ズボンのポケットから鍵束を引っぱり出し、柔軟性などないプラスティック板というすぐに折れそうなキーホルダーを使って、てこの要領でパネルの右上隅を慎重に浴槽から引きはがし、すきまをのぞき込んだ。浴槽のガラス繊維の底が見えるものの、それ以外はなにも見えない。携帯電話を取り出して懐中電灯アプリを開いた。右手をパネルと浴槽のすきまに差し入れ、腕を使って空間を広げると、その暗いすきまに懐中電灯アプリの光を当てた。

底になにかが押し込まれている。アディダスのロゴが入った大きな旅行バッグだ。Ａ・Ｊは歯を食いしばった――手を伸ばし、指先で持ち手をつまんでバッグを引き上げた。だが、そっくり外へ引き出すことはできそうにない――このまま前面パネルの裏でバッグを開けて中身を取り出すしかない。手もとまで引き上げると、懐中電灯アプリの光で照らしておけるように体勢を変えてから、ジッパーをつかんだ。

ジッパーを引くと、スライダーが動いて務歯を離していく手ごたえを感じた。バッグのなかから悪臭がする――汚れたまま放っておかれた衣類のようなにおいだ。この手の施設でたった一日でも働けば、患者がとんでもない場所にとんでもないものを溜め込むということが身をもってわかる――目視できない場所には絶対に手を突っ込んではならない、ということが。そこで、Ａ・Ｊは携帯電話をさらに近づけ、目を細めてすきまをのぞき込んだ。

目に入ったものに驚いて、あわてて手を引いた。前面パネルが大きな音をたてて閉じ、彼はその場に座り込んで肩で息をしていた。

旅行バッグ

キャフェリーは電話の音で起こされた。夜が明けて、オフィスのソファに横たわっていた。はっと身を起こし、携帯電話だ、フリーからだ、と考えた。だが、そうではなかった。鳴っているのは内線電話だった。寝返りをうってデスクの電話に手を伸ばした。受付からだった――またA・Jが訪ねてきたのだ――話があるらしい。

「五分待ってもらってくれ。下りていく」

ネクタイをゆるめ、しばらく座ったまま顔をなで、自分がどこにいるかを思い出した。アイザックに関する資料が周囲の床に散らばっている――読んでいるうちに眠ってしまったのにちがいない。大部屋オフィスでは三人の民間人職員が早くもデスクについている。彼らが出勤してきたのにも気づかずに眠りつづけていたらしい。五日前の夜にジャッキー・キットスンがブラウンズ・ブラスリーに入ってきて以降、夜にちゃんと眠ったのは初めてだ。

携帯電話を取り出し、フリーからメールか電話があったかと確認した。どちらもなし。まあ当然か。しばらくして立ち上がった。ミスティの写真を見ないようにした――まるで、別のことを考えていたのを恥じているかのように。いちばん上のひきだしに予備の歯ブラシを見つけたので、男性用トイレで手早く簡単に顔を洗ってからA・Jに会うべく一階へ下りていった。

A・Jはアディダスの大きな旅行バッグを手に、受付の前に遠慮がちに立っていた。気のせいだろうか、それともA・Jの顔色は実際に昨日よりも悪いのだろうか？

「会っていただき、ありがとう」キャフェリーのオフィスへ向かいながらＡ・Ｊが言った。「なにも問題ありませんか？」

　キャフェリーは肩をすくめた。Ａ・Ｊに椅子を引いてやった。モニター室では別の事件のブリーフィング中だ——音声をさえぎるため、やむなくドアを閉めた。

「昨夜、検死官と話をしました——ゼルダの再解剖をしてくれるそうです」

「では、調べてくれますね？」

「すでに着手しています。昨日、アイザックが滞在しているはずの宿泊施設を訪ねました」

「それで？」

「彼はそこにいません。一昨日から姿が見えないらしい」

「くそっ」Ａ・Ｊはどさりと座り込んだ。「くそっ」

「気持ちはわかります」キャフェリーは腕時計でまた時刻を確かめた。こんな時間まで眠るつもりではなかった——これでは遅延が生じる。「彼の所在はわかりませんが、いくつか追ってみたい線はあります」視線が下がって旅行バッグに向いた。「そのバッグになにか重要なものが入っているようですね」

「そうです……いや、断言はできない。重要かどうかはわかりませんが、見つけたんですよ。ハンデルのバスルームに隠してあったんです」

　彼は旅行バッグを持ち上げてデスクに置き、ジッパーを開けて中身を取り出した。キャフェリーは眼鏡をかけ、よく見ようとして椅子を前へ出した。悪臭をとらえ、片手で鼻を押さえた。「うわっ。ひどいにおいだ」

「そうなんです。申しわけない。持ち出してよかったのかどうか——盗品所持ということになるのかどうか——あるいは証拠品かなんかになるのかどうか、私にはわかりません。見つけた場所にそのまま置いておくほうがよかったのかもしれません——でも、そうしなかった」

「そうしてほしかったですね」キャフェリーは窓を開けようと、椅子をデスクから後退させて立ち上がった。

「あなたが見たがると思ったもので」

「なぜ見たがるんです？」

　Ａ・Ｊは不安げに身じろぎした。上着のポケットに両手を突っ込み、足もとを見つめた。「わかりません」力のない口調だった。「これからハンデルのＤＮＡを採取するんじゃないかと思ったんです。可能性はあるでしょう？」

「そうですね」キャフェリーは窓を最大限に開けた。朝の冷気が室内に入ってきた。「たしかに可能性はある」

　ふたりは無言で立ったままデスクの上のものを見つめていた。山のような人形。さまざまなプラスティック片や布片で作られた不気味な代物ばかりだ。大半が本物のような目をつけられている――手芸店で売っているプラスティック製の小さな目だ。人形が動くたびに、カエルの目のような動きで開いたり閉じたりする。何体かは、目の位置を糸でかがってあった。一体は、左は普通の目だが、右目の位置には赤い飴玉が縫いつけてある。

　一体ずつ異なり、それぞれがどこか悪そうだ。女の特徴をそなえた人形もある――紐で作った長い髪、編んだ毛糸を縫いつけた粗雑な乳房。男の人形は、手芸店で売っている小さな部品がつけられているか、かぎ針編みの小さな袋をぶら下げられている。目と口に小さく切った粘着テープを貼られた人形もある。両腕を背中にまわして園芸用の糸で縛ってある人形もある。何体かは不気味な小さな歯をつけられている――貝殻か模造真珠で作ったものかもしれないが、キャフェリーには判断がつきかねた。ピンクのサテンのクッションに安置されている人形もある。中世の聖人や兵士がよく墓石に描かれたように、胸の上で手を組んでいる――勇敢、神聖、殉教者の徴だ。

「これが彼のバスルームに？」

「そうです。浴槽パネルの裏に隠してありました」

「ひどいにおいですね。だれもこの悪臭に気づかなかったのですか？」

「事情を汲んでいただかないと。なにしろ、どうしてもぬぐい去ることのできないほど不快なにおいが絶えず漂っているのは、精神科医療施設では日常茶飯事ですから。そのような場所を一度も訪れたことがないなどと言わないでくださいね」

キャフェリーは頭を一方に傾けた。「不快な場所であることは認めましょう」

「それに、みんな、アイザックの悪臭には慣れっこでした。とくに彼の入院当初は。これらは――」彼は、それらをどう呼んだものか言葉が思い浮かばないというように、片手を振って人形の山を指し示した。「これらは彼が作ったものです。入院中、彼はひたすらこれらを作っていた。いつもひとつふたつを持ち歩いていた――手放させることはできなかった。絶対に。私たちはあきらめました。アイザックの脇の下に長時間はさまれていれば、これと同じにおいがしますよ」

彼はリングバインダーから破り取った紙片を広げてキャフェリーに差し出した。ひじょうに小さく几帳面な文字で数行の書き込みがある。キャフェリーは紙片の文字を見つめた。ひとつふたつは聖書を典拠とする文言だ。

〝悪事を働くなかれ〟。

〝怠惰と放縦を回避せよ〟。

「それはポーリーンが自分の太ももに記した言葉です。こっちはゼルダが記したもの。そしてこれが……」

彼はいちばん下の行に指を置いて軽く打った。

〝女にみだらな目を向ける男は頭のなかで姦淫を

犯している〟。

「これは、モーゼスが眼球をえぐり出す前に自室の壁に書いた文言です」

　キャフェリーは重々しくうなずいた。目を上げると、A・Jがまばたきもせずに見つめていた。

「それまでは少しなりとも迷いがあったにせよ――これらを見た瞬間に考えたんです……」

「あなたがどう考えたのかはわかります」キャフェリーは出かけたかった。それもいますぐに。「一応言いましょうか？　いま、私もまったく同じことを考えています」

アプトン・ファーム

A・Jが重大犯罪捜査隊本部を出てまもなく、キャフェリーは検死官ビアトリス・フォクストンから電話を受けた。ゼルダの再解剖を終えたが、新たな結論を導き出すことはできなかったらしい。ときにはたんにお手上げということもある、と言った。確かなことはわからない、と。

　べつにかまわない、とキャフェリーは心のなかでつぶやいた。どのみち、捜査資料に書かれていたことやA・Jから聞いた話は、ハンデルのことをもう少し調べてみるのに充分な材料だ。ニトリル手袋をはめて――証拠物件を汚染する不安もさることながら、自分の手を清潔に保ちたいからでもある――人形を旅行バッグに詰め込んだ。鑑識官にもらった袋に旅行バッグごと収めて車まで運んだ。それをトランクに放り込み、運転席につく。エンジンをかけてから数分後、においを嗅いでみる。あの人形の悪臭はしない。よし。車のギアを入れて発進させ、駐車場を出た。

　ハンデルが両親を殺害した一九九〇年代には、村の駐在巡査なるものがまだ存在していた。警察署を置くほど大きくない村には、警察所有の官舎に住み込みの巡査をひとり配置する。玄関を一歩出ればそこが巡査の担当地区だ――巡査はその村の住民だけではなく、村周辺の各通り、各農場の住人たちのことも知っている。駐在巡査なら、アイザックとその両親のことをよく知っていたはずだ。殺人事件発生当日の警察手帳のコピーには、現場近くの公衆電話から村の駐在所に通報があった旨が記されていた。駐在のハリー・ピルスン巡査部長は十分後には現場に到着したらしい。

　あの殺人事件以降、アプトン・ファームは三度、所有者が変わっている。三キロあまり離れたところに住んでいる現在の所有者夫妻は五年前にそこを買い、休暇用の別荘として貸し出している。キャフェリーは鍵を借りるべくその夫妻の家へ寄った。夫は留守だったが妻が在宅だった。四十がらみ、怒りをたたえた目、なにかに挑むような都会風の髪形。田舎住まいは、田舎生まれだからではなく、景観の美しさが理由のようだ。家のそこかしこに、都会の人間があこがれるたぐいの田舎生活の断片があふれている――オイルスキンの防水服、デザイナーブランドの長靴。壁にかけられた絵はいずれも、それを描いた自意識過剰な職人的芸術家《アルチザン》の顔が見えるようだ。キャフェリーの褒め言葉を期待しているのだろうが、昔この手の女を知っていた彼としては、この年になって嘘を言って時間を無駄にしたくはなかった。コーヒーの誘いを断わり、アプトン・ファームの鍵を貸してほしいと頼んだ。

「あそこは年じゅう貸し出しているのですか？」

彼女は短い笑い声をあげた。おもしろがっているのではない。「年じゅう貸し出そうと努めてるわ。借りる人がいればの話だけど。この地域は休暇旅行の人気の目的地のはずなのに、今年貸し出したのはたったの六組よ。そのうちふた組は、ひと晩泊まって気を変えた。出ていったあげく、金を返せって」彼女は首を振った。「売りに出したいけど、だれが買いたがる？　そんなの、あの家の歴史を知らないわたしたちみたいなロンドン出身の愚か者だけよ」

寒くじめじめした日だ。低い雲のように崖にしがみついて谷に線を描いている赤やオレンジ色の森から、幾筋もの霧が立ちのぼっている。キャフェリーは暖房を最強にして、ところどころに待避所はあるものの車一台が走行できる道幅しかない裏道を走った――この道に不慣れで、反対側から近づいてくるトラクターに出くわしたドライバーは気の毒なことだ。助手席には、殺人事件当日のピルスン巡査部長の報告書。ピルスンがまだこの近辺に住んでいるかどうかを、重大犯罪捜査隊の部長刑事のひとりが確認中だ。住んでいるなら、くわしい住所をメールで知らせてくれることになっている。

一九九〇年代、大手電話会社がまだ携帯電話の電波塔を設けていなかった田舎の奥地には公衆電話ボックスがあった。ピルスン巡査部長への通報は、アプトン農場《ファーム》のすぐ南側の公衆電話ボックスからのものだった――車で農場の母屋の前を通りがかった女が異変に気づいたのだ。そのまま走り、電話ボックスを見つけて通報した。女は住所氏名を述べたが、捜査チームが目撃者である彼女を探し出そうとしたところ、その住所は存在しないことがわかった。女が嘘の住所を告げたか、ピルスン本人が認めているとおり、書き留める際に誤ったかのどちらかだ。警察はマスコミを通じて通報者に名乗り出てくれるように訴えたが、反応はなかった。結局それが、このきわめて明白な事件における唯一の未解明点となっていた。

アプトン・ファームはこの地域でもっとも高い地点にあり、そこへ近づくにつれて雲が厚くなった。大気が白くなり、視界が悪くなった。森林委員会の管理する鬱蒼とした松林の西側をまわったあと、車首を北へ向けた。農場に近づくあいだに雨粒が落ちはじめた。ヒマラヤ山地に踏み入ったような気がした。道路脇の看板には〝アプトン・ファーム・コテージ――休日ご利用いただけます〟と書かれている。

キャフェリーの住んでいるあたりと似ている――ただ、こっちのほうが標高が高く、孤立している。私道に入ると家が見えてきた。青みがかった灰色の頁岩で建てられた、エドワード朝様式の威厳ある三階建て家屋だ。スレートで張り替えられた屋根、ペンキを塗り替えられた窓枠。窓のきらめくガラスには周囲の針葉樹が完璧に映っている。コンクリート敷きの中庭をはさんで、コールタールで防水処理された木材で建てた大きな納屋が二棟あった。その背後に雲が近づいていた――遠くに望めるはずの丘陵地帯が、移ろう雲の白い壁にはばまれて見えない。

キャフェリーは母屋の前に車を停めた。そのあたりのコンクリートは掘り返され、調和の悪いヨーク石の厚板が敷かれている。玄関ドアの両側に月桂樹の鉢植えがひとつずつ置いてある。玄関口の左手に置かれたエドワード朝様式のブーツの泥落としが、この光景を完璧にしている。優雅な田舎暮らし。

玄関ドアの錠を開けてなかへ入った。家具のつや出し剤と芳香剤のにおいがした――そこかしこにドライフラワーを飾ってある。階段には磨き込まれたオーク材の手すりがつけられ、上階まで踏み板の中央部分に耐久性の高いコードカーペットが敷かれている。あらかじめ犯罪現場の写真を携帯電話に転送しておいたので、玄関ホールの写真を開いて、目の前の光景と比較した。一九九〇年代、この階段はペンキを粒状仕上げにしたような柄の壁紙を張った手すりに囲まれていた。いまキャフェリーが立っている位置にあった壁に、血による手形がついていた。

その手形が完全に一致した。ハンデルが両親を拷問のうえ殺害し、死体を損傷した――その点に疑いの余地はない。違和感の正体はそれではない。別のなにかだ。だが、キャフェリーにはまだそれがなにかわからない。ゆっくりと階段をのぼりながら、この家が伝えようとするあらゆるものを頭と耳と皮膚とで感じようとした。

グレアム・ハンデルと妻ルイーズが発見された主寝室は、階段の右手に延びる廊下に面している。アイザックが住んでいたころ、この廊下は暗かった――唐草模様の葉が配された緑色のアキスミンスター織りのカーペットが敷かれていた。いまはカーペットをはがした裸の床板にワックスがかけられている。携帯電話の写真には、壁にかけられ、ここで起きた凶行によって傾いている額装された絵が七枚、映っている。いまは壁も裸だ。グレーに塗装されている。

主寝室のドアをゆっくりと開けた。カーテンが開いており、差し込む光はぼんやりとしてかすんでいる。この部屋もまた、写真とはまったく異なっていた。革張りの頭板がついたオーク材のベッドに替えて、ソファベッドが置かれている――アイザックの両親が息絶えていたベッドの足もとには厚手の羊毛ラグが敷いてあった。

こことベッドのあいだに仕掛け線が張ってあった。軍の爆弾処理班は、損傷されたグレアムとルイーズの死体の目と鼻の先で作業をしなければならなかった。処理班の連中は殺戮現場には慣れていたはずだが、ここでの体験はこたえたらしい――ひとりが翌日に職を辞し、教師になった。どうやら辞職の理由はだれにも話さなかったようだ。

キャフェリーは室内に入り、しゃがんでラグの角をめくってみた。下の床板はほかの箇所と同じようになめらかで磨かれているものの、色合いがわずかに異なっていた。木目の色がほかの箇所よりも濃いのだ。所有者が何人変わっても、血痕を完全に取りのぞくことはできなかったようだ。

　この角度から撮られたルイーズの写真を拡大し、現代風に変貌した部屋の前に携帯電話を持ち上げた。彼女はジョギングパンツとダンロップのTシャツという服装であおむけに横たわり、口をこじ開けられている。口の端から顎まで続く血の筋。両耳と数本の歯がなかった。

　キャフェリーは目を上げて室内を見まわした。カーテンの開いているミニマリズムの部屋を前に、一九九〇年代当時の部屋を思い浮かべようとした——古めかしいごつごつした家具類、暗い窓にかかる厚く重たいカーテン。目を閉じて時代をさかのぼる。当時の様子を頭に描くのはむずかしいことではないが、この事件のシナリオに覚える違和感の正体に近づくことはできなかった。

　いや、ちがう。まだ当時の現場に立っていないのだ。

　もう一度、室内を見まわしたあと、廊下を進み、階段を下りた。外へ出ると、一時的にせよ雲が晴れていた——農場に満ちている淡い日差しが車のフロントガラスに反射している。事件を通報した女のことを考えた。なにを見て異変を察知したのだろう？

　キャフェリーは向き直って、ここから道路までの距離を目算した。そもそも、そこがまちがっている——この母屋の下部は道路からは見えないのだ。犯罪現場報告書によると、通報を受けたピルスンが到着したのは午後六時四十五分。母屋から血の跡をたどって納屋へ行ったという。柵とヨーク石の舗装は新しいものだ——十五年前、母屋と納屋はコンクリート敷きの中庭に面して立っていた。緊急通報を受けて駆けつけた警官は母屋の前に車を停めるはずだし、まずは死傷者を探すのが身についた本能だろう。報告書には、玄関ドアは開いていたと書かれている。母屋から納屋までの距離はおおよそでも二十五メートルはある。それなのに、なぜハリー・ピルスンはまず母屋に入らなかったのだろうか？

キャフェリーは中庭を横切って右側の納屋へ行った。二棟のうち大きいほうのこっちの納屋で、ハンデルは追いつめられて逮捕された。大きな扉は南京錠で施錠されているので、小さい通用口を試してみた。かんぬきがついているが施錠はされておらず、さっと開いた。この納屋はいまも、藁《わら》や干し草を貯蔵するのに使用されている。なかは意外と暖かく、わずかにほこりっぽく、外の物音が小さく聞こえる。キャフェリーはまばたきをした――目が暗がりに慣れてきた。半開きにした扉から入ってくる一条の淡い日差しが彼の右側に落ち、ほこりの微粒子をとらえて床に光の小さな四角形を描いている。音がする――高い音が繰り返され、三度目にはっきりとした鳴き声になった。雌鶏が――全部で六羽いる――暗がりから小さな四角い光のなかへ出てきて、虫やこぼれた穀物を探して床を引っかいたりつついたりしだした。

キャフェリーは携帯電話の写真を見つめた。ピルスンの報告書によれば、ここで屋根裏の干し草置き場にいるハンデルを見つけたという――この位置からだ。干し草置き場は頭のほぼ真上になるので、キャフェリーは首を伸ばして視線の届く位置を探った。見えるのは頭上の屋根裏の床板だけ――干し草置き場の端すら見えない。扉が閉まって光を遮断しないように、手のひらで扉を押さえて一歩奥に進んだ。干し草置き場の端はまだ目に入らない。

「たんに不正確なだけじゃないな」ぼそりと口にした。特殊警棒を扉と枠のあいだにはさんで扉を開けたままにし、さらに二歩ばかり奥へ進んだ。雌鶏たちが騒々しく暗がりへ四散した。改めて干し草置き場に目を凝らす。

　彼は長らくその場に立っていた――通報電話、血の跡、あの報告書に記されているその他のでたらめについて考えをめぐらせていた。そう、でたらめだ。

　ずっと頭に引っかかっていた違和感の正体はそれだ。ハリー・ピルスン巡査部長の報告書は嘘で塗り固められている。

人形

　ジャムは瓶詰めが終わり、あとは冷めるまで待つだけだ。ペニーはソファに寝ころび、ブランケットにくるまった。くたくただ――ゆうべはあまり眠れなかったが、今朝、目が覚めたときに寝ぼけていなかったのは確かだ。そばに置いていたキルトが温かかった。そのぬくもりを感じながら、キルトが温かくなった理由を解明しようとした。鎧戸は開けていなかったから陽光が差し込んだのではないし、ペニーはキルトの上で寝てもいない――ブランケットにくるまったままだった。説明がつかない。まるでスーキーがそこで寝ていたかのようだった。ため息をつき、両手に頭を載せて天井を見つめた。

乳房がブランケットにすれる——不意に、性的欲求がどういうものかを思い出して体がうずいた。情欲がペニーの破滅の原因だ。長年、よく食べ、よく飲み、まずい男ばかりを愛してきた。だれしも、そのタイプの感情失禁、道を踏み外した快楽主義的な性向は災いを招くと、若いときに説教される。でも、そんな耳に痛い言葉には心を閉ざす——その結果、よく見てごらん。災いを招いたじゃない。

　十五年前、ペニーには夫がいた。幸せではないまでも、ごく普通の結婚生活で、夫に対してなんの恨みもなかった。セックスはあまりしなかったが、同様に、喧嘩もなく、悪意も存在しなかった。ところが、ペニーの女性ホルモンがすべてを破壊した。村のあるパーティでハンデル夫妻と出会い、まもなくペニーと夫は、アプトン・ファームに住む魅力的なその夫婦と親しくなった。とくにグレアムはハンサムだった——危険な雰囲気を持つ長身の彼に、ペニーのなかの女が目を覚ました。グレアムのほうは、結婚して〈オールド・ミル〉に住むようになった料理上手な美人をひと目見るなり、それが人生の導きだとはっきりと知った。ペニーはひとたまりもなかった。

　ふたりの情事は、たがいの配偶者の鼻先でゆっくりと進行した。ルイーズ・ハンデルが出張でたびたび家を留守にしたので、グレアムとペニーがいっしょに過ごす時間が増えた。ペニーはハンデル夫妻とその生活について多くを知るようになった。知りたい以上のことを。夫妻には息子がひとりいて、地元の学校ではなく州外の〝特別支援〟学校に通っていることがわかった。息子のアイザックにはたしかに特別支援が必要だった。内向的で他人の目を見ることができない子で、両親もまじえて会ったときに話をしようとするのだが、いつも失敗に終わっていた。

　ルイーズの留守中、最上階の客用寝室に錠をかけてペニーと閉じこもるあいだ、グレアムはアイザックを外で遊ばせることがあった。ペニーはアイザックが外にいるのが不安だった――声も聞こえないのが気がかりだった。あの子はなにが行なわれているか感づいているのではないか。母親に話すのではないか。セックスを終えると、よくペニーはひさしの下の窓から遊んでいるアイザックを眺めた――友だちとサッカーをしていてもおかしくない十三歳の男児にしてはいささか強すぎるほどの集中力で、いつもひとり遊びをしていた。たいてい、しゃがみ込んで、なんらかの作業に没頭していた。なにかを作っていた。

　ある日、アイザックが学校へ行っている時間帯に、たまたま水を飲みに行こうとしたペニーは彼の部屋の前を通りがかった。いつもならそのまま素通りする――グレアムの家族の生活を絶対にのぞき見たりしない、と自分で決めていたのだ。だが、その日は、グレアムはシャワー中だし、ルイーズは出張で留守だし、アイザックの部屋のドアは開いていた。誘惑にあらがえず、ペニーは室内をのぞいてみた。ベッドに小さな缶が置いてあった。好奇心から、そっとなかに入ってベッドに腰を下ろし、その缶を開けてみた。革や小枝の切れ端を使って作った奇妙な小さな人形が入っていた。一体は、ルイーズのものだという見覚えのある布の切れ端で雑にこしらえたトレーニングウェアを着せられている。もう一体は男だ。茶色いコーデュロイのズボンをはいている――グレアムのたんすに入っているものにそっくりだ。

　ペニーは人形のことをグレアムに黙っていることにした。理由は自分でもよくわからない――人形があまりにおぞましい代物だったからだろうか？　あるいは、不倫相手の私生活をうかがい知る手がかりになりそうな気がしたからだろうか？　その後の数週間は、アイザックの部屋に忍び込む回数が増え、そこで目にしたものと、グレアムとの会話のなかで知りえた情報の断片とをつなぎ合わせて、アイザックになにが起きているのかがわかるようになった。アイザックを困らせたり怒らせたりした人やものは、実物にそっくりな人形にされるらしい。人や動物の奇妙な小さな身代わり人形は、少年の世界で生きている。怒りっぽいことで知られる隣家のネコは——一度アイザックを引っかいた——トイレットペーパーで作った体にホチキスで毛を留め、おどけた顔になるように目が貼りつけられていた。前脚を縛られていて、留められた毛は本物のネコの毛のようだ。ペニーは何本か抜き取り、翌日、当のネコの毛と比べてみた。同じものに見えた。

グレアムが、アイザックの通っている学校に盗癖のある少女がいるという話をしてくれた。少女はスリルに駆られてやっているにちがいない。なにしろ、盗まれたものに論理的なパターンがない——お菓子やおもちゃ、金、衣服、鉛筆、紙切れ、ソックス。その少女は、盗めることを証明するためだけに、だれかの鉛筆削りから削り屑を盗んだ。作品発表会でアイザックの展示品からサッカーボールがなくなった日、帰宅したアイザックは、通っている学校の女子の制服とまったく同じブルーのギンガムチェックの切れ端で少女を象《かたど》った人形を作った。黒いロングヘアを毛糸で作り、片手を背中に縛りつけた。盗みを働く手を永遠に使えなくしたのだ。

ペニーは地元の図書館へ行って、ブードゥー教に関する本を何冊か拾い読みした。ブードゥー教の呪物あるいは〝人形〟には、呪いをかける相手の身近なものを忍ばせる必要がある、と説明されていた。理想的なのは、対象とする相手の体の一部——切った爪とか髪だ。体から排出されるもの——尿、便、精液、粘液、汗、血——を集めて使ってもいいらしい。着ているものでも。そのあと呪術師《シャーマン》だか呪術医だかが、人形に加えた物理的行為を当の相手に転移させる魔力のある呪文を唱える。

「その本はミセス・ハンデルがよく借り出していま

す」図書館員が鼻で笑った。「不思議ですよね？　だってほら――息子さんがあんなですから」

ルイーズはオープン大学で歴史を学んでおり、ペニーがもう少し突っ込んでたずねたところ、実際に論文の題材としてブードゥー教と奴隷貿易とを選んでいることがわかった。アイザックが母親の読んでいた本をどうにかして見たか、母親の関心の対象に影響を受けたかしたのは明白だが、本のことをたずねても、グレアムはペニーの不安を軽くいなした。それを機に、愛人に対するペニーの信頼が薄れはじめた。その後の数カ月のあいだに徐々に、自分との関係は遊びではないかと疑うようになった。結婚してからグレアムが浮気をした相手は自分だけではないんじゃないか、ルイーズの〝出張〟は本当は愛人を訪ねる小旅行ではないか、と考えるようになった。ペニーの不安と夫――もの静かで、議論も冒険もせず、セクシーではない夫――に対する気のとがめとが爆発した。

その月、ペニーと夫はハンデル家のハロウィーン・パーティに招待されていた。出席しないと不審を招くとグレアムは言い張った。ペニーはいまでもくわしく鮮明に思い出すことができる――ジプシー風ブラウスにパッチワークのスカートをはき、手作りした魔女の帽子を手に持って、夜の大半をキッチンで過ごした。緑色のウィッグとサスペンダーベルトをつけて煙草を吸い、大笑いし、シャンパンをあおるように飲み、唇に赤いグロスで輪郭を描いた奇妙な女たちにとまどいながら。

ペニーが帰り道で泣いたので夫はうろたえていた。ペニーには、自分のあやまちがこれ以上ないほど明白に思えたのだ。グレアムは、ペニーが愛したと思い込んでいた男とはまるでちがった。グレアムとの関係を終わりにしようと決心した――たとえどんな代償を払ってでも。

そしていま、水車小屋のソファに起き上がったペニーの視線が窓に向いた。その窓からは谷の底が見渡せる。谷底を流れる小川から対岸の斜面をのぼって森が広がっている——そのてっぺん、霧の濃くなっているあたりがアプトン・ファームだ。あれは彼女に対する罰だったのかもしれない。この世の教訓だったのかもしれない。とにかく、ふたりの関係は終わったとグレアムに告げることはできなかった。

皮肉なことに、ペニーがグレアムに別れを告げようとした日は——万霊節は——アイザック・ハンデルが両親の命を終わらせようと決めていた日だった。

職務

ハリー・ピルスンは三十年間の職場だった警察所有の元官舎にいまも住んでいた。チッピング・ソドベリーの警察署へ異動となったが、村を離れるのがいやで五十歳で退職し、買取請求権を行使してその家を購入していた。

ピルスンは帰宅したところだった——地域の高齢者宅に食事の配達をしているのだ。プルオーバーにコーデュロイのズボンといういでたちの、細身で健康的な六十歳。キャフェリーの身分証を一瞥すると、キッチンに立って皿を拭きながらぽかんと口を開けてふたりを見ている妻の前を素通りして、彼を奥の部屋へ通した。「仕事の話だ」妻の非難がましい渋面を遮断するべくドアを閉めながら、ぼそりと告げた。「すぐにすむ」

　警察官がどのようなものかを知っているキャフェリーに言わせれば、おそらくピルスン家ではずっとこんな調子なのだろう――ハリーはいつも仕事で家を空け、妻はいつもキッチンでなにかやりかけているまま放っておかれ、いつこんな生活が終わるのだろうかと考えている。

　ピルスンは居間のドアを閉め、しばらくそのドアに寄りかかっていた。整理の行き届いた部屋だ――クリスタルや小さな置物がびっしり並んだキャビネット、折りたたまれた今日の新聞の上にまっすぐに置かれたテレビのリモコン。タイトルのアルファベット順に並べられたDVD。

「ご用件は、警部？」

「話がしたい。正式に」

「こうして話をしているじゃないか」

「ちがう――〝正式に〟と言っている」キャフェリーは小さなダイニングテーブルの前に座り、ケースファイルを目の前に置いた。向かい側の椅子を片足で押した。ピルスンの顔を見上げた。「くだらない話でも、仕事の話でも、一杯飲みながらの話でもない」

　ピルスンはひと思案した。素直に腰を下ろしたものの、強要するなと告げたそうな気持ちが顔に出ている。

ピルスンは腕組みをした。

「では、どうぞ」

「アイザック・ハンデルと、アプトン・ファームで起きた事件のことだ」

　ピルスンの顔が、はた目にもわかるほど垂れ下がった。キャフェリーの言葉が傷口を開いたのだ。過去への入口を。「これだけの年月が経ったいまになって、なぜ？　なぜ重大犯罪捜査隊が？」

「その話をしてかまわないのか、それとも、だめなのか？」

「ああ」彼が言った。「かまわない」

「あんたはあの一家を知っていたはずだ。どんな家族だった？」

「そっちの情報源はどう言ってる？」

「たいしてなにも」

ピルスンは選択肢を検討するかのようにテーブルを指で打っていた。「いいだろう」ようやく言った。「この話をするのは、もう遠い昔の事件だからだ。たしかにあの一家を知っていた。グレアム・ハンデルが――アイザックの父親だ――問題の根源だった。依存症のように浮気を繰り返して。飽きることはなかった。女房はどうしてたかって？ 亭主が改心するのを待つことをあきらめて、同じことをしてた――結局、亭主といい勝負の浮気者になった」

「報告書には、彼らがブードゥー教に手を出していると村で噂になっていたと書いてあるが？」

ピルスンは鼻を鳴らした。「そうじゃない――ルイーズはある講義を受けてて、図書館で何冊か本を借り出した――それだけだ。あの手の二重殺人が起きると、地元の噂は音速で広まる――二足す二が百にもなる」

「通報を受けたあとの行動を順を追って話してくれ」

「遠い昔のことだ――記憶も当時ほど鮮明じゃない」

「通報を受けたことは覚えているはずだ」

「覚えてることはそのファイルに入ってるよ」

「本当かな？」

キャフェリーの口調で室内の空気が変わった。ピルスンの目が細く小さくなり、視線が厳しくなった。

「もちろん。本当に決まってるだろう？」

「農場へ行ってきた――あそこは、たまたま通りがかって異変に気づくような場所ではない。したがって、あんたにたれ込んだ人間はわざわざあそこまで行ったってことだ」

ハリーはぼんやりと額をなでた。「わからない――本当だ。これだけ年数が経てば、細かいことを思い出すのは骨だ」

キャフェリーは首を振り、ファイルを開いた。「あきれたな。記憶が薄れただと？　そんな言いわけが通用するものか」ピルスンの報告書を見つけて引っぱり出した。「ひじょうに詳細に書いてある――報告書の手本と言っていいほどだ。ただ、つきあわせると筋の通らない点がいくつかある」

犯罪現場の写真を引き出してテーブルに置いた。

ピルスンは額をなでる手を止めた。全身をこわばらせている。口の開いているグレアムとルイーズの顔から目をそらした。「どうしてもその話を？」

「そうだ。頭を整理したいのでね。あんな事件に遭遇すれば、事実が少しばかり混乱することがあるのもわからなくはない」ほんのわずかな間を置いて続けた。「詳細が頭から抜け落ちることもあるだろう」

キャフェリーは彼に、みずから話して評判に傷がつかないようにするためのチャンスを与えてやったのだ。


だがピルスンはそれに乗らなかった。それどころか、写真を自分の目が触れない位置へ押しやった。

キャフェリーは腕を組み、ため息を漏らした。「わかった――では、地道に検証しよう。ええっと、まず……あんたがあの家に着いたのは午後六時四十五分――通報を受けてから十分後だな？　母屋の玄関ドアが開いていたが、なかには入らなかった――まっすぐ納屋へ向かっている。なぜそんなことを？」

「覚えていない」

「報告書には、納屋まで続いている血の跡を見つけたと書いてある」

「なるほど。それなら、きっとそうだったんだろう」

「断言できないのか？」

「言ったとおり、大昔のことだ」

キャフェリーは彼をねめつけた。「もはやそんな嘘は通用しない。血の跡について聞かせてもらおう」中庭と納屋の写真を見つけた。それをこれ見よがしに仔細に眺めた。「血の跡などどこにも見えないな。あんたは見えるか？」

「写真には映ってないのかもしれない」

「鑑識班の報告書にも書いてないんだ。母屋の一階の廊下には血痕があったが、アイザックが血をしたたらせてでもないかぎり、あんたが外の地面に血の跡を見つけることはない。グレアムとルイーズはすでに死後三時間――あんたが到着したときには、血はほとんど乾いた状態だったはずだ」

「なにを見たのかは覚えてない。ただ、やつが納屋にいるとわかったんだ」

「玄関ドアが開け放たれた状態だったのに、あんたは、どういうわけか、なかには入らず、まっすぐ納屋へ？」

　ピルスンは答えなかった。キャフェリーは攻めかたを変えた。「まあいい――百歩譲って、なんらかの理由があったとしよう――たとえば警察官の勘が働いたとかして――あらゆる証拠に反して、あんたは母屋から離れて納屋へ行った。そして……」キャフェリーは報告書のその部分を見つけて読み上げた。「〝大きいほうの納屋の扉が開いていた。戸口からのぞくと、屋根裏の干し草置き場にいるアイザック・ハンデルの姿が見えた。血まみれに見えた〟」

　そのページを開いておくためにファイルの綴じ目に親指を走らせた。「供述内容を訂正したいか、ミスタ・ピルスン？」

「はあ？　これだけ年数が経ったあとで、もっとよく思い出せ、と？」

「ちがう。正確に思い出してもらいたい。真実を話してほしい。あの納屋へ行ってきた。なかは真っ暗だ。入口からは干し草置き場すら見えない――二メートルほどなかへ入ってようやく見える――それでも、うしろへそり返るようにしなければ、よく見えない」

　ピルスンは首を振ったものの、その顔はもはや元警察官のものではなかった。見破られてもなお嘘を認めまいとする人間の顔だ。

「上等だ」キャフェリーは言った。「では、自分がいかにまずい状況に立たされているか、考えてみるんだな。代わりに答えてやろうか？　あんたはだれかをかばっている——それがだれかはわからないが、つきとめてみせる。わかったか？」いったん言葉を切り、ピルスンに考える時間を与えた。「それをつきとめたら、あんたを司法妨害の罪に問うために出直してくる。それに、ハンデルがこの先なにか罪を犯せば、それはあんたの責任だ」

ピルスンの顔に一瞬、不安がよぎった。「ハンデルが罪を犯せるはずがない。あいつは塀のなかだ。重警備精神科医療施設にいる」

「そのとおり。重警備精神科医療施設——そこでは、患者が望もうが望むまいが、法令に従って六カ月ごとに精神医療審査会が開かれている。そして今回……ジャーン！」キャフェリーはマジシャンのような華麗な手ぶりをした。「アイザック・ハンデルの退院が認められた。そのために委員たちは無意味な手続きを踏むんだろうな——拘留しておくべき人間を確実に拘留しておくために。そして、拘留の必要がなくなった人間を退院させるために」

ピルスンは口を閉じていた。歯噛みの音が聞こえそうだ。「退院が認められただと？　あんたはいったい……？　ああいう人間を退院させるときは、世間に公表することになっているんじゃないのか？」

「規則どおり、警察には連絡があった。もっとも、あんたを含め、関係者の大半はすでに退職しているがね。だいいち、なにを案ずることがある？　彼の精神状態は安定していると、医者が言ってる。彼が安全に社会生活を送ることができると、審査会が判断しているんだ」

ピルスンのこめかみが脈打っていた。妻のいるキッチンへ目をやった。

「家じゅうのドアに錠をかけるように奥さんに伝えようか?」キャフェリーは言った。「そのほうが安心か?」

「自分たちがなにをしたか、委員どもはわかっちゃいないんだ。あいつを退院させるなんて」

「しかし、あんたはわかっている。通報してきたのはだれだ? あんたはだれをかばっていたんだ?」

　三十秒ばかり、ピルスンは黙って深呼吸を繰り返し、ときおり首を振っていた。テーブル越しに手を伸ばし、震える指で犯罪現場の写真を裏返した。

「妹だ」やりきれない口調だった。「私がかばっていたのは妹のペニーだよ」

オールド・ミル

ハリー・ピルスンがやむなく打ち明けたのは、キャフェリーにとっては残念ながらよく耳にするおなじみの話だった。不倫など、長年の警察勤めのあいだにありとあらゆる話を聞かされている。さまざまな組み合わせ、考えつくかぎりの顛末を。それでも、ピルスンを気の毒に思わずにはいられなかった。くわしい話を聞くうちに、彼が嘘をついた理由を納得した。

　十五年前、ピルスンの妹ペニーは——当時、彼女には夫がいた——アイザックの父親グレアム・ハンデルと不倫関係にあった。殺人事件のあった日、ペニーはグレアムに会うためにアプトン・ファームへ行った。彼との関係を清算するつもりだった。だが、彼女がアプトン・ファームに着いたときには、グレアム・ハンデルとその妻は死後数時間が経過していた。

　警察に通報しなければならないとわかってはいたが、自分がアプトン・ファームにいた理由を夫に釈明できない。そこでハリーがかばってやることにした。通報電話の筋書きをふたりで考えた。実在しない女。偽名、嘘の住所。

「妹は私から遠のいた」ハリーは言った。「いや、こっちが遠のいたのか。妹はいまなお恥じているのだと思う——妹にとっては、過去の汚点なんだろう。妹に会ったら、よろしく伝えてくれるか？　いまもおまえのことを思っている、と。あの雑種犬は元気か、と」

　ペニーは、守りたかった夫と離婚し、村はずれの家に住んでいる。〈オールド・ミル〉に。屋根に草の生えた家だとハリーから聞いていたので、夕闇のなかでもすぐにわかった——古びた粘土瓦が淡い緑色に見える。窓はどれもスイス式の鎧戸が閉じられ——それぞれ中央がハート形にくり抜かれている——ポーチの上には手彫りの看板があった。〈フォリジャーズ・フェア　手作りジャムの店〉。

　大きな音でノックをしてようやく応答があった。いざドアが開くと、ペニーは兄とはまるでちがった。兄よりはるかに若く——おそらく四十代中ごろだ——美人で、目にはくっきりとアイラインを引き、髪は赤く染めてピクシーカットにしていた。うっすらと怪訝そうな笑みを浮かべている。

「はい？」

「ペニー・ピルスンですね？」

「そうです」

　キャフェリーは身分証を提示した。「少し時間をいただけますか？　二、三おたずねしたいことがあって」

　ペニーの顔が少しばかりくもった。だが、どういう質問なのかは訊かなかった。ドアを押さえて彼をなかへ通した。廊下は狭かった。石壁にはなにも飾ってなく、床も石張りだった——くっきり刻まれた二本の溝は、何百年も人が歩いた跡だ。ペニーはついてくるようにと手招きをして、先に立って廊下を奥へ進んだ。小柄でセクシーだ。両腕に手首からずり落ちそうなブレスレット、着古したジーンズ。この寒さなのに、きゃしゃな素足にビーズ飾りのついた革製のサンダルをはいている。

　この家は天井が高い——煉瓦壁だが、中央に据えられた大きな薪ストーブのおかげで暖かい。部屋の一角に業務用の調理場らしきものがあり、ケータリング用の大きなステンレス製のコンロに業務用サイズの大鍋がかけられ、果物を煮込んでいるにおいが室内を満たしていた。隅には摘んだばかりのリンゴをピラミッド状に積み上げた山がいくつもあり、奥の架台式テーブルにはさまざまな瓶が並んでいる——どの瓶にも手作りのラベルが貼ってあり、麻紐だかヤシの紐だかを結んである。四方の壁も似たような瓶を積み上げた棚でいっぱいだ。

　ペニーは頭上の明かりをつけ、キャフェリーが座れるように、椅子に積み上げた書類をどけた。

「紅茶は？　それともコーヒー？　なにかお酒でも？」

　キャフェリーはにっと笑った。「スコッチをいただきたいところですが、この状況では……」

「最高においしいプラム・ウォッカを作っているの。お持ちするわ」

　キャフェリーは椅子に背中を預けて首をめぐらせ、キッチンを動きまわる彼女を見つめた。「悪い女《ひと》だと言わせてもらいますよ。もしも私がアルコール依存症患者だとすれば——ま、その気《け》はあるのかもしれませんが——あなたの額には〝共依存者〟とか〝依存の協力者《イネイブラー》〟という烙印が押されていることでしょう。しかも、私は車で来ているんですよ」

「じゃあ、ほんの少しだけ。お味見して。もっと飲みたくなること請け合いよ」

彼は首を振った。この手の女は男に厄災をもたらしかねない。気さくでセクシー。男の五感を楽しませるすべを知っている。グレアム・ハンデルがその魅力にやられたのは明らかだ。彼女は小さなグラスにルビー色の液体を注いだ。それが光を受けると、クリスマスもそう遠くないのだとキャフェリーは思い出した。香りをかぎ、口をつける。何十種ものベリー、何十種ものスパイスの味わいがした。

「〈フォリジャーズ・フェア〉？　なぜその名前をこれまで聞いたことがないんでしょう？」

「さあね。野趣あふれるグロスターシャー州へようこそ。ニューエイジ・トラベラー。この身なりはいかが？　ここで使う果実はすべて探しまわって集めたもの——あるいは友人がくれたものよ。近ごろは、ちょっと歩きまわれば、地面に落ちて腐りかけているリンゴを目にする。わざわざ摘む人がいないからよ。そういうことに気づいたことはある？」

「言われてみればそうですね」

「みんな、自宅の裏庭で育てたものを食べるよりも、スーパーマーケットへ行って、何千キロも離れた土地で作られたものを買うほうがいいのよね。ほんと、不思議。ねえ、うちでいちばん売れてる商品を知りたい？」

「まずそれをたずねるつもりでした」

「〝教会の駐車場で拾いしリンゴのゼリー〟よ」

「駐車場のゼリーですか？」

「そう」彼女が棚に手を伸ばして瓶をひとつつかんだ。「ウォットンのある教会の駐車場。毎年九月になると十本ものリンゴの木が果実を落とすの。その教区ではそのリンゴをどうしてたと思う？　人をやって拾い集めさせてなかったのは確かよ。実際には、その周囲に仕切りを立てて、だれも車を停めないようにしてたの。

車が汚れたと信徒から文句を言われたくなかったから。これよ――」

　彼女がテーブルに戻り、瓶を開けた。密封の解ける音がした。キャフェリーは身をのりだして、においをかいだ。「んー。いいにおいだ」

「味はさらにいいわよ――はい、どうぞ」

「ありがとう」彼は瓶を受け取り、ふたを閉めて目の前に、テーブルに置いた。腕組みをした。「そろそろ話をしましょう」

「どうしても？」

「どうしても。それを避けたくてあれこれやっているようですが」

　彼女は硬い笑みらしい表情を見せた。「わたしの立場になって考えてみて。警察官が訪ねてきてるのよ。悪い知らせがあるに決まってる。考えられるとしたらハリーのこと――だから聞きたくない」

「ハリーなら元気ですよ。あなたによろしくって」

　彼女はわずかに眉間を寄せた。「ハリーのことじゃないの？」

「彼に聞いてここへ来ました。とにかく、お兄さんは大丈夫です」

　短い間があった。彼女はテーブルに向いて腰を下ろし、正面からキャフェリーの目を見すえた。「わかった――じゃあ、なんの用？」

「アプトン・ファームの件です。ハリーが真実を話してくれました」

　彼女は長らく黙り込んだ。キャフェリーの顔に向いている目がせわしなく動いている。そのうちに首を振った。「じゃあ、教えて。わたしは困ったことになってるの？　もう何年も前のことよ――どうして、わたしたちのやったことが警察の捜査の妨害に当たると思われるのか、わからない――だって、通報はしたんだし……」

　言いかけた言葉がとぎれた。キャフェリーが首を振っているからだ。「話したいのは、当時のあなたの行動ではありません。いま起きていることについてです。アイザックのことです」

「アイザックのこと。アイザックがどうしたの？」

「彼は外へ出ました」

その言葉に、まとっていた仮面がまっぷたつに割れてペニーの表情が一変した。顔から血の気が引いている。口がわずかに開いたものの、言葉は発しない。時間の経過を強調するかのように、大きな振り子時計が部屋の隅で音をたてて時を刻んでいた。と、彼女がテーブルに両肘をついて身をのりだした。

「彼が外へ出た。それは本当？」

「本当です」

「待って、ちょっと待って」彼女は鼻をつまんだ。「信じられない。今朝、彼のことを考えたばかり……なのに、彼が外へ出たと言うの？　なにがあったの？　脱走したの？」

「いいえ――精神医療審査会が開かれて――退院が認められたんです。彼は更生したんですよ」

「更生した？　まさか――そんなばかな。ああいう人間は……」彼女は最後まで言わなかった。「で、退院してどこに？」

キャフェリーは答えなかった。

「まさか、ここへ戻ってるの？　冗談でしょう？」

「詳細な点を補足していただきたい。アイザックがどんな人間かを知ろうとしているところなんです。どんなものに夢中になるかとか。どんなものに興味を持つかとか」

「どうして？」

「立ちまわり先を絞り込む役に立つかもしれないからです」

「彼を見失った。そういうこと？　彼は行方をくらましたのね」

「ここへ来たのはあなたに警告するためではありませ

ん——彼が脅威となりうる証拠はなにもない。彼がどういう人間かを感じ取りたい。それだけです。なにがあったのか、順を追って話してください」

　ペニーは床をする音をたてて椅子をうしろへ押しのけた。しばしその場に立ちつくし、落ち着きなく室内を見まわしながらカーディガンのボタンを留めたりはずしたりしていた。そのうち部屋を横切って、渓谷を望む窓へ行った。弱まりゆく日差しのなかで、対岸の木立が紫色になっている。彼女は窓を開け、しばらくアプトン・ファームの方向を見上げていた。

　そのうちに鎧戸を引いて閉めた。錠をかける。次の窓へ行き、やはり鎧戸を閉めて錠をかけた。次の窓も。室内を一周しながら、すべての窓を施錠した。隣の部屋へ——キャフェリーの目に果実の山が見えた——行き、姿は見えないものの、ドアに錠をかけてかんぬきを引く音が聞こえた。すぐに、ふたたび居間を横切って玄関ドアへ行き、そこも施錠した。

「くそ」彼女はグラスをひとつつかんでテーブルへ戻り、腰を下ろした。そこにプラム・ウォッカをいっぱいに注ぎ、一気にあおった。さらにもう一杯。目もとをぬぐい、気を鎮めようとした。「ごめんなさい。自業自得よね。ハリーが報告書にわたしの名前を書いていれば——わたしたちが正直に届け出ていれば——事前に知らせてもらえた。そうでしょう？」

「おそらくは」

「おまけに、ゆうべは飼い犬が死んだし。悪いことは続くっていうものね。なにもかも、自分のせい。わかってる——身から出た錆よ」

　キャフェリーが見つめるなか、彼女はプラム・ウォッカをさらに飲んだ。見ていると、徐々に顔色が戻ってきた。

「十一月二日」彼女が唐突に話しだした。「事件が起きた日よ。最悪の十一月——果実の不作の年だった。夏に雨が多かったせいで、実のならない木もあった。

野生動物が飢えるんじゃないかって心配したのを覚えてる——鳥やリスが。この仕事を始めたばかりだったし、そっちも不安だった。それに、グレアムとの関係をどうやって終わりにするか考えようとしてたし。結局、それは案ずる必要がなかったとわかったんだけどね。あとで聞いた話だと、アイザックは三時間も死体のそばにいたそうね。死体にあれこれ損傷を加えたとか。わたしがあの家に行かなければ、もっと傷めつづけてたんじゃないかしら」

キャフェリーは無言でうなずいたあと、たずねた。「仕掛け線のことは知っているんでしょう?」

彼女が顔を上げた。「爆弾のこと? 知ってるわ。犯罪現場を見つけた人間を狙ったそうね——だけど、アイザック本人は、離れた場所から死体に火をつける計画だったってハリーに説明してるの。平気で損傷を加えたくせに、死体が燃えるのを見るのは耐えられなかったみたい。自分で発火装置を作ったの——昔から手先の器用な子だったから。電子機器やなんかの扱いに長けていて。第二の天性ってやつね」

キャフェリーは咳払いをした。電子機器の扱いに長けていた?

「それで、いまなにが起きているの?」

「それをたずねるためにお邪魔したんです——なにが起きているのだと思いますか?」

ハート形の穴から差し込む車のヘッドライトが、さまざまな色のジャムを収めて何列にも並んだガラス瓶をとらえた。蜂蜜が金色に、カシス・ジャムが深いアメジスト色に輝いた。答えたものかどうか考えているらしく、ペニーは片足で何度か床を打った。覚悟を決めて話しだした彼女の口調は、先ほどよりも低く自信に満ちていた。

「彼は荒れ地《ザ・ワイルズ》に行って動物のように暮らすでしょうね。でも、戻ってくる。彼はこの世を嫌っている——恨んでいる。警告サインはずっとそこにあった。彼のやることを予測できたはずなのよ——サインを読み取る方法さえわかっていれば」

「どういう意味です？」

「彼のポペット。母親と父親の。目を縫って閉じてしまったのよ。彼の計画を察知できたはずなのに」

「はあ？　彼のなんですって？」

「ポペット、人形。彼の人形のことは知ってるわよね？」

「知ってます。ただ、初めて聞いた呼びかただったので——」

「家から出るときはかならず持ってたわ。両手にひとつずつ。あの持ちかたを見ただけで、彼が人形になにをしたかわかった。目を縫って閉じていたのよ」彼女は含みのある笑みを浮かべた。まるでキャフェリーが愚か者だというように。「なんのための人形か、知らないの？　アイザックのことを、彼が人形を作る理由を、知らないの？」

トム・マーリー

潜水捜索隊は今日一日、愚痴をこぼしながら寒さと雨のなかで身を丸めて捜索に当たっていた。フリーもその一員として、生け垣から生け垣へ、原から原へと、空っぽの体を引きずるようにして広域にわたる捜索活動を続けていた。この二日間は、これまで感じたこともないほど長く思えた。昨日は、潜水作業で夜を明かしたあと職場へ直行した——ひたすら眠りたかった。だが、いついかなるときも部下たちと一致団結して行動しなければならない。

本件の捜査責任者（SIO）であるはずのジャック・キャフェリーはこの二日間、捜索現場に顔を出していない。当然よ、とフリーはみずからに言い聞かせた。

この捜索で新たな発見がないことを――証拠などひとつも出ないことを――彼は知っている。姿を見せないでくれて、かえってよかったのかもしれない――おかげで、彼にどう釈明したいかを考える時間が得られたのだから。

午後五時、あたりが暗くなりはじめ、部下たちが凍えるほどの寒さと疲労を感じているので、フリーは彼らを集めて、後部座席に常備している大きな保温容器に用意したホットチョコレートと、プラスティック容器に入れておいた市販のケーキとを配った。自分が責任者なら、捜索に携わった時間ではなく、困難と一時間ごとに増す精神的負担とに応じて手当を出すはずだと話して聞かせた。集合場所である駐車場は、帰り支度をしているほかの支援チームの面々でごった返している。道路から駐車場へ入ってきて奥の一角に停まった古いモンデオに危うく気づかないところだった。だが、ちょうどそのとき二台の大型バンが走り去ったおかげでモンデオの姿が見えた。

ジャック・キャフェリー。やっと顔を見せた。フリーは部下たちをトラックで帰すことにして、車が走り去るのを確認したあとモンデオへと近づいた。キャフェリーが窓を下ろした。

「よう。大丈夫か？」

「元気です」

「話があるのか？」

フリーは肩をすくめ、助手席側へまわってドアを揺すった。彼がロックを解除すると、フリーはドアを開けて乗り込んだ。一日じゅう野外にいたせいで――ミスティの捜索に努めるふりをしていた――冷えきった体が痛むし、車内は思ったほど暖かくなかった。助手席に座るのは贅沢でも容易でもなく、息はまだ白くもった。キャフェリーはスーツの上にコーデュロイの厚手のジャケットを着ている。運転席で体をめぐらせて、彼女が話を切りだすのを待っていた。

「いいわ」彼女はシートベルトを締めた。フロントガラスの先を顎先で指し示す。「とにかく、車を出してもらえますか?」

彼は逆らわなかった。エンジンをかけて車を駐車場から出した。

「右へ。モンクトン・ファーレイ村を抜けてください」

彼は言われたとおりにした。フリーは助手席に座って肘をドアに押し当て、額に手を当てていた。田舎の夕方の風景が窓外を飛び去り、道路を飲み込んでいく。

「幹線道路に出たら右へ——バース方面へ向かってください」

彼は黙って指示に従った。フリーはシフトレバーに置かれた彼の手を横目で盗み見た。これまでにも何度か彼の手を見ている。硬そうでわずかに日に焼けていて、指輪はなし。彼が結婚指輪をはめているのは一度も見たことがない。かつて結婚していたことを示す指輪の跡さえも。

「さて」幹線道路に出て経済速度で走行できるようになると切りだした。「たしかに話がありました。あなたが現場に来ないので、電話をしようかと思っていたんです。本当です。ただ、どう切りだしたものかわからなくて」

「では、いま話せばいい」

「まず、このあいだの夜のことを謝らせてください。あんな無愛想な態度をとるつもりはなかったんです」

キャフェリーは硬い笑みを浮かべた。ギアを変えた。「無理もない。日常的な会話ではなかった——朝のコーヒーを飲みながらの軽いおしゃべりではなかった」

「控えめな言いかたですね」

「こっちも、もっとましな言いかたができたはずだ。もっと穏やかな言いかたをすればよかった」

フリーは目をそらした——キャフェリーが彼女の表情を探ろうとしているのがわかったので、前方の路面を見つめた。

「わたしが申し出を断わった理由を云々する前に、事実関係を知ってもらいたいんです。ミスティが……」フリーは言いかけてやめた。改めて言い直した。「彼女が死んだあとの」

「事実関係？」

「あれがわたしの取りうる最善の行動だったとわかるはずです——あれが最善の道だったということが。事情はあなたが考えているほど単純ではないんです」

「聞かせてもらおう」

フリーは長い深呼吸をひとつした。背中をシートに預けた。本当は思い出したくない。これっぽっちも。

「いいわ」とりあえず話しだした。「いまが晩春だと想像してください。場所はここ……この道路。ただし、一年六カ月前。トムはわたしの車を使っていた。午後十一時、トムは酔っぱらっていて……ま、あの裏道で起きたことはあなたもわたしも知っています。トムはここを走っていた——いまのわたしたちと同じ。ただ、トムは泥酔状態でスピードを出していた。トランクにおそろしいものを入れていたからです。トランクに入れるべきではないものを——なんのことか、わかりますよね。ここを曲がるときに尾行に気づき——」

「交通巡査か？」

「そうです。わたしたちの仲間のひとり。エイボン・アンド・サマセット警察——たまたま、あなたもわたしも知っている人物ですが、それはまた別の話です。そこを左に」

キャフェリーが車体を振るようにして左折すると、断崖から離れて谷の斜面を蛇行しながら下る道に入った。

「だから、トムは警官に追われながらこの道を下りてきて、わたしは家にいた——もうすぐ着きます——すぐにわかりますよ——ヘッドライトと、泥酔していたトムが車を家にぶつけた音とで、帰ってきたのがわかったんです。トムは泥酔していたのでトイレへ直行し、吐きながら泣いていました。すぐに警官が来ました——数分後に。とっさの判断だったんです。先を読んで結果がどうなるかを考えることもできなかった」そこで言葉を切り、しばらく黙っていた。次のくだりが愚かきわまりないとわかっているからだ。「とにかく——わたしは、自分が運転していたと警官に言いました」

「なにを言ったって？」キャフェリーが目をのぞき込むので、フリーは一瞬遅れて目をそらした。「もう一度、言ってくれ」

「トムの代わりにアルコール呼気検査を受けた」

「いったい——」

「わかっています……」彼女は疲れた様子でこめかみを揉んだ。「でも、轢き逃げのことは知らなかったんです。トランクにミスティの死体が入っているのに気づいたのは四日後でした。わたしが気づくまで、四日もわたしの車のトランクに入っていた。愚かな弟がなにをしたかって？ 死体を抱え上げてわたしの車のトランクに放り込み、当のわたしにそのことを告げなかった——わたしが気づくまで黙っていることにした。そして翌朝には姿を消していた——それきり連絡が取れなかった——電話に出ようとしなかった。家まで押しかけてやっと話ができた」

　キャフェリーは首を振った。低い口笛を吹いた。

「それでもなお、きみは弟をかばったのか？」

「そのときには、弟をかばうのではなく、自分の身を守っていたんです。弟と、弟がつきあっていた頭のおかしいろくでなしの女から。その女がなにもかも逆転させるから、まるでわたしが……」彼女は腕をさすった。気がつくと震えていた。額に汗が噴き出していた。

「まるで、わたしが事故を起こしたみたいに見えたんですよ。あ、そこを右に。ここです。これがわたしの家です」

約束

今朝はどこへ行っていたのとメラニーに訊かれて、A・Jは嘘をついた。ペイシェンスが電話をかけてきた――スチュワートが落ち着かない様子なので、また散歩に連れて行け、と言うんだ。ペイシェンスは頭痛がするっていうから、しかたなく車で家へ帰って散歩させてきた。このところスチュワートは妙な行動ばかりしてるし、森の奥へ走り去るに決まってるから外へ出してやるわけにいかないからね、と。気に入らない嘘だし、ぼろが出そうな気がしたので口を引き結んでいたが、本当のことを話す勇気はなかった。電話が鳴ってキャフェリーの声が〝ビーチウェイを訪ねることになりそうです〟と告げる瞬間をおそれていた。

それまでに準備をしよう。A・Jは心にそう決めていた。その前にすっかり説明すればメラニーは大丈夫だ。そのころには冷静さを取り戻しているはずだから、納得してくれる。A・Jは男性用トイレで鏡に映った自分の姿を見ながらそう言い聞かせていた。

〝いいか、A・J、彼女に話すタイミングを見きわめろ。それはいまだ、そうだろう？　そのとおり。スチュワートの命にかけて、いまがそのタイミングだ〟。

午後五時。当番の業務も引き受けた超過勤務も終え、介護プランの報告を書き上げたことを確認すると、仕事は終わった。深夜残業続きがこたえていた。オフィスの戸締まりをして帰宅した。メラニーは役員会に提出する報告書の準備があるので遅くなるとのことだった。

ペイシェンスは一日がかりで〝朝食〟の次なる課題を準備していた――ゆで卵と、刻んだアサツキとコリアンダーとを添えた、本格的な英国風カレーピラフだ。

A・Jがひとりで入っていくと、落胆がありありと顔に表われていた。

「ああもう、彼女にまたそんなことをさせるなよ。すでに合格してるだろう」

「あの娘はしっかり食べさせて太らせないと」

「そんなに食べさせたら病気になるよ」

　ペイシェンスは唇を引き結び、キッチンをせわしなく動きまわってマグカップにコーヒーとクリームを入れ、カレーピラフにかけるケチャップを用意した。おばが盛りつけた料理を残さず食べたら、家一軒分ほどもある巨体になるにちがいない。

「洗濯しておいたよ――アイロンをかけてたんすに吊してある。ひと言ぐらい礼を言いたいかもしれないね」

「ありがとう」

「一応知らせておくけど……」おばはくすんだ黄色のカレーピラフを皿によそってA・Jの前に置いた。

「洋服のセンスの守護聖人が来たらしい。あんたのアロハシャツが風に飛ばされちまったよ」

「えっ？」

「洗濯ロープからね。消えてなくなったんだ」

「ねえ、おばさん」A・Jは警告するような口調で言った。「あれはお気に入りだったんだ」

「知ってるさ。それに、本当のことを言ってる。ほかの洗濯物と同じように洗濯ばさみで留めておいたんだよ。風のしわざにちがいない。どうやら、わたしら人間よりもセンスがいいらしいね」

　おばは背を向けて舌を鳴らし、手作りジャムに注意を向けた。次々と片手鍋のふたを持ち上げてなかをのぞくたびに湯気がもうもうと立ちのぼった。A・Jはため息をつき、ナイフとフォークを手に取った。おばがジャムの確認作業を終えるころには、どの窓も湯気でくもり、A・Jは皿のカレーピラフをたいらげていた。ペイシェンスは空いた皿をつかんでアーガ・オーブンへ行き、またカレーピラフを山盛りにした。

「ちょっと待った」A・Jは言った。「それじゃメラニーの分が足りなくなるよ」

「それはどうかね」おばの口調は苦々しかった。「まあ見ててごらん」

　A・Jは目を細めて考え込むような顔を向けた。なにが起きているのだろう。わかっていると思った。ケチャップを手に取り、カレーピラフにかけた。「それで？」ケチャップ容器のふたを閉めながらさりげなく切りだした。「どう思う？」

「どう思うって、なにを？　あんたのアロハシャツのことかい？　その答えなら知ってるだろう。あんたの仕事のことかい？　その答えも知ってるね。あんたが犬を甘やかすことかい？　その答えも知ってるじゃないか」

「そっちこそ、なんの話かわかっているくせに」

　ペイシェンスは喉の奥でとがめるような音をたてた。カレーピラフの鍋をアーガ・オーブンへ持って行って保温板に置き、重いふたを閉めた。

「で、どうなんだ？　ほら――言えよ」

「あの食べっぷりは気に入ってるよ」ペイシェンスは用心深く答えた。「まともな人間の食べっぷりだ」

「それ以外の点はどう思う？」

　彼女は答えなかった。鍋つかみを手にして腰をかがめ、煮沸消毒中の瓶を確認している。

「おばさん？　質問したんだよ」

　彼女はオーブンの扉を乱暴に閉めた。「質問は聞こえたさ。耳は聞こえるんだ」

「それで、返事は？」

「心配だね」布巾でさっと手をぬぐい、その布巾をテーブルに置いた。「本当に正直な返事を聞きたいなら言うけど、今回はちがうと思ってる」

「ちがう？」

「そう――今回ばかりは、甥が大人の男らしいふるまいをしてるのを見たよ。おちんちんがなんのためについてるのかを知ったばかりの十二歳の子どもじゃなくてね」

「それって問題か？」A・Jはナイフとフォークを置いた。「真剣だってことが？」

「いいかい」やさしい口調だった。向かいの席に腰を下ろし、思いやりに満ちた茶色い目を甥に注いだ。「あんたは自分が何者かわかってない――まったくわかってない。わたしにとってどれほど大切か、わかってないんだ。わたしには自分の子どもがいない――それってありがたいことじゃないかい？　わたしの子どもなんて、イノシシなみに気が荒いだろうからね。だけど、ドリーが死ぬはるか前、あんたがまだゼリービーンズみたいにちっちゃい洟垂れ小僧で、心が痛くなるほど不細工なガキだったころ、わたしとドリーは誓い合ったんだよ。どっちが先に死んでも、残ったほうがあんたを育てるって。あんたをこの世に生み落としたのはドリーかもしれないけど、わたしとドリーのあいだでは、あんたには母親がふたりいるってことにしたんだ。どっちも完璧な母親じゃないかもしれないけど、協力していい仕事をしたと思うよ」

「それで？」

　ペイシェンスはめずらしく笑みを見せた。コップに注いだミルクよりも白い歯をしていて、目がきらきらと輝くと、絶世の美女に見える。「わたしは母グマさ。子グマが初めて恋をしたら、その相手に大切に扱ってもらえるってことを確認したいんだ。相手の女になにも魂胆がないってことをね」

箱

キャフェリーはペニー・ピルスンの家からまっすぐ捜索現場へ来たのだった。急カーブを曲がるたびに、ハンデルの作った人形が入っている旅行バッグがトランク内をすべって動く音がしていた。事件との関連や、ハンデルにとってどんな意味を持つかを知ったいま、キャフェリーはことさら人形のことを意識していた。車を停めて後部へまわり、トランク内を確かめたくなった――小さな人形たちがバッグから抜け出していないか確認するためだけに。だが、フリーが助手席に乗り込んだとたん、アイザック・ハンデルのことなどすっかり忘れ、改めてミスティのことを考えはじめていた。

実際に車を停めたのはバースの北東に位置するあたりだった。フリーが駐車場所を指示した――砂利敷きの中庭を。前方に一軒のコテージ。細長く低い建物――二階建てで、長辺が二十メートル近くある。隣接する建物、そのコテージと角をはさんで中庭に面する大きな家は、切り立つような煉瓦壁と、夜空をさえぎるような数本の煙突をそなえている。刑務所のように高い位置にだけある窓の奥に、明かりが灯っている。

「あれは隣の家です」フリーがその壁に向かって手を振った。「こっちが」――枯れたつる植物に覆われたかつての馬車用ランプがひとつだけ灯っている細長いだけのコテージを指し示した――「わが家です」

彼女はさっと車を降り、装備類の入ったバッグを背負うと、ドアへ向かった。キャフェリーも車を降りて周囲を見まわした。月明かりで庭が見えるが、広すぎて持てあましているようだ。除草剤を初めとする試みはことごとく失敗し、草がはびこっている。花壇が崩れて、ただでさえ野原まで広がっている芝生にはみ出したバラは、雨と寒さで台なしだ。かつては斜面が美しかったにちがいない段丘も密林の岩棚のようになり、夜陰へと消えている。吹き上がってくる風がまっすぐ吹き抜けていく。ここにはすさまじい勢いで秋が近づいている。キャフェリーは上着の前を合わせると、向き直ってフリーのあとを追った。

　彼女は玄関ドアの脇に装備類のバッグを放り、鋳鉄製の泥落としを使ってブーツを脱いだ。「どうぞ」と言った。「入ってください」

　キャフェリーは玄関ホールでウォーキングブーツの紐を解きながら、家のなかを見まわした。細長く、いまにも倒れそうなこの家は、廊下に箱がいくつも並び、彼自身の家と同じぐらい散らかっている。だが、ふたつの家にはちがいがある。それは、辺鄙な場所にあって愛情も注がれていない彼のコテージには絶対に宿ることのない生活感がこの家にはある、ということだ。至るところにかすかにたき火のにおいがする。延長部分である左に目を向けると、床には段差があり、方立てのある連双窓にはドライフラワーが飾られている。フリーが消えた右に目を向けた。ペンキで色を塗ったハンガーボードにありとあらゆるコートが吊されている。

　ここで起きたのだ。ここで、彼女は弟のしでかしたことをかばうというまねをした。キャフェリーは脱いだブーツを端に押しやり、彼女を追ってなかへ入った。そこかしこに、テープで封をした箱が積み上げてある。フリーはキッチンでコーヒーを淹れていた。ジャケットとスウェットシャツを脱いで、黒い戦闘ズボンと、胸もとに潜水捜索隊のマークが刺繍されたポロシャツに着替えていた。ブロンドの髪を無造作にまとめて結わえている。今日の捜索活動で、両腕はすり傷と掻き傷だらけだ。やかんに水を入れながら、テープで封をした床の箱を押しのけようとしている。

「ここはどうなっている？　引っ越す予定なのか？」

「警部には思いもよらない事情が」

「秘密か」

「そう――秘密です」

彼女は足音をたてて動きまわり、さまざまな音をたてて戸棚から食器を取り出した。カップとスプーンと砂糖入れを乱暴に置いた。

「きみの家か？」キャフェリーはたずねた。「ここで育ったのか？」

「ミルクは？　砂糖は？」

「ああ、どっちも入れてくれ。子ども時代を過ごすには申し分ない家だ」

彼女がカップに湯を注ごうとしたところで手を止めたので、キャフェリーは自分の犯したあやまちに気づいた。両親のことだ。私は愚か者だ。「申しわけない」ぼそりと口にした。「悪かった」

彼女は湯を注ぎ、ミルクを入れて手早くかき混ぜたカップをキャフェリーに渡した。

「持ったままどうぞ――必要なものを見せるので」

ふたりはさっきとは別の廊下を進み――キャフェリーにはこの家がウサギの巣穴に思えてきた――あるドアの前に出た。それをフリーが開けると、そこは車庫だった。

「ここですべてが暗転したんです」

雲の切れ間を見つけた月が、この瞬間を選んで、巻き上げ式の車庫の扉の上方にある窓から闇を切り裂いた。月明かりが繊細なクモの巣をとらえ、クリスマス飾りのようにきらめかせた。壁には園芸用具が整然と吊されている。ここにも箱が積まれていた。車庫の中央に、鋳鉄製のビクトリア朝時代の浴槽があった。

「なにがあったんだ？」

「四日後――トムがわたしの車のトランクに残していったものを知ったあと――車をここに入れました。最初は冷凍庫に放り込むことを考えたんです――」彼女は隅の箱型冷凍庫を指さした。「でも、ある病理学者から聞いた氷晶現象のことを思い出して。聞いたことはありますか？」

「あると思う。心筋かなんかに生じる現象だとか――凍死かどうかがわかるんだろう？」

「そうです――それで、やむなく死体を冷却しました。冷やしはするけど、凍らせずに」顎先で浴槽を指し示した。「そこで、大量の氷を使って、死体の処分を考えつくまで冷やしたんです」

「ばかなことを」

「そうですね。死体の扱いに慣れているはずなのに。仕事柄という意味ですが」

彼女は窓辺へ行き、つま先立ちになってのぞき込んだ。窓枠を――そこになんらかの証拠が隠れているとでもいうように。車庫のなかは凍えるほど寒い――彼女の息で窓ガラスがくもった。月の光が彼女の顔になめに差している。フリーを見るたびに、キャフェリーの脳の動物的な部分に火がつく。大脳辺縁系が過熱する。それが〝セックス〟と叫ぶこともあれば、いまのように、〝守れ〟と叫ぶこともある。〝彼女を脅かすいかなるものも始末しろ……〟。

「窓に目張りをしたけれど、隣人は異変に気づいていました」彼女は隣家のそびえるような壁を見上げた。「うちを嗅ぎまわって――頭がどうにかなりそうでした。あれは――」人差し指を額に当てた。背をそらせた。短い間のあとで言った。「とても現実のこととは思えませんでした。いまだに信じられません」

彼女が向き直り、悲しげな笑みを見せた。

「だから、わたしに不利な材料はふたつ――あの夜、わたしが運転していたという記録と、隣人と。そのふたつではまだ不足なのか、不利な材料がほかにもありました。あの禿げ男を覚えていますか――ストロベリー線での自殺事案を捜査した際の捜索調整官（ＰＯＬＳＡ）を？」

キャフェリーはよく覚えている。フリーとＰＯＬＳＡ――捜索活動の管理を学んだ警察官――は、雄ヤギ同士のように角突き合わせていた。「覚えている――きみはあの男を心底嫌っていた」

「おたがいさまですよ」

「きみは彼を、バーコード頭のおかま野郎と呼んだ」

「だって、本当のことです――あいつはバーコード頭のおかま野郎でした。決められた仕事しかしないんだから。出会った瞬間から、嫌い合っていました。でもあなたは、そんな関係の原点を知らない――ミスティが更生施設からいなくなった日です。あのＰＯＬＳＡのやつ、うちの隊に、施設内の湖の捜索をさせたがった。彼が満足する前にわたしがチームを引き上げさせたのを、あいつは騒ぎ立てた――この湖にミスティの死体がないと、そこまで自信を持って言い切るところを見ると、きみは死体のありかを知ってるんじゃないかって」

「ああ、なるほど――あまり賢明ではなかったな」

「賢明ではなかった？　あの夜にスピード違反をしたという記録があって、同時期にあやしげな行動を取っていることを隣人が知っていた――あの女の好奇心はひと晩でさめたりしない。なんなら、お金を賭けてみればいいんです。そのうえ、何人もの人間が聞いてるなかで、ミスティの死体のありかを知ってるような言動をしていると言われたんですよ」彼女は疲れたような深いため息をついた。「そのときはまだ車のエンジンもかけていなかったのに」

「車？」

「彼女をはねた車です。トムが運転していた車――フォードです。わたしの。あれは時限爆弾です。科学捜査でもされたら、わたしにとってまたひとつ不利な材料が増える」

答える代わりに、キャフェリーはコーヒーを飲み干した。カップをひっくり返し、一滴も残っていないことを確かめた。「コーヒーぐらい私も淹れられる」と言った。

「そうなんですか？」フリーは片眉を上げた。「それはすばらしいですね」

「一杯飲んでみるといい。判断するのはそれからだ」

亡霊たち

メラニーは午後八時にコテージに帰ってきた。Ａ・Ｊは家の前の野原でスチュワートに棒を放ってやっていた。生け垣に囲まれて犬が逃げ出すことができないからだ。さっき生け垣のすきまをのぞいてなくなったアロハシャツを探したのだが、見つからなかった。仮にペイシェンスが投げ捨てたのだとすれば、腹立ちまぎれにやったのかもしれない。おばにそこまでやらせたことを喜んだものか腹を立てたものか、よくわからない。おばの怒りの正体は、じつはＡ・Ｊ自身の脳裏を去らない不安とまったく同じ——もしもメルがジョナサンに未練があるのだとしたら、Ａ・Ｊは傷つく結果になりかねないということだ。

メルの家で迎えた二度目の朝、彼女がシャワーを浴びているあいだ、Ａ・Ｊはベッドルームにひとりきりだった。彼女の家には誘惑の種がいくつもあった――キッチンのテーブルに置かれた口の開いたハンドバッグ、ナイトテーブルの携帯電話。寝返りをうって横を向き、枕を整えて薄い携帯電話のブルーの側面を見つめるうち、こめかみのあたりが脈打っているのを感じた。体じゅうの原子がシリコンケースの側面に吸い寄せられていた。

この携帯電話はどんな情報を秘めているのだろう？　メラニーの頭のなかのどの窓の錠を開いてくれるだろう？　ジョナサン・キーに関する情報だろうか？　最新履歴にジョナサンの名前と写真が表示されるだろうか？　彼とやりとりしたメールや、彼のことを書きつづったメールやメモがあるだろうか？　のぞき見たい気持ちに飲み込まれかけたが、Ａ・Ｊは踏みとどまった。そのうちに背中を向けて自分の携帯電話を手に取り、たわいないゲームアプリを開いて気をまぎらしたのだった。

そしていま、メラニーの車のヘッドライトが弧を描いて私道に入ってくると、Ａ・Ｊはスチュワートにリードをつけて車のそばへ行き、彼女のバッグを持ってやった。何度もこっそり彼女を見た。メラニーはとても美しい。ペイシェンスの言ったとおりだ。ここから先は慎重にならざるをえない。

家のなかは暖かいので窓はどれも結露していた。なかに入ったメラニーがペイシェンスにただいまのキスをすると、おばはすっかり呆気にとられていた。なにも言わなかったものの、くるりと背を向けて、アーガ・オーブンでずっと温めていた皿に英国風カレーピラフをよそった。異常なほど山盛りにはせず適度な量を盛りつけたところを見ると、先ほどＡ・Ｊと交わした会話で少しばかり気持ちをやわらげたのかもしれない。なにしろ、愛想よく、打ちとけたと言えるほどの態度でメラニーに仕事のことをたずねたのだから。

すべてが好転していることにA・Jはすっかり気をゆるめ、去年作ったリンゴ酒の大瓶を開けた。

「キングストンブラック。リンゴ酒に適した品種でね」彼はシンクの上方の古くてぐらぐらする戸棚からデュラレックス社製の強化ガラスのタンブラーを三つ取り出してリンゴ酒を注いだ。「アティじいさんのリンゴ園からちょうだいしてきたんだ」

メラニーはブラウスの袖でグラスの縁をすばやくぬぐってからお義理で口をつけた。ウォッカのほうが好みだが、つつましいのでそう言えないのだ。ペイシェンスはひと息に飲み干した。グラスをテーブルに置き、A・Jにお代わりを注がせた。「スチュワートがどこへ行って暮らしたがってると思う？　幽霊たちのところだよ」

A・Jはペイシェンスをきっと見た――せっかくのなごやかな雰囲気を台なしにしてほしくなかったのだが、アプトン・ファームのことを言っているのだとメラニーは気づいていない様子だった。

「まだ森に入りたがってるの？」彼女はアーガ・オーブンの脇でまどろんでいるスチュワートを見下ろしてほほ笑んだ。「今日はおとなしいみたいね」

「いちばん上の原へ連れて行ったところなんだ。あそこなら外へ出られないけど、今夜はどこかへ行きたがってる様子はなかった。そうだよな？」

「でも、今朝はどこかへ行きたがってたけどね」ペイシェンスはひと口分の酒でも飲むように二杯目のリンゴ酒をぐいと飲み干した。「落ち着かせることもできなくてさ。結局、町へ連れて行ったんだ。カレーピラフに入れるコダラを買うお手伝いだよ」

そこまで聞いてようやくA・Jはおばの言葉が意味するところを理解した。ふたたびキャフェリー警部を訪ねるために、今朝はスチュワートの散歩をさせていたと、メラニーには言ったのだ。メラニーがその嘘に気づいたかどうか、グラスの縁越しに確かめた。はっきりわからない。表情はまったく揺らいでいない。そこで、彼はすぐさま話題を変えた。頭上で巨大な赤ランプが〝嘘つき〟と点滅している気がして、どんなことも話題にした。〝嘘つき〟。

　メラニーはA・Jの嘘にまったく気づいていないようだった。にこやかに会話に加わっていた。彼のくだらない冗談に声をあげて笑い、ペイシェンスの料理を褒めた。夜もふけてベッドルームに引き取ったときに初めて、じつは嘘を切り抜けたわけではなかったと思い知った。メラニーはベッドへ来ないで、窓辺に立って外を眺めていた。今夜は月が出ておらず、星も見えず、世界は雲に封じ込められたようだった。キッチンの窓から漏れる照明の淡い光のなかで、豆のつる棚と鉢植え用の納屋が見えるだけだ。それ以外、ほとんどなにも見えない。

　A・Jは彼女のそばへ行き、おそるおそる肩に手をかけた。「メル？」

「スチュワートを散歩させるために家に帰ったって言ったわよね」

「わかってる――悪かった――本当に申しわけない」窓枠に手を置いた。身をのりだして彼女の顔をのぞき込むためだ。自制のきいた無表情な顔だった。「メラニー、私が愚かだった。ふだんは嘘などつかない――どうかしていたんだ。私は……なぜ嘘をついたのか説明するのも恥ずかしい」

「説明してみればいいわ」

「町の自家醸造用品店にいたんだ。うちの古い圧搾機に合う特殊なハンドルが手に入ったっていうから――入手困難なものなんだよ。手に入れる機会を逃したくなくて。ほら、リンゴ酒が人生を支配しかねない」

　メラニーは彼に視線を向けた。鋭い目で彼の顔を探ったが、ユーモアのかけらも見つからないはずだ。心のどこかで、A・Jは身を縮めてやり過ごしたい気持ちだった。

〝嘘つき《ライアー》、嘘つき、パンツに火《ファイアー》がつくぞ〟。

「メラニー？　ただでさえ、きみは私を年老いた毛深いホビットだと思っているだろう」

「わたしがそんなことを言った？」

「いや、言ってない――だが、もしもきみがすでに気づいていたら……ほら……〝毛深いホビット〟の気配に――そのイメージを強めたくないというか。そういう――固定観念で見られたくない」

「固定観念なんかで見てないわ。わたしは人を見ているの」

「だれしもそうあるべきだよ。そこがきみのいいところだ」彼はおずおずとほほ笑んだ。「どうだろう？　許してもらえるかな？」

「これまで恋人に嘘をつかれなかったことなんて一度もないと思うわ」

「ジョナサンのことかい？」


食いつくのが早すぎた。反応を待つと、メラニーは腹を立てるのではなく、うなずいた。認めたのだ。

「打ちのめされそうだった――嘘をつかれているなんて。わたしも嘘をついたってことはわかってる――アイザックの審査会のことで――だから、文句を言えた義理じゃないけれど、嘘をつかれる側になると……ね？」彼女は力なく拳を固めた。「どうしてだか、嘘をつかれるとだめみたい。理由はわからない。ひょっとすると、父と父が癌を患ったことが原因かしら――末期だということを母は教えてくれなかった。嘘をついたの――お父さんはよくなって退院するわって。でも、もちろん……」彼女は肩をすくめた。「とにかく、父は退院しなかった」

身を縮めたかったA・Jの心の一部が降伏して小さく丸まった。膝を胸もとに引き寄せて両手で耳をふさぎ、前後に揺れはじめた。「提案がある」彼は咳払いをした。「取引をしないか？　二度ときみに嘘をつかないと約束したら、毛深いホビットのことも、樽で熟成させるリンゴ酒を好むことも、環境保護主義の傾向があることも、目をつぶると約束してくれるかい？」

　長い沈黙が続いた。やがて雲のかげから太陽が顔を出すように、メラニーが笑みを浮かべた。「まったく、A・Jったら」悲しげな口調だった。「わからないの――そんなこと、わたしにとってはたいしたことじゃないってことが？　わたしが惹かれているのはあなたという人間よ。なにを着て、なにを飲んで、なにを食べるかじゃないわ。あなたという人に惹かれているのよ」

プリディ村

　フリーは自分の車でキャフェリーについていった――自分の鼓動が耳に響いている気がした。キャフェリーがどこに住んでいるのだろうかと、前々からなんとなく気になっていた。てっきり、ブリストル港の近くに建つ、再生された金属やガラスを使ったエコアパートのどれかだろう、と思っていた。だが、キャフェリーの車はメンディップ・ヒルズへと入って田舎道を進み、霜で覆われた荒れ地を過ぎ、中世の名残をとどめたようなプリディという村で速度を落とした。人生において、ただ通過するだけで決して車を停めたりしないような村だ。左手の闇のどこかに〝プリディ・サークル〟と呼ばれる有名な古代の環状土塁がある。右手の地元のパブの庭には、びしょ濡れで汚れたプラスティック製のジャングルジムと、半分ぐらいまで雨水が溜まったビールグラスがてっぺんにひとつ置かれたすべり台。

　そのうちだれかの別荘か人目につかないゴルフ場か私道が見えてくるものと思っていたが、意外にもキャフェリーは方向指示器を出して左折し、雨で濡れた軽量コンクリート敷きの私道に入った。私道の先には藁葺き屋根のコテージが立っていた。

　このあたりはカルスト地形だ。酸性雨と水に溶解しやすい性質とによって石灰岩にできた沈下や傷、陥没穴がヘッドライトの明かりでよく見えた。地味は痩せ、洪水に見舞われることも多く、家畜の餌にもならないスゲ植物が集団で生えている。それに危険だ——不用意に足を踏み出せば、地面に穴が開いて飲み込まれかねない。予想していた住まいとはまるでちがう。ほっとしたいところだが、実際はめんくらっていた。またしてもキャフェリーに予想と先入観を完全に裏切られた。

　ルノー・クリオを降りてフリースを引っかけ、湾曲した白い壁、奥まった連双窓、黒ずんだ藁葺き屋根を眺めた。「これは？」

　彼が自分の車のドアを閉めた。「これ？」コテージに目を向けた。「私の住まいだ」

　とても小さく、いかにも家庭的なあばら屋。じつにロマンティックだ。港の水や街の明かりが映る広大なガラスの壁を持つ建物を予想していたが、このコテージの壁には心が安らぐような小さな窓がたくさんある。この家の最大の脅威は、慣れ親しんだ雰囲気を放っていることだ、と思った。

「なんだ？」キャフェリーが車のルーフ越しに言った。

「どうした？」

「なんでもありません」

「借家だよ」

「あら」フリーは曖昧な返事をした。「すてきですね。それで、コーヒーは？」

　キャフェリーは平手でルーフを二度叩いた。手招きした。「行くぞ。話をすませよう」

　ふたりはコテージに入った。内部を見て、フリーはまたしても驚いた。そこらじゅうに箱が置かれ、書類やファイルの山があって、彼女の自宅ととてもよく似ていた。iPadが充電中だった――ラジエーターの下、廊下の幅木に立てかけてあった。階段はリビングルームのなかにある――かつては壁で仕切られていたにちがいないが、いまはすきまのある手すりが設けられている。最下段の支柱のすきまにセーターが引っかけてあった。そのセーターを見つめていたかった――キャフェリーに関する手がかりをそのセーターから汲み取りたかった。だが、彼に関心があることをそこまであからさまに示すわけにいかないので、そっと視線をめぐらせて、階段の下の空っぽの旅行用ショルダーバッグから、窓台に置かれたほぼ空《から》になっている高価なスコッチのボトルまでを見て取ることでよしとした。まるでカメラのようだ。シャッターを切っては、あとで分析するべく映像を保存している。カシャ、保存。カシャ、保存。

　キッチンへ行くと、キャフェリーが冷蔵庫からミルクを取り出していた。ガスコンロで金属製のエスプレッソポットがコーヒーを抽出している。「引っ越すんですか？」

「ちがう――まだ荷ほどきしていないんだ」

「ここに住んで何年ですか？」

「さあ。二年かな？」

「二年も経つのに、まだ荷ほどきをしてないんですか？」感心しているのか、信じられないほど悲しくなったのか、自分でもよくわからない。「なにかの記録になりますよ」

　彼が見つめていた。まるでいまの発言で彼女が愚かだと気づいたようにまばたきをしている。「記録ではない」淡々と言った。「問題だ。なにかを終えてしまわないと、それが問題を引き起こす。決して状況が落ち着くことはない。絶対に」

きっぱりした口調なので、言いたいことはわかった。彼の兄——何年も前に消息を絶ったきり、いまだ発見されていない。わたしの両親——ダイビング事故のあと、遺体は回収されていない。永遠に失われたままだ。ジャッキー・キットスンも同じ立場——いまも娘のミスティの消息を知りたがっている。彼はわたしを懲らしめようとして言ったのだ。なぜここにいるのかを思い出させようとして。気のきいた話題を思いつかないので、彼がコーヒーを注ぐのを黙って待った。カップを渡されると、短い笑みを浮かべ、一応は口をつけた。

「おいしい。とてもおいしいです」

「そりゃどうも」

「本当においしい——でも、だからといって気持ちは変わりませんよ。やはり、できません」

「できないのか、やる気がないのか？」

「両方です。お願い——また人生に向き合えるようになったところなんです——いまさら、あと戻りなんてできません。それに、ほかの理由はもう話しました」

「そうだな——どれも乗り越えられる障害だ。座れ。こっちが話をする番だ」

フリーは観念して、言われたとおりにした——長年の使用により表面に傷や穴がいくつもあるキッチンテーブルに向いて座った。キャフェリーが砂糖と紙パック入りのミルクを置いた。フリーは無意識にパックの字を読み、彼がどのブランドのミルクを選んでいるのかを頭に入れた。サイドボードに電子煙草のカートリッジの山、窓台に未開封の手紙の山があるのも目に留めた。頭は彼が切りだす話にそなえている——別の一部、キャフェリーをとんでもなくセクシーだと前からひそかに思っている心のほうは、窓ぎわへ飛んで郵便物の山を詮索している。彼に関する手がかりをもっと与えてくれそうな手紙を開けようとしている。

「今日一日、私がなにをしていたと思う？」彼は自分のコーヒーに砂糖を入れてかきまわした。「いろんな人に話を聞いていたんだ、ビーチウェイ重警備精神科医療施設で起きたある事件について。ビーチウェイの名前に聞き覚えは？」

ビーチウェイ。知っている――あそこで捜索活動を行なったことがあるが、彼がなにを言いたいのかはわからなかった。

「ポーリーン・スコットは？」彼がさらに促した。

記憶が正しければ、ポーリーンは彼女のチームが発見できなかった行方不明人だ。数カ月後に捜索範囲の三メートル外側で彼女が死体で発見されたことは、一生の不覚だ。

「彼女がどうだと？」

「きみたちが発見できなかった理由はひとつ――彼女の死体が捜索範囲の数メートル外にあったからだ。その捜索範囲を設定したのは、あるバーコード頭のおかま野郎の捜索調整官（POLSA）。したがって、当然と言えば当然。さもありなん」

フリーはにっと笑った。「驚いた。うちの父に会っていればねえ。父は喜んであなたと議論したはずです。きっと、あなたをばらばらに引き裂いたわ」

「ちがうな――私が勝ちを譲っていただろうね」

「あなたが譲ろうが譲るまいが、父が勝ったはずです」

キャフェリーはおざなりに首を傾けた。まるで、その可能性をしぶしぶ認めるというように。「とにかく、私に少しばかり発言する時間を与えてくれ。いいね？まず――きみの車は時限爆弾ではない」

「いいえ、時限爆弾です。あれは廃車にしました――でも、使える部品がたくさんあったので解体業者はスクラップにしなかったし、こっちも強要はできなかった。車はまだ解体工場にあります。少しずつ解体されてるんですよ」

「そうかな？　きみが最後に車を見たのはいつ？」

　彼女は肩をすくめた。正直、いつだったか思い出せない。洞窟で爆発を起こした一件よりも前だったことは確かだ。なにしろ、入院以来ほとんどなんの活動もしていないのだから。だが、入院する前の記憶は曖昧だ。

「では、聞くんだ」キャフェリーが言った。「もう一年近くになる。去年の十一月、あの車はスクラップになった。プレス機にかけられるのをこの目で見た。あの車を追う人間はひとりもいないし、仮にいたとしても、あの車から物証を得ようとすれば笑い物になるのが落ちだ」

　フリーの浮かべた表情を見て、キャフェリーは皮肉めかして片眉を上げた。

「この件については、何年も前から考えていたんだよ。質問はなしだ――とにかく、〝できない理由〟のリストからあの車をはずせ。それに、アルコール呼気検査のことも忘れていい――あの車の関与を知る者がいない以上、検査記録を調べる人間もいないからだ」

「できない理由はほかにもあります――頭部の外傷です。彼女は車にはね上げられた――側頭部が完全につぶれていました」

「頭部は捨てよう」

「はあ？」

「いや、いい」彼は言った。「気にするな」そのまましばらく黙っていた。そのうちに言った。「頭のどの部分だ？」

「部分？　頭は頭でしょう」

「背後から車にはねられたとすれば、このあたりだろう」彼は自分の後頭部、首のすぐ上あたりを手で触れた。「トムの正面にいたとすれば――額だ。あるいは、はねられる瞬間、反射的に顔をそむけたとすれば―

―」彼は自分の首をめぐらせた。「ここだ」顔の側面、右耳の上あたりを指先でなでた。

フリーは返事をしなかった。実際はミスティの左側頭部だったが、キャフェリーの推理はほぼ正解だ。フリーと同じく、彼もこれまでに交通事故はさんざん目にしている。車のルーフにぶつかった衝撃で、ミスティの左耳はちぎれかけていた。

「よし」キャフェリーは彼女の沈黙を同意だと受け取ったらしい。「身元確認のために下顎骨は残そう。頭蓋骨が見つからなくても、キツネかアナグマが持ち去ったという見解が出されるさ」

「ジャック――そうは運ばないの。着衣がない。所持品がない。全部、わたしが燃やしてしまったから」

「それがなんだ？」

「着衣がなければ、どんな病理学者だって不審に思います。着衣がないということはセックスを意味し、それは、だれかがいっしょにいたことを意味する。つまり、死の原因は低体温症あるいは薬物の過量服用だという結論にはならない。所持品がないということは窃盗を意味するので、あとは同じ。着衣がない以上、くわしく調べられる結果になるだけです」

「そうとはかぎらない。低体温症の症状により服を脱ぐこともある。そうだろう？　自分が暑いのか寒いのかわからなくなって。骨が散乱していれば、着衣はどこにあってもおかしくない――木立の下草のなかでひそかにキツネの巣穴を覆い隠しているかもしれない」

彼が椅子をうしろへ押しやって立ち上がった。まだ上着のままだ。フリーは、シャツの裾がズボンに押し込まれているあたりをちらりと見た。しわくちゃのシャツ。初めて、キャフェリーにも苦労はあるのだと気づいた。荷ほどきをしないままでの、このコテージでの生活。フリーが自宅の箱のことを説明すれば理解してくれるかもしれない。あの箱がどれほど重要かということを。

「カップを置くんだ」彼が言った。「見せたいものがある」

フリーは席を立ち、彼について庭へ出た。コテージの窓から漏れる明かりに照らされて、いまはよく見える。彼は車庫へ行った。鋤《すき》を一本持って出てきた。彼が地面を掘りはじめても、フリーはなにも言わなかった。彼は上着のポケットを探ってニトリル手袋を取り出した。それをはめ、地中の頑丈な有機物らしきものを引っぱりはじめた。フリーは腕組みをした。長年、責任者の立場で死体の回収に当たってきた――水中でも、水中以外でも。キャフェリーがあばこうとしているのが、浅い墓のように思えた。フリーは左右に目を走らせて、だれにも見られていないことを確認した。

キャフェリーがもう一度引っぱると、物体が地中から抜けた。彼がそれを振ると――土のかたまりが落ちた――なにかわかった。ドレスだ。

「それはいったい……？」

「ミスティのドレスだ」

「ちがう――ミスティの着衣は燃やしたもの」

「本人の着衣はきみが燃やした――だが、私たちは再現映像を作った。覚えてるか？」

覚えている。更生施設の階段を下りてくる女――薬物でハイになった演技。薬物依存者というより、シャンプーのコマーシャルに出てくる女優のようだった。フリーは首を振りながら小さな口笛を吹いた。「あの女優が着ていた服ですか？」

「あれは重大犯罪捜査隊が紛失した――オフィスの引っ越しの際になくなったにちがいない。けしからんことに、その手のものがしょっちゅう消えてなくなるらしい」

彼はハンドバッグとサンダルも引っぱり出し、それらを凍った地面に並べた。「仮に科学捜査の専門家を呼び寄せるにしても――まあ、私が捜査の指揮を執ることだし、それを要請する者がいるとは思えないが―

――森林地帯の特徴とおおむね一致するはずだ。森あるいは休閑牧草地はここの土とよく似た土壌組成だからね。この衣類にどれだけの量の無機物が蓄積されているとしても、森林地帯の特徴に合致する」

　彼は両手の土を払い、上着の袖で額をぬぐった。

「どうだ？　これ以上なく簡単だろう？」

　フリーが目を合わせた。「言ったでしょう――潜ることができません」

「それは事実なのか？　それとも言いわけか？」

　その問いに答えることはできなかった。答えようとすれば、こう口にしかねない――〝言いわけです。本当は潜ることができます。過去の扉を開けたくないだけです……開けてしまったら、すべてが崩壊して、なにもかも台なしになってしまうから〟

　それに、おそらく泣きだしてしまうだろう。

「もう帰ります」フリーはポケットに手を入れて車のキーを探した。

　彼は無力感に襲われた様子で首を振った。「またか。また、きみは逃げるのか？」

「申しわけありません、もう遅いので」

「だめだ――もはやそんな言いわけに笑っていられない。本当に。笑えない。いいかげん、うんざりしてきた――とくに、きみが阿呆の弟をかばおうとすることにはうんざりだ」

「そうではありません」フリーは愕然となった。「理由は弟ではないんです」

「ではなんだ？　言ってみろ。理由はなんだ？」

　フリーはその場に立ったまま、しばらく彼を見つめていた。心のなかの、譲歩したがっている自分が震えている。泣いたりしない。泣くものか。

「やめてください――あなたはわかっていないんです」

「もういい」彼は目をそらした。片手を上げてフリーの言葉を制した。「忘れてくれ。聞きたくない」

オールド・ミル

服のままベッドに横たわっているペニーの頭のなかで、虚脱感が石のように居座っていた。階下では〈オールド・ミル〉がひっそりと静まり返っている——なにかがきしむ音も物音もしない。キャフェリー警部はとうに立ち去った。家の表側の鎧戸に開いているハート形の穴から、彼が帰るのを見届けた。警部はまっすぐ車へ向かわずに脇のゲートから出た。ペニーは裏側の窓へ駆け寄り、ふたたび彼の姿をとらえた。植木鉢を集めて置いてある裏のテラスに立っていた。谷の対岸、木々の梢の先に見えるアプトン・ファームをしばらく眺めていた。谷を吹き上がってくる風で上着の前が開いてはためき、ネクタイがめくれ上がり、シャツとズボンが体に張りついていた。あの風が、彼にかけられていた呪縛を解いたようだった。彼は家の表側へ引き返して車に乗り込み、走り去った。

　キャフェリーはきっと彼女とほぼ同年代、いや、少し下かもしれない。彼をセクシーだと思う女は多いだろうが、結婚したいとまで考える相手ではない。女の多くは、自分を魅了し、褒めそやし、セロファン包装したバレンタインデーの贈り物に金をかけてくれる男を求めている。キャフェリーはそのどれもしない——遠く離れた場所からでもそれがわかる。だが、彼には率直な面があり、ペニーはそれに気づいていた。彼の正直さに。結婚指輪をしていないことにも気づいた。女に高価な贈り物をしないのが理由かもしれない。

　ペニーは目を閉じた。キャフェリーの年齢や、独身かどうかといったことを考えても意味はない。彼は都会の高級なロフトアパートに住んでいるだろう。毎晩、大勢の友人たちと最高級レストランで食事をしているだろう。洗練された美しいガールフレンドが何人もいるだろう。わたしとは住む世界のまったく異なる人種だ。男はみんなそう。いや、異なる世界に住んでいるのはわたしのほうだ。

ペニーは人の心を読み取ることができない——相手の気分を察することも、相手が幾層にも積み重ねた嘘を見破ることもできない。たとえばアイザック。彼が好意を持ってくれていると本気で思っていた時期があった——グレアムがルイーズよりもわたしを妻のようにいとおしんでくれていると思い込んでいたのと同じように、アイザックが生みの母であるルイーズ以上にわたしを母親と慕ってくれているとさえ信じていた。例によって、それは思いちがいだった。何度も思い知らされてきたことだ——人間社会を築き上げているこの巨大なジグソーパズルにおいて、自分と組み合う一片はないし、自分をはめ込む空きスペースはない、と。希望を抱くことなどとうにあきらめていた。

あの日に思いを馳せる——もう何年も前のあの日に。じめじめして寒く、風のない日だった。嵐の前兆のように雲がこの一帯の上空に居座っていた。アイザックが猛スピードで階段を駆け下り、廊下のコートスタンドを倒して玄関ドアから飛び出してきた。通学用の靴とソックスをはいているだけだった——胴と両腕に血と大便がついていた。なにも知らない人間が見れば勘ちがいしたかもしれない——アイザックが襲われたと思い込んだのではないだろうか。彼が助けを必要としている、と。だがペニーはアイザックを知っていた。

車に飛び乗った。セントラルロックをかけた。彼が駆け寄ってきた。〝ペニー、ペニー〟——低く不自然な声だった。エンジンをかけると、彼はボンネットに這い上がった。両脚と性器にも血と大便がついていた。ペニーがステアリングに寄りかかるようにしてクラクションを鳴らし、車をバックで急発進させると、彼はボンネットを転がって地面に落ちた。ペニーはブレーキを踏み込み、ヘッドライトをつけて、震えながら彼を見つめた。彼はすでに立ち上がっていたが、足もとがふらついていた――酒を飲んでいるのかもしれなかった――体をゆらゆらさせながら地面を手探りし、ようやく落としたものを見つけたらしい。肌身離さず持ち歩いている人形のひとつを。凍てつくような大気のなか、血と死により熱くなった体から湯気が立ちのぼっていた。

　彼が背筋を伸ばしてペニーに向き直った。

「やめて」ペニーの声がうわずった。「わたしまで殺さないで」

　アクセルを目いっぱい踏み込んだ。車体が揺れて急発進すると、やむなくアイザックは納屋に駆け込んだ。彼が扉を閉めたので、恐怖とアドレナリンに駆られたペニーは運転席から飛び出して外から扉の掛け金をかけ、彼を納屋に閉じ込めた。最初に見つけた公衆電話ボックスに入ってハリーの番号にかけようとしたときになって初めて体が震えだした。

　そしていま、明かりもついていないベッドルームで、耳の上までキルトを引っぱり上げてベッドに身を丸めている。死体を見たわけでも、あのベッドルームを見たわけでもない。あれこれつなぎ合わせて考えただけだ――アイザックの裸体についていたものと、新聞に後日出た記事もひとつだが、主として、ハリーが答えようとしない疑問を考え合わせた。ハンデルの家で現場の光景を目にして以来、ハリーはすっかり人が変わってしまった。

　ペニーははっとした。身を起こし、読書灯をつける。眼鏡をかけてキルトを持ち上げた。なくなった一片。一昨日の朝、キルトの一片がなくなっているのに気づいたときに、アイザックと、彼が人の衣類を盗んで人形に着せる癖があったことを思い出した。あのときは彼が退院したことを知らなかったので、深く考えなかった。だがいまは、震える指であわててキルトを確かめていた。そこらじゅうの糸がゆるんでいる。使い古したせいではずれ落ちたとも考えられ、切り取られたという証拠はなにもなかった。

それでも、不意に浮かんだ考えが頭から離れなかった。アイザックが来たのではないかという不安な考えが。ベッドを出て一階に下りた。ペンキを塗った古い大きな振り子時計が八時を示していた。すべての窓とドアの施錠を確認した。階段へ戻りかけたとき、準備室のセイヨウカリンに目が留まった。準備室にはクエン酸やゼラチンを何箱も保管している戸棚がある。その戸棚の裏にドアがある。地下室へ通じるドアだ。錠はついているが、これまで、それがかかっているかどうかを確認したことはない。

なんてばかなの、神経症になりかけているのよ、と自分をののしった。過剰反応。医者なら、女の病にかかっていると言うだろう——ホルモンバランスの乱れによるパニックですよ、と。次の月経はいつですか、ミス・ピルスン？　それでもペニーはついつい戸棚を見つめていた。

床板の下がこの水車小屋の中枢だ。水車はとうに朽ちてしまったが、羊毛の洗浄に用いられていた大きな石の桶も、水車の輪に絡まった小枝を取りのぞくために子どもをなかへ入れる保守点検用のくぐり戸も、まだ残っている。トンネルと排水溝と水門とが迷路のように入り組んでいる——大半はものを詰めたりふたをしたりして、排水が床板を通して一階まで上がってこないようにしてあるが、この家に忍び込みたければ——本気で忍び込むつもりなら……

ペニーはキッチンへ行き、いちばん重いフライパンを手に取った。裏口の脇に懐中電灯を吊してある——その懐中電灯の紐を手首に巻きつけてスイッチを入れた。足音を忍ばせて準備室に入り、食料貯蔵室へと歩を進めた。そこに裸電球が吊してあるので、それをつけた。すぐに思い直して消した。ドアの向こう側から自分がどう見えるかを想像していた——明かりに照らされて、映画のスクリーンにでも映っているようにくっきりと見えるだろう。それでは恰好の標的になってしまう。

足を前へ踏み出す。ドアの把手に手をかける。これまで、このドアから何度も出入りしている——ドアを開けた先のぐらぐらの木の階段は、少しでも体重をかければ抗議のきしみをあげる。地下室に照明はない——なにもない。苔と石と、ひび割れに注入して固まった充塡フォームがあるだけだ。

〝開けなさい。さあ、開けて。このドアの向こう側にはなにもない。なんにもないわ〟。

両手が震えている。

〝開けなさい。開けるのよ——彼がそこに立っていないことを、自分の目で確かめるの。さあ、開けなさい〟。

息を残らず吐き出した。上と下、二カ所のかんぬきをかけ、古い鍵をまわして施錠した。急いで棚の箱を下ろし、ドアの前に積み上げた。重いもの——侵入者が現われれば音をたてるガラスかなにか。外に通じるドアに錠はなく、古めかしいT型かんぬきがついているだけだ。それをかけ、紐を幾重にも通しておく。そのあと椅子をぴたりと押し当てて置くと、冷や汗をかき、身を震わせながら壁ぎわに座り込んだ。

グレアム・ハンデルと妻ルイーズ

キャフェリーはフリー宛てのメールを書きはじめた。二十語ほど打ったところで気が変わり、携帯電話をポケットにしまって、いまにも爆発しそうな様子でいらいらと庭を歩きまわった。これではまるで顔面を打ちつけてばかりいる男だ。それでもまだ、フリーが考えを変えると、希望を持っているのか？　笑わせてくれるな。彼女を踏みとどまらせている原因が消えてなくなることはない。まずはアイザック・ハンデルの事件の真相を解明し、そのあと深呼吸をして、ミスティ・キットスン失踪事件の終結に代わる事案に着手するのが最善だ。

やがて、ほかにこれといってやることがないというだけの理由で、ミスティの衣類を庭に埋め戻した。土をかけて覆った。人形の入った旅行バッグを車から取ってくるのは気が進まない。もっともやりたくないことだが、結局は取ってきた。悪臭が家じゅうに広がらないように閉めきることができるのは家事室だけなので、そこへ放り込んだ。そのあと、シャワーを浴び、古いTシャツとスウェットパンツに着替えた。一時間ほどかけてブードゥー人形に関して見つかるかぎりの情報をプリントアウトしたあと、たっぷり注いだスコッチウィスキーといっしょに家事室へ持ち込んだ。今回もニトリル手袋をはめて、人形をひとつずつ調べた。

質感の異なるものを寄せ集めて作った醜悪な人形——ハンデルは、パッチワークの一片から未加工の羊毛やつや出し加工した粘土、小さく切った枝や木材に至るまで、ありとあらゆる材料を用いているようだ。ごみのなかから集められるものならなんでも使ったのだろう。どの人形も粗雑で無気味——ここで見ると、家に他人がいるように思える。

　プリントアウトした情報によれば、ブードゥー人形の意味については一般によく知られているようだ。ハイチのブードゥー教とはほとんど無関係で、ブードゥー人形が表立って見られるのはアメリカのニューオーリンズだけらしい。アメリカン・ルネサンスとでもいうような時期を経て、ブードゥー教がニューオーリンズの観光産業に変化したそうだ。それでも、ブードゥーに関してよく読まれる小説――十四歳の少年が読みそうな小説――のなかでは、ブードゥー人形はただの人形ではなく恐怖の対象として描かれている。定められたある種のルールに従って用いれば、その人形が表わしている相手をコントロールすることができるというのだ。

　キャフェリーは二体を脇へ押しやった。二体とも革で作られている――人間の形をした革を、キャフェリーの無知な目には弦楽器の弦と見えるもので縫い合わせてある。殺人を犯したあと家から出てきたアイザックは二体の人形を握り締めていたという。ちらりと見ただけだし、その人形がそのあとどうなったのかはわからないけれど、それ以前にも見たことがあって、グレアム・ハンデルとルイーズ・ハンデルの人形だった、とペニーは言っていた。

　少年拘置施設におけるアイザックの記録は恒例により三年で破棄されているので、どういった私物が押収されたのかはわからない。だが、いま目にしている人形がアイザックの握り締めていたものだと考えてまずまちがいないだろう。人形の衣装は、鑑識監督官の報告書に記されたハンデル夫妻の死体発見時の服装とひじょうによく似ている――女の人形はジョギングパンツとTシャツ、男の人形は茶色いコーデュロイのズボン。刑務官や看護師たちの目には無害に見えたため人形が施設内に持ち込まれたという可能性はある。社会から隔離収容された患者が特別な愛着を示すものを？

X線検査で金属や鋭利なものが映らなければ――人形を手もとに置くことを認めさせるのは可能だ。だが、理由は？　キャフェリーは考えた。グレアムもルイーズもすでに死んでいる。そのふたりの人形を手もとに置きたがる理由はなんだろう？

　キッチンへ行き、読書灯と拡大鏡を取ってきた。拡大鏡で見ると、醜悪な人形の無気味さが増した。磨いた貝殻を歯にして、ほかの人形とはちがって目を縫いつけて閉じてある。本人にしてやりたいことを人形に行なっているのだとすれば、両親の死を願って人形の目を封じたということだろうか？　そして、両親を殺害したあとも、人形に拷問を加えつづけていたのだろうか？　人形には針で刺したような小さな跡が無数にあるし、頭は何度もねじられたのか、首の部分の革には黒い折り目が入っている。アイザックは両親を殺すだけでは飽き足りなかったのかもしれない。死後も両親に拷問を加えつづけることができるように、人形を手もとに置きたかったのではないか。

　キャフェリーは椅子に背中を預け、暗い窓ガラスに映る自分の顔に目を凝らした。木立の上方に星がいくつか見える――それ以外、田舎の広大な風景は無限の闇に包まれている。この闇のどこかにアイザック・ハンデルがいるのだと思った――彼がなにを考えているのかを想像しようとした。買い込んだカッターナイフとペンチと銅針金で、彼がなにをやるつもりなのかを。

〝ザ・モード〟は立ち去っていなかった。〝ザ・モード〟はみんなをだました。気を変えて、ここへ戻ってこようとしている。近くまで戻ってきている。もうそう遠くない。〝ザ・モード〟はすでに、モンスター・マザーには想像もつかないことをやった。決してやってはならないことを。

モンスター・マザーは闇のなかで部屋の中央に腰を下ろし、体をそっと前後に揺らしていた。娯楽室には行かなかった。子どもたちがさまざまな色を身につけているのが気に入らないから――ちがう、テレビ画面にいくつもの色が次々と現われるのが気に入らないから。そのせいで一秒に何十回も気分が上がったり下がったりする。だから、藤色の室内着のまま、幸せな気持ちのまま、自室にいた。今日は藤色の日だから、藤色の日のままで終えるつもりだった。なにがあっても。

A・Jは子どもたちのなかでいちばん出来がいい。それに、賢くなってきた。どんどん賢くなっている。第三の目は持ってないけれど、そのうち持つようになるかもしれない。だって、真相に近づきはじめているもの。長年、モンスター・マザーが黙って見つづけてきた大きな真実に。

A・Jはアイザックの人形を見つけた。完成している人形を。でも、未完成の人形はまだ見つけていない。これから襲う悪夢を映した人形たちを。モンスター・マザーは見た――だれにも話すつもりはないけれど、ハンデルがせっせと指先を動かしているのを見た。復讐の鬼と化した彼の心も、彼の怒りも。彼がほかの人形を作るのを見ていた。二体の女の人形――一体はブロンドで、もう一体は短い髪の毛先を立てていた。ケシの花のように真っ赤な髪。ぶらぶら揺れるイヤリング、何本ものブレスレット、花柄のドレス。

褐色の髪の男の人形が、その女の人形を抱き締めていた。向き合う恰好で。ときどき人目がない場所で男の子が女の子を抱き締めるように、両腕でしっかりと。

モンスター・マザーは小さなうめき声を漏らした。体を揺らしつづけるせいで、月の作り出す彼女の影が床の上でばらばらになって飛びまわっている。気分が変わるときによくそうなるように、失った腕が痛んだ。状況が悪化するようなら、〝ザ・モード〟が少しでも近づいてきたら、また皮膚を取りはずして身を隠すしかない。

明日は暗く濃いブルーの日になる。深夜のような濃紺の日に。

恋はデジャ・ブ

午前六時、フリーは服を着たままソファで目を覚ました。頭はずきずきし、口はからからだ。開いたままのカーテンの外はまだ暗く、凍えるほどの寒さと澄んだ静寂に包まれている——冬が近づいている。横向きになってクッションに頬を載せ、音声を消したテレビを見つめた。映画『恋はデジャ・ブ』の主人公のように時間のループにはまり込んだのかもしれない——またしても画面にジャッキー・キットスンが映っている。ソファもドレスもインタビュアーも、前回とはちがう。だが、表情はまったく同じだ。フリーは音量を上げなかった。その必要はなかった。ジャッキーの言いそうなことは見当がつく。

腕時計に目をやった。もう一度眠る時間はない——今日という一日を始めなければならない。

フリーはソファから起き上がってジョギングウェアに着替え、まだ暗いなかでヘッドランプと記憶とを頼りに日課のランニングをこなした。凍てつく大気のなかで、白い薄紙から木々が細い指を突き出しているようだった。人っ子ひとり見えない——通りがかる車もなく、十キロ弱のランニングコースのあいだにあるわずかばかりの家に明かりはひとつもついていなかった。右手の斜面を一キロ足らず下った先にバースの街が広がっている——だが、街全体が静寂に包まれている。かすんで見えるオレンジ色の靄だけが、そこに街があることを示していた。

家に戻るとシャワーを浴び、髪を洗い、制服の作業衣を着た。下に保温下着をつけている——またしても捜索に当たる一日にそなえて。ズボン下の前ボタンを留めながら、腹のあたりがゆるいのを感じた——まるで腹が割けて筋肉がこぼれ落ちかけているみたいだ。しばしバスルームに立って両手で腹を押さえた——なぜそんなことを考えたのだろう。

目を上げて廊下へ、そこに並んだ箱へ向けた。中身を詰めてふたを閉じ、分類して整然と積まれた箱。いつまでもかたづけられることのない箱。くそ、くそ、くそ。

フリースを着てブーツをはき、歯を磨くためにバスルームへ向かった。歯磨きをするあいだ、片手を鏡に押し当てて下を向き、陶器の洗面ボウルと栓を見つめていた。鏡に映る顔を見る必要はない。断じてその必要はない。

アティじいさんのリンゴ園

スチュワートとやつの異常な行動がいまいましい。スチュワートはまだ森のなかのなにかを追いかけたいらしく、朝の散歩の際、リードをはずしてやるとまっすぐ野原を横切り、A・Jがなにをする間もなく低木の茂みをくぐって、踏み越し段のそばへ行った。

A・Jはその場に立ったまま小声で悪態をついた。疲れていた。睡眠不足だ。メラニーが徐々に冷静になり、彼の腕枕で子どものように身を丸めて眠りについたのに、彼はまんじりともせずに、頭の向きを変えては天井に映る影を見つめていた。切れ切れに眠りはした。メラニーの存在を意識していた——メラニーの見ている夢と、彼に対する損なわれた信頼とが、垣根を跳び越えて彼の悪夢に入り込んだかのようだった。

結局、眠るのをあきらめた。六時半になっても外がまだ暗いので、淹れたてのコーヒーをカップに注いでペイシェンスとメラニーのナイトテーブルにそれぞれ置いてやってから、スチュワートを連れてここへ来た。スチュワートがただ哀れっぽい声で鳴き、哀れっぽい顔を見せたがっているだけだと思った。それなのにこうしてさっさと走って行ってしまった。

キッチンの窓から漏れる明かりだけではスチュワートのあとを追うには不充分なので、A・Jは車庫へ行って懐中電灯を——野生動物を怖がらせるほど大きいやつだ——取ってきて、犬を追いはじめた。森を二十メートルほど入ったところで見つけた。舌を垂らし、A・Jがついてきたのを見て尾を振った。

「スチュワート」A・Jは嚙みつくように言った。「まったく困ったやつだな——手を焼かせるな。ただでさえ考えることが山ほどあるんだから」

それでもスチュワートが希望と信頼のこもった顔を見せるので、A・Jはため息をついた。知らなければ傷つくことはないというモットーで生きているとはいえ、スチュワートにも、A・Jの感情に訴えて脅すようなやりかたにも、もううんざりだ。

「さあ行こう」スチュワートに向かって言った。「三十分だけだぞ。行きに十五分、帰りに十五分――いったいなにごとなのか、見に行こうじゃないか」

彼らは森を抜け、その先に広がる野原をつっきって台地へと上がった。この小径がどの脇道に通じているのかは正確にはわからないが、最終的にどこへ出るかは知っている。その場所については考えたくない。スチュワートはすっかり興奮している。スマートで血統のいい猟犬にでもなったつもりか、太く短い尾を高く上げて駆けている。A・Jは道中ずっと不満をこぼしながら少しうしろをついていった。野原は暗く、足もとで霜の折れる音がした。鼻が冷たくなり、足を止めて手袋をはめたくなった――両手が氷のかたまりのようだ。

「いいことでなければ承知しないぞ」小径のてっぺんで彼を振り向き、一心に尾を振って待っているスチュワートに向かってどなった。「あと五分だけ進んだら引き返すからな」

スチュワートは彼を台地へ連れ出して反対側へと下り、常緑樹の森の端を進んだ。谷の向こう側の村を眺めると、早起きの連中が目覚めるにつれていくつかの窓に明かりが灯った。左手にアティじいさんのリンゴ園――A・Jがキングストンブラックを取りに来る場所だ――が、森に切り込むように扇状に広がっている。前方は、だれの所有地なのかだれも知らないようなので地元の連中が荒れ地《ザ・ワイルズ》と呼んでいる一帯だ。ナショナルトラストの管理地なのかもしれないし、ギリシアのどこかの離島で酸素テントに入れられ朽ちかけているだれかの忘れ去られた所有地なのかもしれない。ザ・

ワイルズのことは生まれたときから知っているが、足を踏み入れた記憶はない。その先がアプトン・ファームだ。

スチュワートが不意に足を止めたのでA・Jはぶつかりそうになった。

「なんだ、おばかさん。いったいどうした？」

スチュワートは動かない。身じろぎもせず、岩と化したようにびくともしない——耳を前へ向けて、全神経を小径の先に集中させている。夜が明けて白みはじめた空が、懐中電灯の助けがなくても木の一本一本の見分けがつく程度の明るさを地上にもたらしていた。この小径は森の奥へと続き、十五メートルほど先で薄暗くなって、乏しい光のなかへ消えている。

A・Jは田舎育ちなのでおそれるものはなにもない。突然うなじの毛が逆立つ理由などなにひとつない。息を止め、前方の森に目と耳を凝らした。確信はないが、周囲よりも心持ち濃い影が見えた気がした。そこで動く人影が。アイザック・ハンデル。A・Jはその考えを——その確信を——振り払うことができなかった。

悪寒が走った。

森のなかのなにかにおそれをなしたように、スチュワートがいきなり哀れっぽい声で鳴いて、もと来た方向を振り返った。A・Jの数メートルうしろへ下がり、進むか戻るか決めかねて迷っていた。問いかけるように振り向いたものの、その目はA・Jを素通りして森の奥を見ていた。

「おーい」A・Jは小径の先を懐中電灯で照らした。「だれかいるのか？」

細く弱い声だ。たちまち木立に飲み込まれた。三歩前へ出た。

「おーい」改めて呼びかけてみる。「怖がらせるつもりはない。こっちは犬を連れている」

返事はない。小枝の折れる音もしない。A・Jは勇気を振りしぼり、試しにさらに何歩か前へ出た。なにも見えない。

「アイザック？　きみか？」

スチュワートがそろそろと用心するような足どりでゆっくりとそばへ来て、ごつごつした体をA・Jの脛にすり寄せた。いっしょにさらに森のなかへと歩を進めた。

五メートルほど前方、小径が暗がりへ消えているように見えたあたりで意外にも目の前が開け、林間の空き地に出た。A・Jとスチュワートは小径の端に立って周囲を見まわした。糸のように細い日差しで、林床から立ちのぼる靄と、もの憂げに木から落ちる数枚の葉が見えた。空き地の中央に、大半の人間が言葉で表現することのできないものがあった。さしものA・Jも最初はめんくらった。

一本の木だが、幹の直径が三メートルもある。どの枝も太く、木の中心から七、八メートルほど先で、自身の重みによって地面に向かって腰をかがめるように垂れている。まるで老いた木が冷たい地面に肘を突いて休んでいるようだ。たわんだ枝の下の土は乾いており、大聖堂のなかにでもいるように空気は静かで穏やかだ。肘をついているあたりで根を張った枝は、それぞれそこからさらに外へ向かって延びている。中心木の周囲を取り囲む輪——七本の木が描く魔法の円。だが、七本とも、中心の老木から分岐した一本の木だ。

学名タクサス・バッカータ。針のように細い葉、樹皮、種子、樹液——そのどれもがまがまがしい。ヨーロッパイチイ。ひじょうに古い木。意地が悪く、びくとも動かず、ヘビと同じぐらい危険。

A・Jは息を残らず吐き出した。ただの木だ。なにもおそれることはない。ここにはなにもない。彼とスチュワートはなおもしばらくそこに立って、深呼吸を繰り返した。そうとも。なにもない。

それでも、これ以上、あの木に近づく気はない——木の脇を通るつもりも断じてない。

「さあ、行くぞ」Ａ・Ｊはスチュワートにリードをつけ、帰り道へ向かせた。「ここになにがあると思っていたにしろ、いまはもうない。さあ、朝食だ」

人形の体内

メンディップ・ヒルズでは、キャフェリーが体じゅうの骨と関節の痛みを覚えながら目を覚ました。寝ころんだまま両手で顔を覆い、これは死を実感させる痛みだと考えていた。昔からある陳腐な考えだ。痛みが去るまで、そして起き出す元気を見出すまで、しばらく時間がかかった。

彼はキッチンに腰を下ろしてコーヒーを飲んだ――コーヒーの作用で痛みがやわらぐのを待っていた。やがて、頭が少し働きはじめると、こんな思いをしているのは昨夜考えたことのせいだと実感した。外の現実世界では口にするのもはばかられる考えだが、ハンデルの歪んだ世界秩序を通して見れば、おぞましいながらも完全に筋が通る。キャフェリーは階段の手すりに引っかけてある古いセーターを着て眼鏡をかけた。カフェインで元気づいた勢いでスイス・アーミーナイフを見つけ、家事室のドアを開けた。

窓はひと晩じゅう開けておいた――安全を考えて、空気の入れ換えができる程度に細く開けておいた――ので、室内は凍えるほど寒い。早朝の陽光が窓から差し込んでいる。人形たちはタイル張りの床にじっと横たわって天井を見上げている。人形たちのなにかが、こんな姿勢でこいつらが床に転がっているのはほんの数秒前からにちがいない、私が眠っている夜のあいだじゅう動きまわっていたにちがいない、と思わせる。もしかすると窓からこっそり外に出ていたのではないか、ここからいちばん近い教会墓地を探して墓石を持ち上げたのではないか、と。

手袋をはめて男の人形を手に取った。グレアム・ハンデルに見立てた人形だ。アーミーナイフのピンセットを使って、慎重に縫い目をほどいた。外層の下に、染色した綿モスリンの層が現われた。一面に文字が書かれているが、キャフェリーはすぐには判読できなかった――いや、インクがにじんでいるせいで、どこの言語なのかもわからなかった。外層をはずし終わると、剝いだ皮膚のミニチュアのように脇に広げて、綿モスリンの縫い目をほどきはじめた。その下に新たな層が現われた。

二体ともほどき終えると、家事室に色合いも生地も異なる八枚の小さな皮膚が並んでいた。四枚ひと組の一方は、胸と腰に女の特徴をそなえていた。もうひと組にはペニスがついていた。布を剝ぐうちに、人形の体内に詰め込まれた別のものも見つけた。人形の歯は、当初考えていた磨いた貝殻ではなく、人間の本物の歯だった。八本――いずれも黄ばんだ古い歯だ。門歯と臼歯。絡まった髪がふた束――一方はブロンドで一方は褐色。それともうひとつ――経験を積んだ彼の目には、しなびてミイラ化した人間の耳の残骸と見えるものが入っていた。

スーキーと雪

繰り返しよく見る夢も、今夜はいつもと内容がちがっていた。初めはいつもと同じ、なめらかな壁に囲まれた部屋。だが、天井から穴の奥へと延びているのは、今回はシルクの糸ではなく針金だ。それに、今回ペニーは、この部屋が木のなかだということを知った。鳥たちのさえずりが聞こえるし、新鮮な空気のにおいがする。開口部をちらりと見た――雪が見える。立ち上がってそちらへ向き直ると、仔犬に戻ったスーキーが雪のなかで飛び跳ねていた。地面を蹴って飛び上がっては耳をはためかせて四本の足で着地している。雪片に嚙みつき、それをかわした一片を追いかけてくるくる回っている。

〝ああ、スーキー、スーキー〟。

犬は頭を上げ、跳ねるようにしてペニーに向かってきた。毛には溶けかけた雪と木の葉がついている――だが、スーキーに会えた喜びが大きく、ペニーはスーキーを抱き上げて座り込み、抱き締めてその毛に顔をうずめた。湿ったセーターのようなにおいがした。それに濡れている。びしょ濡れで、とても冷たい。

〝さあ、いらっしゃい〟ペニーは言った。〝おいで――毛を乾かしましょうね〟。

〝ありがとう〟スーキーが太い声で言った。〝ありがとう――いつもとてもやさしくしてくれて〟。

驚いたペニーは仔犬を床に下ろした。スーキーが見上げている。顔がちがう――いつもよりも大きくて雑だ。人間のように目を細めている。

〝スーキー？〟。

返事の代わりにスーキーは片方の前足を上げた。人間の手だ――男の手のように大きく、毛が生えている。その手がペニーの手を取って握り締めた。

〝あんたが閉じ込めた〟とスーキーが言う。〝あんたが閉じ込めた。もう出してくれ〟。

ペニーははっとして目が覚めた。あえいでいた。においは本物だし、だれかが手を握っている。室内は暗い。いつも以上に暗い。それでも、横の枕に載っている顔の判別はついた。

スーキーの顔ではなくアイザック・ハンデルの顔だ。ペニーの顔からわずか数センチのところで、口を開けてほほ笑んでいる。

ピンクの汚れたサテン

人形たちの糸をほどくと、そのなかに人間の体のさまざまな部位の一部や排泄物が入っている異様さがあらわになった。もっとも、ハンデルの両親を模した人形をのぞけば、その中身は暴力を伴うことなく持ち去ったか拾い集めたものばかりだ——髪の切片、爪の切片、衣服の断片、なにかわからない分泌物が付着した丸められたティッシュ。

アイザックはあの広いベッドルームで時間をかけて両親からさまざまなものを取り去って人形に縫い込んでいた。なくなっていた死体の一部は、彼が食べたのでも、窓から投げ捨てたのでもなかった。堂々と持ち出したのだ。

ほかの人形については……この点でキャフェリーの見解は揺らぐ。だれを模したものか確信はないが、おそらくビーチウェイのスタッフと患者だろう。男の人形は、ぞっとすることに、片目の代わりに赤い飴玉を縫いつけてあった。ハンデルがなんらかの方法で患者のひとりにスプーンを使って眼球をえぐり出させたとA・Jが確信していたことを、キャフェリーは忘れていなかった。モーゼスという患者だ。

ペニーは自分を模した人形もある気がすると言っていた。彼女だと思われる人形はまだ見つけていない——したがって、アイザックは彼女に対していかなる長期計画も立てていなかったのではないか。A・Jだと思しき人形もまだ見つけていない。あるいはメラニー・アローの人形も——アイザックの目から見れば自分が入院している施設の長として彼女は力と権威の象徴にちがいないという点を考えると、それは意外だった。権力を持つ魅力的な女——ハンデルのように心を病んだ男でも、それに気づいたはずだ。

　キャフェリーは、彼女たちの人形がない点を踏み込んで考えたものかどうか、その線は無駄骨になるのかどうか、判断がつかなかった。自分の考えをだれかにぶつけてみる必要がある。レポート用紙の端にメモを書き留めた。それを一方へ押しやり、ほかの人形の調査を続けた。

　じっくり調べるために、あらかじめ二体を別にしていた。両親の人形以外で目を縫いつけて閉じてあったのはこの二体だけだ。両親以外でアイザックが標的にした人間を模したものかもしれない。どちらも女の人形だ。死んでいるらしいのだが、両親の人形とはちがって、ひねられたり拷問されたり針を刺されたりした痕跡はない。それどころか、この二体は、組んだ両手を胸に載せてピンクの汚いサテンのクッションに寝かされていた。一方は太りすぎで、真っ赤なTシャツを着て赤いソックスをはいている。もう一方はブルーのティッキング地の粗末なパジャマだけを着ていた。シルクの断片で作られた髪はソフトチーズのような淡い色だ。体は針金の枠をフェルトで覆っただけ。皮膚をまとった骸骨のようだ。

　携帯電話に生前のポーリーン・スコットの写真を保存してある。キャフェリーは人形を見た。写真を見た。もう一度、まじまじと人形を見た。

　そして電話を手に取った。

赤いTシャツ

A・Jは自分のオフィスで、精神医療審査会（MHRT）の議事録と退院後のケア計画とに関する記事をインターネットで探しながら、いわゆる〝予防対策〟が幾重にも張りめぐらされているのにアイザック・ハンデルはなぜ忽然と姿を消すことができたのだろうかと考えていた。電話が鳴った。キャフェリー警部からだ。A・Jは立ち上がってオフィスのドアを閉めた。

「もしもし——こんにちは」電話に出て言った。「こちらから電話をしようかと考えていました。どんな具合ですか？」

「問題はないとも言えるし、あるとも言えますね。ひとつ教えてください——私に届けてくれた発見物を、あなたは調べましたか？」

「いえ、とくには」

「〝好奇心はネコをも殺す〟と言いますから。好奇心を持たないことこそ、私がこの仕事で生き残っている主な理由なんですよ」

電話の向こうでキャフェリーが皮肉めいた小さな笑い声を漏らした。「不思議なものですね。好奇心こそ、私がこの仕事で生き残っている主な理由なので」

A・Jは咳払いをした。窓辺へ行き、外を眺めた。今日は風が強い——ここからギンバイカ棟の並んだ窓が見える。その上方で、メラニーのオフィスのブラインドを通してわずかな明かりが筋状に何本も漏れている。A・Jは自室のブラインドを閉じた。窓に背を向けた。

「なにか新しい情報でも？」

「そう、朗報です。あなたのおかげで確信を得ました。

捜査を開始します」

　A・Jは唇を嚙んだ。背を向けたメラニーのオフィスの窓に明かりが灯っているのだと考えた。「それはつまり、うちの施設を訪ねてくるということですか？」

「そうです。本格的な捜査にのりだすことになりますから、そちらも状況を整えておいたほうがいいでしょうね」

　A・Jは顔をしかめた。昨日、自分に約束したばかりだろう？　それを守ったか？　守っていない。

「一日か二日もらえますか？　捜査は緊急を要するのですか？」

　ほんのわずかな間があった――キャフェリーの無言の抗議だ。「一日か二日？」

「そうです。それだけあれば根まわしができます――え――各所に」

「早いほうがいいんですが。今日の午後、せめて明日の朝いちばんに、そちらへうかがいたい。なんとしても捜査を進める必要があります――ハンデルの所在がつかめないので」

「わかりました。できるだけのことをしましょう」

「お願いします」電話を通して、キャフェリーが書類を繰る音がA・Jの耳に届いた。「それと、せっかくなので、ほかにも訊きたいことが。それで疑問をいくつか解決できると思います――赤いTシャツと赤いソックス。あなたにとってなにか意味がありますか？」

　A・Jは深呼吸をひとつした。心臓が胸を叩いている。「赤いソックス、赤いTシャツ？　意味？」

「例の人形――いいかげんに作ったように見えますが、じつはそうではない。気づきませんでしたか？」

「気づかなかった――なにしろ、よく見なかったので」

「それぞれの人形はアイザックが人生で出会っただれかを象徴している。おそらく大半は施設内の人間でしょう。この十一年、彼が接点を持ったのはそこにいる人間だけなので。人形のひとつが、赤いTシャツと赤いソックスをつけている。それで、いまの質問を」

A・Jの心は沈んだ。これまでのできごとがすべて自分の空想にすぎないことを願っていたのに。「ゼルダです」と答えた。「赤いソックス、赤いTシャツでしょう？　ソックスのことでは、しょっちゅう口論になりました――ほかの洗濯物がピンクになるので、スタッフが洗濯したがらなくて……」喉が涸れて声が小さくなった。「ミスタ・キャフェリー、人形のなかに、ほかにうちのだれかに似たものはありますか？」

「たとえば、あなたに？　それはありませんよ」

「え――院長に似た人形は？　覚えてますか？　ブロンドの女性ですが？」

「私がそちらを訪ねた際に見ていただくほうがいいかもしれませんね。モーゼス・ジャクスンだと考えている人形があります」

「くそっ」

「それと、とても痩せていて、パジャマを着た女性……」

「ロングヘアですか？　ブロンドの？」

「そうです」

「ポーリーンだ」A・Jがぼそりと言った。「パジャマ姿で……」

彼は話をやめた。ドアにはめ込まれたガラスの窓からメラニーの姿が見えた。笑顔で手を振っている。A・Jは淡い笑みを浮かべて指を一本立てた。〝すぐにすむよ〟と声を出さずに口だけ動かした。ガラス窓に背を向けて、早口で告げた。

「状況を整えるためにできるかぎりのことはします。準備ができしだい連絡します」

「わかりました。本当にこの件の捜査を進めたいので――」

「もう切りますよ――いま、ちょっとまずいので」

「わかりました。できるだけ早く知らせてください。

待っています」

「ええ、連絡します」A・Jは親指で赤いボタンを押した。少し時間を取って気を落ち着けた。向き直ってメラニーにほほ笑んだ。手招きをした。「どうぞ、入って」

彼女が入ってきた。「ごめんなさい――邪魔するつもりはなかったの」

「気にするな。なんでもないんだ」彼女が説明を求めたわけでもないのに、気がつくとA・Jは弁解していた。「電話セールスだよ――だれがここの電話番号を売ったんだか。どうやら私の返済保証保険に関する緊急メッセージだったみたいだ。コーヒーでも淹れようか？　施設内でも端っこのオフィスでは最高質のコーヒーとはいかないけど、気持ちは精いっぱい込めるよ」

「気にしないで――飲んできたばかりなの」

A・Jはぎこちなく咳をした。嘘をついたのだ。またしても。「きみは……えっと、なにか用が――？」

最後まで言わないうちに、手に持ったままの携帯電話がまた鳴った。心が沈んだ。メラニーが携帯電話を見た。気まずい間があった。またキャフェリーだったらなんと言おうかと考えるあいだ、心臓がどきどきしていた。

「どうぞ、出て」彼女がほほ笑んだ。「こっちは待てるから」

「ああ、いや、つまり……」しかたなくA・Jは電話を裏返した。表示画面に〝ペイシェンス〟の名前が点滅しているのを見ておおいに安堵した。迷惑そうな顔をメラニーに向けた。彼女に見えるように電話機を持ち上げた。

「出ないわけには……」と告げた。

メラニーがうなずいた。投げキスをしてドアに向き直り、部屋を出ていった。A・Jはドア口に立ち、ガラス窓から彼女が廊下の角を曲がるのを見届けてから電話に出た。

「いいかい、A・J」ペイシェンスが言った。「落ち着いて聞いてちょうだい……」

「それって、だれかに話を切りだす前置きだよ」彼はドアに背を向けた。「よくわからないけど、慰めが必要な話をさ。どうしたんだよ？ また賭けをして、地方税収に貢献したのか？」

「ちがう――スチュワートのことだよ」

「そんな」A・Jの空元気が消え失せた。デスクの椅子に座り込んだ。「まさか……」

「無事だよ。いまはわたしといっしょにいるよ、A・J。よく眠ってる。だけど、ずっと体調が悪かったんだ。獣医に連れて行ったら、胃を洗浄されて血を採られて――」

「なんだって？」

「わかってる――ひと財産かかったよ。だけど、携帯電話を持って行ってなかったからあんたに相談できなかったし、女の獣医はさっさと決断しなさいってどなるし。処置しないとスチュワートの肝機能が停止して腎臓やなんかも……」おばが何度か息を呑み込む音がした。「A・J、あの子が死んじゃうと思ったんだ」

A・Jは話が飲み込めなかった。数時間前、スチュワートはしきりに尾を振りながら彼といっしょに野原を走っていた。「いったいなにがあった――あいつはどこが悪いんだ？」

電話の向こうで長い沈黙が続いた。ペイシェンスが言葉を選んでいる、実際に口にする前に比較検討しているのだ、と察しがついた。いざ口を開くと、おばはA・Jに行間を読んでほしいときに決まって用いる重々しい口調で話した。

「獣医の話だと、スチュワートはなんらかの方法で毒を口にしたらしい。わたしがやった餌じゃないよ」

「毒を？」鱗《うろこ》を持つ冷たいものが背筋を這い下りる気がした。脳裏に思い浮かぶのは、今朝の森の散歩のことだけだった。「毒って、どうやって？」

「獣医にもわからないんだ。胃洗浄で固形物がなにも回収できなかったからどんな毒物でもありえるってくどくど説明してさ。だけど、なにかを食べたみたいだ――たぶん毒キノコだろうね。なにしろスチュワートは、食べることに関して良し悪しの区別がつかないからね」

「気にしなくていいよ。おばさんは正しい判断をしたんだから、治療費のことは気に病むな。帰りは遅くなるかもしれないけど、金のことは心配ない。わかったね？　万事うまくいくから」

「そうなればいいけど」乾いた声だった。「本当に、あんたの言うとおりであってほしいよ」

「そうなるよ」A・Jはそう言いながら窓の外を眺めた。ギンバイカ棟に灯っている明かりと、メラニーのオフィスの窓とを。覚悟を決めて、キャフェリーのことを彼女に打ち明けなければならない。なんとかして話さなければ。「そうなる。私の分もスチュウィーを抱き締めてやってくれ」

カモ

〝カモのような見た目で、カモのように泳ぎ、カモのように鳴くのであれば、それはおそらく……カモである〟。

　ロンドンのヘンドンにある警察訓練大学に通っていた当時、キャフェリーの指導教官のひとりが好んで用いた成句だ――シナリオ作成訓練のあいだじゅう、新入生に向かってそうどなっていた。キャフェリーの頭の奥深くにしみついていたにちがいなく、オフィスに座ってアプトン・ファーム事件の捜査資料の山を見つめているうちに不意に思い出した。

　ハンデルの人形をオフィスに持ち込んでいた。警視が科学捜査の暫定予算を認めたので、鑑識監督官がキャフェリーのオフィスへ来て人形を証拠品袋に収めて預かることになっている。

ブルーのティッキング地のパジャマを着た人形と赤いTシャツを着た人形を見た。二体とも、ねじられたり切りつけられたりすることなく安らかにサテンのクッションに横たえられている。それなのに、目は縫いつけて閉じてある。アイザックが両親の人形の目を封じたのと同じように。

〝ゼルダとポーリーン……〟。

〝見た目も泳ぎかたも鳴きかたもカモのようであるならば……〟。

夕方までに捜査チームが招集される。だれかが地元署の重大犯罪捜査課にハンデルの追跡開始を要請することになる。ポーリーン・スコット失踪事件の報告書と検死解剖報告書はすでにチーム内で回覧されている。お役所仕事の歯車は回転が遅いとよく言われるが、エイボン・アンド・サマセット警察に関しては、目下のところ歯車に充分な油が差されているようだ。そしてキャフェリーはいま、ビーチウェイを訪れてもいいとA・Jから電話がかかってくるのを待っている。

それが大問題だ。主としてキャフェリーが寛大に接しているせいだ——A・Jという男に対して、自分でも意外なことに説明のつかない忠義を感じているためだろう。だが、礼を尽くすのもここまでだ。チームが招集されれば、A・Jを見捨て、彼の承諾を得られようが得られまいがビーチウェイに乗り込むつもりだ。

コーヒーを飲もう。縁の欠けた古いカップをのぞく——空《から》だ。カップを持って席を立ち、ふと足を止めて壁の地域図を眺めた。捜査用の地図ではない。ピンを刺すべきなのにそうしていない場所がある——たとえば、〝エルフの洞窟〟の採石場、ファーレイ・パーク・ホール近くの道路。それでも彼の役には立っている。ひらめきが必要なときに思考を刺激してくれたりもする。

さらにしばらく眺めていた。そのうち、なにを探しているのか自分でもわからず、電気湯沸かしのスイッチを入れた。湯が沸くのを待つあいだ、窓の外へ目を向けて、霧の層が高層ビルの上方へと立ちのぼっていくのを眺めた。〝なにを企んでいるんだ、ハンデル。その歪んだ頭のなかではなにが起きている？〟。

湯が沸いた。キャフェリーはコーヒーを淹れた。ミルクを少し入れ、スプーンで砂糖をすくおうとした瞬間、あることにぴんと来た。手を止めて、はっと頭を上げ、壁に目を向けた。

地図。あの地図だ。

スプーンを置き、部屋を横切り、腕を組んで地図に目を凝らした。

これだ。一目瞭然だった。アプトン・ファームの真下に、陸地測量局の愛するオールドイングリッシュ書体で小さな注記があった。

〝ザ・ワイルズ〟。

真実の伝えかた

Ａ・Ｊはようやく、ジャック・キャフェリーのことをメラニーに話しに行く勇気を奮い起こした。ドアをノックして彼女のオフィスに入ると、彼女はデスクについたままＡ・Ｊを見上げてほほ笑んだ。

「やあ」Ａ・Ｊはおずおずと切りだした。「さっきは――なにか用だったのか？」

「ちょっと抱き締めたかっただけ。挨拶よ」彼女ははにかんだ笑みを浮かべた。電話の件でＡ・Ｊが嘘をついたことを知っている様子はない。「大丈夫？」

「元気だよ。まあどちらかと言うと元気だ」

「どちらかと言うと？」

「そう。じつは……話がある。問題が起きてね」

「問題が？」

彼は腰を下ろした。キーホルダーと携帯電話をデスクに置いた――彼女の目をのぞき込んだ。あらかじめ用意していた最初のせりふを頭のなかで反芻した。だが、いざ口を開くと別の言葉が出てきた――「スチュワートの体調が悪いんだ。獣医に連れて行ったらしい」

メラニーの顔が暗くなった。「獣医に？　大丈夫なの？」

「ああ――回復するよ。ペイシェンスがちゃんとしてくれたから」

「気の毒に。かわいそうなスチュワート。なにか食べたのかもしれないわね――ほら……」彼女は眉根を寄せた。「どこだかを歩きまわってるあいだに」

「そうかもしれないな。でも大丈夫だ。回復するよ」

「よかった」彼女がまたほほ笑んだので、A・Jは愚かにもほほ笑み返した。メラニーが待ってくれているのに、A・Jは話を切りだす踏ん切りがつかなかった。この腰抜けめ。意気地なし。負け犬根性の臆病者。結局、話題を変えよう、ここへ来たもっともらしい理由を見つけよう、とオフィス内を見まわした。「さて」院長室から付属部屋のキッチンへ通じる通路を指し示した。「さて。コーヒーを淹れてもかまわないか？」

「自由に使って。わたしも一杯いただくわ」

オフィスを出るときに彼女の視線を感じた。ほかの用件があることを彼女が察しているのだとわかる。ちゃんと話そう。話すんだ。コーヒーメーカーをセットしてスイッチを入れ、宝石をあしらったカップを取り出しながら小声で繰り返した――〝きみに嘘をついていた。私がほかの連中と同じだからではなく、正しいことをしようとしていたからだ……〟。

ミルクと砂糖をトレイに載せた。コーヒーメーカーが抽出終了のお知らせ音をたてたので、ふたつのカップに注いだ。心臓が激しく打っている。

皿にビスケットを二枚載せると、トレイを運び、彼女の前に置いた。

「ありがとう」

「どういたしまして」

メラニーがコーヒーに口をつけ、A・Jは自分のカップをデスクに置いた。だが、座って飲むのではなく、そのまま立っていた。黙っている。そのうちメラニーが気づいた。カップを置き、目を上げて彼を見た。

「A・J? どうしたの?」

「ゼルダ・ローントン。ポーリーン。モーゼス。警察が捜査を開始したがっている」

たちまち表われた反応は、A・Jのおそれていたとおりのものだった。彼女の顔から血の気が引いた。

「えっ?」信じられないというようにおずおずと言った。「なんですって?」

ザ・ワイルズ

ペニー・ピルスンが電話に出ない。キャフェリーは留守番電話にメッセージを残した――「お時間のあるときにうかがいたいことがあります。ハンデルが〝ザ・ワイルズに行くだろう〟とおっしゃったのはどういう意味でしょうか。電話をください」そのあと、腕時計で時刻を確かめた。警視は警察本部での会議に出席中で、昼までは本部にいるだろう。A・J・ルグランデはキャフェリーの携帯電話の番号を知っている。ここでじっとしている理由はない。キーホルダーを手に取り、オフィスを出る寸前にクロゼットからノース・フェイス社製の防水コートとウォーキングブーツを取り出した。

ウォットン・アンダー・エッジはコッツウォルズの端《エッジ》に位置することからつけられた名前だ。古い市場《マーケット》町《タウン》で、人が集まる町の雰囲気をいまもとどめている。だが、十月下旬の肌寒い日のこの時刻には、煌々と明かりの灯っているさまざまな店舗を出入りする買い物客がわずかにいるだけだ。キャフェリーは車で走り抜けながら、小さくなっていく町をバックミラーで眺めた。アプトン・ファームまでここからわずか三キロあまり。ハンデル一家はこの町までよく買い物に来ていたにちがいない。アイザックは最近この町へ来ただろうか。あのバス待合所あるいはあのベンチに座って、行き交う人びとを眺めていただろうか。

銅針金とペンチ。なにかやり残したことがあるのだろうか?

つづら折りの急斜面をのぼり、丘陵の頂を進み、ウェストリッジとノース・ニブリーを走り抜けた。携帯電話と地図の記憶とを頼りに、見捨てられた果樹園へと続く細い農道を見つけた。農道の脇には、節くれだった木々の下に錆びついた廃棄物用コンテナが転がっていた。まるで、どこかの巨人がリンゴ狩りに飽き飽きして容器を放り捨てたとでもいうようだ。草は刈られていない――大量の腐ったリンゴによって倒され、汚れている。

農道のつきあたりでキャフェリーは車を停めた。ウォーキングブーツにはき替え、防水コートを着て、運転席の下から懐中電灯を取り出した。ずっしりして頑丈なので、持っていると安心だ。車をロックし、防水コートの襟を立てて、木立のなかへと続く小径を歩きだした。

十五分かかってザ・ワイルズと呼ばれる場所に出た。携帯電話はGPS信号が何度か接続と断絶とを繰り返した。小径を進み、林間の空き地が広がっている前方に陽光が見えてくると、SOSメッセージを送信するための信号を点滅させ、次の瞬間〝圏外〟と表示された。キャフェリーは携帯電話をコートの内ポケットにしまい、歩を進めた。

　空き地に達したとたん、その姿が目に飛び込んできた。山――白骨化した巨人。一本の木だということはすぐにわかったが、これまで目にしたどんな木ともちがう――淡い光のなかで見る巨大な枯木。人食い鬼の崩壊した骨格。

　周囲の木立をざっと見まわしたが、すぐにその木に引き寄せられて数歩前に出た。枯れ葉を踏みながらゆっくりと近づいた。その木のまわりを歩いて、隠れるように開いているアーチ状の穴を見つけた。かつては心臓があったにちがいない洞への入口だ。いちばん近い湾曲した根に片手を置いて腰をかがめ、懐中電灯で洞のなかを照らしてみた。広げた段ボールの上に、数本のビール缶と、ずぶ濡れになった寝袋をひとつ見つけた。

「こんにちは？」照らし出された洞の内部は、こぶや節が点在してごつごつしている――磨かれた岩壁のようだ。「だれかいますか？」

　返事はなかった。懐中電灯をつけたまま左右に振り動かした――その動きでこの洞に潜んでいるものを外へ狩り出すことができるというように。懐中電灯を消し、息を詰めてしばらく待った。物音はしない。なにひとつ。

　においを嗅いでみた。湿った地面と腐葉土の強いにおい――それだけではない。湿気に潜むように漂っている悪臭が神経の深部に触れるので、においを確かめるネコのようにわずかに口を開いた。つい最近、嗅いだばかりのにおい――よく覚えている。小便をかけられたまま放っておかれたようなハンデルの人形が放っていた悪臭だ。

　ふたつ折りになりそうなほど身をかがめて洞のなかへ入った。内部は腰を伸ばすことができない。においがあまりに強く、思わず手で口を覆った。地面に折れた枝を見つけたので、それを使って段ボールに置かれた品物をつついてみた。リサイクル用のごみ箱を調べているような気がした。でこぼこした円盤状に押しつぶされたビールの空き缶。平らにつぶされたペットボトル、空《から》になったポテトチップスの袋。枝を使って寝袋の端を持ち上げた。段ボールの上に、効果の期待できない防水シートとして敷かれていたのは〈ウィックス〉の買い物袋だった。

「やあ」キャフェリーは小声で言った。「ようやく会えたな」

おたがいさま

A・Jはメラニーの隣に腰を下ろしたくてしかたがなかったが、とにかく立ったままでいた。「警察を関与させざるをえなかった」それがもっともだと聞こえるように努めた。「いいか、現実に目を向けよう。おたがい、とうにわかっていたことだ。アイザックはたんにきみの家の庭にいただけじゃない。その他のこともすべて、彼を指し示している」

「なんてこと」メラニーは片手で口を覆ってうなだれた。「なんてこと。なんてこと」

「彼は頭がいいよ、メラニー。私たちが思っていたよりもはるかに頭がいい。人を操るすべを知っていた。ゼルダのこと、それに、ひょっとするとモーゼスのことも操った。案外、ポーリーンも操ったのかもしれない。三人とも怯えていた——何人もの患者がそう証言している。彼らが何日も怯えたあげく、あんなことを……」

　A・Jの声がしだいに小さくなって消えた。メラニーが髪をかきむしっていた。拷問を受けている人間のように、頭に爪を立てて首を振っている。A・Jはそばへ行って慰めないように、意識的な努力を続けた。黙ってその場に立っていた——足をそろえ、両手をポケットに突っ込んだままで。見届けなければならない。その場にたたずみ、自分の体を痛めつける彼女を見つめていた。首を振り「ノー」と繰り返す彼女を。

　ようやく顔を上げた彼女は晴れやかな表情をしていた。泣いたせいでマスカラの筋が二本ついているが、それを別にすれば、すっかり穏やかな顔をしている。新たに出直す決心がついたかのようだ。

「ねえ、A・J？」

「なんだい？」

「A・J」

　問いかけなのか、ただ名前を呼んだだけなのか、判断がつきかねた。そのとき不意に、これまで夢にも考えなかったことが、厳然とまばゆいばかりにA・Jの目の前に立ち現われた。メラニーはほかにも隠しごとをしている。顎の筋肉がゆるんで口が開いた。自分が頭のどこかでずっとそう疑っていたことに気づいたからだ。彼女が口にしようとしなかった事実をずっと前から知っていたことに。

「きみは知っていた」おずおずと口にした。「なにが起きているか、知っていたんだ。彼のしわざだと知っていた」

　メラニーがひたと彼を見返した。

「メラニー？　知っていたのか？」

　もはやしっかり立っていられなかった。向かい側の椅子に身を沈め、彼女を見つめた。

「きみは知っていた――アイザックのやっていることを知っていたんだ」

メラニーはまた顔を伏せ、優美な指先でこめかみを揉んだ。

「A・J、あなたとは深い関係になった。違法と思われる行為を共有したんだから、どんなことも共有するべきだと――」

「いいから答えろ。知っていたのか？」

「はっきりとは知らなかった。だけど、正直に言うと……疑っていた」

「疑っていた？」

「どんな人間にも自分の罪を償う権利があるわ。だれだって社会復帰のチャンスが必要なのよ。わたしはつねにその点に倫理の基盤を置いてきた」

「倫理？　きみはあのアイザック・ハンデルを釈放させるために全力で取り組んできたというのか？　あの男がなにを企んでいるか承知のうえで？」

「承知していたわけじゃないわ。疑っていただけ」

「たとえ疑っていただけだとしてもだ」彼は神に救いを求めるかのように頭をそらして両手を広げた。「信じがたいな」

「それは、あなたがわたしの立場になったことがないからだわ。あの圧力に直面せずにすんでいたからよ。責めてるんじゃないの。責めてるわけじゃないけれど、それがどういう気持ちか、あなたには想像もつかないのよ。中間管理職の苦悩。サンドイッチのハムでいることの不幸――サンドイッチの下側のパンにすれば特権階級のように聞こえるんでしょうけれど、実際は地獄よ。上からも下からも文句を言われるんだから。施設内のだれの目にも、権力者に見えなければならない――それがどんなにくだらない意味だろうとね。そのくせ、信託組織から見れば、ただの道具。彼らの指示を受け入れ、それをスタッフが理解して実行できる言葉に変換しなければならない」

「正直、そんな話は興味がないんだ。きみはアイザックが釈放されるように審査会をあざむいた」

「患者のあいだに集団ヒステリーが広まっていたからよ」

「集団ヒステリーなら、いまも広がっている。ただし、この施設の外でね——きみはみずから災いを招いたんだ。アイザックは支援施設から姿を消し、きみも私も、彼がきみの家の庭に現われたことを知っている。おそらく私の家にも現われたんじゃないかな。スチュワートに毒を盛ることまでしたのかもしれない。悪いが、こうなると、なにもかもいささか信じがたいんだよ、メラニー」

「わたしの職がかかっているの。本当に、首が飛ぶかもしれない。院長にとどまるためにこれまでどんな犠牲を払ってきたか、あなたは知らないのよ。そもそも院長になるためにどんな不愉快なこともやらざるをえなかったことを。彼が戻ってくるだなんて知らなかった。たしかにわたしは愚か者よ——それは認める。本当よ」

「ジョナサンは無関係なんだな？　彼がそそのかしたことではないんだな？」

　メラニーは目をしばたたいた。「はあ？　もちろん無関係よ。彼が今度の件とどう関係があるの？」

「わからない。関係ない——ただ……きみは私に嘘をついていた」

「あなたもわたしに嘘をついていたわ。どうやらいくつもの嘘をね。だから、おたがいさまなんじゃない？」

「おたがいさま？」その瞬間、危うく怒りが爆発しそうになった。自分が道徳心の強い人間だなどとこれまで一度も思ったことがないのに、驚いたことに、嘘つき呼ばわりされることに憤りを覚えていた。立ち上がって室内を行ったり来たりしながら、筋が通るように頭のなかを整理しようとした。

「ごめんなさい」メラニーがおそるおそる謝った。

「本当にごめんなさい」

Ａ・Ｊは彼女を見ないようにして歩きつづけた。客観的に考えている自分は、彼女の言い分はまったく筋が通らないし身勝手だと考えている――同時に、おそらく自分が彼女を許すだろうということもわかっている。なにしろ相手はメラニーだし、彼女を愛しているのだから。

「Ａ・Ｊ？　ねえ、Ａ・Ｊ？」

彼女に目を向けた。立ち上がって、希望に満ちた笑みを浮かべて両手を彼のほうに差し出している。Ａ・Ｊはまだ腹立ちがおさまらずに渋面を浮かべた。

「Ａ・Ｊ？　どうしたの？　休戦にしましょう」

やがて、しぶしぶながら、Ａ・Ｊは彼女を抱き締めた。メラニーは腕を上げて彼の肩甲骨に手を当て、シャツに顔をうずめた。「Ａ・Ｊ、ごめんなさい――本当に悪かったわ」

「気にするな」Ａ・Ｊはいくぶんぎこちない手つきで彼女の髪をなでた。「万事、問題ない。すべて解決するよ」

「わたしはすごく危ないけれどね。首が」

「わかってる。わかってるよ」まだどう考えたものかよくわからず、Ａ・Ｊは彼女の髪をなでつづけた。長い沈黙が続くあいだ、彼女の速く浅い鼓動だけを腕に感じていた。窓の外では、塔の古い時計が三時を指そうとしていた。自分たちは他人の目にどう見えるだろうかと考えた。相手を大切に思い合っている者同士？　それとも、怒りを抱き合っている者同士だろうか？

「考えがあるの」メラニーが一歩うしろに下がった。カーディガンのポケットを探ってハンカチを取り出し、鼻を押さえた。「行きましょう」

「行く？」

「そう。逃げるの」手で飛行機の形を作り、窓へ向けた。「すっかりかたがつくまで姿を消すの。警察には勘ちがいだったと言えばいいし、ふたりで、そうね、病気休暇か年次休暇だかなんだかを取るの――そして姿をくらます。人事部に手をまわすことができるわ。無人島がいいかもね。太陽、砂浜、セックス」顔を上げて彼を見た。「一度、昼食時にピニャ・コラーダを六杯も飲んでプールに落ちたことがあるの」

「目に浮かぶよ」

「監視員に引っぱり上げてもらわなければならなかったのよ」

「それも目に浮かぶよ。嫉妬するなあ」

　彼女は一瞬だけ淡い笑みを見せた。「そうする？姿を消す？」

「なあ、メラニー」

「なに？」

「私は行けない」

「どうして？」

「なにも起きていないふりはできないからだ」

「それもそうね」彼女はしょげかえって唇を嚙んだ。「わかったわ」

「それにスチュワートがいるしね――なにがあったのかはさっぱりわからないけど、あいつを置いていくことはできない。体調を悪くしているときだし」

「気持ちはわかるわ」

　彼女は力なく周囲を見まわした――気をそらすなにかを見つけようとでもしているようだ。A・Jは黙っていた。口を閉じているべきときを心得ているのだ。

「わたし……A・J……わたし……」彼女は身のまわり品をまとめだした――ハンドバッグ、携帯電話、キーホルダー。「ちょっと散歩をしてくる。ドライブになるかもしれない。ね、新鮮な空気を吸ってくるわ」

「それがいいだろう」

　彼女はうなずいた。「そう。いい考えよね」クリーム色のレインコートを着て顔が隠れるほどフードを引き下ろし、A・Jが言葉をかけようとするかどうかを待つこともなくドアへ向かった。すぐに窓の外に彼女の姿が見えた――彼女は〝茎〟と呼ばれる廊下の警備ゲートを通り、管理棟の廊下を通って外に出てきたのだ――車のキーを取り出しながら、すたすたと駐車場を横切った。フォルクスワーゲン・ビートルのセキュリティシステムを解除し、彼女は運転席に飛び乗った。ダッシュボードの明かりに照らされた顔と、雨に濡れて顔に垂れかかっている蜂蜜色の髪が一瞬だけ見えて、彼女がまたしても泣いているのがわかった。すぐに彼女の車は自動ゲートを通って走り去り、残されたA・Jはなにもない空間を見つめていた。

イートミー・ケーキ

キャフェリーは中腰の姿勢で洞の壁にもたれかかった。背中を壁に押し当て、〝イートミー〟ケーキを食べて体が大きくなったアリスのように頭を傾けて。懐中電灯で寝袋を照らしながら、こんな場所で眠るのはどんな感じなのだろうかと考えた。少なくとも、風はしのぐことができる。アイザック・ハンデルは子どものころからこの地域にくわしかった――アプトン・ファームに近いのだから、くわしかったはずだ。だが、それが――ハンデルが引き寄せられるようにこの地に戻ってきたことが――なにを意味するのかはよくわからない。たんに土地勘のある場所だからだろうか？　それとも、なにか別の理由があるのだろうか？　やり残したこととか?

　ハンデルが〈ウィックス〉で買い込んだペンチや銅針金やなんかはここにない。森のどこか別の場所にあるのかもしれない。キャフェリーはうしろ向きで洞を出ようとしながら、必要な捜索とそのために取りつける必要のある許可とを頭のなかで数え上げた。監視。監視人員を割くことを警視は許可するだろうが、こんな場所で張り込みを行なうことを監視班の連中が喜ぶとはとても思えない。だが、わずかばかりの超過勤務手当が出るので、それをみすみす逃しはしないだろう。ただ、暖かい車のなかで張り込みたがる。バードウォッチャーのような装備に丈の長い防水コートを着て単眼鏡をのぞき込むのではなく。

　顔の近くになにか垂れ下がっている。キャフェリーは中腰のまま動きを止めた。目だけをゆっくりと動かしながら、武器にしようという考えもあって懐中電灯を持ち上げた。その物体は目から数センチのところにあった——近すぎるせいで、焦点を合わせるのにわずかな時間がかかった。雑に縫われた人形の顔。頭上の根のすきまに押し込まれていたのが、彼の頭が触れてずり落ちたのだろう。脚が引っかかったまま頭を下にしてぶら下がり、ずり落ちたはずみで揺れている。

　アイザックが作る人形の特徴をすべてそなえていた。さまざまな素材——この人形の場合は、皮膚にはバタースコッチ色のフェイクレザー、顔にはぴかぴかに磨かれた陶器が使われ、白いレースの切れ端で作った奇妙なドレスを着せられている。キャフェリーは人形に手を触れなかった。防水コートのポケットから眼鏡を取り出してかけ、懐中電灯の光でじっくりと観察できるように自分の首をめぐらせた。

　そう、ほかの人形とよく似ている。だが、それだけではない。この人形はほかの人形とはちがう。もっとおぞましい。逆さにぶら下がった人形が前後に揺れるたびに、ブロンドを模した黄色い毛糸のロングヘアも揺れた。髪は自由がきくが、それ以外はちがう。細く切った粘着テープで口をふさがれ、腕は胸の前で組んで縫いつけられている。さらにしっかりと腕を固定するかのように、両手首に細いシルバーの鎖がきつく巻かれている。

キャフェリーはいまではハンデルの考えかたを充分に把握している。この人形は女、ハンデルが狙おうとしている現実の生身の女だ。髪はブロンドで、たんすには端を小さく切り取られたことに気づかれないままのレースのドレスかブラウスが入っている。そして宝石箱からシルバーのブレスレットがひとつなくなっていることだろう。

不運な小びと

ビーチウェイ重警備精神科医療施設の見取り図は、『オデュッセイア』に出てくるミノス王の迷宮の地図を思わせる。多層多面構造なので迷子になりかねない。メラニーのオフィスに額装された見取り図がかかっており、A・Jはそれをぼんやりと眺めていた。この病院には人間を飲み込むなにかがあるのかもしれない。そのなにかがポーリーンとモーゼスとゼルダを飲み込んだ。そしていま、そのなにかは躍起になってA・Jを飲み込もうとしているのかもしれない。

両手で髪をかき上げた。目を細めて、錠剤を服むことができればいいのにと願った——精神崩壊の危機に瀕した患者に与えられる薬剤を。頭のスイッチを切り、そこにある考えを押し流すための薬剤を。肩越しにキッチンを見た。メラニーが加えたわずかばかりの家庭的な雰囲気を。地中海風の白い壁に、眠っているネコの絵。リヴィエラの青い海と空とともに描かれた二段式のティーポット。メラニーとはたがいに感じるものがあったと確信している。それなのに、このありさまか？　こんな秘密が？　すっかり心を開き合ったと思っていた――セックスをして、いっしょに笑い、率直に過去を告白し合ったあとで。それなのに、彼女はまだ隠しごとをしていた。それがなにかはわからないが、ジョナサンとの別れに関係のあることにちがいない。今日は、母さんが死んだ日――軽く嚙んでいた舌に草と土がついた状態でひとりきりで庭で死んだあの日――以上に沈痛な一日になりそうだ。

A・Jはふたり分のコーヒーカップを洗った。メラニーが小袋から出したまま手をつけていないチョコレート・ダイジェスティブビスケットを几帳面にラップでくるんで缶に収めた。明かりを消し、彼女のオフィスを出ようとした。ドア口で足を止めた。ドアに頭をもたせかけて片手を照明のスイッチに置いたまま、身じろぎもせずに立っていた。息を吸って吐いた。

次の瞬間、ふたたび明かりをつけると、窓辺へ行ってブラインドを下ろし、メラニーのデスクについた。ブナ材の機能的なデスクだ――透明な蜂蜜のような淡い色のデスクで、整理が行き届いている。昔ながらの書類決裁箱が置いてあり、封筒が一、二通入っていた。彼女のパソコンは光学式ワイヤレスマウスを使うタイプで、マウスパッドにはブルーの地に白い文字で〝敗者が行なうは緊張の緩和、勝者が行なうは目標の達成〟という引用文がプリントされている。

A・Jは長らくそのマウスパッドを見つめていた。そのうちマウスに手を触れた。指を軽く載せただけだ。パソコンのスリープ状態が解除された。

パスワードによるロックがかけられている。

当然だ。

なんとなくほっとして椅子の背にもたれた。こそこそ嗅ぎまわるようなまねはしたくない。本当に。メラニーのことをこっそり調べたり、とやかく言ったりする権利はない。私だって完璧な人間じゃないんだから。メラニーはこれまで辛酸を嘗めてきたのだし、もっと理解してやるべきではないだろうか。これがどういう結果になるか、彼女にはわかっていなかった。電話をかけよう。悪かったと言って謝ろう。携帯電話を取り出して表示画面を見た瞬間、ゼルダの首に両手をかけているアイザック・ハンデルの姿が目に浮かんだ。携帯電話をポケットに戻し入れた。

決心がつかないまま指先で膝を打った。しばらくして、デスクのいちばん下のひきだしを開けた。興味を引くようなものはたいして入っていなかった。化粧ポーチ、キトンヒールの紫色の靴——不測の事態が起きたときにきちんとして見えるようにするために必要なのかもしれない。あとは、防臭剤と肌色のタイツが一足。その上のひきだしには、クリップと輪ゴムがいっぱい入ったデスク整理トレイ。その下に大判のペーパーバックが押し込んであった。

本を引っぱり出してみた。『悲鳴をあげる壁——ゴーストハンターのための英国でもっとも幽霊が出る施設ガイド』。〝ザ・モード〟が出現した直後に購入したのにちがいない。ここで起きている〝心霊現象〟の前例について知りたかったのかもしれない。刊行は一九九九年——ここビーチウェイで〝ザ・モード〟が最初に出現した時期よりもはるかに前だ。興味に駆られて目次を開き、〝ビーチウェイ〟の項目を探した。なかった。本をひきだしに戻し入れようとしたとき、別の可能性が頭に浮かんだ。

目次は四ページを占めていたが、Ａ・Ｊは好奇心から各ページを指で追いながらアルファベット順に並んだ項目に目を走らせた——ベッドラム（ベスレム）、地域ケア、サンダーランドのチェリー・ノウル病院、デンビ病院、精神障害の診断と統計マニュアル第五版（DSMV）による診断、心霊現象を引き起こす能力、ジョージ・トマス・ハイン（建築士）、精神保健法の影響、ライホープ総合病院、ベスレムのセント・ジョージ・フィールズ、〝馬乗り〟と憑依……

その項目の下で指を止めた。〝馬乗り〟と憑依？

すばやくそのページを開いた。

あるゴシック・リバイバル様式の建造物の見取り図と写真がページのところどころに配されていた。櫛形《アンペーニュ》にするという建築概念に基づいて、背でつながった櫛の歯のように個別の棟をつなげた構造をした典型的な救貧院だ。性急な役所のせいで、改修の際にゴシック・リバイバル様式の特徴を帯びることになったらしい。もともと鉄心を立てて石膏で覆い、石柱に見せていたであろう支柱は、軽量コンクリートブロックを積み上げてペンキを塗っただけの柱に替えられている。だが、尖りアーチの窓と外壁の銃眼は手を入れずにそのまま残されていた。

ハートウール病院。イングランド北部のロザラムという町の近くにある病院だ。A・Jは、幼くして読書をしている就学準備クラスの児童のように小声で音読しながら本文にさっと目を通した。

頻発する自傷は〝B病棟の馬乗り悪魔〟と呼ばれる現象の影響によるとされた。噂によれば、その正体はかつての救貧院の寮母、患者たちを虐待した小びとの亡霊だと……

A・Jの耳に自分の鼓動が強く大きく響いた。

ある自殺未遂においては、患者が自分の鼻を切り落とそうとし……

患者Xの報告によれば、目が覚めたときに夢魔が胸に馬乗りになっていたと……

スタッフの欠勤や退職の理由は、患者の胸に馬乗りになる小びとの亡霊あるいは未知の存在に対する恐怖とされることがあり……

……幻覚、妄想、心霊現象……

……患者の胸に馬乗りになる小びとの稚拙な絵が一九九七年にある患者によって描かれ……

A・Jはその絵をまじまじと見た。あおむけに寝ている患者の胸にしゃがみ込んでいる黒い人影を描いた線画だ。その横に、いまは廃院となった病院の敷地に置かれた墓石の写真。

われらが姉妹モード　不運な小びとは
現世を去り、霊に生まれ変わった
一八九三年九月十八日

A・Jはページ見出しをちらりと見た——ハートウール病院。ロザラム。鼓動はいまや耳をつんざくほど大きくなっている。

ハートウール病院といえば、メラニーがここへ来る前に勤めていた病院だ。〝地域ケア〟への変革のさなかに、彼女はその病院から移ってきた。

彼女がジョナサン・キーとともに勤務していた病院だ。

ものごとは見かけどおりではない

ペニー・ピルスンが電話を折り返してこないので、キャフェリーは安全運転で谷を下り、いまにも壊れそうな橋を渡って〈オールド・ミル〉を訪ねた。窓の鎧戸はすべて閉まったままだ。鎧戸をノックしてハート形の穴から様子をうかがおうとしたが、なかは真っ暗なようだった。車に戻りかけたとき、物音がして――家のなかで足音をしのばせて歩く音だ――ドアがわずかに開いた。

「こんにちは」

「こんにちは」

ペニーはニットのカーディガンにデニムのショートパンツといういでたちで、腕を組んで両手をそれぞれ脇の下にはさんでいる。足もとは裸足で、髪はまるで油で汚れた手でなでまわしたかのように汚れてくしゃくしゃだ。

「大丈夫ですか？」

「ええ」彼女の顔にはまったく化粧が施されていないが、近づいてみると、別人に見えるのは素顔のせいばかりではないことがはっきりした。怯えているのは同じでも、昨日とは怯えかたがちがうのだ。新たに気がかりなことができたとでもいおうか。なにか隠しごとでもしているようだ。

「本当ですか？」

「もちろん。お風呂に入っていたの。それだけよ」

キャフェリーはうなずいた。彼女の態度にいささかとまどっていた。「あなたの電話にメッセージを残したのですが」

「知ってるわ――朝からずっと忙しくて――夕食をすませたら電話するつもりだったの」

キャフェリーはペニーの態度を慎重に検討していた。彼を招き入れず、ドアのすきまをふさぐようにして立っているので、なかの様子をのぞき見ることができない。「ひとつ訊きたいことがあったんですよ。いま、あそこへ行ってきました――」彼は顎先を上げてザ・ワイルズの方向を指し示した。ヨーロッパイチイの老木の方向を。「それで、彼の居場所をつかんだと思います」

「そうなの？」

「ザ・ワイルズでしょう？」

「ええ、そう。そのとおりよ。農場に住んでいたとき、彼はよくあそこへ行っていた」彼女は空虚な笑みを浮かべてドアを閉めかけた。

「待ってください」キャフェリーは片手を上げて制した。「すぐにすみます――もうひとつ訊きたいことが」

彼女は躊躇した。すぐに、しぶしぶといった体でふたたびドアを少しだけ開けた。キャフェリーの目が廊下をちらりととらえた。明かりはついていない。妙なにおいがする。彼女が調理しているもののにおいかもしれない。彼女の爪は噛まれてぼろぼろだ。

「見つけたものをあなたに見てもらいたい」

キャフェリーは上着の内ポケットから例の人形を引っぱり出した。ビニールの買い物袋にくるんでおいたので、人形がよく見えるように袋を慎重に広げてペニーの前に差し出した。まじまじと人形を見た彼女の喉が動いた。

「そうね」張りつめた口調だった。「彼の作ったものだわ」

「だれを模したものか、わかりますか？」

ペニーは首を振った。「本当に、これ以上こんなものを見ていたくない。さしつかえなければ」

キャフェリーは人形を買い物袋でくるんで上着の内ポケットに戻し入れた。ペニーは昨日会ったときとはまるで別人だ。キャフェリーといっさいかかわりたくないらしい。彼女の恋愛事情が頭をかすめた——グレアム・ハンデルとの情事が。いま起きているのはそういうことかもしれない。家に男がいて、それでばつが悪いのかもしれない。

「では、これで失礼します」彼が背を向けかけた瞬間、ペニーが身をのりだし、小声ながらも激しい口調で告げた。

「ミスタ・キャフェリー？」

「なんでしょう？」

「ものごとは見かけどおりじゃないのよ」

「はあ？」

「それだけよ」彼女はもとどおり身を起こした。「じゃあ、さようなら」

どういう意味かとたずねる間もなく彼女が一歩下がってドアを閉めたので、キャフェリーはその場に立ちつくし、いま起きたことがよくわからずにとまどっていた。

重大犯罪捜査隊本部へ戻りながらも、車をUターンさせて引き返したほうがいいだろうかと考えていた。あれはいったいどういう意味だろう——〝ものごとは見かけどおりじゃないのよ……〟。キャフェリーは高架道路下のいつもの場所に車を停めて本部ビルの階段を上がった。内ポケットの人形が胸を圧迫している——まるで人形がその指で彼の胸をつかんでもいるように。あの人形は不快だ。手放せばほっとするだろう。オフィスに入ってデスクに置くと、人形をくるんだビニール袋が膨らんで巣のようになった。キャフェリーのオフィス以外は、さまざまなチームのメンバーが出入りしたり、必要な電話をかけたり、警視が監視チームを叱責したりして、少しばかりざわついているが、キャフェリーはライトつき拡大鏡の大きなレンズを動かして人形全体に光が当たるように調整した。

手袋をはめた指の先で、人形の腕を縛っている鎖を持ち上げた。ブレスレットだ――こうしてじっくり調べると、鎖の内側にシルバーのロケット・チャームが押し込まれているのがわかる。そのままの状態で人形の写真を一、二枚撮った――チャームを引っぱり出しても支障ないと判断し、小指の爪でチャームの爪を押してみた。チャームが開いて飛び出し、猿ぐつわをかませた人形の顔に落ちた。

曲線を用いた飾り文字がふたつ。〝M〟と〝A〟だ。

ポケットで携帯電話が鳴った。引っぱり出して見ると、A・J・ルグランデの名前が表示されていた。

「もしもし、A・J、こんにちは」

「いま話してもいいですか?」

「ええ、大丈夫です」

「名前がわかりました」

「名前というと……?」

「ずっと考えていたんです――身を隠すことのできる場所がハンデルにあったのだろうかと。彼に手を貸しそうな人間はだれだろうか、と」

あまりにタイミングがいいので――まるで心を読まれたみたいだ――キャフェリーは信じられない思いで笑い声を漏らした。人形の観察をやめて、腰を下ろした――ポストイットを引き寄せ、ペンを探した。

「では、その人物の名前を教えてください」

「ジョナサン・キーです」A・Jが言った。「キーの綴りはKEAY」

「キーですね。で、どういう人物ですか?」

「うちで働いていた男――作業療法士です。三週間ほど前まで。うちを辞めてどこへ行ったのかはわかりません」

「なるほど」キャフェリーは電話機を顎の下にはさんでメモを取りつづけた。「では……住所やなんかは?」

「現住所はわかりません。以前の住所はわかっています――しかし、そこはもう引き払ったそうですし、番号のわかっている携帯電話も通じませんでした。かけてはみたんですが」

「生年月日は？　国民保険番号は——本人の履歴書に記入されているはずです」

「それはそうでしょうが、履歴書は人事部にあるし、私はそれを見る権限がないもので。以前の固定電話の番号がわかります——まだかけていません。どうも何年も前のものらしいので」

　キャフェリーはその番号を書き留めた——英国の市外局番には、各数字にアルファベットが割り当てられている電話のキーパッドを使えばその地区の名前を知ることができるものもある。Ａｄｉで始まる名前の町なら……〝０１２３〟といった具合だ。Ａ・Ｊが教えてくれた電話番号はこの地方の局番——現にキャフェリーは、イェーテの近郊のどこかの番号だとすぐにわかった。右手でコンピュータのキーボードを引き寄せてパソコンを起動させた。メールを打ち込みはじめた。

　キーボードを打ちながら電話で話した。「キーを探す理由は？」

「うーん——それは彼が……いや、わかりません。隠しごとをしているというか。よくアイザックとこそこそ話していたからかもしれません。断言はできないが、そんな記憶があるので。それに、キーはハートウール病院に勤めていたし」

「どういうことです？　素人に、私にわかるように説明してもらえますか？」

「ロザラムあるいはその近くにある病院です。ハンデルは入院していませんでしたが、その病院がなんらかの関係がある。こうして話しながら、見つけた本に目を通しています。ハートウールでのできごとは、ここビーチウェイで起きたこととまったく同じなんですよ——患者たちがまったく同じ妄想を抱き、まったく同じ結末を迎えている。キーはハートウールを辞めたあと、ここへ来た。そして一年も経たないうちに、ここで同じことが始まった」

「彼が病院を移った理由は？」

「精神保健制度の大変革により閉院になったからです。彼と――えー――うちの院長がいっしょにここへ移ってきました。ほら――メラニーです」

キーボードを打っていたキャフェリーの手が止まった。意識が人形に移った。ブレスレットの〝MA〟のイニシャル。ブロンドの髪。キーボードを脇へ押しやり、猿ぐつわをされた顔を見なくてすむように椅子を回転させてドアのほうを向いた。時間をかけて――慎重に言葉を選んだ。いたずらに警戒させたくない。

「じつは」と嘘を口にした。「それで思い出しました。院長の電話番号を知りたかったんです」

「彼女には連絡しないと約束したはずです。待ってもらうことになっていた」A・Jが用心深く言った。

「わかっています」キャフェリーは向き直って人形を確認したかった。背後で人形が自分で身を起こしている気がした。片手を伸ばしているという気が。「しかし、これ以上は待てません」

電話の向こうは沈黙している。

「彼女がどこにいるかわかりますか？　なんとしても彼女と話をしたい。言うなれば緊急の用件です」

これにも返事はない。

「A・J？」

長々と息を吐き出す音がした。「くそ散々な一日だったんだ」A・Jが言った。急に気の抜けた口調、弁解がましい口調になった。「じつは彼女の居場所はわからない。電話をかけてみたんだが。出ようとしなくて。キーについて私がいまあなたに話したことを、彼女はすでに知っていたからだと思う」

「そうなんですか？」

「ふたりは……恋人同士だった。何年か。もう別れた。キーは今回のできごとに関与している。彼女はそれを知っているんだと思う――あるいは、感づいているだけかもしれないが」

　キャフェリーは軽くあたりさわりのない口調を保った。予想される回答と質問とが頭に浮かんでいた。向き直って人形を見たい衝動にまだあらがっていた。

「彼女の行く先に心当たりは？」

「ない。なぜそんな質問を？」

「なぜ？　それはまあ、あなたがいま口にした理由からです。彼女は有益な情報を提供することができるかもしれない」声に熱を込めた。「それに、できるだけ早く彼女と話をしたい。どうせなら詳細を教えてください。電話番号、住所――挨拶にうかがおうと思います」

道路封鎖

　A・Jは車を猛スピードで走らせていた。このあたりの通りは熟知しており、ふだんは色づいた木々や生け垣の花を眺めて楽しんでいる――窓外の景色に夢中になったあまり、ときには速度制限標識や対向車といった肝心なものに気づかないこともあるほどだ。だが今夜は、田舎の風景も目の端に映る単調な灰色の連なりにすぎなかった。メラニーの顔を見たくてたまらなかった。

　おそらく二十回は電話をかけている。そのたびに留守番電話に切り替わった。三回はメッセージを残した。毎回、程度の差はあれ、いらだちと怒り、それを抑えようとする気持ちの表われた口調で。〝話し合いたいんだ〟、〝少し話ができないか――責めも怒りもしない。状況を整理するために話をするだけだ〟と言った。〝今回のことにキーがどうかかわっているのか、説明してもらいたい。きみは彼をかばっていたのか？　彼がアイザックといっしょにめぐらせた計略を、きみは隠していたのか？〟とは口にしなかった。

　彼女の自宅に着いたのは午後六時。カーナビの算出した到着予定時刻より九分も早かった。家の前の通りに入って、前方の路地に停まっている数台の車の青色回転灯を目にした瞬間、どんなあやまちを犯したにせよ、メラニーはその十倍もの報いを受けた、と思った。通りではひとりの制服警官がブルーと白の二色使いの立入禁止テープを張っていた。

　道路封鎖用のテープだ。犯罪現場であることを示すテープではない。だがＡ・Ｊにとってはそのちがいは重要ではなかった。

　車のギアをニュートラルにして、ゆっくりとその警官のもとへ進んだ。警官は自分に向かってくるヘッドライトに目がくらんでまばたきをした。テープをほどく手を止め、首を傾けて視認性を高める蛍光色のジャケットに取りつけられた無線機に向かって話したあと、テープを置いてＡ・Ｊの車に近づいてきた。手を打ち合わせ、ドラゴンのように白い息を吐いている。

「もしもし？　なんのご用ですか？」

　Ａ・Ｊの目は警官を素通りしてメラニーの家に注がれていた。庭を動きまわっている連中が見える。私道の右側にバンが一台停まっている――白い覆面車輛だ。キッチンをのぞくことができる――散らかり放題だ。食品や皿が床にぶちまけられている。窓ガラスが割られている。何者かがこの家を荒らしたのだ。

「メラニー・アローを探している。この家の住人を」家の惨状から目を離すことができないまま唇を舐めた。「しかし、なかへ入れてもらえないんだろうね」

「規則どおりの捜索活動中でして。ご親戚ですか？

ご友人ですか？」

「メラニーの？　そう——まさしく友人だ」

「なにか身元を証明するものをお持ちですか？」

持っている。札入れに国民健康保険カードが入っている。A・Jはそれを提示した。「彼女とは職場の同僚だ。私のことはキャフェリー警部が知っている」

「重大犯罪捜査隊のですか？　エイボン・アンド・サマセット警察の？」

「そうだ」

警官がうなずいた。「あなたが最後にメラニーと会ったのは……？」

「二時間ほど前だ。勤務先の病院で。なにが起きているのか、教えてくれないか？」

警官は答えなかった。両手をうしろへまわして上体を起こしかけた。水平を確認するかのように首を左右にめぐらせた。どう応じようか検討しているらしい。

「わからないんです。本人が不在なので」

A・Jは目をつぶった。額に指を当てた。

「もしもし？　大丈夫ですか？」

A・Jは力なくうなずいた。警官が身をかがめて窓から手を差し入れ、彼の肩に置いた。

「もしもし？」

「大丈夫だ。本当に、大丈夫だ」

　だれひとり〝拉致〟という言葉も〝誘拐〟という言葉も口にしなかったが、警察が話したことと話さなかったこととのはざまに、そのふたつの言葉がこれ以上ないほどはっきりと存在していた。A・Jは、アイザックの釈放に関してメラニーが果たした役割について、自分の知っていることを話さなかった。彼女の好意が裏目に出たのは皮肉でも当然でもない。彼女は犯したあやまちのつけを何十回も払うことになる。A・Jは吐きそうだった。精神科の看護師のこの私が。当然、ストレスに対処できるはずなのに。とんだお笑いだ。

　警官に供述を行ない、メラニーのビートルについて思い出せるかぎり説明した（限定モデル——色は黒。だが、プレートナンバーは思い出せない）。警察への供述が終わると、身の置き場に困った。キャフェリーに連絡しようとしたが、電波の届かないところにいるという応答だし、重大犯罪捜査隊の電話受付係は「ただいま席を外していますので、警部から折り返し電話を……」と繰り返すばかりだった。

　家へ帰ることを考えると不安でいっぱいになる。ペイシェンスは気の毒がったりしないだろう。彼が罪悪感による重圧を感じながら日々生きているなど、おばはつゆほども知らない——母さんの身に起きたことでA・Jが自分を責めていることも、今度の件でまた自分を責めることになるだろうということも。またしても、いるべきときにその場にいることができなかったのだから。

　意識的に考えたわけではないが、気がつくと職場に戻っていた——ガブリエラの部屋の前に立っていた。なんらかの希望の光あるいは元気づける言葉を彼女が与えてくれることを期待していたにちがいない。網入りガラスの窓をのぞいて彼女の姿を見た瞬間、気持ちがさらに沈んだからだ。なかで待ち受けるのは幸福なモンスター・マザーではない。嵐の中心となる闇だ。

彼女は部屋の隅にしゃがみ込んでいた。痛みを感じてでもいるように、失った腕を抱えるような恰好をしている。ドレスは黒に見えるほど濃いインディゴブルーだ。A・Jがノックをしても返事はなかった。また皮膚を取りはずして身を隠しているようだ。

「ガブリエラ？」

A・Jは室内に入った。彼女を見ず、視線を動かさずに。

「ガブリエラ——どこにいるんです？」

「ここよ」彼女が小声で言った。「A・J、こっちの隅にいるわ」

A・Jは彼女を見た。「やあ」哀れを誘う口調だ。

「こんばんは」

彼女の笑みは悲しげだった。「あなたも感じている。そうでしょう、A・J？　あなたのまわりに見える——オーラをまとっている。心が痛んでいる」

慈愛に満ちた声に、A・Jは危うくその場に崩れ落ちそうになった。子どものころ、怖い夢を見たときに母さんが額に当ててくれた手を思い出した。

「そうなんです。私は……私は……」その言葉を口にすることはできなかった。「座ってもいいですか？」

彼女は鷹揚にうなずいた。「だけど、わたしの皮膚は見ないでね。あなたが目を向けたら〝ザ・モード〟に知られてしまうから」

「それで、あなたの皮膚は……？」

「あそこよ。ベッドに吊してあるの。見ないで！」

A・Jは彼女が皮膚を吊しているというベッドに背中が向くように椅子の向きを変えた。アドレナリンのせいで両手両足がそわそわと動く。まるで動脈にも静脈にもポンプで空気を送り込んでいるようだ。

「ガブリエラ、いろんなことが起きています。外で――外の世界で――いろんなことが起きているんです」

「わかってるわ、A・J。戻ってきたのよ」

「なにが戻ってきたんです?」

「わかっているはずよ。馬乗りになるやつのことを言ってるの」

A・Jは目を丸くして彼女を見た。この女は頭がおかしいんだと、繰り返し自分に言い聞かせた。完全に頭がどうかしている。彼女はなにも知らない。アイザックと、彼がメラニーに行なったことに関して神経を張りつめている彼の気配を察知し、それを空想へと転化しているだけだ。

「ガブリエラ、以前ここで美術を教えていた男を覚えていますか? 名前はジョナサン・キーといったのですが? 一カ月ほど前にここを辞めた男です」

モンスター・マザーの顔が歪んだ。存在しない腕をしきりにさするまねをした。

「ジョナサン。そう、覚えてるわ――ジョナサン。だって、ほら、わたしは全員を覚えているもの。ひとりひとり――なにをしたか――なにをされたか……ジョナサンもわたしの子どものひとりだけど、あの子は苦しんでいる――いまのあの子は本来の姿ではないの」

「本来はどういう人間なんですか?」

モンスター・マザーは首を振った。「あいつが来るわ、A・J――近づいてきてる」彼女は手を上げてドアを指し示した。「すぐそこまで来ていて、そこから入ってこようとしている――いまにも――入ってくる――」

彼女が言い終わらないうちに、警報装置の音が鳴り響いた。ふだんの病棟内警報ではない――音がちがう。これは院内警報の音――つまり、重大事件が発生したということだ。

「ほらね?」モンスター・マザーが言った。「言ったでしょう――あいつが戻ってくるって」

A・Jはポケットベルを確認した。メッセージが届いている。〝A・J――警備管理ブースへ来てくれ〟。A・Jはそのメッセージを見つめた。

気は進まないが、立ち上がった。

「ガブリエラ」患者に指示を与える際にスタッフが用いる抑揚のない無気力な口調で告げた。「ここは封鎖されます――とりあえずここにいてください。いいですね？」

モンスター・マザーが神妙な面持ちでうなずいた。

「しっかりね、A・J。がんばって」

彼はドアを開けた。廊下の左右を確かめた。なにごとかと自室のドアから顔を出して様子をうかがっている患者がひとりふたりいた。娯楽室から廊下へ出された患者もいた。ビッグ・ラーチがいた。患者たちをそれぞれの部屋に戻し入れて外から手早く錠をかける作業を手伝っている。A・Jの姿を認めると、しきりに手を振った。

「A・J――A・J！　全院警報だ。警備管理ブースへ行け――警備部長がいますぐあんたと話をしたいそうだ」

ベリントン・マナー

電話で知らされた情報にも、上が今度はこの件を合同捜査にしろと要求していることにも、キャフェリーは不満だった。メラニーの安否確認はグロスターシャー州警察にゆだねられた。もたらされた回答は望ましいものではなかった。彼女の自宅の玄関ドアは開け放たれていた――揉み合った形跡があった。室内は荒らされ、彼女の車がなくなっていた。A・Jが――キャフェリーの口調からメラニーの身が危険だと察したにちがいない――彼女の家に現われた。グロスターシャー州警察によると、彼は知っていることをすべて話したらしい。グロスターシャー州警察の重大犯罪捜査課が動員された。混迷が広がりつつあった。

ジョナサン・キーはベリントン館《マナー》で生まれ育った。番地も通りの名前もなし。館の名前、村の名前、郵便番号だけで通用する。館の敷地内に車を進めながら、こんな広大な土地で生まれ育った作業療法士などそうたくさんいるはずがない、とキャフェリーは思った。フランスの大通りさながら丈の高いポプラの並木がある私道は、長さが一キロ近くもあった。玄関前に着くと並んだ投光照明がつき、馬房棟のある中庭を照らし出した。各馬房はダイニングルームほどの広さがあり、仕切り壁のてっぺんにはぴかぴかに磨かれた頂華《ちょうげ》が載っている。中庭の先に、淡い色の広大な土地と、屋外馬場を示す手書きの看板とが見えた――前面開放型の納屋に飛越障害用のバーが積んである。広大な邸宅の石造りの灰色の煙突が、左手の高い煉瓦壁の向こう側に何本も突き立っている。

キャフェリーはハンドブレーキを引いてエンジンを切り、車のドアを開けた。閑静な馬場はすっかりかたづいている——実際、馬がいる気配はまったく感じられない。藁梱も馬場整備用の機械類もバケツも、馬房の扉に引っかけた馬衣も見当たらない。人の姿もない。馬房棟の向かい側の壁のないカーポートに同じ濃灰色の高性能なＢＭＷが三台停まっているものの、それを別にすれば、この館はだれも住んでいないと言ってもいいぐらいだ。

　前もって電話をかけることはしなかった。訪ねることをキー家の人間に事前に知らせたくなかったからだ。言いわけを考える時間を与えたくなかった。だが、だれか在宅しているかどうかを確認するためだけにせよ、連絡したほうがよかったかもしれない。

　壁に設けられた錬鉄製のゲートを開けると、丈の低いツゲの生け垣による装飾庭園が広がった。中心に据えられた大きな針葉樹の枝が暗色のテントを思わせる形に垂れ下がっている。石造りの円形のベンチが幹を取り囲み、点々と置かれた質素な彫像が人目につかない照明器具で照らし出されていた。邸宅自体は三階建てで、さらに屋根窓が並んでいる。建物正面の下半分に巻きついた大きな藤の節だらけの樹幹は、石壁と同じ灰色だ。玄関ドアは閉じており、明かりの漏れている窓はひとつもない。

　重い鉄製のノッカーの音が邸宅じゅうに響いた。長い静寂が続いた。キャフェリーが背を向けて車に戻りかけたとき、ドアの奥から女の声がした。

「どなた？」

「警察です」

「警察？」

「ご心配には及びません——いくつかお訊きしたいことがあるだけです」

　ドアが開いて五十代後半の女が姿を見せた——長身で、紫みを帯びたグレーのショールにテーラードジーンズでことさら優美に見える。骨ばった顔、きちんと切りそろえた白髪まじりの髪。ジューン・キーだ。ジョナサンの母親。

「キャフェリー警部です」名刺を差し出した。彼女はそれを受け取り、仔細に見た。「ブリストルから車で参りました。なかへ入れていただけますか？」

彼女は名刺を突き返した。「夫なら留守です。夫にご用なのでしょう？」

「ちがいます——ジョナサンのことで話をうかがいたいのです」

彼女の顔がくもった。「ジョナサンのことで」ぎこちなく繰り返す。質問でも、応諾を示したわけでもない。

「そうです。ジョナサンのことで」

「息子です」

「では、あなたはミセス・ジューン・キーですね？」

「ええ」

「なかへ入れていただけますか？」

彼女は一歩下がり、ドアを大きく開けてキャフェリーを通した。「ごめんなさい——失礼しました」

石敷きの厨房に入ると、アーガ・オーブンがひじょうに暖かかった。窓ぎわの長椅子にウールのブランケットと眼鏡、ｉＰａｄが置かれていた。隣の部屋でグレゴリオ聖歌らしき音楽がかかっている。その部屋の壁にかけられたシカの頭部と、ドア上方に飾られた剥製のアートボックス——ビクトリア時代の地主階級の服装をした剥製のリスが暖炉のまわりに集まって煙草を吹かし、ポートワインを飲んでいる場面だ——が見えた。優美な家具類が並び、そのどれもが磨き上げられているが、生活感はみじんもない。

ミセス・キーがｉＰａｄを終了させた。「息子は上にいます。すぐにご案内しますわ。でも、その前に教えてください。いらっしゃったのは例の喧嘩の件ですか？」

「喧嘩？」

ミセス・キーはしばらく彼の顔をうかがっていた。

そのうちに悲しげな笑みを浮かべた。「そう、もちろんちがうわね。喧嘩なんてなかった。そうでしょう？　あの子、わたしに嘘を言ったんだわ――嘘を言ってるのはわかっていたの」彼女は長椅子の背をつかみ、上の空で強く握り締めていた。その目が暗い窓に映った自分の姿にぼんやりと向いた。「子どものときによくあんな顔をしたのよ。だから夫に言ったの、『あの子、また嘘をついているわ』って」

　キャフェリーは驚いて眉を吊り上げた。「嘘を？」

　彼女はキャフェリーのとまどいを見て取り、ため息をついた。「息子は二十年近く家を離れていたんです――学生の通過儀礼というのかしら、実家の富を嫌って。社会に借りを返すんだと言っていました。親のわたしたちは勘当なんてできなかった――息子のほうから縁を切ったんです。それなのに……」彼女は額に垂れた髪をかき上げた。「それなのに、突然、戻ってきて」

「うれしくなかったような口ぶりですね」

「いえ、うれしかったはずですわ、あんなひどいけがを負っていなければ」

「けがを？」

「ご存知なかった？　入院していたんです――けがが原因で敗血症になって」

「なぜそれほどのけがを？」

　彼女は一瞬、怪訝な顔をした。「てっきり、そのことでいらっしゃったものと思っていました」

警備管理ブース

　警報音はすでに止まっているのに、不意に静寂が訪れるとまるで頬をひっぱたかれたようだ。A・Jは耳鳴りがしていた。彼はいま、ビッグ・ラーチと警備部長とともに、受付区域にある警備管理ブースにいた。ふたりは腕を組んで手を脇にはさみ、ばつが悪そうな様子で目を合わせないようにして立っていた。ふたりとも、なにが起きているのかまったく把握できていない。そのうえ、だれがこの場を取り仕切ることになるのかがまったくわからない点も不安を高めていた。

　すでに全院封鎖を発令済みだ——全患者を各自の病室に閉じ込め、各病棟の人数を確認した。警備部長は自分の取った措置を事件記録簿に記入し終えたところだった。監視カメラを切り替えて、見たい映像が警備部長のデスクにもっとも近い二台のモニタに映るようにしてある。一台はギンバイカ棟を映している。カメラの焦点は一階の隔離室の閉ざされたドアに合わされていた。抑制・拘束房の婉曲的な言いかただと承知の上で看護師たちが〝沈黙部屋〟と呼んでいる独房のことだ。非協力的な患者はだれでも、冷静になるまで〝考えをめぐらせる〟ようにと〝沈黙部屋〟に入れられる。

　たいがい、患者はまず拘束衣を脱ぎ、壁を蹴りはじめる。だが、今回はそうではなかった。今回〝沈黙部屋〟に入っているのは現在の入院患者ではない。元患者——アイザック・ハンデルだ。そして、メラニー・アローがいっしょになかにいる。

「だが、あのドアは施錠できないはずだ——室内からは」

　警備部長がしかつめらしい顔でうなずいた。「彼が持ち込んだようなものがあれば施錠はできるよ」

「持ち込んだものとは？」

「わからん。彼は旅行バッグを持っていた。中身は見えなかったが、あのドアはなにかを噛まされたか、なんらかの方法で施錠されている。彼がなにを使っているのかは不明だ。だいいち、ご覧のとおり、室内の映像がない。カメラもどうにかしたらしい」

A・Jは小声で悪態をついた。見識が浅くゴリラの着ぐるみのような警備部長を蹴りつけたかった。こんなことが起きるはずがない。起きるはずのないことだ。ここは国内でもっとも警備が厳重な精神科医療施設のひとつだ——こんなふうに警備を破られるなど、あってはならない。とはいえ、警備策の主眼は、外からの侵入を防ぐことではなく、患者が外へ出ようとするのを止めることに置かれている。

三つ目のモニタに事前の録画映像が映し出されている。A・Jはモニタに片手を置き、目を凝らして観た。

「頭に戻してくれ——もう一度観たい」

警備部長は唇を引き結んだ。短気を起こすまいと努め、顔色を変えることなくビデオプレーヤーのリモコンを操作して映像を初めに戻した。ふたたび再生しはじめるとA・Jは食い入るように画面を見つめたまま腰を下ろした。

この警備管理ブースに設置されたカメラの映像だ。保安灯の白っぽい光だまりがある駐車場の映像から始まっている。近づいてくるヘッドライトのまばゆい円錐形の光が不穏の徴候だ。メラニーのビートルが駐車場に入ってきて、二台分の駐車区画にまたがって急停止する。彼女は運転席についており、首になにかを突きつけられている。このあと起きることをすでにビデオ映像で観ているA・Jには、遠目でもカッターナイフだとわかる。

助手席側のドアが開き、アイザックが降りた。アイザックにまちがいない——おどおどした若い修道士のように見える独特のマッシュルームカットの髪をした小柄な男。いつもの縞柄セーター、脱色加工を施されたジーンズ、トレーニングシューズ。頭をうしろにそらせてわずかに上を向いている。マスクでもつけていて、見下ろすようにしなければなにも見えないというように。

運転席側のドアが開いた。フロントガラス越しなので顔がはっきり見えないにもかかわらず、メラニーが走って逃げきれるかどうかを考えているのがA・Jにはわかった。だが、彼女がなんらかの試みをする間もなくアイザックが小走りで車の前方をまわり、ふたたび彼女の首にカッターナイフを突きつけた。

A・Jはこの映像をすでに三度も観ていた――それでも、また観ずにはいられなかった。このあとの二分半、別の三台の監視カメラでふたりの動きを追うことになる。ハンデルがメラニーを押すようにして車から引き離した瞬間から、画面の左上でタイムコードが刻まれている。保安灯の下を通るときに煌々たる明かりに照らされた顔が見えたあと、ふたりは駐車場の監視カメラの下を通過して画面の外に消える。

代わって受付区域の廊下に設置された監視カメラが、外にいるふたりの姿をとらえる。駐車場でなにが起きているのかと不審に思った警備員がゆっくりと立ち上がるうしろ姿が映っている。そのとき、ドア口に達したアイザック・ハンデルがドアを叩く。警備員がその場に凍りついたように見える――デスクの下の非常ボタンを押すが、すぐにドアを開けてハンデルにエアロックを通過させる。

「ハンデルの言うとおりにしろと彼女が指示した。だから警備員はふたりをなかへ入れたんだ。あの警備員はいま、それを悔やんでいる」

A・Jはため息を漏らした。「それはもういいから、続きを観よう」

映像は別の監視カメラがとらえた場面に切り替わる。

細長い廊下——医療区域へと続く〝茎〟だ。ふたりが警備ゲートに達し、今回は監視カメラに向かってはっきりと指示を与えるメラニーの姿が映っている。「通して」と彼女の口が動いた。幽霊のように白く、あきらめの表情を浮かべた顔は、頬骨の下に影ができている。「とにかく彼の言うとおりにして」

最後にふたりの姿をとらえたのはギンバイカ棟の監視カメラだった。タイムコードによれば、ことが起きたのはほんの十分前だ。ハンデルがメラニーを楯にして進んでいる。監視カメラの下方を通る際に、彼がメラニーを言いなりにするために用いているカッターナイフの刃がはっきりと見えた。彼はギンバイカ棟の隔離室に彼女を押し込んだ。警備部長が隔離室内の監視カメラの映像に切り替えた瞬間、ふたりが入ってくる。まずはメラニー、そのあとがハンデルだ。

なんの付属品もない独房だ——まったくなにも置かれていない。ハンデルは床を指さした。

「座れ」と命じた。

彼女は震えながらも言われたとおりにして、尻をついて座り込んだ。ハンデルはドアに向き直り、旅行バッグからなにかを取り出した。電動工具の音はするものの、ハンデルがドアに近づきすぎているため、具体的になにをしているのかは監視カメラではとらえられない。

メラニーが彼になにか言った。室内にマイクがあるのだが、声が小さすぎる——怯えるあまり聞き取れるほどの声が出せないのだ。

ハンデルは返事をしなかった。旅行バッグを床に下ろし、背筋を伸ばした。すぐに監視カメラを見た——患者として何度もこの部屋に入れられたので監視カメラの位置を知っているのだ。いや、院内を熟知している。旅行バッグから柄の長い道具を取り出し、その先端に切った粘着テープをつけた。舌を軽く嚙み、天井にある監視カメラのレンズに粘着テープを慎重に貼りつけた。画面が暗くなった——粘着テープの布目だけが見えている。

「なにをしているの？」メラニーがたずねた。今回ははっきりと聞こえた。「どうしてそんなことをするの？」

「彼らは見る必要がない」

「どうして？」メラニーの声は引きつっている。「なにをするつもり？」

ハンデルは答えなかった。ドアにノックの音がした。

「失せろ」彼は平静な口調で言った。「邪魔するな」

メラニーが泣きだした。数秒後にはその泣き声も消えた。以降、室内の音がはっきり聞こえなくなったので、ハンデルがなんらかの方法を考えてマイクを覆ったにちがいない。スピーカーの音量を上げればくぐもった音を拾えるが、聞き取りにくくて用をなさない。

「ことが起きたのは、えーっと——」ビッグ・ラーチが腕時計に目をやった。「五分前か？　隔離室内の監視カメラだけをシステムから切り離したものかどうか迷ってたんだ」

「まだいい。彼がテープを抜くかどうかを知ることができるほうがいい。で、彼の要求は？」

「要求はまだない」

「警察はあとどれぐらいで到着する？」

ビッグ・ラーチは答えなかった。A・Jは向き直って彼をにらみつけた。続いて警備部長を。「教えてくれ、警察には通報したんだろう？」

「迷っていたんだよ……」警部部長の声はしだいに小さくなって消えた。目を伏せた。ビッグ・ラーチも、さすがにA・Jと目を合わせないようにあらぬかたを見つめている。

A・Jは首を振った。これは、さっきあんな態度をとったことに対する罰なのにちがいない。アイザックの退院にひと役買ったことでメラニーをなじったことに対する罰だ。彼女が心の支えを求めたのに、それを与えなかったばかりに彼女はこんなひどい目に遭い、自分にはそれに対してなすすべもない。

「わかった」Ａ・Ｊは言った。「いまこのフロアにいる上級スタッフは私なので、これから先は私が指揮を執る。ついては」――指を折りながら指示を出した――「一、最優先事項として警察に通報すること。二、隔離室内にこっちの音声が届くことをなんとしても確認すること――こっちの声がふたりに聞こえるのかどうかを知りたい。聞こえないのであれば、ふたりとやりとりをする方法を考えなければならない。三……」

　そこで言葉に詰まった。第三の指示がわからない。まだ声に出していない指示、決してだれにも出すつもりのない言葉は、あの映像をもう一度観たいという要望だ。何度でも繰り返し観たい。警備管理ブースの壁に設置されたボーズ社製のスピーカーから漏れる奇妙にくぐもった泣き声を聞きながら隔離室の閉ざされたドアを見つめていると、生きたメラニーの姿を見ることができるのはあの映像が最後になるのではないかと思うからだ。

「三はなんだ？　ミスタ・ルグランデ？」

「ああ、そうだな」Ａ・Ｊは言った。「この映像を別のドライヴにコピーしてもらいたい――院内のドライヴではなく、信託組織のセントラル・サーバに。いますぐにだ」

ジョナサン・キー

結局、ベリントン館はキャフェリーがこれまで訪れたなかでもっとも気味の悪い場所だとわかった。母親の話によれば、ジョナサンの部屋は館の最上階にあるらしい。「息子はこの屋敷にかくまってほしいだけで、わたしたちと顔を合わせたり口をきいたりはしたくないんです。ですから、部屋のなかまでごいっしょしないことをご理解くださいね」

彼女はキャフェリーの先に立って板張りの幅の狭い階段を無言でのぼった。聞こえるのは踏み板のきしむ音だけだ。彼女の背中はぴんと伸びている——刑務所の看守か寄宿舎の堅苦しい寮母のあとをついていく気がした。自分が生きてここから出ることはないという考えが彼の頭をよぎった。ミセス・キーがドアを開け、なかへ通される——気がつくと、地獄の奥底へと向かうジェットコースターに乗せられているのだろう、と。

最上階に着いた——幅が狭く天井も低い通路、ランプの据えつけられた屋根窓。皮革用石鹸《サドルソープ》のにおいに混じってかすかに漂う薬剤のにおい。ミセス・キーがあるドアの前で足を止め、把手に手をかけた。キャフェリーに向き直り、またしても悲しげな笑みを見せた。

「ごめんなさい——なかへ入りたい気持ちはやまやまなんですけれど。息子はわたしにいてほしくないでしょうから」

キャフェリーがなかへ入ると、ミセス・キーは外からドアを閉めた。キャフェリーはなにも見えないまま暗闇に取り残された。彼女は錠はかけなかったが、それでも、なぜか目隠しをされたような漠然とした不安はぬぐえなかった。

「こんにちは」だれかの声がした。「どうやら警察官のようですね」

　キャフェリーは声のしたほうを向いた。ここは地獄へ直行するダストシュートではなかった――屋根窓がふたつあり、むき出しの床に毛足の長いギリシャ製の手織りのラグが敷かれた屋根裏部屋だ。白いものの混じりはじめたひげを短く刈り込んだ長身の男が、低いデスクについてiMacを操作していた。

　男は椅子をうしろへずらし、体をまわしてキャフェリーのほうを向いた。「警察官なのでしょう？」

「わかるのですか？」

「長年のあいだに見慣れたので」

　キャフェリーは目をしばたたいた。暗さに目が慣れてくると、ジョナサンの姿が多少ははっきりと見えるようになった。三十代後半、黒いTシャツにショートパンツ。右の上腕二頭筋にピンクのキネシオテープが星形に貼られている。

「ジャック・キャフェリー警部です」

「ジョナサン・キーです」彼が立ち上がり、部屋の奥から出てきた。キャフェリーと握手を交わした。

「お加減が悪いのですか？」

「それは見かたによりますね」

「あなたが喧嘩をしたとお母さまが」

　長い沈黙が続いた。ジョナサンはキャフェリーを仔細に観察していた――キャフェリーの顔を舐めまわすように見ていた。「どうぞお座りください」と言った。

「ご迷惑では？」

「迷惑なら椅子を勧めやしません」

　キャフェリーはスチールパイプの枠で白い革張りのデザイナーチェアに近づいた。浅く腰を下ろし、ジョナサンをちらりと見て、彼の手脚にそばかすのようなしみがいくつもあることに気づいた。ベッド脇のキャビネットに薬剤の箱が積んである。腕に貼られたピンクのテープは袖の下へと消え、Tシャツの襟もとからふたたび現われている。

「ミスタ・キー。いくつかおうかがいしたいことがあります……まずはロザラムのハートウール病院のことからうかがっていいですか？　その病院に勤務していましたね？」

　ジョナサンは大儀そうに腰を下ろした。その動作に痛みを伴うため時間がかかることをあきらめて受け入れているというように。「そのとおりです」

「その後、二〇〇八年から先月までビーチウェイに勤務していた」

「そうです」

「調べてくれと頼まれたんですよ……ビーチウェイ重警備精神科医療施設で起きているいくつかの不自然なできごとについて」

　ジョナサンが片手を握り締め、すぐに開いた。その手をぼんやりと眺めている。「そう。そのことを訊きに来たんだと思っていましたよ」

「そうです。話をうかがえますか？」

「ええ。しかし、ひと言ですむような話ではありません」

「たいがいそうです。しかし、いずれはおしまいまでたどり着くものです。ことの発端からうかがいましょう。ロザラムの話から聞かせてください」

　ジョナサンは顎を左右に動かした。そのうち、言葉を探すのに苦労しているかのように、とつとつと語りだした。「そう――ロザラム。一九九〇年代中ごろ」

「どうぞ続けてください」

「ハートウール病院の患者のひとりが、夜になるとなにかが胸に馬乗りになるという不安を訴えていた。子どものころから抱えている不安障害、呼吸困難による症状。よくわかりませんが。たまたま、病院の敷地内に墓があったんですよ、あそこが救貧院だった当時にそこにいた小びとの。そのことと、何者かが胸に馬乗りになるという考えとが混ざり合って――病院じゅうに噂が広まった。われわれスタッフはそんな噂を無視しようとしたのですが、動揺は高まる一方で、そのうちにいろいろなことが起きるようになった——自傷だとかたづけることができないようなことが。それがどんどんエスカレートして、とうとう患者がひとり亡くなった。検死法廷は自殺という判断を下したけれど、私は納得がいかなかった」

「ビーチウェイでも同じことが？」

ジョナサンは首を振った。「ビーチウェイには墓も小びとも存在しない——ロザラムだけの話です。はなからハートウール病院の物語だった」

「しかし、それをあなたがビーチウェイに持ち込んだのでは？　その噂が根づくのに手を貸したのでしょう？」

「ちがう」

「ちがう？　では、その噂はどうやってビーチウェイに入り込んだのですか？」

「それをこれからお話しします」

作戦

フリーが連絡を受けたのは、部下たちとともにバンから荷物を下ろしているときだった。その日の捜索作業を終えたところだったが、郊外の精神科医療施設で動的事態が起きていた。超過勤務を頼めるか、という連絡だった。

　隊員たちと手短に相談したあと、指令係には三十分で現場に到着すると応じた。全員がふたたびバンに乗り込み、後部の囚人収容檻から暴徒鎮圧用装備を引っぱり出して、それに着替えだした。戦術的突入にも制圧活動にも慣れている。潜水活動をしていないときは、多くの時間を捜索作業や逮捕状の執行に費やしている——たいがいは麻薬ディーラーの逮捕だ。強行突入のためのあらゆる道具を所持しているし、〝大きな赤い鍵〟とも呼ばれる破壊槌はバンの内壁に張った網に収めてある。フリーの運転でラッシュアワーのなかを現場へ向かった。こうして気持ちがまぎれることを、フリーはしぶしぶながら感謝していた。無駄だとわかっている捜索活動のために田舎に出て行くことにこれ以上は一分も耐えられないと思った。

夜だというのに、かみそり鉄線により封鎖・保護されているビーチウェイ精神科医療施設は煌々と照らし出されていた。隊員のなかにはこの施設を知っている者もいた——前にも来たことがあるのだ。そのときは、昨夜キャフェリーが言っていた行方不明人の捜索のためだった。ポーリーン・スコット。フリーはあの一件をよく覚えている。

潜水捜索隊はいちばん乗りではなかった——回転灯をつけたバンや警察の標示のある車輛がひしめいていた。院内は大混乱に近い状況だった。隊員たちを伴ってギンバイカという名前の病棟にある隔離区域へ行くと、頼りになる右腕ウェラードがドアの評価を下した。破壊槌を使えばこのドアを突破するのに十秒もかからないが、それには許可が出るのを待たなければならない。フリーは無線周波数を合わせたあとウェラードに指揮をまかせ、ガラス張りの廊下を引き返して警備管理ブースへ向かった。

主な関係者は警備管理ブースの続き部屋に集まっていた。警備員たちの休憩場所のような部屋で、冷蔵庫とテレビ、コーヒーメーカーが置かれている。本件の責任者——いわゆる〝銀色〟指揮官——は、フリーが以前にもいっしょに仕事をしたことのある長身で柔和な顔の男だ。彼といっしょにいる〝銅色〟指揮官が戦術アドバイザーだ。ガラス張りの警備管理ブース内にいるのが当施設の警備部長、警備員のひとり、看護スタッフの最上位者——A・J・ルグランデと紹介されたスーツ姿の男——だ。

ルグランデはハンサムで、とても感じがいい――フリーにはひと目でわかった。やさしく思いやりがあり、この状況を完全に持てあましている。室内を歩きまわりながらモニタをちらちら見ては、両腕を振りまわしたり、両手を打ち鳴らしたりしている。画面は灰色の線状の模様のまままったく変わらない。人質犯――アイザック・ハンデル――が監視カメラのレンズに粘着テープを貼りつけたのだ。四十五分が経ったいまも、なかでなにが起きているのか、だれにも見当がつかない。

「腰を下ろしたほうがいいのでは?」フリーはA・Jが近くへ来たときに小声で言った。「顔色が悪いですよ――失礼を承知で言わせてもらえば」

彼がちらりとフリーを見た。瞳は焦げ茶色だ。

「結構です」と言った。「でも、とにかくありがとう」

表に出ていない事情があるようだ。個人的な事情――ひょっとすると、隔離室で人質になっている女性に関係のあることかもしれない。フリーはつい、線状の模様を映しているだけのモニタに目を向けていた。その反応にA・Jはすぐさま気づいた。

「わかります」と言った。「おそろしいことですよね? ちがう場面を見せられるほうがましだ」

「ちがう場面ですか?」

「そうです。あのテープをはがすのはパンドラの箱を開けるのと同じで、あらゆる災いが飛び出してくると覚悟しています。しかし、いずれそうなる」

プロの交渉人ふたりが到着した。ひとりは政府機関に所属する交渉人――ふたりのうち上位者――で、もうひとりは地元警察の交渉人支援員で、フリーにはリンダと紹介された。彼女が交渉の担当を命じられたらしく、〝大丈夫、落ち着いて、ここから先はわたしが主導権を握りますから〟とでも伝えるようにてきぱきと全員と握手を交わした。つややかな栗色の髪をした三十代の小柄な女だ。ジーンズに丈の長い縞柄のカーディガンを着て、寒いのか手首が隠れるほど袖口を引き下ろしている。

六人全員が円になって作戦を協議した。発言の順番が来ると、フリーは隔離室への強行突入に要する時間を伝えた。「しかし」リンダを見ながら言い添えた。「強行突入はほかに手だてがない場合の最終手段だと考えます」

「もちろんです。それにいいですか、巡査部長、あの部屋を制圧するためにどんな手順を踏むつもりであろうと、それをわたしに知らせないでもらえますか？ 指揮官が突入を決めたら、ただちに突入して――わたしに事前に教えないで。突入チームが踏み込むことを知ってしまうと、それが声に出てしまう。そんなことでも犯人との関係が崩壊しかねない――わたしは知らないほうがいいんです」

「わかったか？」指揮官が全員に向かって言った。「作戦に関する話はこの部屋のなかだけにとどめること。そして、小声にとどめること」

「ふたりに向かって話ができるようにもしたいのですが」A・Jが不意に言いだした。「それは可能でしょうか？」

リンダが問いかけるような顔で指揮官を見た。「TPIですね？」と言った。「かまいませんか？」

「TPIというのは？」

「失礼しました――第三者のようなものです。仲介人ですね。この人に権限があるのなら、話していけない理由はありませんよ」

「どうですか？」指揮官はA・Jにたずねた。「あなたに権限はありますか？」

「あります。この病院の上級スタッフですし、院内のことは熟知しています。四年も勤めて、その間ずっとアイザックを見てきました。彼のことはよく知っています――本当によく。あれは見かけほど正直な男ではありません」

リンダがＡ・Ｊをまじまじと見た。「あの、いいですか」Ａ・Ｊから目を離さずに指揮官に向かって言った。「反対するつもりはありませんが、この人に基本的なことを正しく教えておく必要があります。それに、むろん、優先権はわたしに持たせてください」

「主導権は彼女が握る」指揮官が告げた。「あなたを投入する必要があると彼女が判断すれば、彼女から指示がある――わかりましたね？」

「わかりました」

警備管理ブースで上級交渉人がリンダの作業場所を整えはじめ、最後にパソコン、マイク、メモ帳を置いた。フリーはスタッフの休憩区域に立ち、いつでも使えるように無線機を準備した。指揮官のゴーサインが出たらすぐさまギンバイカ棟のウェラードに伝えるためだ。リンダはルグランデに、口にしていい言葉とだめな言葉を厳しい口調で次々と教えていた。なにを行なう場合もリンダもしくは上級交渉人の許可を得なければならないことを。その後、全員がスタッフルームに引き取り、警備管理ブースにはリンダがひとり残って、並んだモニタの前に腰を下ろした。Ａ・Ｊはふたつの部屋を結ぶドア口に上級交渉人と肩を並べて立っていた。上級交渉人はメモ帳を手にしている――リンダと突入隊とのあいだの情報伝達を行なうためだ。

上級交渉人の合図を受けて、リンダが話しはじめた。

「こんにちは、アイザック。驚かせてごめんなさい。わたしの名前はリンダ。人質解放交渉人よ」彼女は笑みを浮かべた。「ちょっと大げさな呼びかたよね。でも、本当の役目は、あなたと話をして――なにが起きているのか、あなたがなぜそんなことをしたのかを知ることなの」

彼女のパソコンは、変動する彼女の音声スペクトグラムを画面の半分に表示している。あと半分にはストップウォッチ・アプリが経過時間を表示している。その下で、砂時計が蛍光ブルーの砂を落としていた。

「アイザック？ そうしたい？ 話をしたい？」

全員が心持ち身をのりだし、スピーカーから返事が聞こえるかと耳をすました。指揮官たちには見えるがリンダからは見えない向きに変えられたモニタ画面に、突入にそなえて廊下で待機しているフリーの部下たちが映っている。ひとりがときどきカメラを見上げる――安心させるように親指を立てる。だが、リンダの前のモニタ画面にはなんの変化もない。隔離室内の監視カメラのレンズに貼りつけられた粘着テープの布目が灰色に映っているだけだ。

砂時計が自動でひっくり返り、一分が経過したことを示した。リンダがふたたびマイクの電源を入れた。

「もう一度言うわね――マイクを通した音声が不明瞭なときがあるから。わたしの名前はリンダ、今日はあなたになにが起きているのかを理解するためにここにいるの。あなたのためにいるのよ、アイザック。あなたが携帯電話を持っているのなら、わたしの電話番号を教えるわ。そこに電話をかけてくれてもいい。それなら、ふたりきりで話ができる――どんな話をしているのか、ほかの人たちに聞かせる必要はない。ふたりだけで話すの」彼女は間を置いて続けた。「あなたのためにここにいるの、アイザック――本当よ」

今回も沈黙が返ってきた。だれもいらだっている様子はない。ただし、A・Jだけは別だ。彼は〝なにかしてくれ。なにか動きを起こさせてくれ〟と言わんばかりに、自分の横に立っている上級交渉人にすがるような視線を何度も投げかけている。

リンダはマイクの電源を入れ、自分の携帯電話の番号を落ち着いた口調ではっきりと告げた。三度繰り返したあとで言い足した。「アイザック、もう何日もちゃんとした場所で眠っていないでしょう。きっと疲れているはずよ。さっさとわたしと話をするほうが気が楽になるんじゃない？ わたしはあなたを助けたい。

だけど、あなたになにが起きているのかを理解しないと、助けることはできない」

それでも返事はなかった。

すでに一時間が経っていた。あのドアの奥でなにが起きているのかはだれにもわからない。

ベリントン・マナー

ジョナサンはいまにも倒れてしまいそうなほど青白く、目の下のくまがあざのように見える。苦痛に顔をしかめながら体を動かして、キャフェリーとまっすぐ向き合う姿勢になった。

「聞かせていただきましょう」キャフェリーは尖った声で促した。「待っているんですよ」

キーは疲れ果てたように長い深呼吸をひとつした。

「ええ、ええ、わかっています」

「ロザラムで起きたできごとの特徴のすべてがどうやってビーチウェイに広まったのかを話してもらいます。結果的にふたりが亡くなり――」

「ふたり?」

「そうです。ひとりは二〇〇九年に——」

「ポーリーン・スコット」

キャフェリーはひと思案してから言った。「ポーリーン・スコット。そうです。あの事件が起きたとき、あなたはビーチウェイに勤めていた」

「それはそうですが、亡くなったもうひとりというのは？」

「ゼルダ・ローントン。亡くなってもう二週間近くになります。いまのところ、検死官は死因不明という判断をしています」

「あのゼルダが？」

「そうです。彼女をご存知だったようですね」

長い沈黙が続いた。ジョナサンは、なにか苦痛を伴うことの回答を求めるかのようにキャフェリーの表情を探っていた。そのうち震える長いため息をつくと、椅子を回転させてそっぽを向いた。胸の前で腕を組んだ。最初のうちキャフェリーは、ジョナサンがコンピュータのキーを打ちはじめるものと思っていた——しばらく経ってようやく、彼が泣いているのだと気づいた。声もあげず、なすすべもなく、肩をふるわせて泣いていた。

毒

一時間半が過ぎ、A・Jはとてもじっとしてはいられなかった。警備管理ブースに立って身を震わせていたが、これまでそれに気づいたのはふたりだけだ。そのひとりビッグ・ラーチはA・Jの背中に手を置いた――しばらくそのままにして〝わかるよ。あんたになにが起きてるか、わかってる。表立って口にはしないけど、おれはあんたの味方だからな〟と伝えた。もうひとりは、ブロンドの硬そうな髪ととても青い目をした支援グループの巡査部長だ。警察官らしくさまざまな装備と無線機のついた防弾ベストを身につけてはいても、感受性鋭く気づいていた。注がれる視線を感じた。あの女は察してくれている。

モニタ画面のひとつには、黒いユニフォームに暴徒鎮圧用ベストをつけた男たちが映っている。各部屋のドアを確かめ、監視カメラを確認し、リスク評価を行ない、この建物の見取り図を見ながら火災時応答システムの詳細を確認している。立つときは、筋肉がつきすぎているためきちんと閉じることができないというように、両脚をわずかに開く。肩も鼻も幅が広く、腕も太くたくましいので、A・Jは劣弱意識にすっかり飲まれていた。

別のモニタ画面には灰色の粘着テープの布目が映っている。変化はまったくなし。スピーカーの音量が上げられ、チームは隔離室内で起きていることのどんな些細な気配も察知しようとしている。だが、伝わってくるのは静寂だけだ――まったくなんの物音もしない。

砂時計がまた自動でひっくり返った。さらにまた。ひょっとすると、リンダにはそれが意識を集中させる役に立っているのかもしれない。A・Jには、母さんが本能的に目を覆いそうな――病気の発作を引き起こすとわかっているからだ――事態を連想させる。砂時計がひっくり返るたびに、アイザック・ハンデルがメラニーに対してやりたいことを自由に行なえる時間が一分過ぎたことになる。ハンデルのやりたいことはたくさんあるはずだ――A・Jはそう確信していた。廊下を歩くメラニーをよく見つめていたハンデルの視線を思い出した。細めた目が顔の切り込みのようだった。ハンデルはやりたかったことをすべてやり遂げるつもりだろう。

　ハンデルの空想が自分の想像ほど豊かでも残忍でもないことをA・Jは願い、祈った。

　キャフェリー警部は携帯電話の電波が届かないところにいる。キャフェリーがこの場にいてくれれば気持ちがずいぶん楽になるのだが。A・Jは粘着テープが映っているモニタ画面に向かって声を出さずに〝すまない、本当にすまない〟と告げた。〝メラニー、すまない……〟。

　音を拾われないために隔離室内のマイクに貼りつけていた粘着テープを、ハンデルが突然はがした。耳をつんざくほどの大きな音に、全員が驚いた。警備部長が警備管理ブースに入り、リンダの体の前に手を伸ばして音量を下げた。チームの全員が息を詰めた。A・Jの隣で上級交渉人が顔を伏せ、額に人差し指を当てた。リンダは片手で目の前のマイクを覆った――人質にも犯人にも、こちら側の小声の会話も動きもマイクを通して伝えたくないというように。A・Jは、脚がまた震えだしたことを背後にいる連中に気づかれないようにと願いながら、音をたてないようにして壁にもたれかかった。

　続いてモニタ画面に映っているテープもはがされた。明るさの突然の変化を監視カメラが調節するあいだ、画面は目がくらむほど明るくなった。すぐに隔離室内の画像が映し出された。

メラニーは床に座って壁に背中をつけ、頭を垂れている。A・Jは身をのりだして必死に彼女の様子を見て、詳細に目を凝らした。衣類はつけている。出勤したときの服装のままだ。破れたり裂けたりしている箇所はない。肩を落としてはいるが生きている。呼吸をしている。この角度からは、けがをしているのかどうかはわからない。

ハンデルは部屋の隅に立っている。レンズの遠近効果により、頭が大きく見えた。旅行バッグは自分の前の床に置いている。足を踏み換えながらしきりに両手をぬぐい、目は落ち着きなくメラニーとドアと監視カメラとをさまよっている。ジーンズが大きすぎて、痩せこけた体にぶら下がっているようだ——だが、少なくともチャックは閉まっている、とA・Jは気づいた。それに、彼の着衣に血痕はついていない。

ドアロの上級交渉人がスタッフルームのほうへ身をのりだし、以上の情報を小声で指揮官に伝えた。A・Jはふたりのやりとりの一部を聞きとがめた——〝時間をかける〟とか〝経過を見よう〟とか〝なにかを届ける計画を実行する〟とか。A・Jは呼吸を抑えようとした——息が荒くならないように。音をたてずにいるためには、とてつもない意志の力が必要だった。

メラニーが頭を上げて監視カメラを見た。顔は無傷で、あざも血痕もない。だが、目は黒い穴のようだ。

「聞こえますか？」彼女が言った。

リンダがマイクのスイッチを入れて口を近づけた。

「聞こえます。わたしの名前はリンダです」

メラニーがうなずいた。「わかっています。あなたの言葉はずっと聞いていましたから」

「では」リンダは切りだした。「窓口になるのはあなたですか、アイザックですか？」

「わたしです」メラニーが言った。「あなたは警察の人ですか、リンダ？」

「じつは、ご存知のとおり——厳密には警察の人間です。でも、いま現在の役目はちがいます。警察官としてではなく、あなたとアイザックを助けるためにここにいます。あなたたちがそこを出るのはずっと先になりそうだと、いまのところ考えています。でも、あなたたちと話をして、どうやってそこを出るかを話し合うのがわたしの仕事です。だからアイザック、そこを出ようと考えていたのなら、それについて話し合う相手はわたしよ」

「それでかまいません」メラニーが言った。「正直に話を進めることができますから」

部屋の隅でアイザックがしきりにうなずいていた。ますます興奮し、手をこすり合わせる速度が増している。

リンダがA・Jをちらりと見た。彼がさっき〝正直〟という言葉を使ったからだろう。〝アイザックは見かけほど正直な男ではありません〟と。

「正直に？」リンダはマイクに向かって繰り返した。

「そうです」

「わかりました、メラニー」リンダはゆっくりと言った。「もう少し話をしましょう。わたしたちみんな、あなたとアイザックに快くそこから出てもらうことをめざしています。あとくされのないように」

「ええ」メラニーはゆっくりとうなずいた。「だから、みなさんに聞いてもらいたいんです」

「そのつもりですよ」

「そこにだれがいますか？　ほかにだれが聞いているんですか？」

「内密に話したいですか？　よければみんなにこの部屋を出てもらいますよ」

「いいえ。だれがいるのか知りたいだけです」

「わかりました。わたしと、ロンドンから来た同僚。この病院の警備部門のふたり。それと……」彼女は、腕組みをしてドア口に立っている指揮官を見た。指揮官はさっと首を振った。「それと」リンダは指揮官と戦術アドバイザーを躊躇なく無視して続けた。「この病院の病棟コーディネーター」

「A・Jですか?」

「そう。A・Jです」

「どうも、A・J」メラニーがカメラに向かって片手を上げ、神妙に小さく手を振った。「ハイ」

A・Jは上級交渉人を見た。〝どうする? 返事をするのか?〟とたずねるように両手を広げた。上級交渉人がうなずいたのでA・Jは警備管理ブースに入り、身をかがめてマイクに向かった。香水のにおいがするほどリンダに接近している――おそらく彼女にこの鼓動が聞こえているだろう。

「やあ、メラニー。私はここにいるよ」間を置いてモニタ画面を見つめた。そして無意識のうちに口にしていた。「やあ、アイザック」

アイザックはそれがA・Jの声だとわかった。挨拶代わりに片手を上げた。リンダがマイクをA・Jからわずかに離した。

「メラニー――さっき、正直に話を進めると言っていましたね?」

「そうです」彼女はちらりとアイザックを見た。「ええ」わざとゆっくりと話している。「わたしがすべきは、自分の〝罪〟を認めることだけです」

「罪というのは?」

「以下のとおりです。わたしは……」彼女は言葉を切り、唾を飲み込んだ――言葉がなかなか口から出てこないというように。「わたしは、えー、患者たちを拷問しました。わたしは患者たちに危害を加え、あとでそれを自傷だと説明しました。わたしは……」思いあぐねるような視線をアイザックのほうへ向けた。まるで、せりふの続きを教えてもらおうとしているようだ。

「わたしは、えー――」

「彼らを痛めつけた」アイザックがもの憂げに言った。「あんたは彼らを痛めつけた」

「そう。わたしは患者たちを痛めつけました」

「彼らにあれこれと考えを吹き込んだ」

「わたしは患者たちにあれこれと考えを吹き込みました。最終的に、ありえない話に聞こえるでしょうが、ふたつの事例で、最終的にわたしは……」また苦しそうに唾を飲み込んだ。そして急いで言い終えた。「患者たちを死に追いやりました」

「あなたがわたしたちに話したいのはそのことですか？」

「そうです。そのことです」彼女が身ぶりで指し示した先でアイザックが旅行バッグをかきまわしている。「そのとき、あれをつけていたおかげで、だれにもわたしだとばれなかったんです」

アイザックが身を起こしてマスクを見せた。放射線治療用のマスクだ――A・Jにはすぐにわかった。母さんの通っていた神経科病院で、よくあれをつけている患者がいた。ゼルダの描いた絵と、メラニーの家の裏庭で見たものとを思い出した。のっぺりして無気味な長円形の顔。

長い沈黙が続いた。リンダはマイクを切り、かかとを使って座ったまま椅子をうしろへ転がして上級交渉人に近づいた。「投降作戦を開始しますか？」

「そうだな――準備させよう――ゴーサインは私が出す」

彼はスタッフルームに向き直り、小声で指揮官に告げた。「投降作戦に着手する。行けそうだ」

美しい顔の巡査部長がくるりと背を向け、無線機に向かって話しながら部屋を出ていった。警備管理ブースの緊張が一段階下がったのが目に見えてわかるようだ。リンダと上級交渉人が相談を始め、モニタ画面に映っている暴徒鎮圧用の装備をした男たちは隔離室のほうへ移動しはじめた。隔離室内の監視カメラは、アイザックがねじをはずし、ドアを封鎖するのに使っていた鉄の棒をどける様子を映していた。A・Jは画面のメラニーを見つめた。放射線治療用のマスクに目を凝らした。

　緊張がゆるんだにせよ、警備室内に漂っているのはそれだけではなかった。こんなにあっさり解決したことに対する落胆のような空気もあった——アイザックが、予想していたような精神に異常をきたした男ではなく、メラニーの〝罪の告白〟によって難なく怒りを鎮めた統合失調症患者であったことに対する落胆が。大きな騒動も、ドアを破っての強行突入も、人質解放交渉もなし。どこにでもいる頭のおかしい男の引き起こした事件にすぎなかった。

　ただひとりA・Jだけが納得していなかった。

「指揮官？」

　スタッフルームの全員が作業の手を止め、A・Jに向き直った。A・Jは指揮官の目を見すえていた。

「彼があの部屋を出る前に話をしてもいいですか？」

　指揮官は首をかしげた。「事態は終息に向かっている。投降作戦に着手するし、事件の概要はすでにつかんでいると思うが」

「そうでしょうか？　ドアを開けるときに彼がなにもしないという確信がありますか？」

「突入チームは訓練を積んだプロだ」

「私もプロです。とりわけ、この患者のことは熟知しています。彼はこの場を切り抜けようとしている——私にはわかる。以前にも彼とこのような状況になったことがあり、このままでは由々しき事態になるとわかるんです」

　指揮官はそれについて考えていた。そのうち、上級交渉人に向かってうなずいた。「彼にやってみてもらおう」

「ありがとうございます」A・Jはベルトホルスターの携帯電話を取り出して確認した。キャフェリーからの折り返し電話を待っているのだ。メールを六本送り、メッセージを三本残して、状況の進展を逐次報告していた――いまのところ返事はない。携帯電話をホルスターに戻し、デスクに近づいた。リンダがにらみつけている――これっぽっちも納得していないらしいが、結局は席を立ち、椅子をいらだたしげに彼のほうへ押した。

「ここで台なしにしないで……」彼女が低い声で言った。「お願いだから」

A・Jはうなずいた。席に着き、マイクのスイッチを入れる。「アイザック？」と呼びかけた。「アイザック――私だよ」

モニタ画面のなかでアイザックが手を止めた。頭をのけぞらせて監視カメラを見上げた。

「A・J？」

「そうだ。A・Jだ。アイザック――きみにひとつ訊きたいことがあるんだ。四日前の夜、きみはミズ・アローの家の窓の外に立っていたのか？」

アイザックの目が宙を泳いだ。ストレスを感じた患者たちがよくやるように――なにもとらえることのできない盲人の目が虚空をさまようように。そのせいで、アイザックが自分の目の奥にいるだれかに向かって答えているような印象を与えた。「そうだよ」と言った。「立ってたよ」

「なぜそんなことをしたんだい？」

「うーん」彼は目を閉じ、すぐに開いた。「だって、あの人たちみたいにあの女にも怖がってもらわないとね」

「あの人たちというのは？」

「あの女が馬乗りになったときのポーリーンとかゼルダとかモーゼスとかだよ。あの女にも、あの人たちみたいに怖がってもらいたかったんだ」

リンダが咳払いをした。A・Jが振り向くと、彼女は急いでメモ用紙に〝反論しないで。話を合わせて。共謀関係になるといい。目的=人質解放〟と書きつけた。

A・Jはうなずいた。またマイクのスイッチを入れた。今回はリンダにスイッチを切られないように、念のためスイッチボタンに手を置いた。「アイザック？」

「うん、なに？」

「きみは私のくそったれ犬に毒を与えたのか？」

リンダがはっと息を呑んだ。A・Jの真横に立って、意味ありげな目で彼を見つめていた。

「返事をしろ、アイザック」A・Jはあわてて言った。

「どうして私の犬に毒を与えた？」

　アイザックは頭を左右に振っていた。まるで、あまりに非現実的で不可解なことを聞かされてとても理解できないとでもいわんばかりだ。「毒？」おずおずと口にした。「そんなことはしなかったと思うよ、A・J。するはずないじゃないか。犬は好きだよ、大好きなんだ」

ベリントン・マナー

　ようやくジョナサンが気持ちを落ち着けた。水でも飲むように、空気を少し吸っては飲み込むということを繰り返した。やがて震えが収まると、Tシャツの裾を持ち上げて顔をぬぐった。

「大丈夫ですか？」キャフェリーはたずねた。

　彼がうなずいた。唇を舐めた。「ゼルダのことは知らなかった。また起きるとわかっていれば、私は——なにか手を打ったのに」

「そうでしょうとも。さあ、ビーチウェイに着任したときに話を戻しましょう。ロザラムでのできごとを初めてアイザック・ハンデルに話したのはいつですか？　あなたが——」

　ジョナサンはキャフェリーにすばやい一瞥を投げた。

「アイザック・ハンデル？」

「そうです。彼と話すようになったきっかけを教えてください。あなたは芸術療法《アートセラピー》で彼といっしょに人形を何体も作った――ポペットを。彼を手伝った」

　ジョナサンは眉根を寄せた。話の行き先を――どういう戦術をとろうとしているのかを――つきとめようというようにキャフェリーの顔を眺めまわした。「ええ、手伝いましたよ。ハンデルの人形は……彼のはけ口だった」

「いろんな道具を使わせたんでしょう？」

「ええ。ただし、監視は怠らなかった。セッションが終わるたびに道具類を回収しました。規則書に従って」

「人形を使って人を操ることができるとアイザックが考えていたのを、あなたはご存知だ。気づいていたんですよね？」

「彼がそう思い込んでいることには気づいていました。それがなににどう関係しているんです？」

「彼の行為にプロとしていささかの懸念も覚えなかったのですか？　彼が人形の目を縫いつけて閉じたことに？」

「懸念？　懸念とまではいかないな――妙だとは思いましたよ、彼が死をあのように表現するのを。でも、ビーチウェイのような場所では別段めずらしいことでもないので」

　キャフェリーは携帯電話を取り出し、人形の写真をスクロールした。ピンクのサテンに寝かされたポーリーンの人形の写真を見つけ、ジョナサンに突きつけた。ジョナサンは身をのりだすようにして写真を見た。うなずいた。「ああ、なるほど――ポーリーンですね。このピンクのサテン――こうやって彼女を楽にしてやっているんですよ」

「楽にして？　彼女を殺すことで？」

「はあ？」ジョナサンが目をぱちくりさせた。「アイザックが？」

「この人形を作ったのは彼です――目が縫いつけて閉じられている。彼の両親の人形と同じように。彼がポーリーンの身に起きてほしかったことを示している――彼がポーリーンにやろうとしていたことを」

「ちがう――そうじゃない。これはすべて――」

「すべて、なんです？」

「まちがっている。アイザックは両親を殺害する前に両親の人形の目を縫いつけて閉じたのかもしれない。それについてはよく知らない。でも、ポーリーンの場合はちがう――アイザックが目を縫いつけて閉じたのは彼女の死体が敷地内で発見されたあとです。アイザックはとんでもなくショックを受けたんですよ。だから彼女の人形はピンクのサテンに安置されている。棺のようなものなんです。それと、これはゼルダですか？　ほら、アイザックはこの人形の目も閉じさせているでしょう？　そうしたのは、彼女が亡くなる前ではなく、死後のはずです」

キャフェリーは携帯電話をしまった。「なるほど」平静な声で言った。「どうも話が噛み合いませんね」

ジョナサンは信じられないという顔でうなずいた。

「そうですね。あなたが完全に思いちがいをしているんですよ」

「おや、そうですか？　では、説明してください」

ジョナサンは両手を膝にはさんだ。両手が勝手なまねをして、自分がそれを後悔することになるとでも思っているようだ。「いいでしょう」そのうちに言った。

「わかりました。ところで――DVについてはどの程度ご存知ですか？」

もう何年も前、まだロンドン警視庁に勤務していたころに一日講習を受けたことがある。用語のいくつかは覚えている――虐待連鎖、ストックホルム症候群、自己正当化、自責感。キャフェリー自身がかつて恋人を殴ったことがあり、そのことを頭のなかで整理しきれていないから覚えている。

「虐待者と被虐待者の心理ぐらいは知っているでしょう?」ジョナサンが促した。「それに、〝DV〟といえば男が女に行なうものだと自動的に考える。そうでしょう?」

「あるいは、男が男に行なうものだと」

ジョナサンが立ち上がり、Tシャツの裾をめくり上げた。キャフェリーは彼の裸の腹部をまじまじと見た。ピンクのキネシオテープの下、肋骨から腹にかけてあざだらけだ。色の薄れたあざは黄色か緑色になっているが、色が混じり合った大きなあざもいくつかある。何カ所かに深い掻き傷もある——何本かは少なくとも二十五センチの長さがある。傷のひとつは、癒える前に細菌感染したらしい。ジョナサンはTシャツを頭より高く持ち上げようとしたが、できなかった。「申しわけありません。手を貸してください」

キャフェリーは立ち上がった。親密な行為であることを意識しながら、ジョナサンの腰からTシャツをそっと持ち上げた。引き上げながら、ひと目で見て取った——ジョナサンの胸に、左右の脇を結ぶ深い掻き傷が刻まれている。新たに形成されつつある瘢痕組織に、黒ずんだかさぶたがいくつもパッチワークのように張りついている。キャフェリーは目を細めて傷痕を見た。コンピュータの画面のわずかな明かりだけではあまりよく見えない。

「〝汝、姦淫するなかれ〟」ジョナサンは顔をしかめながらふたたび腰を下ろした。「鏡に映さなければ読めませんよ。私が別れようとしているとパートナーは思い込んだ。鏡を見るたびに、私はこの文言を見せつけられる。両親には、喧嘩をしたのだと説明しました——パブで。両親は告訴させたがっています。私は断わりましたが」キャフェリーの顔が見えるようにと、彼は苦痛に耐えながら首をめぐらせた。「あなたが現われるのをずっと待っていた気がします」

「パートナーというのは?」

「DVは男が女に、あるいは男が男に対して行なうという考えはまちがいです。こんなことをしたのは女です」彼はキャフェリーの顔を見て乾いた笑いを漏らした。「やっぱりね——そう言ってもだれも信じない。でも、そういうことも起きるんです、本当に。彼女はなんらかの向精神剤を手に入れた——薬物をやったことのない私は失神した。意識が戻ったのは十時間後です。彼女が傷口にガーゼを当てて包帯を巻いてくれたことに気づくまで、悪い夢を見ていると思ってたんです。彼女はベッドの脇の床の上で泣いていた。私に許しを乞うていた。彼女に首ったけだった私は、とても信じる気にはなれなかった……彼女にあんなまねができるなんて」

「その〝彼女〟の名前は?」

ジョナサンは躊躇した。やがて、ささやくような小さな声で答えた。「メラニー・アロー」

「メラニー・アロー?」キャフェリーは顎を引き、厳しい顔でジョナサンを見た。「院長の?」

ジョナサンはうなずいた。喉のなかのなにかを抑えようというように、二本の指を喉仏の両側に押し当てた。「二十年近くいっしょに勤務しました。彼女は関係を維持できないんです——だれとも。男が現われては去っていくのを、私はただ見ていました。彼女が男と別れるのを。自分の順番が来るのを待っていたんです。地の果てまでも彼女についていったにちがいない。彼女は私とはまるでちがった。パブリックスクール出身で気の弱い私はラテン語の成績がよく、裕福な両親がいる。対して彼女はグロスターシャー州の公営団地で生まれた。あの話しかたからは想像もつかないでしょう? 努力してのぼりつめたんですよ——いまの地位に。彼女と出会い、私は富を捨てて〝市民キー〟になり……ああ、くそ——彼女に会ったんですよね。美人でやさしく、なにより、闘志がある。私がどれだけ彼女を愛していたか想像できますか？」

声がしだいに小さくなって消え、彼はふたたびベッドの上で握ったり開いたりしている自分の両手を見つめていた。

「ただ、私は彼女を支えることに失敗した——彼女の正気を保ってやれなかった。溺れかけている人間の頭をずっと水の上で支えてやるようなものでした。彼女がどういう人間かを——彼女の正体を——知ったとき、きみとは別れると告げました。きみと別れ、病院も仕事も辞める、と」ジョナサンは口もとをゆがめて皮肉な笑みを浮かべた。「そのときに、この汚名を着せられたんですよ。姦淫のね」

「なにを言いたいんですか、ジョナサン？」

「わかりませんか？」

キャフェリーはジョナサンの目をひたと見すえた。

「あなたの口から聞かせていただきたい」

「メルのような子ども時代を過ごせばどうなります？心の傷が残る。彼女が幼いころに父親が癌を患った。命は助かったのに、彼女はまわりの人間に父親は死んだとよく言っていた。耳を貸してくれるなら相手かまわず、涙ながらに話してましたよ——当の父親は健在なのに。彼女はたんに親とかかわりたくなかったんです。父親は公務員だったので——要はごみ回収作業員です——自尊心の強い彼女はそれを口にしたくなかったんでしょう」

「ですから——なにを言いたいんです、ジョナサン？」

ジョナサンは気まずそうに咳払いをした。「ハートウールのときとまったく同じようにビーチウェイの患者たちが〝ザ・モード〟の噂をしはじめたときに思ったんです……」目が見えないと告白するかのように、彼は片手を顔の前で振った。「なにを思ったのか、わからない。現実から目をそむけていたんだと思います。

相手のどんなことにも目をつぶってしまうほどだれかを愛した経験はありますか？　たとえそれが今回のような状況であったとしても」

　キャフェリーは返事ができなかった。ジョナサンに対してはもとより、自分自身に対しても。

「ポーリーンが亡くなったときでさえ、私は彼女が自由意志でみんなから離れたんだと思い込もうとした。メラニーは本当に愛らしく、まわりのだれに対してもやさしいので、だれだって一瞬たりとも考えませんよ、彼女にあんなまねができるなんて……」彼は言葉を切り、また目もとをぬぐった。「恋愛が終わるといつもそうなんです。そうやって怒りや鬱憤を晴らすんですよ。〝ザ・モード〟が出現した時期と、彼女が男と別れた時期とをつきあわせてみればいい。ポーリーンが自室で襲われたのは、メラニーの夫が離婚を申し立てた一週間後。モーゼスが自分の眼球をえぐり出したのはその二週間後。そして今度はゼルダが犠牲になったんでしょう？　私と別れたあとに？」

　キャフェリーは腕組みをした。両足を前に出して頭をうしろへそらし、目を閉じた。五分ばかり昼寝をするが気をゆるめるつもりはないという人間の姿勢だ。キャフェリーはすべての情報を正しい位置に収めていた。停電について考えた――巧みに監視カメラの録画機能をダウンさせたことについて。最初から引っかかっていた点だ。アイザックがなぜ襲撃のタイミングを容易に見計らうことができたのか――まるで停電が起きるとわかって準備していたみたいに。だが、A・Jの言う〝スクービーの幽霊〟がメラニー・アローだとすれば……つじつまが合う。院長である彼女なら、どの区域にも入ることができるはずだし、自由に出入りして警備の設定やヒューズや錠をいじることができただろう。それに、犠牲になったのは、決まってスタッフからあまり好かれていない患者だった。そのほうがあまり死を悼まれることがないと、メラニー・アローは考えたのだろうか？　あるいは、犠牲者は彼女をもっともいらだたせた連中だったのだろうか？

　キャフェリーは片目を開けた。ジョナサンが見つめていた。「えっ？」キャフェリーはたずねた。「なんですか？」

「なんとしても信じてもらいたい。彼女はあの病院のどの患者よりも常軌を逸しているし、危険です」

透視能力

「どうなっているの？」隔離室では、A・Jの引き起こした遅延にメラニーがとまどっていた。「さっさとすませましょうよ」

　うろたえたアイザックが目をきょろきょろさせた——空気の変化を理解しようとしているのだ。頭がいいにせよ、アイザックは嘘つきではない。人を操ったり暴力をふるったりはできても、嘘をつくことはできない。スチュワートに毒を与えていないという彼の言葉をA・Jは信じた。目から鱗が落ちたいま、透視能力を持っているかのごとく、ものごとがもっと鮮明に見えてきた。昼間、スチュワートの体調が悪いと話したとき、メラニーは即座に、なにか悪いものを食べたのだろうと考えた。スチュワートが毒を口にしたことにはいっさい触れず、たんに体調が悪いと告げただけなのに。それに、あのマスク――放射線治療用のマスク。彼女の父親が治療を受けるときに使ったというマスクだ。

　A・Jは彼女の美しい顔を見た。間隔の開いた目、淡いブロンドの髪を。彼女が初めて〈エデン・ホール・コテージ〉を訪れたときにスチュワートが吠えたことについて考えた。

　スチュワートにはわかっていたのだ。いまはA・Jにもわかっている。

「もしもし？」メラニーが繰り返した。「さっさとすませましょうと言ったんだけど？」

　A・Jのせいでスタッフルームは混乱に陥っていた。ビッグ・ラーチは目を剝いて見つめているし、リンダと上級交渉人は怒気を含んだ声で指揮官と長々と話し合っている。リンダはドア口から敵意に満ちた目で彼をにらみつけていた。そのうちに話し合いが終わった。リンダは恨みがましい顔をA・Jにさっと向けたあと、首を振りつつ脇へ寄った。シャツをベルトの下に押し込みながら、まったく異常な事態だと言ってくれる相手を探して室内を見まわした。指揮官が警備管理ブースに入ってきてA・Jの横に立った。片手をデスクに、もう片方の手を椅子の背に置いて身をのりだし、低い声でA・Jに話しかけた。「きみの使った汚い言葉が状況を悪化させた。なにを言い、なにを言わないかについては合意を得たものと思っていた」

「約束します――これ以上は汚い言葉を使わない。約束します」

「ここはきみの職場であることだし、今回はおとがめなしとする――がっかりさせないでくれよ」

「そのつもりです」

「もう一度だけチャンスを与える」指揮官は眉を吊り上げた。「それでいいね？」

A・Jはうなずいた。

「もう終わらせてくれる?」メラニーが隔離室で繰り返した。「お願い」

指揮官がドア口まで後退した。A・Jは彼の姿を視界の端にとどめた。それで彼の反応を観察できる。ふたたびマイクのスイッチを入れた。「そうだね」きっぱりとした口調で言った。「終わらせるよ、メラニー。きみが真実を話せば――正真正銘の真実を」

「はあ?」

「聞こえただろう。突然、自白した理由を説明してくれ」

「ねえ、A・J」メラニーは意味ありげな視線をアイザックに向けながら言った。「そんなことを訊く必要がある? わかりきったことじゃない?」

スタッフルームではリンダが憤懣やるかたない様子で背を向けてしまっていた――信じられないというように両手を広げている。だが指揮官に動きはない――いまはまだ。腕組みをしたまま、タカのように鋭い目でA・Jを見つめている。

「メラニー」A・Jは指揮官の気が変わらないうちにあわてて言った。「私が腑《ふ》に落ちないのは、そもそもアイザックがこんなことを考えた理由だよ。彼がなぜこんな計画を思いつく?」

「あなた、冗談を言ってるんだわ。そうでしょう?」

「どう思う?」

メラニーの視線がアイザックから監視カメラへ移り、またアイザックに戻った。もじもじとつま先や膝をすり合わせている――まるで質問に対する返答がわからない子どもだ。

「メラニー?」

「A・J、説明ならもうしたわ。アイザックは当然わたしがやったと考えているからよ」顎を引き、目を監視カメラに据えて、〝彼に調子を合わせているのよ――さあ、そっちも話を合わせて〟と明確なメッセージを伝えている。「わたしは彼らを死へ追いやったわ。わたしは彼らに危害を加えた、わたしはそれを自傷だと言い抜けようとした、わたしは——」

「もう一度言ってくれ」A・Jが口をはさんだ。「ただし、今度は演技はなしだ」

メラニーの口が信じられないというようにぽかんと開いた。

「A・J」傷ついた口調だ。「ねえ、教えて——どうしてここから出してくれないの？」

「教えてくれ」A・Jは返した。「どうしてそんなに芝居がかった態度ばかりとるんだ？」

メラニーは言葉に詰まった。すぐに顔をこわばらせた。両足を外側へ向けた。壁にもたれかかり、両手を脇に下ろした。「なにを言っているのかわからない」

「いや、きみにはわかっているはずだ」

「あなた、頭がどうかしているんだわ。そこにほかにだれかいる？　責任者は？　リンダはどこよ？」

A・Jがちらりと目をやると、リンダは指揮官をにらみつけていた。だが指揮官は壁に背中をもたせかけて立ったまま片手で唇をつまんで考え込んでいた。

「責任者がだれなのか、知りたいんだけど」メラニーが言った。「責任者と代わって。それか、もう一度リンダを出して」

指揮官は思案顔で唇を軽く叩きながら返答を考えていた。ようやく体を押し出すようにして壁ぎわを離れた。デスクに近づき、マイクにかがみ込んだ。「やあ、メラニー。私がここにいるもっとも上位の警察官、本件の指揮官だ。だから」彼はメラニーに口をはさむすきを与えずに続けた。「聞かせてもらうよ。さあ、存分に話しなさい」

「なに——」

「聞こえただろう」A・Jが言った。「私の質問に答えるんだ」

長い間があった。メラニーの目が刻一刻と大きくなるように見えた。こんな展開を信じられないのだ。スタッフルームの全員が身じろぎひとつしなかった。リンダのパソコンの砂時計が自動でひっくり返った。

　そのうちメラニーが顔にかかった髪をかき上げた。深呼吸をひとつした。「ねえ、A・J」穏やかな声で話しだした。「人はだれかを失うと――たとえば、あなたがお母さんを亡くしたみたいに――まわりを見まわしても苦痛しか目に入らないことがあるでしょう」

　A・Jは冷や水を浴びせられた気がした。「今回のことと私の母はなんの関係もない」

「その種の悲しみや、あなたがお母さんの死に対して感じているような気のとがめを抱えて生きていると、それが他人に伝わることがあるの。気がとがめていると、みんなも同じなのにちがいないと想像するのは簡単だから。あなたが気がとがめているのはひょっとして、なんだろう……？　心のどこかでお母さんの死を望んでいたから？　ひょっとしたら、少しばかり注意を怠ったんじゃないの、お母さんの薬――」

「やめろ――」

「お母さんの薬の服用に注意を怠った。あなただけが――」

「もう黙れ」

「真実を知っているのはあなただけよ、A・J。実際になにが起きたかを。でも、ひとつ確かなことがある。あなたはお母さんの死に対して感じている気のとがめをわたしに向けている。だからこんなことをしているのよ」彼女は首を振り、唇を噛んだ。「ごめんなさい。少し前に打ち明けようとした話を、きっとあなたは察しているわよね」

　A・Jはしばらく無言だった――驚嘆していたのだ。みごとな演技だが、名演技というほどではない。まるで漫画に出てくる悪党だ。

「察してないと思うな」と答えた。「なにを打ち明けようとしたんだ？」

「こんな形で言いたくないわ――何人も聞いているんだし。こんな場所で傷つけるような言葉を口にできないわ」

「できると思うが」

　彼女はため息を漏らした。「わかった、言うわ――あなたがこんなことをするのは、わたしたちの関係が終わったとわかっているからよ。現実のはずがないとわかっているからよ。このわたしが？　あなたなんかと？」彼女は、正体を知るのもはばかられるようなことさら有害なものを目にしたとでもいうように顔をしかめた。「ベッドでもたいしてよくなかったんだから、なおさらよ。あなたの考えかたはなんとなくわかる――こんなふうにわたしに仕返しをしたがる理由もわかる。他人の目にはすごく痛ましい子どもじみたやりかたに見えるかもしれない――でも、たぶん理解はされるでしょうね。あなたにはあなたの問題があるんだし、わたしにそれをとやかく言うことはできない。さあ」落ち着き払った口調だった。「さっきの警察官に代わって」

「断わろうと思うんだが」

「いいえ、あなたは断わらないわ」

「断わるよ」

「断わるもんか、くそ野郎」

　警備管理ブースに氷のような沈黙が降りた。全員がメラニーの顔に目が釘づけになっていた。怒りでこわばった顔に。

　A・Jは唾を飲み込んだ。これでつかまえたも同然だ。「いや」穏やかな声で言った。「断わるよ」

　しばらく間があった。メラニーが息を吸い込み、吐き出した。身を震わせている。そのうち、かろうじて聞き取れるほどの低い声で言った。「めめしいくそ野郎。さっさと指揮官に代われって」

　ホルスターで携帯電話が鳴っていた。A・Jは視線を落として表示画面を見た。ジャック・キャフェリーの番号が点滅していた。
なんというタイミング。タイミングの良さが人生を左右することもときにはある。

逮捕の名目

ビーチウェイ重警備精神科医療施設は何キロも手前からそれとわかった——木立の奥で稲妻の閃光のように点滅を繰り返すブルーの非常灯が、まるで灯台の明かりのようだった。曲がりくねった私道を車で進むうち、ヘッドライトの光のなかにおなじみのものが見えてきた——地元署のパトロールカーと救急車が数台ずつ、地元警察の犯罪捜査課のものと思われる覆面車輛が三台——装甲が施された支援部隊のスプリンター・バン。

どういう展開になるかはよくわからない。メラニー・アローの逮捕は自分が到着するまで待てと、指令係を通して指示してあった——逮捕に立ち会いたいからだ。現在、彼女は隔離室にいる。

「警部」私道を歩いていると呼びかけられた。キャフェリーは足を止めた。私道の先でバンに寄りかかっているフリー・マーリーだ。上げた片足をバンの側面に預け、保温カップに入ったコーヒーを持っている。防護服に——無線機やら機器やらがたくさんついている——身を包み、疲れた様子だ。髪は顔にかからないようにひっつめ、化粧はまったくしていない。

キャフェリーは彼女のために思い悩むのはもうやめた。ふとジョナサン・キーのことを考えた。これほど長いあいだメラニーをかばってきたことに対する彼のとまどいとうしろめたさとを。私自身はいつ、ひとりよがりな現実否定から目が覚めるのだろう？　フリーとその話をするつもりはない。そこで、いつもの捜査のプロらしい顔を彼女に向けた。

「やあ——風向きはどうだ？　楽勝か？」

彼女は返事をためらった。キャフェリーの口調に潜む険を聞き取ったのだ。「そうですね——わたしは……えー」彼女はほつれ毛をかき上げながら片手で自分の表情を隠した。その手を下ろしたときには表情が消え、事務的な態度に戻っていた。「簡単です」身ぶりで病院を指し示しながら軽い口調で言った。「完全武装して来たのに空騒ぎ。まるで湿った花火ですよ。〝銅色〟指揮官と〝銀色〟指揮官が向こうで詳細を話し合っています。人質、犯人ともに従順なおかげで仕事はますます簡単です」彼女は深々と息を吸い込んだ。

「現場に行く前に……」

「ん？」キャフェリーは邪険だった。「なんだ？」

彼女はしばらく黙っていた。そのうちに下を向き、保温カップのコーヒーを飲んだ。「べつに」ぼそりと言った。「なんでもありません。がんばってください」

〝なんでもありません〟という彼女の言葉が額面どおりではないとわかっていても、その気になればキャフェリーは強情だ。この一週間、彼女にさんざん思い悩まされたことを忘れるものかと思った。挨拶代わりに片手を上げて背を向け、私道を進んだ。振り向きもしなかったが、彼女は見つめていることだろう。怒りを込めた目で。

セキュリティを——地元署の制服警官たちと、彼らの威を借りたこの病院の警備スタッフが大きな顔をしている難所だ——通り抜けた。病棟のひとつでは患者たちが窓辺に立って外をのぞいている——なぜこの施設がばらばらに壊れてしまったのかと思案しているのだろう。彼らの悲嘆の声やおもしろがっている笑い声が聞こえる気がした。

窓に現われた顔がにこやかな笑みを向けた。三十代の白人の女。なにか赤くてねっとりしたものを食べていたらしく、それが顔じゅうについているせいで、獲物を殺したあとの雌ライオンのように見える。キャフェリーに向かって挑発的に舌を舐めまわした。キスを誘う顔をしてみせた。キャフェリーは案内役のふたりの制服警官のあとについてドーム屋根のある中央区域を横切り、ギンバイカ棟と呼ばれる病棟へ向かった。

ギンバイカ棟は大量殺害現場の便所のようなにおいがしていた。どの壁も手形や足跡だらけで、角という角にコーナーパッドが——ボクシングリングのコーナーマットのようなものだ——施されている。とまどいと悲しみと不安の入り混じった空気が病棟じゅうを覆っている。そのせいで、キャフェリーはこれまで感じたことのないほどのむなしさを覚えた。

ハンデルはすでに逮捕されていた——揉み合いにはなったものの、彼はすでにこの病棟の空き部屋へ移され、医師による精神鑑定を待って訊問と起訴が行なわれることになっている。のぞき窓から室内をうかがうと、手錠をかけられて簡易ベッドに座っているハンデルが見えた。鼻から出血しており、だぶだぶのジーンズが血まみれだ。大丈夫だと言い張って診察を拒否しているらしい。

　対して、メラニー・アローはまだ隔離室にいた。フリーの部下四人が、暴徒鎮圧用装備のバイザーを引き上げてドア口に立っている。彼らの足もとに、証拠品袋に収めたカッターナイフ。

「血がついているな」キャフェリーはカッターナイフを見て言った。

「はい。しかし、これは使用されませんでした」ひとりが答えた。「押収時の状態です。突入した際にハンデルの鼻を殴ったので――いささか血が飛び散り、そこらじゅうに付着したんです。このカッターナイフも含めて」

「女の様子は？」

「黙り込んでいます。従順です。部屋から出たいかとたずねたのですが、本人が拒否したので、逮捕の状況が問題になると思います」

「わかった、わかった」ここへ来る道中、彼女を逮捕する名目を見つけようとした。この手の事件では、まずは証拠をそろえやすい罪状で逮捕を行ない、事態が収拾して検討する時間を経たあとで罪状を引き上げるのが普通だ。のぞき窓から室内を見た。メラニーは両手の観察でもしているみたいに下を向いて座っている。白いブラウスに一、二カ所、血のしみがついている。床の血痕はもっと多い。彼女についてジョナサン・キーとA・Jが供述した内容は、いまだ信じがたい。

　キャフェリーは隔離室のドアを開けた。彼女は落ち着いた様子で目を上げた。

「こんにちは」彼女が言った。「おひさしぶりですね」

「メラニー」

「ちょっとばかり困った状況なの。そうでしょう？」

「それについて話したいですか？」

　彼女は顔を上げた――晴れやかな笑みを張りつけている。目はうつろだ。「それはご親切に。だけど、こういう状況なので、さしつかえなければ拒否します。このまま家へ帰ることにします」

立ち上がって、キャフェリーに向かって歩きだした。まさか彼に反対されるなど、夢にも思っていないらしい。キャフェリーはドアをふさぐように、少しばかり肩を広げ、足を開いた。

彼女は一歩手前で足を止め、ふたたび下を向いた。キャフェリーの足を見つめている――自分の行く手にこんな障害物が現われた理由をつきとめようとしている。

「それより警察へ来てもらいましょう」キャフェリーは言った。「家へ帰るのはいい考えだとは思いません――この状況では」

長い間があった。キャフェリーは静寂のなかで彼女の鼻孔を出入りする息の音が聞こえる気がした。やがて彼女が、グロスターシャー州の公営団地で身についた口調で言った。「あたしにそんな口をきく権利なんて、あんたにはないんだよ」

「こちらは礼儀正しくお話ししているんです。そちらもご同様に願えますか？」

「ここはあたしの病院だ」

「質問の答えになっていませんよ。礼儀正しくしてもらえますか？」

メラニーは顎を上げ、キャフェリーに向かって唾を吐いた。額にかかった。そこから垂れて目に入り、ちくちくした。ぬぐい取りたかったが、そうはしなかった。笑みを浮かべた。

「唾を吐きかけてもらって助かりました。どんな名目で逮捕したものか、ずっと決めかねていたので」

　ハロウィンが――カボチャをくり抜いて飾る時期が――近いのも、A・Jのいまの気持ちを考えれば、いかにもぴったりだと言える。彼が自分の体内に収めることのできた希望と光と愛を、一滴残らず何者かにすくい取られてしまったような気分だったからだ。メラニーで満たしていた場所が空洞になっていた。

　手錠をかけられたメラニーがジャック・キャフェリーに伴われ、待機中の車まで警官ふたりにはさまれて歩いていくと、ビッグ・ラーチがA・Jのそばへ来て腕に手をかけた。その手に力を込めた。口に出さなくても〝気持ちはわかるよ。話せる状態になったら、いつでも聞くからな〟という彼のメッセージをA・Jは受け取った。

　A・Jはうなずいた。つぶやくように「ありがとう」と言った。ビッグ・ラーチが立ち去ると、残されたA・Jはなすすべもなく廊下に立ちつくした――身の置き場に困り、どこかに腰を下ろしたかった。ペイシェンスに電話をかけようかと考えた。このできごとについて話す場面を想像した。同情はしてくれるだろうが、その声は〝だから言っただろう〟という調子を帯びていることだろう――それには耐えられない。すると、いつのまにかオフィスに戻って、ゼルダの描いた稚拙な絵を手にしていた――アイザックを追うきっかけとなった絵を。ところが、指でなでてみて、その部分がもとの絵に描き足されたものだとわかった。そこだけ、ほかの箇所より絵の具が厚くて新しい。

　A・Jは首を振った。万華鏡をのぞいているようなもの――複雑な図柄が展開される可能性をますます意識している。メラニー――甘美で愉快なメラニー――

は、色の異なる無数のガラス片のようで、見る者が望む色を映してくれる。アイザックの精神医療審査会では、彼が釈放されるようにと懸命に立ちまわった――彼が〝ザ・モード〟という汚名を負って病院を出て行くことを願って。自分の所業を当のアイザックに知られていたなど、これっぽっちも気づいていなかった。

　A・Jはギンバイカ棟に戻った。廊下を進み、アイザック・ハンデルが座って精神鑑定の実施を待っている病室へ向かった。鑑定の結果しだいで彼は収監されることになる。A・Jは病室の前に腰かけている警官に会釈し、ドアの錠を開けてなかに入った。

　アイザックはベッドにしょんぼりと座っていた。A・Jが入っていくと目を上げて見たが、言葉は発しなかった。死人のように蒼い顔だ。ジーンズは血まみれだし、鼻孔からふた筋の血が流れている。ひどいありさまだ。これから体を洗ってもらったあと、彼はつらい体験をすることになる――何度も法廷に立たされたあげく、司法制度は結局、彼をふたたびビーチウェイのような施設に収容する決定を下すだろう。ただ、今度入れられるのは連鎖の頂点――高度ケア施設の急性期病棟だ。更生サイクルを経て退院が認められるまでとてつもなく長い時間をそこで過ごすことになる。おそらくは何十年も。

　A・Jは最初のうちは黙っていた。なにも言わずに背後の壁にもたれかかると、顎を上げて体を下へずらし、アイザックに向き合う恰好で床に座り込んだ。何度か顔をこすった。知り合って何年にもなるというのに、アイザックがじつは地球上でもっとも不思議な人間だということにまったく気づかなかった。体はひじょうに小さい。マッシュルームカットの髪は奇妙で滑稽だ。彼に対してこんなに緊張していることが信じられない。

「アイザック」A・Jは切りだした。「教えてくれ……」

アイザックは頭を上げた。視線の先はＡ・Ｊではない——天井のどこかだ。そこからＡ・Ｊの声が聞こえたとでもいうのだろうか。両手は握り締めている。出血が多すぎる。どこもかしこも血まみれだ。

「なんだい、Ａ・Ｊ？」

「人形のことだ」返事を聞きたくない気がした。答えはわかっていると思った。「ポペットのことを聞かせてくれ」

「人形はなくした。失ったんだ。ずっと悪い子だったから」

「きみが？」

アイザックはうなずいた。血の気の引いた顔は蒼白だ。身震いしている。「だから、あいつが取り上げたんだ。〝ザ・モード〟が」

Ａ・Ｊはアイザックの横顔をまじまじと見た。メラニーのバスルームを思い出した。はずれかけていたパネルを。なくなったブレスレットを。メラニーが、Ａ・Ｊの意識を浴槽に向けるために、はずれかけたパネルのイメージを彼の脳裏に焼きつけた可能性はあるだろうか——彼がアイザックの部屋であの人形たちを見つけるように？　聖書に出てくるような文言——メラニーが書いた可能性もある。狡猾な彼女はアイザックに罪を着せた——いまにして思えば、サーカスのアクロバットでも見ているような鮮やかな手口で。

「わかった。もうひとつ教えてくれ。きみはどうして両親にあんなことをしたんだい？　お母さんとお父さんに？」

アイザックは〝一足す一は？〟という質問に答える子どものように、考えもせずに答えた。「嚙まれるのがいやだったから。あいつらの歯が嫌いだったから」

「嚙まれていたのか？」

「そうそう」アイザックはうなずいた。「あいつらの言うとおりにしないと、よく嚙まれた」

Ａ・Ｊはしばし黙り込み、その光景を頭に思い浮かべた。アイザックの頭のなかには、ほかにどんな虐待の記憶がしまい込まれているのだろう？　彼に詫びたくなった――アイザックの体に触れたくなった。だが、そうする間もなくアイザックが震える息を長々と吸い込んだ。声がとても小さく遠くなった。「もうひとつだよ、A・J」ぽつりと告げた。「あとひとつあるんだ」

「なにが？」

「あと何分か続くだけだ。それだけしか続かない。そのとき、これで終わったと思うだろう。でもそうじゃない。終わりはまだ来ない」

「アイザック？」A・Jは首をかしげた。眉根を寄せて考えた。「終わり？　なんの話だ？」

アイザックは答えなかった。ほほ笑んではいるが、目はガラス玉のようだ。笑みが顔に張りついている。A・Jは体を押し出すようにして壁から離れた。立ち上がり、部屋を横切って簡易ベッドに近づいた。

「アイザック？」

A・Jは長い経験を持っている。遠目のきくワシのように、もっと早く気づいてしかるべきだった。だが、実際はまったく気づかなかった。アイザックの口から噴き出した血の泡。土気色の唇。

「アイザック」彼の体をつかんだが、倒れかかってきた彼は重かった。白目を剝いている。「アイザック――くそっ。だれか来てくれ！」A・Jはどなった。ベルトの携帯警報器を探った。「救急隊――いますぐ救急隊をここへ」

十一月二日

モンスター・マザーは悪党も何人か生んだが、どんな子もみんなわが子だ。いい子だろうと悪い子だろうと、全員に対して責任がある。死者の日——万霊節——が来た。死者の魂が愛する者のもとを訪れる日。モンスター・マザーにとっては混乱の一日。亡くなった子どもたちの声に右往左往する日だ。

なにを着るかがことさらややこしい。これほど変化に富んだ日——いいことと悪いこととが縞模様を織りなしている日、悲しみと幸福とが入り混じっている日——に一色だけを身につけていられるはずがない。モンスター・マザーは天井照明をつけて、たんすの中身を見ながら着るものを選んでいた。カーテンは閉じてある——部屋のなかへ入りたがっている死者の魂が窓の外を飛びまわっているから。まだそれを見る勇気がない——見てしまったら、頭をすごい勢いで左右に振ることになって、首から転げ落ちてしまうから。

失った腕にも魂がある——魂の色は濃いピンク。深紅。セックスの色、腕を切り落とす原因になった怒りの色だ。だから、亡き腕のために深紅の靴を選んだ。ポーリーン、哀れなポーリーン——あの子の魂の声は細くて、ほかの子たちの声に圧されて聞こえない。モンスター・マザーの選んだなにかのしみのような淡い黄色のキャミソールがポーリーンだ。ゼルダは悪い子だった——とても悪くて、とても生き生きしてた。爆竹のような子だったから、たんすの奥にあった赤いヘッドバンドがゼルダ。

次に考えるのはミズ・アローの色。〝ザ・モード〟の色だ。

彼女を表わす色はなんだろう？　暗色に明色を重ね

たパッチワークだ。彼女が幸せなときは、この病院は安全だった。不幸なときは〝ザ・モード〟が廊下を歩きまわっていた。闇のなか、錠をかけたドアから侵入した。〝ザ・モード〟のことを考えただけでモンスター・マザーの腕に鳥肌が立った。欲、怒り、抜け目のない頭。メラニー・アローはこの病院からいなくなった――だけど、まるで電波でも送るように、彼女の怒り、彼女の支配力、彼女の欲望が警察の留置場からモンスター・マザーに腕を伸ばしている。モンスター・マザーは手袋を取り出した。紫色のベルベット製の手袋は、光のかげんによっては黒に見える。角度を変えれば、輝くような青紫色。有毒植物のベラドンナのように、見た目の美しさにだまされると危険だ。

最後にスカートを選んだ。少しばかり時間がかかった。スカートはアイザックのための色だし、アイザックには多面性があったから。あの子は本当にいろんな顔を持っていた。とても利口で、深い悲しみを抱えていた。予測不可能だった。

淡いベージュのクレープ地に、銀色のスパンコールを無数に縫いつけた白いチュールを重ね合わせたスカートを選んだ。アイザックは無の色――だれにも気づかれない色だから。だけど、ちゃんと見てやれば、あの子にも光る面が数えきれないほどあることがわかる。あの子が退院した瞬間から、あの子がメラニー・アローに対して正義を行なうにちがいないと、モンスター・マザーにはわかっていた。

スカートを持ち上げて顔に当て、スパンコールを皮膚に感じた。アイザックは死んだけど、まだここにいる。まだ役目を終えていないから。あの子は利口だし、無数の星がきらめく宇宙だ。

モンスター・マザーは選んだ衣類を身につけた。覚悟ができると、カーテンを開けた。死者の魂が彼女を見て怯えた。子羊のように服従した。素直に芝生に腰を下ろした。モンスター・マザーは彼らにほほ笑みかけた。いくつかの魂には好意を示すべく投げキスを送ったが、いくつかの魂には警告の視線を放った。

「ガブリエラ？」

モンスター・マザーはぎょっとした。だれかが部屋のドアをノックしている。このところ、病院に知らない人が訪れてはあれこれと質問をしている。メモを取っている。見覚えのない連中は、全員がスーツ姿でクリップボードを持っている。そんな連中にこの部屋に入ってほしくない。急いで隠れる場所を探した。

「ガブリエラ？　私です――A・Jです。入ってもいいですか？」

A・J。わたしの子どものなかでいちばん出来のいい子。モンスター・マザーは緊張を解いた。軽い足どりでドアに近づいて開けた。A・Jが立っていた。とても愛しい子。

「A・J。かわいい息子」

「もう当番勤務が終わるところなんです、ガブリエラ。ちょっと挨拶に……」彼女の服装に気づいて、声が尻すぼみになって消えた。「すてきですね。とても……すてきです。大丈夫ですか？」

「ええ。わたしは大丈夫よ、ありがとう。それに、ここにいるし――自分の皮膚のなかに」彼女は笑みを浮かべた。「今日は大事な日なの。わたしの子どもたちをいとおしむ日。あなたはどうなの、A・J？　世話が必要ね。見ればわかるわ」

「そうですか？」

「そうよ。ほかの人にはわからないけれど、わたしにはわかる。あなたのことはよくわかるの。わたしの生んだ子だからわかるのよ。心に穴が開いているわ。とても大きな穴。埋めることができないと思ってるのね」

A・Jは頭を垂れ、人差し指を額に当てた。「もう帰ります」声がこわばっている。あわててドアに向き直った。「では、すばらしい一日を、ガブリエラ。とてもすてきですよ」

「Ａ・Ｊ？」

「はい？」

「気をつけなさい、Ａ・Ｊ。用心するのよ。わたしたちみんな、あなたを愛してるわ」

エデン・ホール・コテージ

信託組織が送り込んだ医療チームはビーチウェイの看護ケア手順の検証に余念がなく、一部の警備スタッフは調査期間中は停職処分となった。患者の一部はバース郊外にある警備つきの集中治療施設へ転院させられた。

ビーチウェイはすでに立ち直りつつあった——だが、Ａ・Ｊは立ち直っていなかった。

心の穴。ガブリエラはそう呼んだ。それ以上いい表現を考えても思いつかなかったのだろう。あの日、車で家へ帰る道すがら、曲がりくねった小径をゆっくりと走りながら、Ａ・Ｊは自分を生ける屍だと思った。くたびれたスーツを着て、ふぞろいのタイヤをそなえた旧式のおんぼろボクスホール・アストラを運転している青白い抜け殻。

Ａ・Ｊとペイシェンスは、スチュワートに毒を与えたのはメラニーだと、いまでは確信している。封の開いた殺鼠剤の箱をＡ・Ｊが地下室で見つけたのだ。だが、メラニーが毒を与えたのは動物たちだけではない――彼女は人の心をも毒していた。たとえ彼女とよりを戻せば命が助かるとしても、Ａ・Ｊにそんな気はない――そんなことをするぐらいなら死んだほうがましだ。だが、彼女と知り合う前に持っていた心の安寧を取り戻せるのであれば、一瞬の躊躇もしないだろう。とてつもなく長い時間にわたって守りつづけた心の安寧を、気は進まないながらも彼女のためだからこそ手放したのだ。大人の関係を築くつもりだったから。ふたりの関係において成熟した人間が自分だけだとは、思ってもみなかった。彼が癒やしてしっかりとふさいでいた傷口をメラニーが開いた――その結果、いまのＡ・Ｊは消えることのない開いた傷口を抱えている。

「Ａ・Ｊ、いいかげんにしてくれるかい？」彼の朝食にと、ペイシェンスがカボチャのフィンガーフライと、干しキノコとチーズを添えたオムレッツとを用意してくれていた。ペイシェンスはいらだたしげに皿を置いた。「もううんざりだ。あんたは悪い女を選んだ――言い聞かせようとしたのに、あんたは聞く耳を持たなかった」

「未練なんてないよ。ただ……」彼は首を振り、オムレッツを見下ろした。とても喉を通らない。心の病だ。だれも彼もが常軌を逸している。「疲れてるだけだ」

「こっちだって疲れてるんだよ。あんたにも、あんたのだめ犬にもうんざりだ――あの犬は、わたしが忍耐強い性分だから忍耐《ペイシェンス》なんて名前をつけられたと思ってるらしいけどね。わたしが忍耐強いもんか」

「それはみんなが知ってるよ」

「だったら、あの犬にそう教えてやってくれるかい？」

Ａ・Ｊは両手で顔をなで下ろした。スチュワートは部屋の隅にいた——アーガ・オーブンの横という指定席ではなく、目に希望の色を浮かべて裏口のそばに。

「さんざん散歩させてやったんだ——それなのに、あの顔を見てごらん。言っても聞かないんだから」

Ａ・Ｊはため息をついた。オムレツに手をつけないまま椅子をうしろへ押しやった。「ほら」スチュワートに向かって言った。「行くぞ」

フリースを着てウォーキングブーツをはき、裏口を開けた。ペイシェンスの怒りを無視した——用意してくれた料理を食べないのは命を賭けるに等しい大冒険だ。あのオムレツはおそらくＡ・Ｊのベッドにぶちまけられることになるだろう。あるいは、枕の下敷きにされるかもしれない。それがどうした？　人生が一変したんだ。流れに身をまかせる覚悟はできている。

「さあ、行くぞ。散歩しよう」


日差しは気のめいるような霧にさえぎられている。どこの原にも霧が低く垂れ込めていた。Ａ・Ｊはリードを持ってこなかったし、スチュワートは喜びのあまり興奮気味だった。走っていって庭じゅうを嗅ぎまわり、足を止めては頭を上げ、これが罠ではないことを確かめている。本当に自由にさせてもらっているということを。

「気にするな」Ａ・Ｊは手を振った。「居場所だけ教えてくれ」

スチュワートはどんどん先へと走っていった——向かった方角は意外ではなかった。原を横切り、まっすぐに、森へと続く踏み越し段へ行った。Ａ・Ｊはフリースの前をかき合わせて、あとを追いはじめた。スチュワートはどうやら安全を見きわめる本能をそなえているらしい。Ａ・Ｊが戻ってこいとどなったり追いかけたりする気がないのに、丘陵地帯へ向かわない。現に、足を止めて、Ａ・Ｊが自分の姿を認めて居場所を見届けるのを待っていた。距離をある程度まで詰めるのを待ってから、ふたたび駆けだした。

森のなかはあまり変わっていない――なにもかもが以前よりも湿気を含み、心持ち寒さが増しているだけだ。ズボンは、生け垣や踏み越し段に触れた箇所に、解けかけた霜がしずくになってついていた。木々はさらに葉を落としているが、それ以外は一週間前とまったく同じだ――スチュワートの進む経路も。案の定、アティじいさんのリンゴ園がある台地のてっぺんの木立へと向かう経路だ。使われていない錆びついた廃棄物用コンテナの横を通り過ぎ、小径を下った。

前回、A・Jはここで不安を覚えた。今回は、重くのしかかる疲労感と悲しみが不安を弱めている。手と顔が冷たくなっているが、それをのぞけばほとんどなにも感じない。しかたなく重い足どりで進むうち、林間の空き地に入っていた。

ここに至って初めてスチュワートが躊躇した。背骨にブラシでも生やしたように毛を逆立て、空き地の端にとどまっている。空き地にヨーロッパイチイの老木があった――その木は骨のように白い。スチュワートはその木を見つめたまま、あとずさりはしなかった。

「どうした、スチュワート。デートゲームを先延ばしにしてるのなら――おまえが女を追いかけてきて、自分ひとりで向き合う度胸がないっていうのなら、私はユーモア不全を起こしそうだ。まもなくね」A・Jは腕時計を見た。「あと二十秒」

スチュワートが駆けだした。A・Jは手を下ろして愛犬を見つめた。頭を下げ、耳をうしろに倒している。そんなスチュワートを見るのは初めてだ。

濡れた落ち葉を踏みしめ、重い音をたてながらあとを追った。ヨーロッパイチイの中心部が腐って空洞になり、そこからさらに奥へと深く暗い穴が伸びている。枯れてしまっても不思議はないのに、この木は枯れていない。スチュワートは洞のなかに入っていた。A・

Jは携帯電話を取り出して電波状況を確認した——電波は検知できない。そこで、電話のバックライトをつけ、樹洞のアーチ型の入口に手をかけて内部を照らしてみた。

みごとな天然の洞窟だ。銃眼のようなくぼみとなめらかな波状の層がいくつもある壁面はぴかぴかに光っている。はるか奥へと延びる洞。前にどこで見ただろうかと考えた瞬間、思い出した——夢のなかだ。息ができないことに関連して繰り返し見たあの夢のなかだ。すべてを消費する生き物の夢。生と死を意味する存在。終わりも始まりもないもの。

やめろ、とみずからに言い聞かせた。やめるんだ。

肋骨の緊張が消えるまで、長くゆっくりと深呼吸を繰り返した。ふたたび開けた目は暗さに慣れていた——洞の内部が充分に見えた。A・Jは携帯電話の電源を切ってポケットにしまった。腰をかがめて入口をくぐる。スチュワートが洞内を走りまわり、そこらじゅうでしきりににおいを嗅いでいた。ここにだれかがいた——床には、A・Jがじっくり見たくないものがいくつかあった。それに、このにおい——ビーチウェイで悪いことが起きた日と同じにおいだ。

「おい」A・Jは噛みつくような声でたずねた。「ここになにがあるんだ？ 犬用のバイアグラかなんかか？」

スチュワートはそれを無視して、さらに奥へと入っていく。おかげでA・Jは、またアーチ状の入口があるのに気づいた。犬でもなければ目にも留まらなかったにちがいない。A・Jはクモの巣を払いながらスチュワートを追った。大きな裂け目を渡るためにやむなく両手をつき、特殊部隊員のように匍匐《ほふく》で前進したが、渡り終えると、そこの暗さに目がきかなかった。またしても携帯電話が必要になった。電源を入れて周囲を照らした。

ここもまた天然の樹洞だった。骸骨のような木のなかの続き部屋だ。携帯電話のバックライトが中央の奇妙な切り株を照らし出した。ここで育った木の切り株ではなく、持ち込んで置かれたものだ。中心に――まるでなにかを象徴するように。それに近づこうとした瞬間、経路となる箇所に針金が張ってあるのに気づいた。

「おっと」A・Jははっと足を止めた。「これは興味深いな」

　針金を照らしてみた。頑丈で、わりと太いものだ。木の基部にねじ込んだアイボルトから洞内の空間を横切って切り株まで延びている。近づいてよく見ると、針金の先端は――彼が現実との接点を完全に失ってしまったのでもないかぎり――弓のこを使って切り株に設けた小さな扉らしきものにつながっていた。

　あの夢。不思議の国のアリス。彼が落ちていくことのできる穴。天国へと通じる穴。

　スチュワートが低く不安げな鳴き声をあげた。A・Jの横へ来て座り込み、落ち着かない様子でちらちらと見上げている。警戒するように尾を振っている。

　A・Jは針金に人差し指をかけた。わずかにたわんで、切り株に設けたハッチ式の扉を軽い力で引き開けることができる仕組みだ。「どう思う、スチュワート？　賛成か？　反対か？」

　スチュワートは口を開けた。舌を出した。

「賛成という意味だな」

　彼は足を踏み出した。

重大犯罪捜査隊

アイザック・ハンデルの死の原因は、肝臓にまで達したカッターナイフによる刺傷だった。本人は現場でその傷にだれの注意も引かなかったし、警察官たちも気づかなかった。あの出血は、揉み合った際に鼻を殴られたせいではなかったのだ。あの日、隔離室内で起きたできごとが録画されているビデオテープを何度観たところで、彼がどのように傷を負ったのかはだれにもはっきりとわからなかった。

メラニーは、アイザックが自分で刺したと言い張っていた。カッターナイフに彼女の指紋がついているにもかかわらず、揉み合いのさなかに起きたことで自分は無関係だと主張していた。

キャフェリーには釈然としない点があった——アイザックにはなにか別の計画があったはずだとほぼ確信していたからだ。自分が見落としていることがある、これまで注意を払っていなかったことがある、という気がしてならなかった。アイザック・ハンデルが〈ウィックス〉で買い込んだものの、いまどこにあるのかわからないペンチと銅針金だろうか？　彼はそれらをなにに使うつもりだったのだろう？　銅針金。使用目的は？　両親の事件のときのように、化学物質による火災をどこかで起こすつもりだろうか？　そうだとしたら——どこで？　時間があるときにペニー・ピルスンに電話をかけてみよう——彼女の考えを聞かせてもらうのだ。アイザックが仕掛け線を張った狙いは警察だったのだろうか——それとも、本当に、自分が現場にいることなく両親の死体に火を放つためだったのだろうか？　いまになって彼女の言葉の意味がわかったと、ペニー・ピルスンに告げよう……〝ものごとは見かけどおりじゃない〞。

　だが当面は、メラニー・アローと、彼女がこれまで長きにわたって重ねてきたずさんな欺瞞や虚偽とを調べることで手いっぱいだ。

　アイザックが作った彼女の人形――輝く顔、少しばかりネコを思わせる目――には、彼女の本当の邪悪さが表われていない。キャフェリーがひとりの人間に対してこれほど軽蔑を覚えたのは、思い出せないほど昔のことだ。メラニー・アローは、トリニティ・ロード署の留置場に入れられてもなお、自分の言い分を主張しつづけている。嘘に嘘を重ねている。犯罪捜査課が彼女の関与を示す動かぬ証拠を――ゼルダの部屋にあったペンからメラニーのＤＮＡが検出され、メラニーの父親の放射線治療用マスクからゼルダのＤＮＡが検出された――突きつけると、彼女は方針を変えた。容疑を認めたものの、心神喪失による無罪を主張しだした。社会体制、自分の幼少時、別れた夫のせいにした。さらにはキャフェリーまでを非難した。訊問中、取調室にいたほかのだれにも気づかれないように彼女がブラウスのいちばん上のボタンをはずしだすと、キャフェリーは、退室するのでビデオ録画を止めてくれと警察・刑事証拠法（ＰＡＣＥ）担当官に告げた。自分抜きで訊問を続けるようにと指示した。メラニーの顔など二度と見たくなかった。

　これまで警視はおおむね干渉しなかったが、ビーチウェイ事件が取調と調書作成、検察庁への報告と連携という段階へ移ったいま、ファーレイ・パークの更生施設で寒いなか捜索に当たっているチームをキャフェリーがどうするつもりなのかを知りたがった。捜索完了まであと一日か二日。捜索員たちの費やした延べ時間は天文学的数字になる。キャフェリーの時間切れも迫っている――来週には、この事件の担当は部長刑事のだれかに引き継がれる。この三日は捜索現場に顔を出す暇がなかったが、かえってよかった――この一年半、フリー・マーリーに対してどんな感情を抱いていたにせよ、二度と顔を合わせるつもりがないからだ。フリーはミスティ失踪事件を解決する最大のチャンスを棒に振り、彼のこれまでの努力も、実行に移そうとしていた綿密な計画もむだにした。この先、彼女を許す日が来るかどうかはわからない。いずれ、どうやってジャッキー・キットスンに望みのものを差し出すかを決断することになるが、まずはスタートラインに立つ必要がある。ミスティが壁から彼を見つめていた。例によって、無言のうちに落胆の表情を浮かべて。

　もうたくさんだ。この三日間、わずか四時間の睡眠とコーヒーとでしのいできた。コンピュータの電源を切り、防水コートをつかんでドアへ向かった。駐車場を横切って自分のモンデオへ行こうとしたとき、その隣の駐車区画にルノーの小型車が停まっているのに気づいた。近づくうちに、運転席のフリー・マーリーが窓を開けてじっと彼を見つめているのがわかった。

　キャフェリーは気が進まずに左右を見ながら、心のどこかで、消えてしまえないだろうかと考えていた。あるいは、なにか気をそらしてくれるものを見つければ彼女と話さなくてすむ、と。すぐに観念して車に向かった。

「なんの用だ？」

　彼女は答えなかった。規則で定められた黒の戦闘ズボンとポロシャツを着ている。髪は帽子にたくし込み、化粧はしていない。更生施設周辺の無駄な捜索に何日も費やしたせいで、冬なのにかすかに日焼けしている。

「話し合う必要があります」

「またか」

「いっしょに来てもらえますか？」

「はあ？　またしても目的地に着かないミステリー・ツアーか？」

「チャンスをください」

　キャフェリーはまたしても駐車場を見まわした。断わる理由を期待する気持ちもどこかにあった。だが、そんなものは見当たらなかった。車のキーをポケットにしまって助手席側にまわり、防水コートを後部座席に放って、乗り込んだ。車内はかたづいていた。彼女の装備品は後部座席に置かれ、ｉＰｏｄがスタンドに載っているが音楽はかかっていなかった。キャフェリーはシートベルトを締めた。「どこへ行くんだ？」

フリーはエンジンをかけ、車を出した。自動ゲートを出て〝引き込み〟運河沿いの道へと曲がり、ローレンス・ヒル環状交差点を過ぎて高速道路に入った。決然たる顔をしているので、キャフェリーは黙っていた。怒りにまかせて車ごと崖から飛び出すつもりなら、うんざり気味の自分はそれを阻止するべく戦ったりしない気がする。ポケットの電子煙草を取り出すのさえ面倒だ。戦うのは、なにか得るものがある人間のやることだ。

Ｍ4号線に入ると、背後で太陽が姿を見せた。バックミラーで、西に停滞して堤を築いている雲が見えた――まるで、ちっぽけなルノー・クリオを追うのをあきらめ、逃げる車を眺めるだけで満足しているようだ。フリーは高速道路を下りてＡ46号線に入り、南のバース方面へと向かった。最初のうちキャフェリーは彼女が自宅へ連れて行くのだろうと思っていたが、そうではなかった。分岐点を通り過ぎ、Ａ46号線をそのままチッペナム方面へ走りつづけた。そのうち不意に左折したあと右折し、キャフェリーにはどこの通りを走っているのかまったくわからなくなった。

携帯電話を取り出して現在地を追いながら、彼女が猛スピードで角を曲がるたびに、空いているほうの手を車のフレームについて踏んばった。あの更生施設へ行くつもりだろうか？　そうだとすれば、初めて通るルートだ。だが、フリーはこの地方を熟知している――生まれ育った場所なのだから。この地へ来てわずか三年のキャフェリーには現在地がわからない――ＧＰ

S信号が接続と断絶とを繰り返しながら車の進行に追いつこうとしている。やがてキャフェリーはあきらめ、携帯電話を腿に載せて黙って座っていた。

十五分ほど経つと彼女は道路を離れ、雨に濡れてわだちだらけの小径に入って森のなかへと進んだ。めったに車が通らないらしく、小径の側へ傾いた木々が車に覆いかぶさってくるようだった。でこぼこ道で車体が跳ねるたびに枝がルーフをこすり、茶色くなった葉がフロントガラスに張りついた。

百メートルほど進んだところで小径が行き止まり、フリーは車を停めてエンジンを切った。前方に踏み越し段——苔むし、イバラに覆われてほとんど見えない。森はひっそりと静まり返っている。カラスの鳴き声が遠くに聞こえるだけだ。

「なるほど」キャフェリーは周囲を見まわした。「私とふたりきりになりたいというわけか——例の話に乗らない理由をまたしても説明するつもりだろう。それ以外にきみがプライバシーを望む理由はひとつしかないが——この雰囲気では、そっちの目的ではないだろうからな」

フリーはその言葉を無視した。ドアを開けて車を降りた——後部へ行った。キャフェリーは体をよじって見たりしなかった。彼女の姿はバックミラーで見えるのだ。こわばった顔でトランクを開け、なにかを引っぱり出すと助手席側へ来た。窓のそばに立って、なにかを足もとに放った。

キャフェリーはドアを開けてそれを見た。大きな旅行バッグ——青と白の二色づかいのバッグには、あるロゴマークが描かれている。

「テニスでもするのか？」

彼女は目を細めてキャフェリーをにらんだ。GPS装置を首に、旅行バッグを肩にかけると、踏み越し段へ向かった。黒いウォーキングブーツをはいており、イバラなどありもしないかのように進んでいく。キャフェリーはオフィス用の革靴にスーツといういでたちだが、後部座席にノース・フェイス社製の防水コートがある。それをつかみ、急いで車を降りた——彼女を見失わないうちにあとを追った。

ザ・ワイルズへ

骸骨のような枯れ木の入口でＡ・Ｊ・ルグランデは地面に座り込み、手のなかのものを見つめていた。彼の横に立っているスチュワートは緊張し、不安げだった。なにも問題ないと言って安心させてくれというように、頭を上げてＡ・Ｊの顔を見ている。

「私にわかるはずないだろう？」Ａ・Ｊは言った。「ここへ来たがったのはおまえなんだから」

切り株のなか、例の扉の奥は、羽根を詰め込んだ小さなくぼみになっていた。そこに横たえられていた二体の人形を、彼はいま手にしていた。これを作ったのがアイザック・ハンデルではないとすれば、その人物は彼の手法をみごとに再現している。彼の作る人形の特徴が随所に見られるのだ。アイザックのにおいまでしている。A・Jは二体を何度もひっくり返してみた――枝のすきまから差し込む淡く白っぽい光のなかで、しげしげと観察した。

　さまざまな素材を使って作られている。ねじれた金属箔、ボトルのキャップ――アイザックがよく作っていたほかの人形ほど醜悪ではない。アイザックはいつも恥じらうことなく人形の性別を明確にしていた――その点はじつにはっきりしていた――一体は男、一体は女だ。抱き合う恰好になっている。セックスをしているのではない――愛情のこもった抱擁だ。アイザックがこのような愛着の気持ちや男女の愛情をどうやって理解できたのか、A・Jにはよくわからない。二体を引き離そうとしたが、時間がかかった。鍵を使って、二体を縫い合わせるのに使った木綿糸を切らなければならなかった。

　男の人形がだれかわかった。彼だ。A・J。

「なるほど」身震いがした。いったん人形を置き、寒いのに上着を脱いで湿った地面に広げると、膝をついて、上着の上に慎重に人形を横たえた。「よし」

　髪は毛糸の切り屑で作られ、Tシャツの前部は、全人類のセンスに悪影響を及ぼすとペイシェンスが言ったアロハシャツの切れ端だ。女の人形には心当たりがない。真っ赤な毛糸で作った髪、藤色の枝つき花柄のスカート。両腕にはねじった針金で作った小さなブレスレット。

「アイザック」A・Jは低い声を漏らした。「なあ、アイザック？　これはどういうことなんだい？」

　顔を上げて林間の空き地を見渡しながら、アイザックはこの場所になにを求めたのだろうかと考えた。ここ何年もA・Jの夢に出てきた場所――A・Jの自宅からほんの数キロの場所に。ふと、だれかいると気づいてぎくりとした。四メートルほど先の木立の端に女が無言でたたずみ、彼を見ていた。

「驚いた」あわてて立ち上がった。「そこにいらっしゃるのに気づきませんでした」

　女が笑みを浮かべた。小柄で美人——妖精を思わせるショートカットにした鮮やかな赤い髪。ウェリントンブーツにダッフルコート——コートの裾から花柄のスカートがのぞいている。知っている相手なのか、スチュワートがすぐに駆けていって足もとに座り込んだ。女は腰をかがめて耳のうしろをなでてやっている。

「あなたがスチュワート？」女が言った。「そうなのね？　かわいい子ね」

「スチュワート」A・Jは警告するような口調で呼んだ。「スチュワート……」その人から離れろと命じたかった。つねづね、だれであれ知らない相手に近づくなと言っているように——だが、この女は脅威には見えない。現に、とてもやさしく接しているので、スチュワートは飼い主に腹をなでてもらおうと甘える仔犬のようにあおむけになっている。

「あら、これが好きなの！」女はしゃがみ込んでスチュワートの腹を強く掻いてやった。スチュワートは耳を寝かせ、悦んで首を振っている。「無警戒なのね」女は笑い声をあげた。「スーキーが生きていたら、きっとあなたのことを大好きになったわ」

　A・Jはゆっくりと立ち上がった。思案顔をしている。「うちの犬を知っているんですか？」

　女はスチュワートの腹を楽しげに掻きながら首を振った。スチュワートは脚をひくつかせて悦んでいる。

「うちの犬を知っているのかと訊いたんです。名前を知っているから」

「そう、名前は知っているわ。思っていたとおり、かわいい子ね」

「思っていたとおり？」

　女は手を止め、目を上げてA・Jを見た。A・Jと同年代にちがいないが、しみひとつない肌はクリームのようになめらかだ。深い緑色の目。「そう言ったの

「あなたはいったいだれです？」

「言ったでしょう——わたしはペニー。ヒッピーよ」

「ええ——それは見ればわかります」

「あなたはディヴィッド・ベッカムみたいなハンサムじゃない。だれかにそう言われたことはある？」

「はっきり言われたことはありませんね。アイザックとはどういう知り合いなんです？」

彼女は笑みを浮かべた。「わたしはあの子の母親よ。いえ、ちがう——もちろん母親じゃない。生みの親ではないわ。あの子の理想の母親。あの子が望んだ母親ってわけ。生みの母親があの子にやったことを少しは知ってる？」

「知っています」

「でもまあ——たぶん全部は知らないでしょうね。知りたくもないだろうし。わたしだって、つい一週間前までは知らなかった——あの子の気持ちがわかっていなかった。てっきり、恨まれているものと思っていた。よ」

「説明してもらえますか？」

「そのためにここに来たのよ、A・J」

彼は目を丸くして女を見つめた。「なんですって？もう一度、言ってください」

女はほほ笑んだ。「そのためにここに来たのよ、A・J」

「わかりました——ちょっと待ってください。話がまったく見えないので」

「いいえ。そんなことはないわ」女は地面に広げたA・Jの上着を指さした。「その人形を見て」

彼はちらりと視線を落とした。赤い毛糸で作った人形の髪を見た。ドレスはいま女が着ているものと似ている。抑えた色調の花柄だ。

「わたしはペニー。あなたはわたしを知らない。だけど、わたしはあなたのことを知っている。病院でアイザックの友だちだった」

それがアイザックの問題だったの。みんながあの子から逃げ出したことが」

「私は逃げ出しませんでしたよ。いや、逃げ出したのかな？」

「いいえ。あなたは逃げなかった。だからこそ、あの子はあなたを好いていた。本当に大好きだったのよ。わたしがあの子の夢に思い描く母親なら、あなたは父親。それを知っていた？」

Ａ・Ｊは彼女をまじまじと見た――言葉を失っていた。反論したかった。あんたは頭がおかしいんだ、と言ってやりたかった。仕事柄、精神異常についてはよく知っている、と。だが、二体の人形を見下ろした瞬間、これまでずっと見えざる手に導かれていたのかもしれないという考えが頭に浮かんだ。長らく道に迷っているような気がしていたが、それもまた、彼が歩むべき道の一部だったのかもしれない。運命によって定められた道の。

遠くの火

森は鬱蒼としていた――昼間に降った雨がしずくとなってキャフェリーの靴を濡らし、ズボンの裾に泥や落ち葉をはね上げた。フリーは彼がついてきているのを確認しなかった。ときおり足を止めるのは、たんにＧＰＳ装置を確認するためだ。小径をどんどんのぼるうち崖の縁に出た――右手で地面が落ち込んでいる。密集した木々の枝のすきまから空がちらりと見えた。周囲の農地の一部が見えた。だが、村も家も送電塔もない。文明の徴はなにひとつ見えなかった。
彼女は小径を離れて、イバラや枝が絡み合って通行不可能と思われる箇所を押し通った。ズボンがずたずたに引き裂けそうだが、キャフェリーは彼女についていった。十メートルほど進んだところで彼女は立ち止まり、キャフェリーに向き直った。旅行バッグを地面に下ろしてかがみ込み、サイドポケットのジッパーを開けた。ニトリル手袋と靴カバーを――犯罪現場に立ち入る人間全員に鑑識班が渡すものだ――ふた組ずつ取り出した。

「ここがどこかわかりますか？」

「ご冗談を」キャフェリーは苦い笑いを漏らした。

「まるで目隠しゲームだ――この一時間ほどは、目隠しをしてぐるぐるまわされたも同然で、まるで方向がわからなかった」彼女が何カ月もそんな目に遭わせていたのだとつけ加えたい気持ちだった。だがそうは言わなかった。「手がかりをくれるか？」

「ファーレイ・パーク池」彼女が北を指さした。「見えますか？」

たしかに、彼女が指さす方向にある木々のあいだに、緑色に囲まれた鏡のような灰色の水面が見える。そのとたん、自分たちのいる場所がわかった。二本の木の幹にそれぞれ手をかけて崖の縁から身をのりだし、眼下の一帯を見渡した。どこにでもありそうな風景のなかから、見覚えのある丘陵や土地が立ち現われてくる。

「くそ」思わず口から漏れた。西を指さした。「更生施設はあっちのはずだ……あのあたり……」

「集合場所はあの木立の向こう側です。この丘は最後の捜索範囲なんです。明朝八時に、このあたりの捜索を開始します。はい」彼女が手袋を差し出した。「これが必要になると思います」

本当にゆっくりと、キャフェリーは旅行バッグに目を落とした。

「そうです」彼女は言った。「いま考えているとおりのものが入っています」

彼は旅行バッグを見つめたまま、長らく身じろぎひとつしなかった。

「ところで、警部の自宅はまったく無警戒ですね――

犬でも飼ったほうがいいですよ。今朝お邪魔して一時間ほど庭を掘り返しました。だれにも止められませんでしたよ。衣類もバッグに入っています」

キャフェリーは目を上げて彼女を見た。これまでは、自分がこの女に恋をしていると言い切る自信がなかったが、いまは百パーセント断言できる。

彼女は肩をすくめた。「箱ですよ」まだ質問していないのに、彼女が答えた。「いろんなものをしまい込んだ箱。なにかを取り出そうとして開けたが最後、ほかのものまで全部こぼれ出てきてしまうと怯えていたんです」

「ほかのもの？」

「ええ。それについて考えないほうが気が楽なものです。たとえば弟や亡くなった両親、それに……」

彼女の声が小さくなって消えた。唇を噛み、目はキャフェリーの顔の上方に向いている。彼女の背後に広がる田園風景——サマセット州の冬の風景だ。遠くに見える火から空へとのぼっていく一本の煙。彼女の顔は沈みゆく太陽に照らし出されている。

「それに、なんだ？」

彼女は小さな笑みを浮かべた。不意に恥じらいと悲しみと希望を同時に覚えたように。「べつに。なんでもありません」

謝辞

多くの人が一生をかけて知識や技能の基盤を築きながら、どこからともなく現われ出た小説家にそれをすっかり盗んで作品にされてしまう。このような白昼強盗のごときまねに対して彼らがなぜ寛大でいられるのか、わたしには理解できない。ただ、彼らの寛容さに感謝し、恐縮するだけだ。ここに挙げるかたがたである――英国の精神保健制度についてくわしく教えてくれたパトリック・ノウルズ、天才病理学者ヒュー・ホワイト、サイモン・ジェラード、エイボン・アンド・サマセット警察の重大犯罪捜査隊所属のガレス・ベヴァン主任警部（現実のジャック・キャフェリー）、人質事件について必要な知識を与えてくれたゾーイ・チェグウィン警部。以上のみなさま――教えていただいた事実を、小説にするという目的のために歪曲しているとすればお詫びしつつ、重ねて御礼申し上げたい。

いつものとおり、出版社およびエージェント事務所のすばらしいかたがたに深甚な感謝を捧げる。みなさんの勤勉な仕事ぶりと忍耐に深く敬意を表する。ソーシャル・ネットワーキングに疎いわたしに我慢してくれたスティーヴ・ベネットにも感謝する。シェアリングを怖がる人間に代わってウェブサイト運営をしてくれたことには驚嘆を禁じえない。

ジョナサン・キー――実在のジョナサン・キー――はジョージア州アトランタにあるディカーブ郡図書館に多額の寄付を行ない、それにより本書の登場人物に名前をお借りした。実際のあなたが作中のジョナサンよりもはるかに愉しい人であることは承知しているけれど、とにかく、ありがとう。それに、カリン・スローター――ジョナサンに引き合わせてくれた恩人。あなたはいつもわたしを憤慨させ、刺激し、驚嘆させてくれる。いつまでもその調子で！

最後に、友人と家族に感謝する――わたしを支え、口出しせず、いつも変わらずにいてくれた。ボブ・ランドール、マーガレット・OWO・マーフィー、マイリー・ヒトミ、ロッテ・GQ、スー・ホリンズとその夫ドナルド。あなたがたがいなければ、わたしはなにもできなかったにちがいない。

訳者あとがき

本書はモー・ヘイダーによるジャック・キャフェリー警部シリーズの第六作で、『喪失』に続く物語である。時間的には、『喪失』で描かれた事件からおよそ一年の時が経過している。

ブリストル市にある重警備精神科医療施設で奇怪な事件がたてつづけに起き、患者たちのあいだで不安と緊張が高まっていた。みんなが〝ザ・モード〟と呼んで恐れている小びとの幽霊が数年ぶりに舞い戻り、次々と患者を襲っているという噂だった。この施設に勤務する看護コーディネーターのA・J・ルグランデは、幽霊の存在など信じていないものの、施設内で死者が出るに至って、状態の安定していた患者までもが精神崩壊の危機に瀕していることを重視し、警察に相談するようにと院長のメラニー・アローに勧めていた。だが彼女は、施設の運営に当たっている信託組織の信頼をそこねたくないと言ってA・Jの助言をつっぱねていた。

同じころ、エイボン・アンド・サマセット警察の重大犯罪捜査隊に所属するジャック・キャフェリー警部もある種の危機を迎えていた。一年半前に起きたある失踪事件の捜査規模を縮小する、ついてはキャフェリーを同件の捜査責任者の任から解く、と上司に言い渡されたのだ。じつはキャフェリーは、ことの真相を知りながら、潜水捜索隊のフリー・マーリー巡査部長をかばって捜査を操作しつづけてきた。だが、足もとに火がついたいま、失踪事件を一応の解決へと導かなければならず、焦りを覚えていた。

そんなある日、Ａ・Ｊがキャフェリーのもとを訪れ、重警備精神科医療施設で起きている不可解な事件を極秘裏で調べてほしいと依頼する……

ジャム作り、リンゴ酒醸造サークル、リンゴ酒の飲み比べ――本書に描かれている英国の田舎生活の楽しみの一部だ。不便な片田舎と言いながらも、Ａ・Ｊはそういった日々の暮らしに安らぎを見出している。だが、勤務先で起きる事件やできごとがそんな心の安寧をかき乱す。

重警備精神科医療施設――入院しているのは、自傷他害の危険性がきわめて高い犯罪者たちだ。本書でもさまざまな入院患者が登場する。ゼルダ・ローントン、ポーリーン・スコット、モーゼス・ジャクスン、アイザック・ハンデル。なかでもユニークなのが、自分の皮膚が取りはずし可能で、皮膚を剝げば透明人間になると信じているモンスター・マザーだろう。夫の浮気を封じるために自分の左腕を切り落としたという過去を持つ彼女は、入院患者の全員、そしてＡ・Ｊを、自分の生んだ子どもだと思っている。Ａ・Ｊはそんな風変わりな患者たちや同僚からの信頼も厚く、好意を持たれているのだが、自身をきわめて平凡な人間だと思い込み、院長のメラニー・アローに強い態度でのぞむことができない。

本書では、そのA・Jがほぼ主役といっていい役回りを務めている。そして〝ザ・モード〟の事件の謎は、A・Jの調査とキャフェリーの捜査の両面から徐々に解き明かされていく。最初は離れたところに打たれた点同士がしだいに結びついて線となり、やがて全体像が見えてくるという展開は、まさに英国ミステリの醍醐味だろう。

また、シリーズ前作の『喪失』で存在感を発揮したウォーキングマンは本書では物理的には登場しない。キャフェリーの心中において〝友人〟に近い存在として触れられるだけだ。だが、ウォーキングマンがキャフェリーの〝影〟としてすべてを見通し、見守っていることを示す場面が、遠くにあがるたき火の煙という形で象徴的に描かれている。

このジャック・キャフェリー警部シリーズはすでに第七作 *Wolf* が書かれている。こちらも早川書房より刊行予定なので、ぜひ楽しみにしていただきたい。

二〇一六年一月

HAYAKAWA POCKET MYSTERY BOOKS No. 1904

北《きた》野《の》寿《す》美《み》枝《え》

神戸市外国語大学英米学科卒
英米文学翻訳家
訳書
『喪失』モー・ヘイダー
『拮抗』『矜持』
ディック・フランシス＆フェリックス・フランシス
『ブラック・フライデー』『秘密資産』マイクル・シアーズ
『殺人鬼ジョー』ポール・クリーヴ
『氷雪のマンハント』シュテフェン・ヤコブセン
（以上早川書房刊）他多数

この本の型は，縦18.4センチ，横10.6センチのポケット・ブック判です．

〔人《ひと》　形《がた》〕

2016年2月10日印刷　　2016年2月15日発行

著　者	モー・ヘイダー
訳　者	北野寿美枝
発行者	早川　浩
印刷所	星野精版印刷株式会社
表紙印刷	株式会社文化カラー印刷
製本所	株式会社川島製本所

発行所　株式会社　**早川書房**
東京都千代田区神田多町2－2
電話　03-3252-3111（大代表）
振替　00160-3-47799
http://www.hayakawa-online.co.jp

（乱丁・落丁本は小社制作部宛お送り下さい
送料小社負担にてお取りかえいたします）

ISBN978-4-15-001904-4 C0297
Printed and bound in Japan

ハヤカワ・ミステリ〈話題作〉

1898 **街への鍵**
ルース・レンデル
山本やよい訳
骨髄の提供相手の男性に惹かれるメアリ。しかし、それが悲劇のはじまりだった――そのころ、街では路上生活者を狙った殺人が……

1899 **カルニヴィア3 密謀**
ジョナサン・ホルト
奥村章子訳
喉を切られ舌を抜かれた遺体の謎。世界的SNSの運営問題。軍人を陥れた陰謀の真相。三つの闘いの末に待つのは？ 三部作最終巻

1900 **アルファベット・ハウス**
ユッシ・エーズラ・オールスン
鈴木 恵訳
【ポケミス1900番記念作品】撃墜された英国軍パイロットの二人が搬送された先。そこは人体実験を施す〈アルファベット・ハウス〉。

1901 **特捜部Q**
―吊された少女―
ユッシ・エーズラ・オールスン
吉田奈保子訳
未解決事件の専門部署に舞いこんだのは、十七年前の轢き逃げ事件。少女は撥ね飛ばされ、木に逆さ吊りで絶命し……シリーズ第六弾。

1902 **世界の終わりの七日間**
ベン・H・ウィンタース
上野元美訳
小惑星が地球に衝突するとされる日まであと一週間。元刑事パレスは、地下活動グループと行動をともにする妹を捜す。三部作完結篇